Sherlock
Holmes

주홍색 연구
·
네 사람의 서명

셜록 홈즈 전집 1
주홍색 연구 · 네 사람의 서명

아서 코난 도일 지음
정태원 옮김

발 행 일 초판 1쇄 2013년 9월 28일
          초판 2쇄 2014년 7월 30일
발 행 처 시간과공간사
발 행 인 최석두

등록번호 제1-765호 / 등록일 1988년 7월 6일
주   소 서울시 마포구 서교동 480-9 에이스빌딩 3층
전화번호 (02)325-8144(代) FAX (02)325-8143
이 메 일 pyongdan@hanmail.net
I S B N 978-89-7142-247-2 14840
I S B N 978-89-7142-246-5 (세트)

SHERLOCK HOLMES

최신 완역본

1

아서 코난 도일 지음 | 정태원 옮김

주홍색 연구
네 사람의 서명

A Study in Scarlet & The Sign of Four

시간과공간사

Contents

주홍색 연구

네 사람의 서명

Sherlock Holmes

주홍색 연구

A Study in Scarlet

1881년 3월 4일(금)~3월 7일(월)

제1부

전 육군 군의관
존 H. 왓슨의 회상록에서

1
셜록 홈즈

나는 1878년에 런던 대학에서 의사 학위를 받고 육군 군의관이 되는 데 필요한 과정을 수료하기 위해 네틀리 육군 병원으로 갔다. 그곳의 정규 과정을 마친 뒤 노섬버랜드 퓨질리어 제5연대의 외과 군의관 조수로 배속됐다. 당시 연대는 인도에 주둔해 있었고, 내가 부대에 부임하기도 전에 제2차 아프간전쟁이 일어났다. 봄베이에 도착했을 때 내 부대가 이미 산악지대를 빠져나가 적진 깊숙이 들어갔다는 사실을 알게 되었다. 그러나 나는 같은 처지가 된 많은 장교들과 함께 부대로 향했고, 무사히 칸다하르에 도착해 부대를 찾을 수 있었다. 그리고 곧바로 새 임무를 수행하기 시작했다.

그 전쟁은 많은 사람들에게 훈장과 진급을 안겨 주었지만, 내게는 연이은 불행과 재난을 가져다주었다. 나는 제5연대에서 버크셔 부대로 전속되어 처참했던 마이완드 전투에 참전했다. 그 전투에서 제자일 총탄(Jezail: 머스킷 총의 일종으로 대영제국에 저항하는 아시아 지역의 주민이 많이 사용함)에 어깨를 맞아 뼈가 부서졌고, 탄환은 쇄골 밑의 혈관을 스치고 지나갔다. 만약 그때 전령병 머레이의 헌신적인 용기가 없었다면, 나는 틀림없이 잔인한 적군에게 잡히고 말았을 것이다. 그는 용감하게도 나를 짐마차에 태우고 영국군 전선으로 데려다 주었다.

나는 부상으로 몹시 지쳐 있었고, 오랫동안 쌓인 피로 때문에 몸이 상당히 쇠약해졌다. 그래서 많은 부상병들과 함께 페샤와르에 있는 기지 병원으로 후송되었다. 그러나 그곳에서 건강이 회복되어 병동을 걷거나 베란다에서 가벼운 일광욕을 할 수 있을 정도가 되었을 때, 불행하게도 나는 다시 그 저주스러운 장티푸스에 걸리고 말았다. 몇 달 동안 내 상태는 도저히 회복될 가능성이 없는 것처럼 보였지만, 나는 마침내 의식을 회복했다. 회복기에 들었을 때 내 몸이 너무나 쇠약해서 군 의료 위원회는 나를 하루빨리 잉글랜드로 보내야 한다는 결정을 내렸다. 그에 따라 나는 군인 수송선 오론테스 호에 몸을 실었고, 한 달 후에는 포츠머스 부두에 내리게 되었다. 내 몸은 회복될 수 없을 정도로 망가진 상태였기 때문에 정부는 쉬면서 안정을 취하라고 9개월간의 휴가를 명령했다.

잉글랜드에 친구나 친척이 하나도 없는 나는 마치 공기처럼 자유로웠다. 아니 정확히 말하면, 하루 11실링 6펜스의 지급액이 허락하는 범위 안에서 자유로웠다. 상황이 이렇다 보니, 나는 자연히 대영제국의 모든 무위도식하는 놈팡이들이 모여드는 오물 구덩이 같은 런던으로 이끌렸다. 나는 런던의 스트랜드 가에 있는 개인 호텔에서 갖고 있던 돈을 헤프게 쓰며 쓸쓸하고 무의미한 나날을 보냈다. 오래지 않아 주머니 사정이 나빠지자 대도시를 떠나 시골에 가서 살거나, 생활 방식을 근본적으로 바꿔야 한다는 사실을 깨달았다. 나는 생활 방식을 바꾸기로 결정하고 당장 호텔을 떠나 더 검소하고 값싼 집을 구하기로 결심했다.

이런 결정을 내린 바로 그날, 크리테리온 술집 앞에 서 있는데 누가 뒤에서 내 어깨를 툭 쳤다. 돌아보니 세인트 바솔로뮤 병원에서 나의 수술 조수로 일했던 스탬포드였다. 거대한 대도시 런던의 한복판에서 아는 얼굴을 만난다는 것은 쓸쓸한 사람에게는 더없이 반가운 일이다. 나는 스탬포드와 특별히 친한 사이는 아니었지만 매우 반갑게 그를 맞았다. 그도 나를 만난 것이 반가운 듯했다. 나는 너무나 반가운 마음에 그에게 홀본 식당에서 점심을 함께 하자고 제안했고, 우리는 이륜마차를 타고 식당으로 향했다.

"왓슨 씨, 그간 어떻게 지냈습니까?" 마차가 복잡한 런던 거리를 덜컹거리며 지날 때 그는 궁금해하는 표정을 숨김없이 드러내며 물었다.

"몸이 빼빼 마르고 피부는 햇볕에 그을려 새까맣군요."

스탬포드의 물음에 나는 그동안의 참담한 경위에 대해 간략하게 말했는데, 이야기가 끝나기도 전에 우리는 목적지에 도착했다.

"저런! 고생을 많이 하셨겠군요." 내 불운한 이야기를 듣고는 그는 동정하듯 말했다.

"지금은 뭘 하며 지내십니까?" 그가 물었다.

"하숙을 찾고 있네. 적당한 하숙비로 좋은 방을 구할 수 있을지 고민이지만 말이야."

"거참 이상한 일이군요. 오늘 이런 말을 하는 건 왓슨 씨가 두 번째입니다."

"그래? 첫 번째는 누군데?"

"병원의 화학 연구실에서 일하는 사람입니다. 좋은 방을 구해 놨지만 혼자 쓰기에는 너무 비싸서 같이 살 사람을 찾는데 찾을 수 없다며 그가 투덜대더군요."

"그거 마침 잘됐군! 정말로 방을 같이 쓰고 비용을 같이 낼 사람을 찾고 있다면, 내가 바로 그 사람이야. 나도 혼자 살기보다는 누군가와 같이 방을 쓰길 원하거든."

스탬포드는 와인글라스 너머로 나를 이상한 눈빛으로 바라보았다.

"왓슨 씨가 아직 셜록 홈즈를 몰라서 그러십니다. 계속 같이 살게 되면 어떻게 나오실지 모르겠군요."

"그 사람 어떤 문제가 있나?"

"아니, 문제가 있다는 게 아닙니다. 어떤 과학 분야에는 열성적이지만, 다만 좀 이상한 생각들을 갖고 있습니다. 그러나 제가 아는 한 좋은 사람입니다."

"의학도인가?"

"아닙니다. 도대체 무엇을 하려는 건지 모르겠어요. 그는 해부학에 상당한 지식을 갖고 있고, 화학 지식에도 일류인 것은 확실하지만, 의학을 체계적으로 공부한 적은 없는 듯해요. 그의 연구들은 대단히 산만하고 별나지만 교수들도 놀랄 법한 많은 지식들을 갖고 있습니다."

"앞으로 무엇을 할 생각이냐고 직접 물어보지는 않았어?"

"아뇨. 쉽게 말해 줄 사람이 아니니까요. 하지만 마음이 내키면 대화를 잘 합니다."

"그를 만나 보고 싶군. 같이 생활을 할 사람이라면 상대방이 면학적이고 조용한 사람이면 좋겠어. 나는 아직 소음이나 자극을 견딜 만큼 몸이 회복되지 않은 데다 그건 이미 아프가니스탄에서 충분히 경험했으니까 말이야. 자네 친구란 사람을 어떻게 만날 수 있지?"

"지금은 틀림없이 연구실에 있을 겁니다. 그는 몇 주 동안 그곳에 얼굴을 나타내지 않든가, 아침에서 밤까지 그곳에서 일하든가 해요. 괜찮으시다면 식사 후에 함께 그곳에 가 보시죠."

"좋아." 나는 대답했고, 우리 대화는 다른 방향으로 흘렀다.

홀본 식당을 나와 병원으로 가는 동안 스탬포드는 내가 함께 살려는 사람에 대해 몇 가지를 더 설명해 주었다.

"혹시 그와 잘 안되더라도 저를 비난하지 마세요. 저도 그와 연구실에서 가끔 만나는 게 전부입니다. 왓슨 씨가 말을 꺼낸 김에 말씀 드린 것이니 저를 탓하시면 곤란합니다."

"함께 지내기 힘들면 헤어지면 그만이지. 하지만 스탬포드." 나는 스탬포드를 보며 덧붙였다. "자네가 이 일에서 손을 떼고 싶어 하는 무슨 이유가 있다는 생각이 들어. 그 친구의 성질이 사나운가? 한번 솔직히 얘기해 보게."

"설명할 수 없는 것을 설명하려니 힘들군요." 그는 웃으며 대답했다. "제가 보기에 홈즈 씨는 지나치게 과학적인 사람입니다. 냉혈한이라고 할 수 있을 정도죠. 예를 들면 새로 발견한 식물성 알칼로이드(식물 속에 들어 있는 질소를 함유한 알칼리성 유기물로 모르핀, 니코틴, 코카인, 키니네, 카페인 등이다)를 친구에게 투약할 그런 사람이니까요. 그것은 어떤 악의가 있어서가 아니라 정확한 효능을 알기 위한 일종의 연구입니다. 게다가 분명히 자신에게도 투약할 겁니다. 어쨌든 그는 정확한 지식에 대해서는 상당한 열정을 갖고 있습니다."

"그거야 좋은 일이 아닌가?"

"그렇죠. 하지만 도가 지나칠 때도 있습니다. 해부실에서 시체를 막대기로 때리는 것은 기괴한 짓이죠."

"시체를 막대기로 때리다니!"

"시체에 타박상이 얼마나 생기는지 확인하기 위해서라나요? 때리는 것을 두 눈으로 직접 봤습니다."

"그런데도 그가 의학도가 아니라는 건가?"

"의학도는 아닙니다. 홈즈 씨의 연구 목적이 무엇인지는 아무도 모릅니다. 자, 다 왔습니다. 그가 어떤 사람인지는 직접 확인하세요."

우리는 좁은 골목을 지나 큰 병원의 부속 건물에 들어섰다. 나는 그런 곳에 익숙해 있었기 때문에 안내를 받을 필요도 없이 앞에 서서 차가운 돌계단을 올라가 회칠을 한 벽과 암갈색 문들이 있는 긴 복도를 걸어갔다. 복도 끝 가까이 화학 실험실로 통하는 낮은 아치가 있는 다른 복도가 있었다.

연구실은 천장이 아주 높은 방이었는데, 벽과 바닥에는 많은 병들이 가지런히 또는 어수선하게 널려 있었다. 여기저기 큰 실험대가 있었고, 그 위에는 증류기, 시험관, 푸른 불꽃을 내뿜고 있는 작은 분젠 버너들이 잡다하게 놓여 있었다. 실내에는 한 사람이 있었는데, 그는 안쪽에 있는 실험대에 몸을 구부리고 일에 몰두하는 모습이었다. 우리의 발소리가 들리자 그는 주위를 둘러보다가 갑자기 환성을 지르며 자리에서 일어섰다.

"내가 발견했어! 드디어 찾아냈어!" 그는 한 손에 시험관을 들고 우리 쪽으로 달려오며 스탬포드에게 소리쳤다. "헤모글로빈 이외에는 절대 침전하지 않는 시약을 발견했어!."

아마 금광을 발견한 사람도 그만큼 기쁜 표정을 짓지는 않을 거라 나는 생각했다.

"왓슨 씨, 이분은 셜록 홈즈 씨입니다."

스탬포드가 우리를 소개했다.

"안녕하십니까?" 셜록 홈즈는 예상치 못한 강한 힘으로 내 손을 꽉 잡으며 친절하게 말했다. "아프가니스탄에 갔었군요."

"어떻게 알았습니까?" 나는 놀라서 물었다.

"아, 내 말에 신경 쓰지 마십시오." 그는 웃으며 말했다. "그보다도 문제는 헤모글로빈입니다. 이 발견의 중요성을 아시겠죠?"

"화학적으로는 흥미롭지만, 실용적인 면에서는……."

"천만의 말씀! 이것은 근래 들어 가장 실용적인 법의학적 발견입니다. 이것으로 절대적으로 확실하게 혈흔을 판정할 수 있습니다. 자, 이리 와 보세요!"

그는 자기 말에 열중한 나머지 난폭하게 내 소맷자락을 잡고 자기가 일하던 실험대로 끌고 갔다.

"신선한 피를 좀 구합시다."

그는 기다란 바늘로 자기 손가락을 찔러 피를 낸 다음 핏방울을 피펫(화학 실험 기구로 일정한 양의 액체를 재는 가는 유리관)에 넣었다.

"자, 1리터 물에 이 소량의 혈액을 떨어뜨립니다. 보세요. 혼합물이 보통 물로 보이지요. 물에 대한 피의 비율은 100만 분의 1이 넘지 않을 거요. 그러나 이것으로부터 아주 분명한 반응을 얻을 수 있지요."

셜록 홈즈는 그 관에 흰 가루를 약간 섞은 다음 거기에 투명한 액체를 몇 방울 떨어뜨렸다. 즉시 그 내용물은 탁한 적갈색으로 변했고, 유리관의 밑바닥으로 침전되었다.

"하! 하!" 그는 새 장난감을 받은 어린애처럼 기쁜 표정을 짓고는 손뼉을 치며 소리쳤다. "이것을 어떻게 생각합니까?"

"아주 분명하게 반응하는 듯싶군요." 내가 말했다.

"훌륭해! 정말 훌륭해! 지금까지의 검사법은 복잡하고 결과도 확실치 않았습니다. 혈구의 현미경 검사도 마찬가지였죠. 현미경 검사에는 몇 시간 지난 혈흔은 쓸모가 없어요. 그런데 이 방법은 피가 오래된 것이나 새것이나 같은 반응을 보입니다. 이 검사법이 더 빨리 발견됐더라면 죄를 짓고도 지금 세상을 활보하고 있는 놈들 모두 교도소에 갔을 거요."

"그렇겠군요." 나는 중얼거렸다.

"지금까지 범죄 사건의 해결은 이런 점에 달려 있었어요. 예를 들면, 범행이 일어나고 몇 달이 지나서야 용의자가 나왔다고 합시다. 그의 셔츠나 손수건, 옷 등을 검사하니 검붉은 얼룩들이 발견됐다고 하죠. 그러면 그 얼룩은 핏자국일까, 흙 자국일까, 녹물일까, 과즙 자국일까, 아니면 뭘까? 그런 점이 많은 전문 수사관들을 난처하게 해 왔습니다. 왜 그럴까요? 믿을 만한 검사법이 없었기 때문입니다. 그러나 이제는 셜록 홈즈 검사법이 있으니 앞으로는 문제 될 게 없어요."

말하는 동안 그의 눈은 반짝였고, 눈앞의 군중의 갈채에 응답하듯이 가슴에 손을 얹고 머리를 숙여 인사했다.

"축하 드려야겠군요." 나는 그의 열정에 놀라서 말했다.

"작년에 프랑크푸르트에서 폰 비숍 사건이 있었는데, 만약 이 검사법이 그때 있었더라면 그는 틀림없이 교수형에 처해졌을 겁니다. 또 브래드포드의 메이슨도, 흉악한 뮬러도, 몽펠리에의 르 페브르도 그리고 뉴올리언스의 샘슨도 죗값을 치렀겠죠. 이 검사법으로 해결됐을 사건은 아주 많이 있어요."

"걸어 다니는 범죄 달력 같으십니다." 스탬포드가 웃으며 말했다. "그것에 대한 신문을 내지 그래요? 신문 이름은 〈과거의 범죄 뉴스〉라고 하는 게 좋겠군요."

"그러면 상당히 흥미로운 읽을거리가 되겠군." 셜록 홈즈는 아까 손가락에 낸 상처에 작은 반창고를 붙이며 말했다. "조심하지 않으면 독약에 손을 적시게 되죠."

셜록 홈즈는 웃으며 내게 손을 내밀었다. 그의 손에는 반창고들이 더덕더덕 붙어 있었고, 군데군데 독한 산(酸)으로 인한 피부의 변색이 있었다.

"실은 중요한 일이 있어 왔는데요."

스탬포드는 다리가 셋인 높은 의자에 앉으며 다른 의자를 내 쪽으로 밀었다.

"왓슨 씨는 하숙을 구하고 계십니다. 그런데 홈즈 씨도 방을 공동으로 빌릴 사람을 찾는데 찾지 못하겠다고 하시던 것이 생각나서 두 분을 만나게 하려고 모셔 왔습니다."

셜록 홈즈는 나와 같이 방을 빌린다는 것이 반가운 듯했다.

"베이커 가에 봐 둔 스위트룸이 하나 있습니다. 우리 두 사람이 살기에는 아주 적당한 방입니다. 당신이 독한 담배 연기를 싫어하지 않았으면 좋겠군요."

"나도 해군 담배를 애용합니다." 내가 대답했다.

"그럼 됐습니다. 나는 늘 화학 약품을 가까이 두고 가끔 실험도 하는데 그것은 괜찮겠습니까?"

"상관없습니다."

"그 밖에 내 결점이라고 한다면 뭐가 있지? 나는 가끔 울적해져서 며칠 동안 말을 하지 않을 때도 있는데, 그럴 때는 내가 화가 났다고 생각하지 말기 바라오. 그냥 두면 곧 괜찮아지니까. 그럼 이번에는 당신 고백을 들어 보지요. 함께 살기 전에 서로의 결점들을 미리 알아 두는 것이 좋을 테니."

이 반대 심문에 나는 웃었다.

"나는 불도그 새끼를 키우고 있습니다. 그리고 신경이 몹시 예민하고 몸이 쉬이 피로하기 때문에 시끄러운 것은 질색입니다. 또 일어나는 시간이 일정치 않고 아주 게을러요. 몸 상태가 좋았을 때는 다른 결함들도 있었지만 지금은 주로 그 정도입니다."

"시끄러운 것이 질색이라고 했는데 바이올린 연주도 포함됩니까?" 그는 걱정스럽다는 듯이 물었다.

"연주자에 따라 다르지요. 훌륭한 연주는 더할 나위 없는 위로가 되지만 서툰 사람의 연주는……."

"아, 그럼 됐습니다." 그는 명랑하게 웃으며 말했다. "방을 함께 쓰는 것으로 결정됐다고 봐도 되겠군요. 물론 방만 당신 마음에 든다면 말이죠."

"방은 언제 볼 수 있지요?"

"내일 정오에 여기서 만나 같이 가서 모든 것을 결정합시다."

"좋습니다. 그럼 12시 정각에 봅시다." 나는 그와 악수하며 말했다.

나와 스탬포드는 홈즈를 화학 약품들 속에 남기고 내가 묵는 호텔을 향해 걸어갔다.

　"그런데 말이야." 나는 갑자기 걸음을 멈추고 스탬포드를 향해 몸을 돌리며 물었다. "내가 아프가니스탄에서 온 것을 그는 어떻게 알았을까?"

　스탬포드는 수수께끼 같은 미소를 지었다.

　"그 점이 바로 그의 특성입니다. 많은 사람들이 그가 어떻게 그런 것을 알아내는지 궁금해하죠."

　"아! 미스터리란 말이지?" 나는 두 손을 비비며 말했다. "이거 재미있군. 그를 소개해 줘서 정말 고맙네. '인간이 정말 연구해야 할 것은 인간이다'라는 말이 있잖나."

　"그렇다면 그를 연구해 보세요." 스탬포드는 작별 인사를 하며 말했다. "하지만 그는 풀기 어려운 문제가 될 겁니다. 틀림없이 당신이 그에 대해 알아내는 것보다 그가 당신에 대해 알아내는 것이 더 많을 걸요. 그럼, 안녕히 가세요."

　"잘 가게."

　나는 스탬포드와 헤어진 뒤 새로 알게 된 홈즈에 대해 큰 흥미를 갖고 호텔을 향해 걸어갔다.

2
추리학

이튿날 나는 약속대로 홈즈를 실험실에서 만나 함께 어제 그가 말했던 베이커 가 221B 번지에 있는 방을 보러 갔다. 편안해 보이는 침실 두 개와 넓고 통풍이 잘되는 거실이 하나 있었다. 거실에는 밝은 분위기의 가구들이 있고, 폭이 넓은 창이 두 개 있어서 채광도 충분했다. 그곳의 모든 것이 마음에 들었고, 집세도 두 사람이 분담하니 조건도 너무 알맞아 그 자리에서 즉시 계약을 하고 우리는 방을 차지하게 되었다. 나는 바로 그날 저녁에 호텔에서 짐을 옮겨 왔고, 홈즈는 다음 날 아침에 상자 몇 개와 큰 가방들을 들고 이사했다. 바쁘게 짐을 풀고 각자의 물건을 가장 알맞게 배치하는 데 이틀이 걸렸다. 그 일이 끝나자 우리는 점차 생활의 틀을 잡아가며 새로운 환경에 적응하게 되었다.

홈즈는 함께 생활하기에 어려운 사람이 아니었다. 그는 조용했고, 규칙적인 생활을 했다. 밤 10시 이후에는 일어나 있는 경우가 극히 드물었고, 아침에는 항상 내가 일어나기 전에 아침 식사를 하고 방을 나갔다. 그는 대개 하루를 화학 실험실이나 해부실에서 보냈는데, 가끔은 런던의 최고 빈민가까지 멀리 산책을 하고 오기도 했다. 한번 연구에 빠지면 대단한 열의를 보이지만, 때때로 그 여파로 며칠이고 거실 소파에 누운 채 아침부터 밤까지 한 마디도 하지 않는 데다 근육 하나 까딱하지 않았다. 그럴 때면 그의 눈은 마치 꿈을 꾸는 듯 공허한 상태여서 그의 절제된 생활과 결벽증적인 성향을 몰랐다면 그가 마약중독자라고 의심했을 것이다.

날이 갈수록 그에 대한 흥미와 그가 대체 무엇을 하고 사는지에 대한 호기심이 깊어져 갔다. 홈즈는 남에게 관심이 없는 사람도 관심을 갖게 만드는 강한 개성이 있었다. 키는 6피트가 넘었는데 너무 말라서 훨씬 더 커 보였다. 눈은 앞서 말한 무기력해 보이는 때를 제외하고는 남을 꿰뚫어 보듯 상당히 날카로웠다. 가느다란 매부리코로 인해 얼굴은 강한 인상을 풍기고, 각진 턱은 결단력 있는 사람처럼 보이게 했다. 그의 두 손에는 항상 잉크와 얼룩, 화학 약품이 묻어 있었는데, 손놀림은 놀라울 정도로 섬세했다. 그것은 깨지기 쉬운 실험 기구를 능숙하게 다루는 것을 가끔 봐서 알 수 있었다.

나는 이 친구에게 큰 호기심을 느껴 자신에 대해서는 한 마디도 하지 않는 그의 입을 열게 하려고 얼마나 노력했는지 모른다. 이렇게 말하면 독자는 내가 못 말리는 참견쟁이라고 생각할지도 모르겠다. 하지만 그렇게 단정하기 전에 당시 내 생활이 관심을 기울일 만한 것이 별로 없었다는 사실을 알아주기 바란다. 건강 때문에 날씨가 특별히 좋은 날이 아니면 외출할 수 없었고, 그렇다고 단조로운 생활을 위로해 주기 위해 찾아올 친구도 없었다. 그런 상황이다 보니, 나는 그를 둘러싸고 있는 자질구레한 수수께끼라도 열심히 풀며 시간을 보내는 수밖에 없었던 것이다.

그는 의학 공부를 하는 것이 아니었다. 이 점에 대해서는 스탬포드의 생각이 옳았다는 것을 홈즈의 입을 통해 확인할 수 있었다. 그렇다고 전문적으로 공부해서 과학 분야의 학위를 따고, 학자의 길을 걸으려는 것도 아닌 듯했다. 그러나 어떤 분야에 대해서는 대단한 열정을 갖고 있었고, 기묘하게 한쪽으로 치우치기는 했지만 놀라울 정도로 해박하고 정확한 지식을 갖고 있었다. 어떤 확고한 목적도 없이 그토록 열심히 일하거나 정확한 지식을 얻으려는 사람은 없을 것이다. 막연하게 책을 읽어서는 정확한 지식이 쌓일 리 없다. 사람은 그럴 만한 이유가 없으면 사소한 문제로 머리를 혹사하지 않는다.

그는 놀라울 정도로 해박한 동시에 한편으로는 상당히 무지했다. 현대의 문학, 철학, 정치에 관해서는 거의 아는 게 없는 듯했다. 내가 토마스 칼라일(Thomas Carlyle; 영국의 비평가이자 역사가)을 인용했더니 홈즈는 그가 누구이며 무엇을 했느냐고 물었다. 하지만 그가 코페르니쿠스의 지동설이나 태양계의 구성에 대해 전혀 모른다는 사실을 알았을 때는 믿을 수 없을 정도로 더욱 놀랐다. 19세기의 문명인으로서 지구가 태양의 주위를 돌고 있다는 사실을 모르는 사람이 있을까?

"상당히 놀란 듯싶군." 나의 표정을 보고 그가 웃으며 말했다. "알았으면 그것을 잊도록 노력하는 것이 좋아."

"잊도록 노력하다니!"

"내 말을 들어 보게나. 사람의 뇌는 작은 다락방 같아서 자기가 선택한 지식만 채워 넣어야 한다고 생각하네. 그런데 어리석은 사람은 닥치는 대로 잡동사니 지식도 머릿속에 집어넣으니까 자기에게 필요한 지식은 밖으로 밀려나거나 다른 것들과 섞이는 바람에 막상 필요할 때는 꺼낼 수 없는 거야. 그러나 익숙한 사람은 뇌라는 다락방에 무엇을 넣을지 세심하게 신경을 쓰지. 자신의 일에 도움이 되는 지식 외에는 일체 넣지 않는데, 그렇다 해도 상당한 양이 되기 때문에 그것들을 전부 완벽하게 정리해 두지. 이 작은 방이 신축성 있는 벽으로 만들어져 있어 얼마든지 들어갈 수 있다고 생각하는 것은 잘못이야. 새로운 것을 하나 넣을 때마다 전에 알았던 것을 하나 잊게 될 때가 꼭 올 거야. 그러니 쓸모없는 것은 잊어버려 유용한 지식을 넣는 데 방해가 되지 않도록 하는 것이 아주 중요하네."

"하지만 태양계 정도는……." 내가 반박하려 했다.

"그것이 내게 무슨 도움이 되지?" 그는 조급하게 내 말을 가로막았다. "지구가 태양 주위를 돌고 있다고 하는데 만약 달 주위를 돌고 있다고 해도 내 생활과 그리고 일과는 아무 상관이 없어."

나는 그 일이 무엇인지 물어보려 했지만 어쩐지 홈즈는 그런 질문을 싫어할 듯싶었다. 나는 우리가 나누었던 짧은 대화를 곰곰이 생각해 보고 무언가 결론을 끌어내려고 노력했다. 그는 자신의 목적에 관계없는 지식은 전혀 습득하지 않는다고 말했다. 따라서 그가 갖고 있는 지식은 모두 그의 일에 도움이 되는 것뿐이라는 이야기가 된다. 나는 먼저 그가 특별히 잘 알고 있는 항목들을 떠올리며 연필을 꺼내 그것을 적어 보았다. 적어 놓고 보니, 나도 모르게 웃음이 떠올랐다. 그 내용은 다음과 같았다.

셜록 홈즈의 지식과 능력

1. 문학 지식: 전혀 없음.
2. 철학 지식: 전혀 없음.
3. 천문학 지식: 전혀 없음.
4. 정치에 관한 지식: 조금 있음.
5. 식물학 지식: 일정하지 않음. 벨라도나, 아편, 그 밖의 일반 독물에 대해서는 박식하지만 원예에 대해서는 전혀 모름.
6. 지질학 지식: 실용적인 지식은 있으나 한정되어 있음. 한눈에 각종 토양을 식별할 수 있음. 산책한 뒤에 바지에 묻은 흙을 보고 그 색과 밀도를 통해 런던 어느 지역의 흙인지를 지적한 일이 있음.
7. 화학 지식: 많이 알고 있음.
8. 해부학 지식: 정확하지만 체계적이지 않음.

9. 범죄학 지식: 해박. 금세기에 일어난 범죄는 전부 자세히 아는 듯함.

10. 바이올린을 능란하게 연주함.

11. 봉술, 권투 및 검술의 달인.

12. 영국 법률의 실용적 지식이 풍부함.

여기까지 쓰다가 나는 실망하여 종이를 불 속에 던져 버렸다. "이따위 것을 적어서 그가 무엇을 하려는지, 왜 그런 재능이 필요한지 알아내려고 할 바에야 집어치우는 것이 좋겠어."

위의 표에서 나는 그의 바이올린에 대한 재능을 지적했다. 그의 바이올린 연주 실력은 훌륭했으나 그의 다른 재능들과 마찬가지로 별났다. 나는 그가 일전에 나의 요청에 따라 멘델스존의 가곡이며 내가 좋아하는 곡들을 연주해 준 것을 보고 그가 어떤 곡이든, 특히 어려운 곡도 연주할 수 있다는 사실을 알게 되었다. 그런데 마음대로 연주하게 두면 곡다운 곡은 연주하지 않고, 익숙한 선율은 전혀 들을 수 없었다.

밤이면 그는 안락의자에 기대어 눈을 감고 무릎 위에 올려놓은 바이올린을 무심하게 켜기도 했다. 곡들은 어떤 때는 낭랑하거나 우울했고, 어떤 때는 환상적이고 명랑했다. 연주는 그때그때의 그의 생각들을 반영하고 있다고 생각되지만, 음악이 그의 생각에 도움을 주는지 아니면 단순히 기분 전환을 위한 것인지는 나도 알 수 없었다. 만약 그가 언제나 마지막에 내가 좋아하는 곡들을 연주해 주지 않았더라면 그런 독주를 듣는 것은 괴로워 아마 나는 불평을 늘어놓았을 것이다.

처음 일주일 동안은 찾아오는 손님이 없어 홈즈도 나처럼 친구가 없는 줄 알았다. 그런데 얼마 지나지 않아 그에게는 각계각층에 아는 사람이 많이 있다는 사실을 알게 되었다. 그중에는 레스트레이드라는 혈색이 나쁘고 검은 눈의 쥐 같이 생긴 남자가 있었는데, 일주일에 서너 번 찾아왔다. 어느 날 아침에는 유행하는 옷차림을 한 젊은 여자가 찾아와서 30분이 넘게 있다 가기도 했다. 같은 날 오후에는 머리가 희끗희끗한 행상인 차림의 유태인으로 보이는 사람이 방문했는데, 그는 몹시 흥분해 있었고 곧 뒤따라 단정치 못한 차림새의 중년 여자가 찾아왔다. 또 어떤 때는 백발의 노신사가 홈즈를 만나러 온 적도 있었고, 벨벳 제복을 입은 기차역의 수하물 운반 인부가 찾아오기도 했다.

이런 정체를 알 수 없는 사람들이 찾아오면 홈즈는 거실을 사용해도 좋으냐고 물었고, 그러면 나는 내 침실로 들어갔다. 이것에 대해 홈즈는 내게 불편을 끼쳐서 미안하다고 사과했다.

"나는 이 방을 사무실 대신 사용해야 해서 그러네. 그 사람들은 내 고객들이야." 그가 말했다.

이때가 그에게 단도직입적으로 물어볼 수 있는 좋은 기회였지만, 한편으로 미안한 마음이 들어 속마음을 털어놓으라고 강요하지 못했다. 처음에는 무슨 이유가 있어 말하기를 싫어한다고 생각했는데, 얼마 지나지 않아 그가 이 문제에 대해 언급했기에 내 생각이 틀렸음을 알았다.

그날은 3월 4일이었고, 날짜를 기억하는 것은 그럴 만한 이유가 있기 때문이다. 나는 보통 때보다 조금 일찍 일어났는데 홈즈는 아침 식사 중이었다. 하숙집 아주머니는 내가 늦게 일어나는 것을 알고 있어서 내 아침 식사와 커피를 준비해 놓지 않았다. 나는 괜한 성질을 내며 벨을 울려 아침을 준비해 달라고 퉁명스럽게 말했다. 그런 다음 테이블 위의 잡지를 집어 들고는 말없이 토스트를 씹고 있는 홈즈를 가끔 곁눈질하면서 잡지를 넘겼다. 잡지에는 연필로 밑줄이 그어져 있는 부분이 있었는데, 내 눈길은 자연스레 그 기사로 갔다.

기사의 제목은 '생명의 책'이었다. 자기 앞에 전개되어 오는 것들을 정확하고 조직적으로 검토함으로써 관찰력이 예민한 사람이 얼마나 많은 것을 배울 수 있는지 설명하는 내용이었다. 나는 예민함과 비합리를 교묘하게 얼버무려 놓은 내용이라고 생각했다. 이론은 치밀하고 그에 대한 설명은 열성적이었지만, 추리는 터무니없고 과장되어 보였다. 필자는 근육의 사소한 움직임이라든가 눈길의 움직임 같은 순간적인 표정으로 사람의 속마음을 꿰뚫어 볼 수 있다고 주장했다. 그는 관찰과 분석에 익숙한 사람은 절대로 속일 수 없다고 주장했다. 그런 사람의 결론은 유클리드(옛 그리스의 수학자)의 많은 정리처럼 확실하다고 주장했다. 풋내기들은 그 결론에 놀라서, 결론에 도달하기까지의 과정을 알기 전에는 필자를 마법사로 생각했을지도 모른다. 필자는 이렇게 논했다.

한 방울의 물에서 탐구자는 그것들을 보거나 듣지 않고도 태평양이나 나이아가라 폭포를 추측할 수 있다. 마찬가지로 인생은 하나의 커다란 사슬이므로 그 본성을 알려면 한 개의 고리를 알기만 하면 된다. 모든 다른 학문과 마찬가지로 추리 분석학도 오랫동안 끈기 있게 노력해야 결과를 얻을 수 있다. 그러나 인생은 그것을 완전하게 습득할 수 있을 만큼 길지 않다. 이 문제의 가장 어려운 점은 도덕적인 면과 정신적인 면이다. 탐구자는 그 방면으로 들어가기 전에 기초적인 문제부터 정복해야 한다. 우선 타인을 만나면 한눈에 그 사람의 경력과 직업을 알아낼 수 있도록 연습을 해야 한다. 그런 연습은 철없는 짓으로 보일지 모르나 그렇게 함으로써 관찰력이 예민해지고 어디로 눈길을 보내야 하는지, 무엇을 찾아야 하는지 알게 되는 것이다. 그의 손톱, 소매 끝, 구두, 바지의 무릎, 굳은살이 박인 집게손가락과 엄지손가락, 그의 표정, 커프스……. 이런 것 하나하나가 그의 직업을 명확히 나타낸다. 하물며 이런 것 전부를 종합하고도 그 사람의 직업을 알 수 없다는 것은 상상할 수 없다.

"무슨 말도 안 되는 잠꼬대야!" 나는 잡지를 테이블에 탁 하고 내려놓으며 말했다. "이런 엉터리 같은 글은 처음 보는군."

"뭔데?" 홈즈가 물었다.

"이 기사 말이야." 나는 아침 식사 자리에 앉아 계란 숟가락으로 잡지를 가리키며 말했다. "표시를 해 놓은 걸 보니 자네도 읽었군. 잘 썼다는 건 나도 인정하지만 읽고 나니 화가 나는군. 이건 틀림없이 자신의 서재에 틀어박혀 안락의자에서 빈둥거리며 가설이나 전개하는 사람의 이론일 거야. 이 글을 쓴 사람을 지하철의 삼등차에 밀어 넣고 승객들의 직업을 일일이 맞추도록 하고 싶어. 만일 하겠다면 난 못 맞추는 쪽에 얼마든지 내기를 걸겠네."

"그러면 자네는 돈만 잃을 거야." 홈즈는 조용히 말했다. "그 기사는 내가 썼어."

"자네가?"

"그래. 나는 관찰과 추리, 양쪽 모두에 소질이 있어. 자네는 터무니없다고 생각하지만 내가 여기 서술한 이론은 실제로는 대단히 실용적이야. 너무나 실용적이어서 난 그것으로 먹고살아."

"어떻게?" 나는 무의식적으로 물었다.

"나는 독자적인 직업이 있어. 그런 직업을 가진 사람은 세상에 나 한 사람밖에는 없을 거야. 자네가 이해할 수 있을지 모르겠지만 나는 자문 탐정이라네. 런던에는 형사들이나 사립 탐정이 많이 있는데, 그들은 실패하면 나를 찾아오지. 그럼 나는 그들이 올바른 실마리를 찾도록 도움을 주지. 그들이 모든 증거를 내게 제출하면 나는 내가 아는 범죄 역사의 지식을 이용해서 대개 올바른 방향을 지적해 준다네. 범죄에는 아주 강한 유사성이 있어. 천 가지의 범죄를 상세히 알고 있으면 천한 번째의 범죄를 해결하지 못하는 것이 이상하지. 레스트레이드도 유명한 형사인데, 요즘은 그가 수사하고 있는 위조 사건이 미궁에 빠져 이곳에 온 거야."

"그럼, 다른 사람들은?"

"대부분은 개인 사무실에서 보낸 사람들이야. 그들은 모두 걱정거리가 있어서 도움을 청하러 왔어. 나는 그들의 얘기를 듣고, 그들이 내 설명을 들은 다음 상담료를 내면 그 돈을 챙기지."

"그렇지만 모든 세부 사항을 직접 본 당사자들도 잘 모르는 일을 이 방에서 한 발짝도 밖으로 나가지 않은 자네가 해결한다는 말인가?"

"물론이야. 그 점에 있어서는 일종의 직관력을 갖고 있어. 가끔 복잡한 사건 의뢰도 있는데, 그럴 때는 내가 직접 뛰어다니면서 내 눈으로 봐야 해. 나는 특수한 지식을 많이 갖고 있는데 그것을 응용하면 문제는 놀랄 정도로 쉽게 풀리지. 자네가 비웃은 이 잡지의 추리법도 내가 실제적인 작업을 할 때는 대단히 중요하게 쓰이네. 관찰은 내게 있어 제2의 천성이야. 우리가 처음 만났을 때 내가 자네에게 아프가니스탄에 갔다 왔다고 했더니 자네가 깜짝 놀란 일이 있었지."

"그건 보나 마나 내가 아프가니스탄에서 왔다고 누가 이야기해 준 거겠지."

"그렇지 않아. 나는 자네가 아프가니스탄에서 왔다고 확신했어. 오랜 습관으로 사색의 과정이 너무 빨리 달리게 되어 중간 과정을 의식하지 않고 결론에 도달할 수 있었던 거야. 그러나 거기에도 사색의 과정은 있어. 그것을 설명하면 이런 거야. '여기 군인 분위기가 나는 의사 같은 신사가 있다. 그렇다면 군의관이 틀림없다. 그의 얼굴은 검지만 원래 살갗은 검지 않다는 것을 손목이 하얀 점으로 알 수 있다. 그렇다면 열대 지방에서 최근에 돌아왔다. 얼굴이 수척한 것으로 보아 고생을 많이 했고 병을 앓았다. 그는 왼팔을 부상당했다. 왼팔을 부자유스럽게 뻣뻣이 들고 있는 것으로 알 수 있다. 영국군 군의관이 고생을 하고 팔에 부상을 당할 만한 열대 지방은 어디일까? 바로 아프가니스탄이지.' 이런 사고의 과정을 거치는 데는 1초도 안 걸렸어. 그래서 자네가 아프가니스탄에서 왔다고 했더니 자네는 놀랐지."

"자네 설명을 듣고 보니 간단하군." 나는 웃으며 말했다. "자네는 에드거 앨런 포의 뒤팽을 떠올리게 하는군. 그런 인물이 소설 밖에 실제로 있다고는 생각지 못했어."

홈즈는 일어나서 그의 파이프에 불을 붙였다.

"자네는 칭찬할 셈으로 나를 뒤팽과 비교했겠지만 내 생각에 뒤팽은 나보다 훨씬 못해. 15분 동안 가만히 있다가 갑자기 적절한 말을 해서 그의 친구의 사색을 중단시키는 것은 허세 부리는 일이고 천박한 짓이야. 그가 분석력에서 천재성을 어느 정도 갖고 있다는 점은 틀림없지만 포가 상상하는 만큼 경이적인 인물은 못 되지."

"에밀 가보리오의 작품을 읽어 봤나? 르콕은 탐정으로서 흡족하다고 생각하나?"

홈즈는 '흥' 하고 코웃음을 치며 화난 목소리로 말했다. "르콕은 형편없이 서투른 친구야. 취할 점이라곤 단 한 가지, 정력뿐이지. 그 책을 읽고 속이 뒤집히더군. 문제는 신원이 밝혀지지 않은 죄수의 신원을 밝히는 일이었어. 나라면 24시간 안에 밝혀낼 수 있었을 텐데 르콕은 여섯 달이나 걸렸지. 그 책은 차라리 탐정이 피해야 할 사항들을 가르치는 교과서로나 쓰는 게 좋겠어."

내가 존경하는 사람을 두 사람이나 이렇게 무례하게 공격하자 나는 화가 나서 창가로 가 번잡한 거리를 내려다보며 속으로 생각했다. '이 친구는 똑똑할지 모르지만 자만심이 대단하군.'

"요즘은 범죄도 범인도 없어." 그는 투덜거렸다. "나 같은 직업에 두뇌가 있다는 게 무슨 소용인가? 나는 내 이름을 유명하게 만들 만한 두뇌를 갖고 있어. 과거나 지금이나 나만큼 범죄 수사에 관해 많은 연구를 했고, 재능을 갖고 태어난 사람도 없어. 그런데 그 결과는 어떻지? 내가 솜씨를 발휘하려 해도 그럴 만한 범죄가 없어. 기껏 있다고 해야 범죄 동기가 너무 뻔해서 스코틀랜드 야드 형사들도 쉽게 꿰뚫어 볼 수 있는 서투른 범죄뿐이야."

나는 그의 오만한 말투에 화가 나서 화제를 바꾸는 편이 좋겠다고 생각했다.

"저 친구는 무엇을 찾는 걸까?" 나는 검소한 차림을 한 체격이 큰 남자를 가리키며 말했다.

그는 길 건너에서 걱정스러운 표정으로 집집마다 번지를 살피며 천천히 걷고 있었다. 손에 커다란 푸른 봉투를 든 것으로 보아 틀림없이 편지를 전하려 하는 것이었다.

"저 퇴역한 해병대 하사관 말인가?" 홈즈가 말했다.

'이런 허풍쟁이 같으니! 자신의 짐작을 확인할 수 없다는 것을 알고 맘대로 지껄이고 있군.' 나는 속으로 생각했다.

그 생각이 내 머리에서 떠나기도 전에 우리가 보고 있던 사람은 문에 있는 우리 집 번지를 보고 급히 길을 건너왔다. 아래층에서 문을 노크하는 소리와 굵은 목소리가 들린 뒤에 계단을 올라오는 육중한 발소리가 났다.

"셜록 홈즈 씨에게 이것을 전달하러 왔습니다." 그는 방에 들어와서 홈즈에게 편지를 건네며 말했다.

나는 홈즈의 자만심을 고쳐 줄 기회가 왔다고 생각했다. 방금 엉터리 소리를 지껄였을 땐 이런 일이 생기리라고는 생각지 못했을 거라 짐작하며 부드럽게 물었다.

"실례지만 당신 직업이 뭡니까?"

"커미셔네어(전역 군인의 조합으로 런던의 잡역 고용인)입니다. 제복은 지금 수선 중이고요." 그는 퉁명스럽게 말했다.

"전에는 무슨 일을 했습니까?" 나는 홈즈에게 약간 악의 있는 눈길을 보내며 물었다.

"해병대 보병 부대 하사관이었습니다. 답장은 없으십니까? 그럼 물러가겠습니다."

그는 발뒤꿈치를 소리 내어 붙이고 거수경례를 한 다음 떠났다.

3
로리스턴 가든 사건

고백하지만 나는 홈즈의 이론에 대한 실질적인 신선한 증거를 보고 많이 놀랐다. 그의 분석력에 대한 나의 존경심 또한 놀랄 만큼 더해졌다. 그러나 한편으로는 그 일 전체가 나를 감탄케 하려고 미리 짠 것은 아닐까 하는 의심이 아직 남아 있었다. 하지만 그가 내게 그런 행동을 할 이유가 무엇인지는 도저히 알 수 없었다. 홈즈를 보니 그는 편지를 다 읽은 후였고, 그의 눈은 빛이 없고 멍한 표정이었다.

"그것을 도대체 어떻게 추리했지?" 내가 물었다.

"추리하다니 뭘?" 홈즈는 불쾌하다는 듯이 물었다.

"그가 전역한 하사관이란 사실 말이야."

"난 시시한 일을 설명할 시간이 없어." 그는 퉁명스럽게 말했으나 곧 미소를 지었다. "내 무례를 용서하게. 자네가 내 생각의 고리를 끊는 바람에 화가 났던 것뿐이야. 어쩌면 잘된 일인지 몰라. 자네는 그 사람이 해병대 하사관이었다는 사실을 알지 못했나?"

"나는 정말 몰랐어."

"어떻게 알았다는 것을 설명하기보다는 아는 것 자체가 더 쉽네. 만일 누가 자네에게 둘 더하기 둘은 넷이라는 것을 증명하라고 한다면, 자네는 그게 옳다는 사실을 알면서도 증명하기가 곤란할 거야. 나는 그가 길 건너에 있을 때, 멀리 있었음에도 그의 손등에 커다란 닻 문신이 파랗게 새겨져 있는 것을 보았네. 그것으로 바다 냄새를 느꼈지. 그러나 그의 태도에는 군대식 몸가짐이 있었고, 군대식 구레나룻도 기르고 있어서 그가 해병대 출신이라는 사실을 알 수 있었네. 그는 약간 거드름을 피웠고, 남을 지휘하는 태도가 보였어. 자네도 그가 머리를 곧게 들고 지팡이를 휘두르는 모습은 봤을 거야. 그의 표정을 보면 견실하고 존경받는 중년 남자라는 것을 알 수 있었어. 이 모든 게 그가 전에 하사관이었다는 사실을 증명하는 것이지."

"정말 훌륭해!" 나는 소리쳤다.

"평범한 일이지." 홈즈가 말했다.

그러나 그의 표정으로 보아 내가 진심으로 경탄하고 있다는 사실을 알고 대단히 좋아하고 있었다.

"나는 조금 전에 범죄자들이 없다고 말했어. 내 말이 틀린 듯싶네. 이걸 봐!"

그는 커미셔네어가 갖고 온 편지를 내게 건네주었다.

"오! 이건 무서운 일이군." 나는 편지를 대강 훑어보며 소리쳤다.

"약간 색다른 일인 듯해." 홈즈는 조용히 말했다. "큰 소리로 읽어 주겠나?"

내가 그에게 읽어 준 편지는 다음과 같았다.

친애하는 셜록 홈즈 씨

어젯밤에 브릭스턴 가에서 멀지 않은 곳에 있는 로리스턴 가든 3번지에서 나쁜 사건이 있었습니다. 그곳을 순찰 중이던 순경이 새벽 2시경에 그 집에 불이 켜져 있는 것을 봤습니다. 그 집이 빈집이라는 것을 알고 있는 순경은 무엇인가 잘못됐다고 생각했습니다. 현관문은 열려 있었고, 가구 하나 없는 거실에서 옷을 잘 입은 신사의 시체를 발견했습니다. 주머니에는 '미국 오하이오 주 클리블랜드 시 이녹 J. 드레버'라는 명함이 몇 장 들어 있었습니다. 도난당한 것은 없고, 그 사람이 어떻게 죽었는지 알 만한 증거도 없었습니다. 방에는 핏자국은 많이 있었으나 시체에는 상처가 전혀 없었습니다. 우리는 그 사람이 어떻게 그 빈집에 갔는지 도무지 알 수가 없습니다. 사건 전체가 수수께끼입니다. 그 집으로 12시 전에 오시면 저를 만나실 수 있습니다. 홈즈 씨로부터 연락을 받기 전에는 현장을 그대로 놔두겠습니다. 만일 못 오신다면 좀 더 자세한 보고를 드릴 테니 선생의 고견을 말씀해 주시면 고맙겠습니다.

— 토비어스 그렉슨

"그렉슨은 스코틀랜드 야드에서도 똑똑한 사람이야. 그와 레스트레이드는 뛰어난 존재들이네. 두 사람 모두 민첩하고 정력적이지만 놀랄 만큼 진부하지. 두 사람은 서로 잡아먹지 못해 야단이야. 그리고 두 사람은 마치 직업여성처럼 서로를 질투하지. 두 사람 다 이 사건에 관여한다면 재미있겠는데."

나는 그가 조용히 말하고 있는 것을 보고 놀랐다.

"이러고 있을 시간이 없잖아. 가서 마차를 부를까?"

"가야 할지 어쩔지 모르겠어. 나는 구제할 길 없는 게으름뱅이야. 때때로 대단히 활발하게 움직이기는 하지만 발작이 나면 그렇게 된다는 얘기지."

"이것이야말로 자네가 기다리던 기회가 아닌가?"

"왓슨, 이 일이 나와 무슨 상관이지? 내가 이 문제를 해결해 봐야 그렉슨과 레스트레이드 일당의 공적이 될 게 뻔하네. 나는 경찰이 아니고 일반인이니까."

"하지만 그렉슨은 자네에게 도와 달라고 간청하고 있어."

"그거야 내가 자기보다 우수하다는 것을 알고 있고, 그 사실을 인정하고 있으니 당연하지. 그렇지만 자신의 실력이 제삼자에게 알려질 바에야 차라리 혀를 깨물고 죽는 게 낫다고 생각할 거야. 하지만 가서 한번 살펴보는 것도 나쁘지 않겠지. 나는 나대로 사건을 해결해 보겠네. 소득은 없더라도 그 친구들을 한 방 먹여 줄 수는 있을 거야. 자, 가세!"

그는 서둘러 외투를 입고, 지금까지의 냉정함은 어디로 갔는지 바쁘게 움직였다.

"모자를 쓰게." 그가 말했다.

"나도 같이 가자고?"

"달리 할 일이 없으면."

1분 후에 우리는 이륜마차를 타고 브릭스턴 가를 향해 쏜살같이 달리고 있었다.

그날 아침은 흐린 날씨에 안개가 끼어 있었고, 길바닥의 진흙 빛이 반영이라도 된 것처럼 즐비한 집들 위에는 암갈색 장막이 드리워져 있었다. 홈즈는 기분이 좋아서 크레모나 바이올린에 대한 이야기와 스트라디바리우스와 아마티의 차이점 등을 어린애처럼 떠들어 댔다. 나는 날씨도 우중충한 데다가 우리가 관계하려는 일의 음침함 때문에 기분이 우울하여 입을 다물고 있었다.

"자네는 사건에는 조금도 신경을 쓰지 않는군." 나는 마침내 홈즈의 음악 이야기의 말허리를 잘랐다.

"자료가 아직 없잖아. 증거들이 모두 모이기 전에 추리를 하는 것은 큰 잘못이야. 판단에 편견을 갖게 하거든."

"자료는 곧 얻을 수 있을 듯하네." 나는 손가락으로 가리키며 말했다. "여기가 브릭스턴 가고, 내 생각이 옳다면 저게 그 집이야."

"그렇군. 마부, 마차를 세우게!"

집까지는 100야드 정도 남아 있었지만 홈즈가 내리겠다고 고집하는 바람에 우리는 집까지 걸어갔다.

로리스턴 가든 3번지는 불길하고 위협적으로 보였다. 그 집은 길에서 약간 들어가 있는 네 채의 집 중 하나였는데, 두 집에는 사람이 살고 있고 다른 두 집은 비어 있었다. 빈집에는 커튼도 없는, 음침해 보이는 세 개의 창문이 있었고, 흐린 유리창의 군데군데 붙어 있는 '임대'라는 글씨는 백내장 같은 탁한 느낌을 주었다. 집에는 볼품없는 풀들이 여기저기 돋아 있는 작은 앞뜰이 있어 길과 경계를 이루고 있었고, 찰흙과 자갈이 깔린 누르스름한 좁은 길이 뜰을 가로지르고 있었다. 길 전체가 간밤에 내린 비로 질퍽거렸다. 위에 나무 난간이 있는 3피트 높이의 벽돌담이 뜰을 둘러싸고 있었고, 벽돌담에는 건장한 순경 한 명과 집 안에서 일어나고 있는 일을 보려고 목을 길게 빼고 있는 할 일 없는 사람들이 둘러싸고 있었다.

나는 홈즈가 집 안으로 급히 들어가서 조사를 시작할 줄 알았으나 그런 기색은 보이지 않았다. 그런 상황에서도 그는 냉담한 태도로 큰길을 왔다 갔다 하기도 하고, 공허한 눈길로 땅을 내려다보거나 하늘을 쳐다보기도 했으며, 길 건너의 집과 담 위의 난간을 바라보기도 했다. 검사가 끝나자 홈즈는 땅을 보며 오솔길을, 아니 오솔길이라기보다는 오솔길 주변에 있는 풀 위를 걸어갔다. 그는 두 번 걸음을 멈췄는데, 한 번은 그가 싱긋 웃으며 만족스럽다는 듯한 소리를 내는 것을 보았다. 젖은 진흙땅에는 발자국들이 많이 있었으나, 경관들이 그 위를 밟고 들락날락한 뒤라 나는 홈즈가 거기서 무엇을 찾아낼 수 있으리라고는 생각하지 않았다. 그래도 나는 홈즈의 예민한 관찰력을 봤기 때문에 내가 알 수 없는 많은 것을 그가 알아냈을 거라고 확신했다.

현관 앞에서 수첩을 들고 있는 얼굴이 희고 연한 황갈색 머리의 키가 큰 남자를 만났다. 그는 앞으로 뛰어와서 진심으로 반가운 듯이 홈즈의 손을 꼭 잡았다.

"잘 오셨습니다. 아무것도 손대지 않고 그대로 놔뒀습니다."

"저것은 예외로군요." 홈즈는 오솔길을 가리키며 말했다. "물소 떼가 지나가도 저 정도는 아닐 겁니다. 그렇지만 그렉슨, 사람들이 저곳을 밟도록 내버려 두기 전에 당신은 나름대로 결론을 내렸겠죠."

"나는 집 안에서 할 일이 많았습니다." 그렉슨 형사는 둘러댔다. "레스트레이드가 정원을 담당하고 있어서 그 일은 그가 알아서 하려니 생각했습니다."

홈즈는 나를 살짝 보며 비꼬는 듯이 눈썹을 치켜 올렸다.

"당신과 레스트레이드가 현장에 있으니 제삼자는 별로 찾을 것이 없겠군요."

그렉슨은 만족한 듯이 두 손을 비볐다.

"할 일은 우리가 다 했습니다. 하지만 이상한 사건입니다. 우리는 이런 사건이 홈즈 씨의 취향에 잘 맞는다는 걸 알고 있습니다."

"여기 올 때 마차를 타고 왔습니까?" 홈즈가 물었다.

"아니요."

"레스트레이드는 마차를 타고 왔습니까?"

"아니요."

"그렇다면 방을 봅시다."

홈즈는 이런 영문 모를 질문을 끝내고 집 안으로 들어갔다. 그렉슨은 놀란 표정으로 그의 뒤를 따랐다.

깔개도 깔지 않은 먼지투성이의 짧은 복도가 부엌과 사무실들로 통하고 있었다. 복도에는 오른쪽과 왼쪽에 하나씩, 두 개의 문이 있었다. 그중 하나는 여러 주 동안 닫혀 있었던 게 틀림없었다. 다른 문은 사건이 일어난 식당으로 통했는데 홈즈는 그 안으로 들어갔고, 나도 안에 시체가 있다는 사실 때문에 가라앉은 기분으로 그의 뒤를 따랐다.

네모난 커다란 방이었는데 가구가 하나도 없어 더욱 넓어 보였다. 벽에는 번쩍번쩍 빛나는 싸구려 벽지가 붙어 있었는데 여러 군데 곰팡이가 슬었고, 여기저기 벽지가 벽에서 떨어져 있어 그 밑의 누런 흙벽이 보였다. 문의 반대쪽에는 가짜 대리석 선반이 달린 겉보기에만 화려한 벽난로가 있었다. 벽난로의 선반 한구석에는 타다 남은 빨간 양초가 붙어 있었다. 하나밖에 없는 창문은 너무 더러워서 들어오는 햇빛마저 흐리멍덩해져 먼지가 잔뜩 앉은 방안이 더욱 잿빛으로 보였다.

이 모든 것들은 나중에 내가 관찰한 것인데, 지금 나의 주의력은 빛이 바랜 천장을 향해 보지 못하는 공허한 눈을 크게 뜨고 나무 바닥에 길게 누워 있는 기분 나쁜 시체에 집중되었다. 그 시체는 억세 보이는 고수머리에 짧은 콧수염이 있었다. 옷은 질이 좋은 프록코트와 조끼에 밝은 색의 바지를 받쳐 입고 있었는데, 칼라와 소매는 깨끗했다. 그 옆 마룻바닥에는 솔질을 잘해 깨끗한 실크 모자가 있었다. 양팔을 벌리고 두 손은 주먹을 꽉 쥐고 있었는데, 두 다리를 꼬고 있는 것이 고통스럽게 죽은 듯했다. 그의 뻣뻣한 얼굴은 공포감을 나타내고 있었는데, 그것 또한 사람의 얼굴에서는 여태껏 보지 못한 증오로 보였다. 증오에 찬 일그러진 표정에다 좁은 이마, 뭉툭한 코와 튀어나온 턱, 게다가 몸을 뒤튼 부자연스러운 모습이 원숭이를 연상케 했다. 나는 많은 죽음을 보아 왔지만 런던 교외의 큰길이 내려다보이는 이 더럽고 어두컴컴한 건물 안의 시체보다 무섭게 느껴지는 것은 보지 못했다.

마르고 족제비 같은 모습의 레스트레이드가 입구 근처에 서 있다가 홈즈와 내게 인사했다.

"이 사건으로 법석을 떨겠는데요." 그가 말했다. "나도 풋내기가 아니지만 여태껏 이런 사건은 처음입니다."

"단서는 찾았나?" 그렉슨이 물었다.

"전혀 없어." 레스트레이드가 말했다.

홈즈는 시체로 가서 무릎을 꿇고 앉아 열심히 조사했다.

"시체에 상처가 없는 것은 틀림없지요?" 그는 사방에 있는 많은 핏자국들을 가리키며 말했다.

"틀림없습니다!" 형사 두 사람이 동시에 소리쳤다.

"그렇다면 이 피는 다른 사람의 것이 확실해. 만일 살인이 있었다면 그는 살인범이겠지만. 이 사건을 보니 1834년에 위트레흐트에서 일어난 반 얀센 살인 사건 상황이 생각나는군요. 그 사건을 기억합니까, 그렉슨?"

"모르겠는데요."

"한번 읽어 보세요. 정말 읽어야 합니다. 세상에 새로운 것은 없습니다. 무슨 일이나 전에도 일어난 적이 있습니다."

홈즈는 말하면서 민첩한 손놀림으로 시체의 여기저기, 온갖 곳을 만지고, 누르고, 또 단추를 풀기도 하면서 샅샅이 조사했다. 이때 그는 전에 보았던 공허한 눈빛을 띠고 있었다.

홈즈는 너무나 민첩하게 조사를 했기에 그의 조사가 얼마나 면밀하게 이루어졌는지 아무도 모를 지경이었다. 이윽고 그는 죽은 사람의 입술에서 냄새를 맡은 다음 시체의 에나멜 구두 밑창을 흘낏 보고 물었다.

"시체는 조금도 움직이지 않았지요?"

"조사를 위해 움직여야 할 정도밖에는 움직이지 않았습니다."

"이상 더 볼 것은 없으니 이제 시체를 시체 안치소로 옮겨도 되겠습니다."

그렉슨은 다른 네 사람과 들것을 준비해 놓고 있었다. 그가 부르자 그들은 들어와서 시체를 들고 나갔다. 그들이 시체를 들 때 반지 하나가 바닥에 굴러떨어졌다. 레스트레이드는 그것을 집어 들고 이상하다는 듯이 살펴보았다.

"이곳에 여자가 있었어. 이건 여성용 결혼반지야." 그가 소리쳤다.

그는 반지를 손바닥에 놓고 손을 내밀었다. 우리 모두 그를 둘러싸고 반지를 보았다. 그 황금 반지가 한때는 신부의 손가락을 장식

했다는 것은 의심의 여지가 없었다.

"사건은 이미 충분히 복잡한데 이것이 문제를 더 복잡하게 만들겠군." 그렉슨이 말했다.

"이것으로 사건이 단순해졌다고는 생각지 않소?" 홈즈가 말했다. "반지를 보고 있어야 나올 것은 없어요. 그의 주머니에는 뭐가 들어 있었지요?"

"여기 전부 있습니다."

그렉슨은 계단 가장 아래 칸에 놓여 있는 잡동사니를 가리켰다.

"런던의 바로드 회사 제품인 매우 굵은 골드 앨버트 줄이 달린 금시계 한 개. 시계 번호는 97163. 비밀 결사 문양이 있는 금반지. 눈이 루비로 된 불도그 모양의 황금 장식핀. 러시아 가죽 명함케이스. 이 명함케이스에는 미국 클리블랜드 시의 이녹 J. 드레버라는 명함이 들어 있었는데 그의 셔츠와 수건에 새겨진 'E. J. D.'라는 머리글자와 일치합니다. 지갑은 없고 잔돈 7파운드 13실링이 있었습니다. 표지 뒤에 조셉 스탠거슨이라는 이름이 있는 보카치오의 〈데카메론〉 문고판이 한 권, E. J. 드레버와 조셉 스탠거슨 앞으로 온 편지가 각 한 통씩, 두 통 있습니다."

"편지의 주소는요?"

"스트랜드의 미국 환전소로 되어 있고, 찾으러 갈 때까지 보관하도록 되어 있습니다. 편지는 둘 다 기온 선박회사에서 온 것으로, 리버풀에서 떠나는 두 사람의 선박에 관한 내용을 담고 있습니다. 이 불행한 사람은 뉴욕으로 가려 했던 것이 틀림없습니다."

"스탠거슨에 대해서는 알아봤습니까?"

"제가 즉시 알아봤습니다. 그 사람에 대한 광고를 모든 신문에 냈고, 부하 한 사람을 미국 환전소로 보냈지만 아직 돌아오지 않았습니다."

"클리블랜드에는 연락했습니까?"

"오늘 아침에 전보를 쳤습니다."

"전보 문구는 어떻게 썼습니까?"

"이곳 상황을 간단히 설명하고, 우리에게 도움이 될 만한 정보를 보내주면 고맙겠다고 했습니다."

"당신이 생각하기에 중요하다고 생각되는 점에 대해서 특별히 묻지는 않았습니까?"

"스탠거슨에 대해 물었습니다."

"다른 것은 묻지 않았나요? 이 사건을 좌우할 만한 사항은 없었습니까? 전보를 다시 치지 않으시겠습니까?"

"제가 물어볼 말은 모두 전보로 쳤습니다." 그렉슨은 화난 목소리로 말했다.

홈즈가 미소를 지으며 다른 말을 하려는데, 우리가 이야기를 나누는 동안 거실에 있던 레스트레이드가 두 손을 비비며 기뻐하는 모습으로 홀에 다시 나타났다.

"그렉슨, 벽을 자세히 검토하지 않았다면 보지 못하고 지나쳤을 대단히 중요한 것을 내가 발견했지." 레스트레이드가 말했다.

그 작은 남자는 두 눈을 반짝이며 말했다. 그는 동료를 한 방 먹였다는 기쁨을 억제하고 있는 것이 틀림없었다.

"여길 보십시오." 그는 식당으로 다시 들어가며 말했다.

식당은 소름 끼치는 시체를 치운 덕분에 분위기가 훨씬 좋았다.

"자, 거기 서십시오!"

그는 구두에 성냥을 그어 불을 켜서 높이 쳐들고 의기양양하게 소리쳤다.

"저길 보십시오!"

나는 앞에서 그곳 벽지가 여러 군데 떨어져 있었다고 이야기했다. 방의 이쪽 구석에는 커다란 조각이 떨어져서 조잡한 누런 벽토가 보였다. 거기에 피의 빛깔 같은 붉은색으로 글씨가 쓰여 있었다.

RACHE

"이걸 어떻게 생각하십니까?" 레스트레이드는 사회자가 쇼를 진행하듯이 소리쳤다. "이곳은 방 안에서 가장 어두운 구석이라 아무도 살필 생각을 하지 않았기 때문에 이것을 지나치고 보지 못한 것입니다. 살인범이 자신의 피로 쓴 게 틀림없습니다. 여기 피가 벽에 흐른 자국을 보세요! 어쨌든 이것으로 죽은 사람이 자살한 것은 아닐까 하는 생각은 버리게 됐습니다. 그럼 왜 그 구석에 썼을까요? 제가 말하지요. 벽난로 선반 위에 있는 저 양초가 보이지요? 글을 쓸 때는 초가 켜져 있었습니다. 켜져 있었다면 지금처럼 어두컴컴했던 게 아니라 그때는 방 안이 밝았을 겁니다."

"그래, 자네가 발견했으니 말인데 그게 무엇을 뜻하지?" 그렉슨이 업신여기는 투로 물었다.

"무엇을 뜻하느냐고? 그야 글을 쓴 사람은 레이첼(RACHEL)이라는 여자 이름을 쓰려다가 다 쓰기 전에 당했다는 뜻이지. 내 말을 기억해. 이 사건이 해결되면 레이첼이라는 여자가 어떤 면으로든 관계되어 있을 테니. 셜록 홈즈 씨, 비웃으셔도 좋습니다. 당신은 똑똑하고 민첩할지 모르나 모든 일이 끝나면 늙은 사냥개가 가장 좋다는 것을 알게 될 테니까요."

"이거 실례했습니다." 웃음을 터뜨려서 레스트레이드를 화나게 한 홈즈가 사과했다. "이것을 처음 발견한 것은 당신의 공적이고, 당신 말대로 이 글은 어젯밤 사건에 관계했던 다른 사람이 쓴 듯싶습니다. 나는 아직 이 방을 조사할 기회가 없었지만 허락하신다면 지금부터 조사하겠습니다."

그는 주머니에서 줄자와 커다란 둥근 돋보기를 꺼내 들고는 조용히 방 안을 거닐다가 갑자기 서기도 하고, 때때로 무릎을 꿇기도 하고, 심지어 배를 바닥에 깔고 엎드리기도 했다.

그는 자기 일에 너무 열중한 나머지 우리를 잊은 듯했다. 그리고 계속해서 중얼거렸는데 감탄사, 신음 소리, 휘파람 소리 그리고 무엇을 찾은 듯 작은 외침 소리를 내기도 했다. 그를 보고 있자니 잘 훈련된 순종 폭스하운드 한 마리가 잃어버린 사냥감의 냄새를 찾을 때까지 끙끙대며 열심히 덤불 사이를 왔다 갔다 하는 모습이 떠올랐다.

약 20분 동안 그는 내 눈에는 보이지 않는 흔적 사이의 거리를 조심히 재기도 하고, 이유는 모르겠지만 가끔 줄자로 벽을 재기도 하면서 조사를 계속했다. 한 곳에서는 바닥에 쌓인 회색 먼지를 봉투에 조심스럽게 담았다. 그는 마지막에 돋보기로 벽에 쓰인 글씨를 한 글자 한 글자 꼼꼼히 조사했고, 이 일이 끝나자 만족스러운지 줄자와 돋보기를 주머니에 넣었다.

"천재란 끊임없이 고통을 참는 자라야 한다고 했습니다. 그 말은 대단히 졸렬한 정의이기는 하지만 탐정 일을 하는 사람에게 알맞은 말이라고 생각되는군요." 홈즈는 웃으며 말했다.

그렉슨과 레스트레이드는 그들과 같이 있는 이 아마추어 탐정의 행동을 큰 호기심과 약간 경멸에 찬 눈빛으로 보고 있었다. 홈즈가 하는 일은 아주 사소한 것도 분명하고 실용적인 목적이 있다는 것을 나는 깨닫기 시작하고 있었는데 그들은 그렇지 못한 듯했다.

"어떻게 생각하십니까?" 두 사람이 동시에 물었다.

"내가 두 분을 돕는다고 나선다면 두 분의 공적을 가로채는 일이 되겠지요. 두 분께서는 지금 너무 잘하고 계셔서 방해하면 안 되겠지요."

홈즈의 말은 비아냥거리는 기색이 역력했다.

"두 분께서 나중에 조사가 어떻게 진행되고 있는지 알려 주신다면 제가 도울 수 있는 일은 모두 돕겠습니다. 그동안에 우선 시체를 발견한 순경과 얘기하고 싶습니다. 그의 주소를 알려 주시겠습니까?"

레스트레이드는 수첩을 들여다보며 말했다. "그의 이름은 존 랜
스인데 지금은 비번입니다. 케닝턴 파크 게이트, 오들리 코트 46
번지에 가면 만날 수 있을 겁니다."

홈즈는 주소를 적었다.

"왓슨, 가세. 우린 가서 그 순경을 만나 보겠습니다. 이 사건의
해결에 두 분께 도움이 될지 모르는 것을 하나 말하지요." 홈즈는
두 형사에게 몸을 돌리고 말을 계속했다. "이 사건은 살인 사건이
고 범인은 남자입니다. 그는 키가 6피트가 넘는 혈기 왕성한 사람
으로 큰 키에 비해 발은 작고, 구두코가 네모난 조잡한 구두를 신
었으며, 트리치노폴리 시가를 피웠습니다. 이곳에는 피살자와 함
께 사륜마차를 타고 왔는데, 그 마차를 끈 말은 세 개의 발에는 헌
편자를, 오른쪽 앞발에는 새 편자를 하고 있었습니다. 살인자는 얼
굴이 붉고 오른손 손톱이 유난히 긴 남자입니다. 이런 것은 몇 가
지 특징에 지나지 않지만 수사에 도움이 될 것입니다."

레스트레이드와 그렉슨은 서로를 쳐다보며 어처구니없다는 듯
이 웃었다.

"만약 그 사람이 살해당했다면 어떻게 살해됐지요?" 레스트레
이드가 물었다.

"독살입니다." 홈즈는 퉁명스럽게 말하고 뚜벅뚜벅 걸어가다가
문 앞에서 몸을 돌리고 덧붙여 말했다. "'RACHE'는 독일어로 '복
수'란 뜻입니다. 그러니 미스 레이첼을 찾는 데 시간을 허비하지

마십시오."

홈즈는 말을 마치고 놀란 입을 다물지 못하고 있는 두 경쟁자를 남기고 그곳을 떠났다.

4
존 랜스의 진술

우리는 오후 1시경에 로리스틴 가든 3번지를 떠났다. 홈즈는 가까운 전신국으로 가서 긴 전보를 보냈다. 그런 다음 마차를 불러 마부에게 레스트레이드가 준 주소로 가자고 했다.

"증거는 직접 수집하는 게 제일 좋지. 사실 나는 이 사건을 거의 해결했지만 구할 수 있는 정보는 모두 수집하는 게 좋겠어."

"자네는 나를 곧잘 놀라게 하는군, 홈즈. 아까 자네가 한 말 전부에 대해 정말 그렇게 자신 있는 것은 아니겠지?"

"아니. 잘못 생각할 여지가 없어. 현장에 갔을 때 가장 먼저 눈에 띈 것은 사륜마차 한 대가 보도 가까이 남긴 두 개의 바퀴 자국이었어. 그런데 어젯밤까지는 일주일 동안 비가 내리지 않았어. 따라서 깊은 바퀴 자국을 남긴 마차는 어젯밤에 왔다는 사실을 알 수 있지. 거기에는 말굽 자국도 있었는데, 한 개의 자국이 다른 세 개의 말굽 자국들보다 뚜렷이 나 있는 것으로 보아 한 발에는 새 편자를 댔다는 것을 알 수 있어. 그 마차는 비가 내리기 시작한 뒤에 왔고, 그렉슨의 말에 의하면 오전에는 마차가 한 대도 오지 않았다고 하니 마차는 밤중에 그곳에 왔다는 말이 되지. 따라서 그 마차는 두 사람을 태우고 온 거야."

"얘기를 들어 보니 간단한 것 같은데, 그렇다면 가해자의 키는 어떻게 알아낸 건가?"

"아, 남자의 키는 걸음의 폭으로 알 수 있지. 그것은 간단한 계산으로 알 수 있지만 거기에 대해 자세히 설명해서 자네를 지루하게 만들고 싶지는 않아. 그 사람의 걸음 폭은 집 밖의 진흙에도 나타나 있었고, 집 안의 먼지 위에도 나 있었어. 그런데 내 계산으로 확인할 다른 증거도 있었네. 사람이 벽에 무엇을 쓸 때는 본능적으로 자신의 눈높이에 있는 곳에 글을 쓰지. 'RACHE'라는 글은 바닥에서 6피트 정도 떨어진 곳에 쓰여 있었네. 이런 모든 것은 어린애 장난 정도에 불과하지."

"그럼 그 사람의 나이는 어떻게 알았나?"

"약 4.5피트나 되는 웅덩이를 힘들이지 않고 성큼 넘을 수 있는 사람이라면 힘없는 늙은이일 리가 없어. 그가 틀림없이 건넜을 앞뜰 오솔길의 물이 고여 있던 물웅덩이의 넓이가 그쯤 됐어. 에나멜 구두 발자국은 웅덩이를 돌아갔지만, 구두코가 네모난 발자국은 웅덩이를 넘어간 자국이 있었네. 그러니까 내 말에는 신비스러운 점이라고는 전혀 없어. 나는 내가 잡지에 쓴 관찰과 추리에 대한 권고를 일반 생활에 적용했을 뿐이야. 또 알고 싶은 것이 있나?"

"손톱이 길다는 것과 트리치노폴리 시가는 어떻게 된 건가?"

"벽의 글은 남자가 집게손가락으로 피를 찍어 쓴 글이었어. 돋보기로 검토해 보니, 글을 쓸 때 흙이 약간 긁힌 것이 보였는데 손톱이 짧았다면 그런 일은 일어날 수 없네. 그리고 바닥에서 담뱃재를 약간 모아 봤는데 빛깔은 거무스름하고 비늘 같은 상태였어. 이런 재는 트리치노폴리 시가에서만 나와. 사실 나는 시가 담뱃재에 대해 특별히 연구를 했고, 그것에 대해 논문도 썼다네. 그래서 나는 세상에 알려진 어떤 상표의 시가 재나 파이프 담뱃재를 흘깃 보기만 해도 구별할 수가 있지. 그런 세부적인 면이 숙련된 탐정과 그렉슨이나 레스트레이드 같은 형사와 다른 점이야."

"그럼 얼굴이 붉다는 것은?" 내가 또 물었다.

"그것은 과감한 추측이지만 아마 맞을 거야. 현재 상태에서는 그 질문은 하지 말아 주게."

나는 손으로 눈을 문질렀다.

"머리가 빙빙 도는군. 이 사건은 생각할수록 신비스러운 문제가 더 생겨. 만일 두 사람이었다고 한다면 그 두 사람은 왜 빈집으로 들어갔을까? 그들을 데리고 온 마부는 어떻게 됐을까? 한 사람은 다른 사람에게 어떻게 독을 먹도록 만들었을까? 바닥의 피는 누구의 것일까? 약탈당한 것이 없다면 살인의 목적은 무엇일까? 여자 반지는 어떻게 거기에 있었을까? 무엇보다 두 번째 남자는 왜 떠나기 전에 'RACHE'라는 독일어를 써 놨을까? 솔직히 말해서 나는 이런 사실들의 앞뒤를 어떻게 맞출지 모르겠네."

홈즈는 만족스럽다는 듯이 미소를 지었다.

"자네는 이 사건의 어려운 점들을 간결하게 잘 말했어. 여러 가지 중요한 점에 있어서 나는 신념을 갖고 있지만 그래도 많은 점을 모르겠어. 가엾은 레스트레이드가 발견한 벽의 글씨는 사회주의 운동과 비밀 결사를 암시하여 경찰을 속이기 위한 눈속임에 불과하네. 그것은 독일인이 쓰지 않았어. 자네도 봤는지 모르겠지만, 글자의 A는 독일식 비슷하게 썼지만 진짜 독일인은 항상 라틴 글자로 쓴다는 점을 감안하면, 그것은 독일인이 쓴 게 아니라 서투르게 독일인 흉내를 내려다가 도리어 거짓을 드러낸 거라 생각하네. 수사 방향을 엉뚱한 길로 빠지게 하기 위한 계략에 불과하지. 나는 이 사건에 대해 더 이상 말하지 않겠네. 마술사가 자기가 어떻게 마술을 부렸는지 설명하고 나면 인기가 시들듯이, 나도 내가 일하는 방법을 자네에게 전부 알려 주면 결국 자네는 나를 보통 사람과 똑같은 사람이라고 생각하지 않겠나?"

"절대로 그렇게는 생각하지 않겠어." 나는 대답했다. "자네는 탐정술을 과학의 최고 경지까지 끌어올려 놓았어."

홈즈는 내가 성의 있게 칭찬하는 말에 기뻐하며 얼굴을 붉혔다. 여자에게 미인이라고 하면 좋아하는 것처럼 홈즈도 그가 하는 일을 칭찬하면 좋아한다는 점을 나는 벌써부터 알고 있었다.

"다른 것도 말해 주겠네." 그가 말했다. "에나멜 구두를 신은 사람과 끝이 네모진 구두를 신은 사람은 같은 마차를 타고 와서 아주 정답게 오솔길을 걸어갔어. 아마도 서로 팔짱을 끼고 갔을 거야. 그들은 안에 들어가서는 방 안을 왔다 갔다 했어. 두 사람 모두는 아니고 에나멜 구두를 신은 사람은 가만히 서 있었고, 끝이 네모진 구두를 신은 사람만 왔다 갔다 했어. 먼지 위에 난 발자국으로 이런 사실을 알 수 있지. 그는 걸을수록 점점 더 흥분했네. 그 점은 그의 걸음 폭이 점점 더 넓어진 것으로 알 수 있어. 그는 계속해서 말했고, 점점 더 화를 냈던 게 틀림없네. 그러자 비극이 일어났지. 이제 내가 알고 있는 것을 전부 말했어. 나머지는 추측에 불과해. 하지만 어디서부터 일을 시작해야 할지 출발점은 알고 있네. 자, 서두르자고. 오늘 오후에 할레 콘서트에 가서 노먼 네루다의 연주를 듣고 싶으니까."

이런 대화를 나누는 동안 우리가 탄 마차는 지저분한 골목들이 있는 음침한 거리를 한참 달리다가 그중에서도 가장 지저분한 거리에 갑자기 섰다.

"저기가 오들리 코트입니다." 마부는 벽돌 건물 사이에 난 음침하고 좁은 골목을 가리키며 말했다. "오실 때까지 여기서 기다리겠습니다."

오들리 코트가 있는 데는 좋은 곳은 아니었다. 골목 안으로 들어가니 돌로 포장된 네모난 빈터가 있고, 지저분한 집들이 빈터를 둘러싸고 있었다. 우리는 더러운 아이들이 떼 지어 모여 있는 사이를 지나 빛바랜 빨래들이 널려 있는 밑을 통과해 랜스라는 이름이 새겨진 동판이 붙어 있는 46번지 앞에 이르렀다. 랜스 순경이 자고 있어서 우리는 작은 거실로 안내되어 그곳에서 그가 나오기를 기다렸다. 잠시 후에 잠을 깨워서 언짢은 듯한 얼굴로 랜스가 나타나서 말했다.

"보고서는 경찰서에 제출했는데요."

홈즈는 주머니에서 반 파운드짜리 금화 한 개를 꺼내서는 곰곰이 생각하는 표정으로 그것을 갖고 장난치며 말했다. "당신에게 직접 듣고 싶습니다."

"뭐든지 말씀 드리죠." 순경은 작은 금화를 바라보며 말했다.

"당신이 본 것을 순서대로 말해 주세요."

"처음부터 이야기하겠습니다. 제 근무 시간은 밤 10시부터 다음날 아침 6시까지입니다. 11시경에 화이트 하트에서 싸움이 한 건 있었는데 그 일만 빼면 근무 중 내내 조용했습니다. 1시경에 비가 내리기 시작했고, 저는 홀랜드 그로브를 순찰하는 해리 머쳐를 만나 헨리에타 가 모퉁이에 서서 얘기를 나누었어요. 2시가 약간 지났을 때 저는 브릭스턴 가에 이상이 없는지 순찰하기로 했습니다. 날씨가 몹시 안 좋고 쓸쓸한 밤이었지요. 그곳으로 가는 도중에 마주친 사람은 아무도 없었고, 마차만 한두 대 지나갔습니다. 저는 이럴 때는 술이나 한 잔 마셨으면 좋겠다고 생각하며 걷고 있었는데 그 집의 창문에서 불빛이 보였습니다. 저는 로리스턴 가든의 그 두 집은 전에 세 들어 살던 사람이 장티푸스로 죽었는데도 집주인이 하수도를 청소하지 않아 빈집으로 있다는 사실을 알고 있었죠.

그래서 창문에 비친 불빛을 보고 깜짝 놀라 무엇이 잘못됐다고 생
각했습니다. 제가 현관으로 갔다가……."

"당신은 걸음을 멈추고 앞뜰 문으로 돌아갔지요? 왜 그랬습니
까?" 홈즈가 그의 말을 가로막고 물었다.

랜스는 깜짝 놀라며 홈즈를 쳐다보았다.

"맞습니다. 하지만 그것을 어떻게 아셨죠? 사실은 현관에 갔을
때 사방이 너무나 조용하고 적막해서 누가 함께 들어갔으면 하고
생각했습니다. 저는 이 세상에서 무서운 것이 없는 사람이지만 혹
시 장티푸스로 죽은 사람이 한이 맺힌 하수도를 검사하는 것은 아
닐까 하는 생각이 들더군요. 그러자 겁이 나서 혹시 머쳐의 랜턴
이 보이나 해서 앞뜰 문으로 돌아갔던 겁니다. 그러나 머쳐나 다
른 사람의 모습은 보이지 않았습니다."

"길에는 아무도 없었단 말이죠?"

"개 한 마리 없었어요. 저는 마음을 단단히 먹고 현관으로 돌아
가서 문을 밀어서 열었습니다. 집 안은 조용했고 저는 불이 켜져
있는 방으로 들어갔습니다. 벽난로 선반 위에서는 촛불이 날름거
리고 있었는데, 붉은 색의 양초였습니다. 그리고 그 불빛으로 본
것은……."

"알아요, 당신이 무엇을 봤는지. 당신은 시신을 발견하고는 방
안을 서너 바퀴 빙빙 돌다가 시체 옆에 무릎을 꿇었지요. 그런 다
음 부엌문을 열려고 한 다음……."

존 랜스는 겁먹은 얼굴로 벌떡 일어서서 수상하다는 눈초리로

홈즈를 보며 말했다. "당신은 그걸 어디 숨어서 봤소? 너무 많이 알고 있는 것 같소."

홈즈는 웃으며 자기 명함을 테이블에 던졌다.

"나를 살인범으로 체포하지 마시오. 나는 사냥꾼 중 한 사람이지 사냥감은 아닙니다. 그렉슨이나 레스트레이드가 그 점은 보증할 겁니다. 계속하세요. 그다음은 어떻게 했습니까?"

랜스는 이상하다는 표정을 지으며 의자에 앉았다.

"나는 문으로 가서 호루라기를 불었어요. 그러자 머쳐와 다른 두 사람이 현장으로 달려왔습니다."

"그때 길에는 아무도 없었습니까?"

"사건에 도움을 줄 만한 사람은 없었습니다."

"그게 무슨 말입니까?"

순경은 미소를 지었다.

"저도 술주정꾼은 많이 봐 왔지만 그렇게 취한 사람은 처음 봤습니다. 제가 밖으로 나가자 그는 문에 있는 울타리에 기대어 '콜롬바인의 새로운 기'인지 뭔지 하는 노래를 목청껏 크게 부르고 있었습니다. 그는 서 있지도 못할 지경이어서 도울 수도 없었습니다."

"어떻게 생긴 사람이었습니까?" 홈즈가 물었다.

랜스는 대화가 그 방향으로 흐르는 것이 못마땅한 눈치였다.

"그는 대단히 취한 상태였습니다. 우리가 바쁘지만 않았더라면 유치장에 처넣었을 겁니다."

"혹시 그의 얼굴이나 옷을 봤습니까?" 홈즈가 초조한 듯이 물었다.

"머쳐 순경과 둘이서 그 사람을 일으켜 세웠으니 보기야 봤죠. 키가 크고 얼굴이 붉었는데, 얼굴 아래는 목도리로 감싸고 있어서……."

"그만하면 됐어요." 홈즈가 소리쳤다. "그 사람은 어떻게 됐습니까?"

"그 사람 돌보는 일 말고도 우리는 할 일이 많았습니다." 순경은 못마땅하다는 표정으로 말했다. "나중에 집을 잘 찾아갔을 겁니다."

"옷은 어떻게 입고 있었소?"

"갈색 외투를 걸치고 있었어요."

"손에 채찍을 들고 있던가요?"

"채찍이요? 아니오."

"틀림없이 어디다 두고 왔을 거야." 홈즈는 작은 소리로 중얼거리고는 다시 물었다. "그런 일이 있은 다음에 마차를 보거나, 마차 소리를 듣지 못했습니까?"

"아니오."

"자, 이 금화는 당신 것입니다." 홈즈는 일어서서 모자를 집으며 말했다. "그런데 랜스 씨, 당신은 경찰에서 그 이상의 진급은 못하겠군요. 당신의 머리는 장식품으로 달려 있는 게 아니라 사용하라고 달려 있소. 어젯밤에 잘만 했더라면 당신은 한 계급 진급했을 겁니다. 어젯밤 당신의 손안에 있던 사람은 이 사건의 단서를 쥐고 있는 사람이고, 우리가 지금 찾고 있는 바로 그 사람입니다. 지금 그 문제로 다툴 필요는 없습니다. 그냥 그렇다는 얘기지요. 가세, 왓슨."

나는 홈즈의 말을 반신반의하면서도 걱정스런 표정을 짓고 있는 순경을 놔두고 마차로 향했다.

"바보 같은 경관." 하숙집으로 가는 마차 속에서 홈즈는 화난 목소리로 말했다. "그런 좋은 기회가 왔는데도 잡지 못했다니."

"나는 아직도 잘 모르겠어. 그가 설명한 남자의 모습이 자네가 말한 두 번째 남자의 모습과 일치하는 것은 사실이야. 하지만 그는 집을 떠났다가 왜 돌아왔을까? 그것은 범인이 할 행동 같지는 않아."

"그야 반지 때문이지, 반지. 그것 때문에 그는 돌아왔던 거라고. 다른 방법으로 그를 잡을 수 없다면 우리는 그 반지를 미끼로 쓸 수 있을 거야. 나는 그를 꼭 잡고 말겠어. 잡는다는 쪽에 2 대 1로 내기를 걸어도 좋아. 이게 다 자네 덕분일세. 자네가 아니었다면 나는 이 사건의 현장에 오지 않아서 내가 경험한 가장 훌륭한 연구를 놓쳤을지도 몰라. 이것은 주홍색(비유적으로 죄악을 상징하는 색) 습작이라고나 할까? 조금 회화적인 표현을 못할 것도 없지 않은가? 인생이라는 무색의 실타래에는 살인이라는 붉은 실이 섞여 있어. 우리가 할 일은 그 실을 풀고 붉은 실을 골라내서 그것을 완전히 밝혀내는 것이지. 자, 점심을 먹고 노면 네루다의 연주나 들으

러 가 볼까. 그녀의 연주는 훌륭하지. 그녀가 훌륭하게 연주하는
쇼팽의 소곡 제목이 뭐더라? '트라 라 라 리라 리라 레이.'"

내가 인간 정신의 복잡함에 대해 생각하는 동안 이 아마추어 사
냥개는 마차 안에서 몸을 뒤로 기대고 종달새처럼 재갈거리고 있
었다.

5
광고를 보고 온 방문객

오전의 활동이 몸이 쇠약해진 나에게는 지나쳤기 때문에 오후가
되자 피로가 몰려왔다. 홈즈가 연주회에 가고 나서 나는 소파에 누
워 두어 시간 자려고 했지만 쓸데없는 짓이었다. 내 머리는 오전에
있었던 일로 너무 흥분되어 있었고, 머릿속은 이상한 공상과 추측
으로 꽉 차 있었다. 눈을 감을 때마다 피살자의 원숭이 같은 일그
러진 얼굴이 떠올랐다. 그 얼굴은 너무나 흉측하게 보여 이 세상에
서 그를 없앤 사람에게 감사의 마음이 들 정도였다. 만일 극악무
도함을 대표하는 얼굴을 나타낼 수 있다면 클리블랜드의 이녹 J.
드레버의 얼굴이 그런 얼굴이었다. 그렇지만 나는 정의는 지켜져
야 하고, 피살자가 흉악하다고 법이 그 범죄를 묵과해서는 안 된다
고 생각했다.

나는 생각을 할수록 피살자가 독살됐다는 홈즈의 추측은 훌륭하다고 느꼈다. 홈즈가 피살자의 입 냄새를 맡던 모습이 생각났고, 그때 독살당했다고 생각하게 만든 무엇인가를 탐지했다는 사실도 알 수 있었다. 시체에 상처나 교살한 자국이 없으니 독살이라고 생각하는 것은 당연했다. 반면 바닥에 많이 있던 피는 누구의 것일까? 싸움을 한 흔적도 없었고, 피살자는 자기를 해치려는 사람을 다치게 할 만한 무기도 갖고 있지 않았다. 이런 문제들이 모두 풀리기 전에는 홈즈나 나나 잠자기는 어렵겠다는 생각이 들었다. 그의 조용한 자신감 넘치는 태도로 보아 그는 이미 모든 문제들을 설명할 수 있는 이론을 갖고 있는 것으로 생각되는데, 나는 그것이 무엇인지 도무지 알 수 없었다.

홈즈는 상당히 늦게 돌아왔다. 너무 늦어서 연주회만 갔다 왔다고는 생각되지 않았다. 저녁 식사는 그가 돌아오기 전에 테이블에 이미 차려져 있었다.

"너무나 훌륭했어." 홈즈는 식탁에 앉으며 말했다. "다윈이 음악에 대해 한 말이 기억나나? 그는 사람은 말하기 이전부터 음악을 연주하고 감상할 줄 아는 능력이 있었다고 주장했어. 그래서 우리는 음악으로부터 민감한 영향을 받나 봐. 인간의 정신에는 원시시대의 기억들이 아스라이 남아 있거든."

"그 생각은 너무 광대한 듯싶군." 내가 말했다.

"자연을 알려면 자연만큼 생각이 넓어야 하지. 근데 왜 그러나? 어디가 불편한 것처럼 보이는데. 브릭스턴 가 사건으로 마음이 혼란스러운 모양이군."

"솔직히 말하자면 그래. 아프가니스탄에서 많은 것을 경험했으니 좀 더 대담해졌을 법도 한데. 나는 동료가 마이완드에서 난도질당하는 것을 보고도 끄떡하지 않았다고."

"이해가 가네. 이 사건에는 어쩐지 상상력을 자극하는 기괴함이 있어. 상상만 하지 않는다면 공포는 없어. 자네 석간신문 봤나?"

"아니."

"이번 사건에 대한 기사가 어느 정도 정확히 났더군. 하지만 시체를 들 때 여성용 결혼반지가 바닥에 떨어졌다는 이야기는 나지 않았는데 다행이야."

"왜 그렇지?"

"이 광고를 보게. 나는 그 일이 일어난 즉시 오늘 아침에 이 광고를 모든 신문에 냈네."

나는 홈즈가 신문에서 가리키는 곳을 보았다. 광고는 습득물난 제일 위에 실려 있었다.

오늘 아침 브릭스턴 가의 '화이트 하트' 술집과 홀랜드 그로브 사이에서 결혼 금반지 습득. 오늘 저녁 8시에서 9시 사이에 베이커 가 221B번지의 왓슨 의사에게 연락 바람.

"자네 이름을 쓴 것을 용서하게." 홈즈가 말했다. "내 이름을 쓰게 되면 경찰의 어리석은 녀석들 중 누군가 알아보고 쓸데없이 방해하려 할 것 같아 그랬네."

"그건 괜찮지만 만일 누가 찾아오면 어쩌지? 나는 반지가 없어."

"여기 있어." 홈즈는 반지 하나를 건네며 말했다. "이거면 될 걸 세. 거의 똑같은 모조품이니까."

"자네는 이 광고를 보고 누가 올 것으로 생각하는데?"

"그야 갈색 옷을 입은 남자지. 얼굴이 붉고 끝이 네모진 구두를 신은 남자. 자기가 직접 오지 않으면 공범을 보낼 거야."

"그는 위험하다고 생각하지 않을까?"

"전혀 그렇게 생각하지 않을 거야. 만일 이 사건에 대한 내 생각 이 옳다면, 나는 옳다고 믿지만, 그는 이 반지를 위해서라면 어떤 위험도 무릅쓸 거야. 그는 드레버의 시체 위로 몸을 굽히던 중에 반지를 떨어뜨렸고, 그때는 그 사실을 몰랐을 거야. 살인 현장을 떠난 후에야 잃어버렸다는 사실을 알고 급히 돌아왔겠지. 그런데 촛불을 켜 놓은 채 가는 잘못을 저지른 관계로 그때는 경찰이 이미 와 있었던 거야. 그는 의심을 받을까 봐 술 취한 흉내를 냈던 거지. 자, 그의 입장을 생각해 볼까. 그는 곰곰이 생각해 보고, 살인이 일 어난 집을 나선 다음 반지를 길에 떨어뜨렸을 가능성도 있다고 생 각했을 거야. 그렇다면 그는 어떤 조치를 취하겠나? 그는 혹시 습 득물난에 반지를 발견했다는 광고가 나오지 않을까 해서 모든 신 문을 열심히 읽겠지. 이 기사를 보고 그는 눈을 반짝이며 매우 기 뻐했을 거야. 그래서 그는 이것을 함정이라고 생각하지는 않을 거 네. 그는 반지의 발견과 살인을 연관시킬 만한 것은 아무것도 없다고 생각할 거야. 그러니 그는 올 거야. 아니, 반드시 오게 되어 있어. 앞으로 한 시간 이내에 자네는 그를 보게 될 걸세."

"그가 오면 어떻게 하면 되지?"

"그는 내게 맡겨. 자네 혹시 무기 갖고 있나?"

"전에 쓰던 군용 권총과 실탄이 약간 있어."

"그 권총을 닦고 실탄을 장전하는 것이 좋을 거야. 그는 필사적일 테고, 나는 그가 모르게 덮칠 생각이야. 무슨 일이 일어날지 모르니 만반의 준비를 하는 것이 좋겠어."

나는 침실로 가서 그의 충고대로 했다. 내가 권총을 갖고 돌아왔을 때 테이블은 치워져 있었고, 홈즈는 바이올린을 켜고 있었다.

"사건이 점점 더 재미있어지고 있어." 홈즈가 말했다. "내가 미국에 보낸 전보에 대한 답신이 왔는데 사건에 대한 내 생각이 옳았어."

"자네 생각이 뭔데?"

"내 바이올린도 줄만 바꾸면 훨씬 좋아질 텐데. 권총은 주머니에 넣게. 놈이 오면 평상시 말하던 대로 하면 돼. 모든 것은 내게 맡겨. 놈을 너무 빤히 바라봐서 겁을 주지 않도록 하고."

"8시군." 내가 시계를 보고 말했다.

"그래. 그는 곧 도착할 거야. 문을 약간 열어 놓게. 그만하면 됐어. 그리고 열쇠는 문 안쪽 열쇠구멍에 꽂아. 고맙네. 이 책은 어제 내가 노점에서 산 헌책인데 좀 이상해. 《민족 간의 법》이라는 이 책은 라틴어로 쓰여 있는데, 1642년에 로랜드의 리에주에서 발간

됐어. 이 갈색 표지의 책이 발간됐을 때는 찰스 1세의 목이 아직도 몸에 단단히 붙어 있을 때였지.”

“발행인은 누군데?”

“누군지는 모르겠는데 필립 드 크로이로 되어 있어. 표지 안쪽을 보면 ‘그리엘미 화이트의 장서’라고 잉크로 적은 아주 희미한 글이 있는데, 윌리엄 화이트가 누군지 궁금하군. 아마도 잘난 체하는 17세기의 시골 변호사겠지. 필적을 보면 변호사 티가 나. 이제 우리가 기다리는 사람이 오는 듯싶군.”

그가 말하는데 벨이 날카롭게 울렸다. 홈즈는 조용히 일어서서 그의 의자를 문을 향해 옮겼다. 하녀가 현관 마루를 걸어가는 소리가 들린 뒤에 문의 걸쇠를 푸는 소리가 ‘찰칵’ 하고 났다.

“왓슨 의사님 계십니까?”

탁한 목소리가 똑똑하게 들렸다. 하녀의 목소리는 들을 수 없었으나 문이 닫힌 다음 누가 계단을 올라오는 발소리가 들렸다. 발소리는 또박또박하지 못했고, 발을 약간 끄는 듯했다. 그 발소리를 듣고 홈즈의 얼굴에 놀라는 표정이 스쳐 지나갔다. 복도를 천천히 걸어오는 소리가 들린 다음 문에서 힘없는 노크 소리가 들렸다.

“들어오세요.” 내가 소리쳤다.

내 말을 듣고 우리가 기대하고 있던 사납게 생긴 남자가 아닌 얼굴에 주름이 많은 늙은 노파가 절름거리며 방 안으로 들어왔다. 노파는 갑자기 불빛을 받아 눈이 부신 듯했으나, 상체를 굽히고 인사를 한 뒤에 우리를 향해 침침한 눈을 깜빡거리며 떨리는 손으로 불안한 듯이 주머니를 더듬고 있었다. 나는 홈즈를 보았다. 그의 얼굴에는 너무나도 우울한 표정이 나타나 있어 나는 태연하려고 애써야 했다. 노파는 석간신문 한 장을 꺼내 홈즈가 낸 광고를 가리켰다.

"이것 때문에 왔어요."

노파는 다시 허리를 굽혀 인사했다.

"브릭스턴 가에서 주웠다는 결혼 금반지 말입니다. 그 반지는 내 딸 샐리의 것인데 결혼한 지 1년이 지났지요. 남편은 유니언 기선의 주방 보조로 일하고 있는데, 돌아와서 반지가 없는 것을 보면 무슨 야단이 날지 생각하기도 싫어요. 보통 때도 화를 잘 내는 사람인데 술이라도 마신 날에는 말도 못해요. 샐리는 어젯밤에 서커스 구경 갔다가 반지를……."

"이 반지가 맞습니까?" 내가 물었다.

"어이구, 하느님 감사합니다!" 노파는 호들갑스럽게 소리쳤다. "샐리가 엄청 기뻐하겠어요. 그래요, 그 반지가 맞아요."

"할머니는 어디 사시지요?" 나는 연필을 꺼내며 물었다.

"하운즈디치 던칸 가 13번지요. 여기서 넌더리 나게 먼 곳이지요."

"하운즈디치라면 어느 서커스를 가더라도 브릭스턴 가를 지나지 않아요." 홈즈가 날카롭게 말했다.

노파는 몸을 돌리고 빨갛게 핏발이 선 작은 눈으로 홈즈를 날카롭게 바라보았다. "이분은 내가 사는 곳을 물으신 거잖아요. 샐리는 펙햄의 메이필드 플레이스 3번지에 세 들어 살고 있고요."

"그럼 당신 성함은?"

"내 성은 소여이고, 샐리의 성은 데니스지요. 샐리는 톰 데니스와 결혼했는데, 톰은 바다에 있는 동안은 똑똑하고 깨끗한 사람이지요. 회사에서 톰보다 좋은 주방 보조는 없다고 생각하지만, 육지만 올라오면 여자다 술집이다 해서 원……."

"여기 반지가 있습니다, 소여 부인." 나는 홈즈의 신호를 받고 노파의 말을 가로막았다. "이 반지는 당신 따님 것이 틀림없습니다. 반지를 주인에게 돌려줄 수 있어서 다행입니다."

노파는 고맙다고 끊임없이 중얼거리며 반지를 주머니에 넣고 발을 질질 끌며 계단을 내려갔다. 노파가 나간 즉시 홈즈는 벌떡 일어서서 그의 방으로 달려갔다. 잠시 후에 그는 외투를 입고, 목도리를 감고 나왔다.

"노파를 미행하겠어." 그가 다급하게 말했다. "노파는 공범이 틀림없고, 나를 범인에게 안내할 거야. 내가 올 때까지 기다리게."

방문객이 나가고 현관문이 닫히자마자 홈즈는 계단을 내려갔다. 창문을 통해 내다보니 노파는 건너편 길을 힘없이 걸어가고 있었고, 홈즈는 약간 떨어져서 뒤따르고 있었다.

'홈즈의 이론이 모두 틀렸든지 아니면 이제 그는 이 사건의 핵심으로 들어가겠군.' 나는 속으로 생각했다.

그의 모험의 결과를 듣게 될 때까지 내가 잔다는 것은 불가능하기에 나에게 기다리라고 할 필요는 없었다.

홈즈는 9시가 거의 다 되어 나갔다. 얼마나 기다려야 그가 돌아올지는 알 수 없었지만, 나는 멍청히 파이프 담배를 피우며 앙리 무르제의 〈방랑생활〉 화집을 넘기며 앉아 있었다.

10시가 지나자 하녀들이 자러 가는 발소리가 들렸고, 11시에는 내 문 앞을 지나 하녀들이 간 쪽으로 가는 가정부의 좀 더 위풍 있는 발소리가 들렸다. 12시가 거의 다 되어서야 홈즈가 현관문을 날카롭게 여는 소리가 들렸다. 그가 들어오는 순간 나는 그의 얼굴을 보고 성공하지 못했다는 사실을 알 수 있었다. 그의 얼굴은 우스운 것과 분한 것이 다투고 있는 표정을 띠고 있었는데, 우스운 것이 이겼는지 그는 너털웃음을 터뜨렸다.

"이 일만은 세상없어도 스코틀랜드 야드 녀석들이 알게 하고 싶지 않아." 그는 의자에 털썩 주저앉으며 말했다. "내가 그들을 너무 많이 약 올려서 이 이야기를 들으면 반대로 나를 놀릴 거야. 결국에는 내가 보복할 거라는 것을 알기 때문에 나는 신경도 쓰지 않겠지만."

"그런데 뭐가 문제야?"

"실패담이라고 해서 말 못할 것도 없지. 그 노파는 조금 가더니 다리를 절며 발이 아픈 모습을 하더군. 그러고 나서 곧 걸음을 멈추고 지나가는 사륜마차를 불렀어. 나는 노파가 말하는 주소를 들으려고 마차 가까이 갔지만 그럴 필요가 없었네. 노파는 길 건너에도 들릴 만한 큰 목소리로 '하운즈디치의 던칸 가 13번지로 갑시다'라고 말했으니까. 노파가 마차 안으로 들어간 다음 나는 마차 뒤에 매달렸지. 그런 기술은 모든 탐정이 익혀 둬야 하네. 어쨌든 마차는 던칸 가에 도착할 때까지 한 번도 멈추지 않고 덜컹거리며 달렸어. 나는 마차가 13번지에 도착하기 전에 마차에서 뛰어내려 길가를 어슬렁거리며 걸었어. 마차가 집 앞에 서는 것이 보이더군. 마부가 뛰어내려 마차의 문을 열고 노파가 나오기를 기다리는 것이 보였어. 하지만 아무도 나오지 않았어. 내가 그에게 다가가니 그는 지금까지 들어 보지 못한 여러 가지 욕을 퍼부으며 빈 마차 안을 미친 듯이 손으로 더듬고 있었다네. 마차 안에 있던 그 노파는 사라져 버린 거지. 그가 마차 삯을 받으려면 시간이 오래 걸릴 거야. 그래서 13번지에 가서 물어보니 그 집은 케스윅이라는 존경할 만한 도배장이의 집이었고, 소여나 데니스라는 이름은 들어 본 적도 없다는 거야."

"아니, 그렇다면!" 나는 놀라서 소리쳤다. "그 비틀거리던 연약한 늙은 노파가 자네나 마부 모르게 마차가 달리고 있을 때 도망쳤단 말인가?"

"늙은 노파 좋아하네!" 홈즈는 날카롭게 말했다. "그렇게 당했으니 우리가 오히려 늙은이지. 놈은 훌륭한 배우였을 뿐만 아니라 민첩한 젊은이인 것이 틀림없어. 변장은 정말 훌륭했어. 그는 미행당하는 것을 알고 나를 따돌린 게 확실해. 그것으로 보아 우리가 찾는 놈은 우리가 생각한 만큼 외톨이가 아니고 그를 위해 어느 정도 모험을 감수하는 친구들이 있다는 사실을 알 수 있어. 그런데 왓슨, 몹시 피로해 보이는군. 가서 자게나."

나는 정말로 피곤해서 연기를 내며 타고 있는 벽난로 앞에 홈즈

를 남겨 둔 채 자러 갔다. 밤늦게까지 그의 우울한 바이올린 소리
가 낮게 들린 것으로 보아 홈즈는 자기가 해결하기로 작정한 그 이
상한 사건을 깊이 생각하고 있음을 알 수 있었다.

6
토비어스 그렉슨의 추리

　다음 날 신문마다 '브릭스턴 사건'이라 이름 붙인 기사로 꽉 차 있었다. 신문마다 사건에 대한 기사를 길게 실었고, 어떤 신문은 그에 대한 사설까지 실었다. 기사 중에는 내가 몰랐던 내용도 있었다. 나는 지금도 그때 그 사건에 관한 기사들을 스크랩북에 보관하고 있다. 그중 몇 개를 소개한다.

　〈데일리 텔레그래프〉는 범죄 역사상 이 이상한 사건보다 더 비극적인 사건은 극히 드물다고 한 뒤 피살자의 이름이 독일계라는 점, 살인 동기가 없다는 점, 벽에 쓴 불길한 글 등, 모든 것이 정치적 망명자와 혁명가들이 저지른 범죄라고 주장했다. 또한 사회주의자들은 미국에 많은 조직단체를 갖고 있는데, 피살자가 그들의 불문율을 어겼기 때문에 그들이 추적하여 살해했다고 했다. 그리고 신문은 야간 비밀재판 제도(14세기 무렵, 독일의 베스트팔렌에서 행해진 공포 제도), 토파나 액(17세기 시실리아의 여자 토파나가 비밀 살인용으로 팔았다는 독약), 카르보나리(이탈리아 공화당 비밀 결사), 브랑빌리에 후작부인(욕심 때문에 시동생들을 살해한 17세 프랑스인), 다윈의 진화론, 맬서스의 인구론, 래트클리프 하이웨이 살인 사건(지금의 런던 시 거리로 1811년 여기서 살인 사건이 일어나 런던 시민을 큰 공포에 떨게 했음) 등을 암시적으로 언급한 다음 정부는 잉글랜드에 살고 있는 외국인들을 좀 더 엄중히 감시해야 한다고 훈계하고 있었다.

〈스탠더드〉는 이러한 불법적인 난폭한 행위들은 주로 자유주의적 행정에서 일어난다고 논평했다. 그런 사건들은 불안한 군중 심리와 그에 따라 발생하는 권위 실추에 그 원인이 있다고 평했다. 피살자는 몇 주 동안 런던에 거주한 미국 신사로 캠버웰에 있는 토퀘이 테라스의 차펜티어 부인의 하숙집에 살고 있었는데, 개인 비서인 조셉 스탠거슨 씨와 같이 여행 중이라고 했다. 두 사람은 이달 4일에 리버풀행 급행열차를 타러 유스턴 역으로 간다며 하숙집 주인에게 작별 인사를 하고 떠났다고 했다. 나중에 두 사람이 역 플랫폼에 같이 있었다는 목격자의 진술이 있었다. 그러나 드레버 씨의 시체가 이미 기술한 대로 유스턴 역에서 몇 마일 떨어진 브릭스턴 가의 빈집에서 발견되기까지의 그들의 행동에 대해서는 아무것도 밝혀진 것이 없다고 했다. 그가 그 집에 어떻게 왔는지, 어떻게 그런 운명을 맞았는지는 이 사건의 미스터리며 스탠거슨의 행방도 묘연하다고 했다. 또한 신문은 스코틀랜드 야드의 레스트 레이드와 그렉슨 두 형사가 이 사건에 관계하고 있어 다행이고, 유명한 두 사람이 이 문제를 빠르게 해결할 것이라고 언급했다.

〈데일리 뉴스〉는 이 사건은 정치적인 사건이 틀림없다고 단정하고, 전제 정치와 유럽 여러 나라에 왕성한 자유주의에 대한 혐오로 많은 사람들이 영국으로 몰려오고 있는데, 그 사람들은 자기들이 당한 일을 못마땅해하고 있다면서, 이 사람들 사이에는 엄중한 예법이 있는데 이를 어기면 죽음을 당한다고도 했다. 또한 피살자의 습관을 알기 위해서도 비서인 스탠거슨을 찾는 일에 전력을 기울여야 한다고 했다. 피살자가 하숙하던 집을 찾아서 사건은 커다란 진전을 보았다고 하며 이것은 스코틀랜드 야드의 그렉슨 형사의 예리함과 활동성에 전적으로 기인했다고 서술하고 있었다.

홈즈와 나는 아침 식사 때 그 기사들을 같이 읽었고, 그는 대단히 재미있어 하는 듯했다.

"무슨 일이 일어나든 공적은 레스트레이드와 그렉슨에게 돌아갈 거라고 내가 말했지?"

"그거야 결과가 어떻게 되느냐에 달렸지."

"천만에. 그것은 전혀 상관없어. 만일 범인이 잡히면 그건 두 사람의 노력 때문이고, 잡지 못하면 노력했는데도 그렇게 된 거라고 할 거야. '동전의 앞이 나오면 내가 이기고 뒤가 나오면 네가 진다'는 식이지. 그들이 무엇을 하든 간에 그들을 추종하는 자들이 있어. '바보한테 감탄하는 더 멍청한 바보는 끊이지 않는다'라는 프랑스 속담도 있지 않은가."

"아니, 이게 뭐야?"

내가 이렇게 소리친 이유는 홀과 계단에서 많은 발소리가 들린 데다 하숙집 여주인이 화가 나서 소리치는 소리가 들렸기 때문이다.

"베이커 가 소년탐정단이지." 홈즈가 심각하게 말했다.

그때 내가 여태껏 본 중에서 가장 더러운 누더기를 걸친 거리의 불량소년 여섯 명이 방 안으로 우르르 몰려 들어왔다.

"차렷!"

홈즈가 명령을 내리자 지저분하기 짝이 없는 불량소년들은 조각상을 세워 놓은 것처럼 부동자세로 섰다.

"앞으로는 위긴스 혼자 와서 보고하고 다른 사람들은 길에서 기다릴 것. 그걸 찾았나, 위긴스?"

"찾지 못했습니다." 어린아이 중 한 명이 대답했다.

"찾을 거라고 생각하지는 않았어. 계속해서 찾아보도록. 수고비를 주지."

홈즈는 그들에게 1실링씩 줬다.

"자, 그만 가고 다음에는 좀 더 좋은 보고를 갖고 오도록."

홈즈가 손을 흔들자 그들은 마치 쥐처럼 계단을 쪼르르 달려 내려갔고, 잠시 후에 길에서 그들의 새된 소리가 들렸다.

"저 거지 소년 한 명이 경찰 열두 명보다 쓸모가 있어. 사람들은 경찰의 모습만 봐도 입을 다물지만 저 소년들은 어디든지 가고, 모든 것을 들을 수 있지. 게다가 저들은 대단히 예민해. 그들에게 필요한 건 조직력뿐이야."

"그럼 브릭스턴 가 사건에 그들을 쓰고 있나?" 내가 물었다.

"그렇다네. 내가 확인하고 싶은 점이 한 가지 있어서 말이야. 시간이 좀 걸릴 뿐이야. 이런! 재미있는 소식을 곧 듣게 되겠군. 그렉슨이 싱글벙글하며 걸어오고 있어. 틀림없이 우리한테 오는 거야. 맞았어, 이제 섰어. 아, 왔군."

벨 소리가 날카롭게 들렸고, 잠시 후에 금발의 그렉슨이 한 번에 세 계단씩 뛰어 올라와서 우리 거실로 급히 들어왔다.

"홈즈 씨, 저를 축하해 주십시오!"

그는 반응이 전혀 없는 홈즈의 손을 꼭 잡았다.

"사건을 완전히 해결했습니다."

표정이 풍부한 홈즈의 얼굴에는 약간 걱정하는 기색이 보였다.

"올바른 단서라도 잡았다는 말입니까?"

"단서라고요? 우리는 범인을 체포했습니다."

"범인의 이름은 무엇이지요?"

"아더 차펜티어라는 해군 중사입니다."

그렉슨은 두툼한 두 손을 비비고 가슴을 펴며 거드름을 피웠다. 홈즈는 안도의 한숨을 내쉬고 웃는 얼굴로 안색을 누그러뜨렸다.

"앉아서 이 시가를 피우세요." 홈즈가 말했다. "당신이 어떻게 그런 일을 했는지 궁금하군요. 위스키를 드시겠습니까?"

"고맙습니다. 지난 이틀 동안 얼마나 애를 썼는지 지쳤습니다. 육체적으로 힘들었다는 게 아니라 정신적으로 힘들었다는 얘기죠. 셜록 홈즈 씨, 당신이나 나나 머리를 쓰는 사람이니 무슨 말인지 이해하실 겁니다."

"과찬의 말씀입니다." 홈즈는 진지한 표정으로 말했다. "어떻게 그 만족스러운 결과를 얻게 됐는지 알고 싶군요."

그렉슨은 안락의자에 앉아 흡족한 듯이 시가를 피우다가 갑자기 재미있다는 듯이 자기 넓적다리를 탁 쳤다.

"우스운 것은 자기가 똑똑하다고 생각하는 바보 같은 레스트레이드가 완전히 엉뚱한 발자취를 뒤쫓아 갔다는 점입니다. 그는 사건과 전혀 관계없는 피살자의 비서인 스탠거슨을 뒤쫓고 있어요. 지금쯤 스탠거슨을 잡았을 겁니다."

그 생각이 너무 재미있었는지 그렉슨은 웃다가 목이 막혔다.

"당신은 어떻게 단서를 잡았습니까?"

"아, 말씀 드리지요. 왓슨 씨, 물론 이것은 우리만의 얘깁니다. 우리가 알아내야 할 제일 처음의 난관은 살해당한 미국인의 신원이었습니다. 어떤 사람들은 그들의 광고에 대한 대답을 기다리거나 누군가 스스로 정보를 알려 오기를 기다리겠지만, 이 토비어스 그렉슨은 그런 식으로는 일하지 않습니다. 죽은 사람 옆에 있던 모자를 기억하십니까?"

"기억합니다." 홈즈가 말했다. "캠버웰 가 129번지의 '존 언더우드 앤 선' 제품이었지요."

그렉슨은 맥이 빠진 모습이었다.

"당신이 그 모자를 주의 깊게 봤을 거라고는 생각하지 않았습니다. 그럼 그 상점에 가 보셨습니까?"

"아니오."

"그렇습니까!" 그렉슨은 안심하는 듯한 목소리로 말했다. "기회는 제아무리 시시하게 보이는 것이라도 놓쳐서는 안 됩니다."

"위대한 정신에는 시시한 것이란 없어요." 홈즈는 격언 투로 말했다.

"아무튼 저는 언더우드 상점에 가서 언더우드 씨에게 그 모자 모양과 사이즈를 말하고 그런 모자를 판 적이 있는지 물었지요. 그는 장부를 뒤적이더니 즉시 대답하더군요. 그런 모자를 토퀘이 테라스, 차펜티어 하숙집에 거주하는 드레버 씨에게 보냈다는 겁니다. 그렇게 해서 저는 그의 주소를 알아냈습니다."

"훌륭합니다, 대단히 훌륭해요!" 홈즈가 말했다.

"그다음에 저는 차펜티어 부인을 방문했습니다." 그렉슨은 계속해서 말했다. "부인은 안색이 창백하고 슬픔에 잠겨 있었습니다. 그리고 부인의 딸도 방에 있었는데 대단히 훌륭한 처녀였습니다. 그런데 그녀의 눈은 새빨갛고, 제가 그녀에게 말을 할 때마다 입술을 떨더군요. 그런 점을 제가 놓칠 리가 없지요. 저는 이상하다고 생각했습니다. 홈즈 씨도 잘 아시겠지만 드디어 올바른 실마리를 찾았을 때의 그 심정, 온몸이 짜릿해 오는 것을 느꼈습니다.

저는 차펜티어 부인에게 '이곳에 하숙했던 클리블랜드의 이녹 J. 드레버의 이상한 죽음에 대해 들었습니까?'라고 물었지요. 그러자 부인이 고개를 끄덕이더군요. 그녀는 말을 하기조차 힘든 듯했습니다. 그때 갑자기 딸이 울음을 터뜨렸어요. 저는 두 사람이 이 사건에 대해 무엇을 알고 있는 게 틀림없다고 생각했고, 그들에게 또 물었습니다. '드레버 씨는 역에 간다고 몇 시에 집을 떠났습니까?' 부인은 8시라고 말하고 나서는 마음의 동요를 누르려고 침을 삼켰습니다. '그분의 비서인 스탠거슨 씨가 기차가 둘이 있다고 했어요. 9시 15분에 떠나는 것과 11시에 떠나는 기차요. 그는 먼저 떠나는 기차를 탄다고 하더군요.'

제가 다시 물어봤죠. '그때가 드레버 씨를 마지막으로 본 것입니까?' 그러자 부인의 표정이 심하게 변하면서 얼굴이 사색이 되더군요. 그녀는 한참 있다가 탁하고 부자연스러운 목소리로 '네'라고 겨우 말했습니다. 그리고 잠깐 침묵이 흘렀습니다. 그러다가 딸이 안정되고 차분한 목소리로 말했습니다. '어머니, 거짓말을 해 봤자 결과는 좋지 않아요. 우리 이분께 솔직히 말해요. 우리는 드레버 씨를 그 후에도 봤습니다.'

딸의 폭로에 부인이 놀라 소리쳤죠. '무슨 말을 하는 거니!'라며 부인은 의자에 털썩 주저앉았습니다. 이어서 부인이 '네 말 때문에 네 오빠가 죽겠어'라고 하자 딸은 '아더 오빠는 오히려 우리가 사실을 말하는 것을 원할 거예요'라고 단호하게 말했습니다.

모녀의 알 수 없는 대화에 '저에게 모두 말하는 것이 좋을 겁니다. 반만 털어놓는 것은 전부 숨기는 것보다 더 나쁩니다. 게다가 당신들은 우리가 얼마나 알고 있는지 모릅니다'라고 말했습니다.

'다 네 잘못이다, 앨리스!' 부인은 딸에게 소리치더니 제게 말했습니다. '전부 말하겠어요. 아들이 이 무서운 사건에 관련되어 있을까 봐 내가 흥분하고 있다고 생각하지는 마세요. 아들은 사건과는 전혀 관계가 없습니다. 그러나 내가 걱정하는 것은 당신이나 다른 사람들이 아들을 수상하게 볼지도 모른다는 점입니다. 하지만 그런 일은 있을 수 없어요. 제 아들의 훌륭한 인격, 직업, 경력을 보면 그럴 리가 없어요.' 부인의 말에 저는 '모든 것을 솔직히 전부 털어놓는 것이 부인에게 가장 이로울 겁니다. 제 말을 믿으세요. 아들이 결백하다면 아무것도 겁낼 게 없습니다'라며 부인을 안심시켰습니다. 그러자 부인은 딸에게 밖에 나가 있으라고 했고, 딸이 나가자 말을 계속했습니다.

'이 말까지 할 생각은 없었지만 딸이 말하는 바람에 어쩔 수 없군요. 말하기로 결정했으니 하나도 빠짐없이 말씀 드리죠. 드레버 씨는 우리 집에 3주 가까이 있었어요. 드레버 씨와 그의 비서 스탠거슨 씨는 유럽을 여행했지요. 나는 그들의 모든 여행용 가방에 '코펜하겐'이라는 라벨이 붙어 있는 것을 봤는데, 그것으로 여기 오기 전에 코펜하겐에 있었다는 것을 알 수 있었어요. 스탠거슨 씨는 조용하고 점잖은 사람이었습니다. 그러나 드레버 씨는 달랐습니다. 그의 태도는 상스러웠고 행동은 야비했어요. 우리 집에 도착한 날 밤에도 그는 술에 취해 있었고, 대낮에도 술에 취하지 않은 때가 없었습니다. 하녀들을 집적대는 등 제멋대로이고 천박한 사람이었어요. 가장 나쁜 것은 내 딸에게도 똑같이 행동했고, 여러 번 딸을 희롱하는 말을 지껄였지만 딸은 너무 순진해서 그 말이 무슨 말인지 몰랐어요. 한번은 딸을 껴안은 걸 보고 도가 지나쳤다고 생각한 비서가 그의 남자답지 않은 행동을 나무란 적도 있었어요.'

'왜 그런 일을 당하고도 참았습니까? 하숙인들은 당신이 원하면 내보낼 수 있지 않습니까?'라고 제가 묻자 차펜티어 부인은 얼굴을 붉히며 대답했습니다.

'그 사람이 온 날 나가라고 했으면 좋았을 테지만 강한 유혹이 있었기 때문이에요. 그들은 하루에 한 사람당 1파운드씩 내고 있었어요. 일주일이면 14파운드지요. 요즘은 불경기인 데다가 나는 남편도 없고, 아들은 해군에 있어서 돈이 많이 들었어요. 나는 그 돈을 잃기 싫었습니다. 그래서 잘되기만 바랐지요. 그러나 딸에게 한 행동은 너무 심해서 결국은 하숙을 나가라고 말했어요. 그래서 그가 떠난 것입니다.'

'그러고 나서 어떻게 됐지요?'라고 제가 물었죠.

'그가 떠나는 것을 보고 내 마음은 가벼워졌어요. 아들은 휴가로 집에 와 있었지만, 성질이 난폭하고 여동생을 끔찍이 귀여워해서 그동안 있었던 일을 그 애한테는 얘기하지 않았어요. 그들이 떠나고 문을 닫자 마음의 짐을 내려놓은 것처럼 홀가분한 기분이었어요. 아, 그런데 한 시간도 지나지 않아서 벨 소리가 나고 드레버 씨가 돌아왔지 뭡니까. 그는 많이 흥분해 있었고, 술에 잔뜩 취해 있었어요. 그는 나와 딸이 있는 방에 강제로 들어와서 기차를 놓쳤느니 어쩌니 하며 잘 알아들을 수 없는 말을 했습니다. 그런 다음 딸에게 몸을 돌리더니 내 눈앞에서 딸에게 같이 도망치자고 하지 않겠어요? 그러면서 이렇게 말했어요. '아가씨는 나이가 들 만큼 들었으니 당신을 못 가게 할 법은 없어. 나는 돈이 너무 많아서 남아돈다구. 저 할망구는 잊고 나와 당장 떠나자고. 당신을 여왕처럼 살게 해 주겠어.' 불쌍한 앨리스는 잔뜩 겁을 먹고 몸을 움츠렸지만 그가 딸의 손목을 잡고 문으로 끌고 가려고 했어요. 나는 비명을 질렀고, 그때 내 아들 아더가 방에 들어왔지요. 그다음에 무슨 일이 일어났는지는 난 몰라요. 욕하는 소리와 싸우는 소리가 들렸어요. 나는 너무 겁이 나서 얼굴을 들 수가 없었어요. 이윽고 내가 고개를 들었을 때 아더는 손에 몽둥이를 들고 문간에 웃고 서 있더군요. 그러고는 '이제 그놈은 우리를 다시 귀찮게 하지 않을 거예요. 가서 그놈이 무엇을 하는지 봐야겠어요'라고 하더군요. 아들은 모자를 들고 밖으로 나갔어요. 다음 날 아침에 우리는 드레버 씨의 이상한 죽음에 대한 얘기를 들었지요.'

차펜티어 부인은 때때로 한숨을 쉬며 말을 끊었다가 계속하곤 했습니다. 가끔 그녀의 목소리는 너무 낮아서 듣기 힘들 때도 있었습니다. 그러나 나는 그녀가 말한 것을 모두 속기해 놨기 때문에 대화 내용이 틀리지는 않을 겁니다."

"아주 흥미롭군요." 홈즈는 하품을 하며 말했다. "그다음에는 어떻게 됐습니까?"

"부인이 말을 멈췄을 때—" 그렉슨은 계속했다. "이 사건 전체가 한 가지 사실에 달려 있다는 것을 알았습니다. 저는 여자들에게 항상 효과가 있던 눈초리로 그녀를 뚫어지게 보면서 아들이 몇 시에 돌아왔느냐고 물었습니다.

'모르겠어요' 부인이 대답했습니다.

'몰라요?' 저는 놀라서 되물었습니다.

'네. 아들은 현관 열쇠를 갖고 있어서 문을 열고 들어옵니다.'

'당신이 잠들고 난 다음에 들어왔습니까?'

'네.'

'그럼 당신은 몇 시에 침대에 들었지요?'

'11시쯤이요.'

'그렇다면 당신 아들은 적어도 두 시간은 밖에 있었군요.'

'네.'

'네 시간이나 다섯 시간 동안일 가능성도 있군요.'

'네.'

'그동안 아들은 뭘 했습니까?'

'모르겠어요.' 부인은 입술이 하얗게 변하면서 대답하더군요. 그 다음에는 할 말이 없었습니다. 저는 차펜티어 중사가 있는 곳을 알 아내서 경관 두 명을 데리고 가 그를 체포했지요. 제가 그의 어깨 를 가볍게 치며 조용히 따라오라고 하자 그는 우리를 보고 대담하 게 말하더군요. '내가 불한당 같은 드레버의 죽음에 관계됐다고 체포하는 거군요.' 우리는 그 일에 대해 아무 말도 하지 않았는데 차펜티어 중사 스스로 그 사실을 언급하는 것은 대단히 의심스럽 다고 생각합니다."

"대단히 의심스럽군요." 홈즈가 말했다.

"그는 그때까지도 드레버를 뒤쫓아 갔을 때 갖고 있었다는 무거운 몽둥이를 쥐고 있었습니다. 그것은 떡갈나무로 된 굵은 몽둥이였습니다."

"그렇다면 당신의 가설은 무엇입니까?"

"제가 추리하건대, 그는 브릭스턴 가까지 드레버를 쫓아갔습니다. 그곳에서 새로운 말다툼이 벌어졌고, 그 와중에 드레버는 몽둥이로 명치를 얻어맞고 죽었다고 생각합니다. 그래서 상처도 없었던 겁니다. 그날 밤에는 비가 억수같이 쏟아져서 길에는 아무도 없었지요. 그래서 차펜티어는 자기가 살해한 사람의 시체를 빈집으로 끌고 들어갔습니다. 촛불과 핏방울, 그리고 벽면에 쓴 글씨와 반지는 모두 경찰에게 거짓 단서를 제공하기 위한 속임수에 지나지 않습니다."

"훌륭하군요!" 홈즈는 격려하듯이 말했다. "그렉슨, 당신은 정말로 발전하고 있어요. 앞으로 훌륭한 수사관으로 발전하겠군요."

"제 자랑 같아서 좀 그렇긴 하지만, 나는 그 사건을 훌륭하게 처리했다고 생각합니다." 그렉슨은 자랑스럽게 말했다. "그 젊은이는 자발적으로 말을 하더군요. 자기가 드레버를 얼마 동안 미행하자 드레버는 미행당하는 것을 눈치채고 마차를 타고 도망쳤답니다. 그래서 차펜티어 중사는 집으로 돌아오는데 우연히 오래전에 알았던 선원을 만나 오랫동안 같이 걸었답니다. 그 선원이 어디 사느냐고 물었더니 만족스러운 대답을 하지 못하더군요. 제 생각에는 사건 전체가 아주 잘 들어맞습니다. 그런데 생각할수록 우스운 일은 레스트레이드가 틀린 단서를 쫓아갔다는 것입니다. 그는 신통한 결과를 얻지 못할 겁니다. 아, 레스트레이드가 나타난 것 같군요."

우리가 대화를 나누는 동안 계단을 올라와서 방으로 들어온 사람은 정말로 레스트레이드였다. 평소와는 달리 오늘은 그의 태도와 복장에서 거만함이나 자신감을 찾아볼 수 없었다. 그는 당혹스런 표정을 짓고 있었고, 옷은 흐트러져 있었다. 그렉슨이 있는 것을 보자 난처한 표정을 지으며 힘이 빠진 듯한 모습으로 보아 홈즈에게 자문을 구하러 온 것이 틀림없었다. 그는 불안한 듯이 모자를 매만지며 어떻게 해야 할지 모르는 사람처럼 방 가운데에 서 있었다. 드디어 그가 입을 열었다.

"이것은 대단히 특이한 사건입니다. 도저히 알 수 없는 사건이지요."

"그렇게 생각하나, 레스트레이드?" 그렉슨은 의기양양하게 소리쳤다. "나는 자네가 그런 결론에 도달하리라고 미리부터 생각했어. 스탠거슨 비서는 찾았나?"

"스탠거슨 씨는……." 레스트레이드는 침통한 표정으로 말했다. "오늘 아침 6시경에 할리데이스 프라이빗 호텔에서 살해된 모습으로 발견됐습니다."

7
어둠 속의 빛

레스트레이드가 우리에게 전한 뜻밖의 정보로 우리 세 사람은 어안이 벙벙하여 할 말을 잃었다. 그렉슨은 의자에서 벌떡 일어나다가 마시다 남은 위스키를 쏟기까지 했다. 나는 입을 꼭 다물고 눈살을 찌푸리고 있는 홈즈를 말없이 보았다.

"스탠거슨도 죽었단 말이지." 홈즈는 중얼거렸다. "일은 점점 더 복잡해지는군."

"전에도 복잡했습니다." 레스트레이드는 투덜거리며 의자를 잡아당겼다. "내가 전투 회의에라도 온 듯싶군요."

"자네의 그 정보는 확실한 건가?" 그렉슨은 말을 더듬었다.

"나는 지금 스탠거슨이 있던 방에서 오는 길이야. 내가 사건을 처음 발견했어."

"우리는 사건에 대한 그렉슨의 견해를 듣고 있었습니다." 홈즈가 말했다. "레스트레이드, 스탠거슨 사건의 경위를 말해 주시겠습니까?"

"알겠습니다." 레스트레이드는 의자에 앉으며 대답했다. "사실 나는 스탠거슨이 드레버의 죽음과 어떤 관계가 있을 거라고 생각했습니다. 하지만 이 새로운 국면은 내가 완전히 잘못 생각했다는 점을 보여줍니다. 아무튼 그 생각에 푹 빠져 있던 나는 비서가 드레버의 죽음 이후 어떻게 됐는지 알려고 결심했습니다. 그 두 사람이 3일 저녁 8시 30분경에 유스턴 역에 같이 있는 것을 본 사람이 있습니다. 그런데 문제는 스탠거슨은 8시 30분부터 죽기 전까지 무엇을 했고, 그다음에는 그가 어떻게 됐느냐 하는 것이었습니다. 나는 리버풀로 전보를 쳐서 그의 모습을 설명한 다음 미국 선박에 그가 승선하는지 지켜보라고 경고했습니다. 그런 다음에는 유스턴 근처에 있는 모든 호텔과 하숙집에 전화를 했습니다. 나는 드레버와 그의 비서가 헤어졌다면 비서가 취할 행동은 틀림없이 그 근처에서 그날 밤을 보내고 다음 날 아침에는 다시 역에 나타날 것이라고 생각했습니다."

"둘이서 헤어지기 전에 모종의 약속을 해 놓았을 수도 있지요." 홈즈가 자기의 생각을 말했다.

"네, 바로 그겁니다. 나는 어제 저녁 내내 문의했지만 아무 결과도 얻지 못했습니다. 나는 오늘 아침 일찍 다시 전화를 걸기 시작했고, 아침 8시에는 할리데이스 프라이빗 호텔과 통화하게 되었습니다. 스탠거슨이 거기 묵고 있느냐고 물었더니 호텔 측은 즉시 그렇다고 대답하더군요. 그러면서 하는 말이 '당신이 그 손님이 기다리시는 분이시군요. 그 손님은 이틀 동안이나 한 신사 분을 기다리고 계십니다'라고 하지 뭡니까? 그래서 그 사람은 지금 어디 있느냐고 묻자 '그분은 위층 자기 방에서 주무시고 계십니다. 9시에 깨워 달라고 하셨습니다'라고 대답했습니다. 그 즉시 나는 그를 만나러 갔습니다. 제가 갑자기 나타나면 스탠거슨이 놀란 나머지 솔직히 털어놓을지도 모른다는 생각이 들었기 때문입니다.

　호텔의 구두닦이가 자기가 방으로 안내하겠다고 나서더군요. 그의 방은 2층에 있었고, 그곳으로 통하는 좁은 복도가 있었습니다. 구두닦이가 방을 가리키고 아래층으로 내려가려고 할 때, 20년의 경찰 경험에도 불구하고 제 속이 뒤집힐 것만 같은 광경을 목격했습니다. 그 방 문 밑으로 피가 흘러나와 복도에 피가 고여 있지 않겠습니까? 나는 고함을 쳤고, 구두닦이가 황급히 돌아오더니 그것을 보고 기절하려고 하더군요. 방문은 안으로 잠겨 있었지만 우리는 어깨를 이용해 문을 밀어서 열었습니다. 방의 창문은 열려 있었고, 창가에는 잠옷을 입은 남자의 구부린 시체가 있었습니다. 그의 몸이 굳어 있고 찬 것으로 보아 죽은 지 오래된 듯했습니다. 우리가 시체를 위로 향하게 돌렸을 때 구두닦이는 즉시 그가 조셉 스탠거슨이란 이름으로 그 방에 묵은 신사라는 걸 알아봤습니다. 시체 왼쪽 가슴에는 깊은 칼자국이 있었는데, 칼은 심장을 찌른 게 틀림없습니다. 자, 지금부터 이 사건의 가장 이상한 부분으로 들어갑니다. 살해된 사람 위에는 무엇이 있었는지 아십니까?"

나는 몸이 오싹해졌고, 홈즈가 대답하기도 전에 공포가 밀려왔다.

"'RACHE'라는 글씨가 피로 쓰여 있었겠군요." 홈즈가 말했다.

"그렇습니다." 레스트레이드는 공포에 젖은 목소리로 말했고, 우리는 잠시 동안 아무 말도 하지 못했다.

이 알 수 없는 살인자의 행동에는 어딘지 모르게 조직적이고 불가사의한 점이 있어 그의 범죄는 더욱 무시무시하게 느껴졌다. 전쟁터에서도 끄떡없었던 내 신경은 그 생각으로 매우 혼란스러워졌다.

"범인인 듯한 남자를 본 사람이 있습니다." 레스트레이드는 계속했다. "우유 판매점으로 가던 우유 배달 소년이 호텔 뒤쪽에 있는 골목을 지나가다가 보통 때는 땅 위에 눕혀 있는 사다리가 활짝 열린 호텔 창문에 걸쳐 있는 것을 봤다고 합니다. 잠시 후에 돌아보니 한 남자가 사다리를 내려오고 있었답니다. 남자는 너무나 침착하게, 태연히 내려와서 소년은 호텔에서 일하는 목수나 기술자라고 생각했답니다. 소년은 근무를 하기에는 너무 이른 시간이라 생각해 그를 눈여겨보지 않았답니다. 소년은 그 남자가 키가 크고 얼굴이 붉었으며 기다란 갈색 외투를 입고 있었던 것 같다고 했습니다. 그리고 방 안에는 손을 씻은 모양으로 세숫대야에 피가 섞인 물이 있고, 침대 시트에 칼을 닦은 자국이 있는 것으로 보아 그는 살인을 저지른 후에 방 안에 잠깐 있었던 것으로 생각됩니다."

나는 범인의 인상이 홈즈가 말했던 것과 똑같았으므로 홈즈를 흘낏 쳐다보았다. 그러나 그의 표정에는 만족하거나 기뻐하는 기색이 전혀 없었다.

"범인을 알아낼 단서가 될 만한 것을 방 안에서 찾지 못했습니까?" 홈즈가 물었다.

"아무것도 없었습니다. 스탠거슨의 주머니에서 드레버의 지갑이 나왔지만, 스탠거슨이 두 사람의 경비를 모두 지불했으므로 그것은 이상할 게 없습니다. 지갑에는 80파운드가 넘는 돈이 있었는데도 아무것도 가져가지 않았습니다. 이 괴상한 두 사건의 동기가 무엇이든 강도 사건은 절대로 아닙니다. 살해당한 사람의 주머니에는 전보가 하나 있었고, 다른 서류나 메모는 나오지 않았습니다. 전보는 한 달 전에 클리블랜드에서 친 것으로, 'J. H.는 지금 유럽에 있음'이라는 내용만 있고 전보를 보낸 사람의 이름은 없었습니다."

"다른 것은 없었습니까?" 홈즈가 물었다.

"중요한 것은 없었어요. 침대 위에는 그가 자기 전에 읽은 소설이 있었고, 파이프가 침대 옆 의자 위에 있었습니다. 테이블 위에는 물이 한 잔 있었고, 창틀 위에는 알약 두어 개가 든 작은 나무 상자가 있었습니다."

홈즈는 기쁨의 비명을 지르며 갑자기 의자에서 일어섰다.

"드디어 마지막 고리가 나타났어! 이것으로 사건은 모두 풀렸어."

두 형사는 놀라서 홈즈를 뚫어지게 쳐다보았다.

"이제 그 복잡한 사건의 모든 실마리가 내 손안에 있습니다." 홈즈는 자신 있게 말했다. "물론 세세한 부분까지는 모르지만 드레버가 역에서 스탠거슨과 헤어진 다음부터 드레버의 시체가 발견되기까지 있었던 일의 큰 줄거리를 내 눈으로 직접 본 것처럼 알고 있어요. 내가 아는 것을 증명해 보이겠습니다. 그 알약을 손에 넣을 수 있습니까?"

"제가 갖고 있습니다." 레스트레이드는 작은 흰 상자를 꺼내며 말했다. "경찰서에 안전하게 보관하려고 알약과 지갑 그리고 전보를 제가 보관하고 있습니다. 저는 이 알약은 중요하다고 생각하지 않았기 때문에 이것을 보관한 것은 정말 우연이라고 할 수 있습니다."

"이리 주세요." 홈즈는 알약을 받고 내게 몸을 돌렸다. "어떤가, 왓슨, 이것은 보통 알약인가?"

그것은 보통 알약은 아니었다. 진주 빛깔의 작고 둥근 알약이었는데 빛에 비춰 보니 투명에 가까웠다.

"가볍고 투명에 가까운 것으로 보아 아마 물에 녹을 거야." 내가 말했다.

"정확하게 말했네." 홈즈가 말했다. "자네 아래층에 가서 불쌍한 테리어를 데리고 오지 않겠나? 그 개는 너무 오랫동안 아파서 어제도 허드슨 부인이 자네한테 그 개의 고통을 없애 주라고 하지 않던가."

나는 아래층에 가서 개를 두 팔로 안고 올라왔다. 개가 힘겹게 숨을 쉬고 눈이 번들거리는 것으로 보아 죽을 때가 멀지 않았음을 알 수 있었다. 실제로 주둥이 언저리가 하얗게 된 것을 보면 수명이 이미 다했음을 알 수 있었다. 나는 개를 카펫 위에 있는 방석에 눕혔다.

"나는 이제 이 알약을 둘로 나누겠습니다." 홈즈는 말하고 나서 약을 둘로 나눴다. "반쪽은 나중에 쓰기 위해 상자에 다시 넣고, 나머지 반쪽은 찻숟가락 한 술 분량의 물이 담겨 있는 이 와인잔에 넣겠습니다. 여러분은 왓슨 의사의 말대로 약이 녹는 것을 보시게 될 겁니다."

"흥미롭기는 하지만……." 레스트레이드는 자기가 놀림을 당하고 있다고 생각하고 언짢은 목소리로 말했다. "그게 조셉 스탠거슨의 죽음과 대체 무슨 상관이 있습니까?"

"인내심을 가져요, 레스트레이드, 인내심을! 전적으로 관계가 있다는 것을 곧 알게 될 것입니다. 이제 여기에 우유를 조금 첨가해서 먹기 쉽도록 만들겠습니다. 이것을 개에게 주면 잘 먹을 겁니다."

홈즈가 와인잔에 들은 것을 접시에 담아 개 앞에 놓자 개는 금세 그것을 모두 핥아 먹었다. 홈즈가 여태껏 보여준 진지한 태도가 우리들로 하여금 그의 말을 믿도록 하여 우리는 모두 조용히 앉아 개에게 놀랄 만한 변화가 나타나기를 기대하며 개를 지켜보았다. 그러나 그런 변화는 나타나지 않았다. 개는 방석 위에 계속 몸을 뻗고 누워서 힘겹게 숨을 쉬고 있었지만, 약으로 인해 상태가 좋아지지도 그렇다고 나빠지지도 않았다.

홈즈는 시계를 꺼내 시간의 경과를 살폈다. 1분, 2분, 시간은 흐르는데 아무런 반응이 나타나지 않자 그의 얼굴에는 몹시 억울해하고 실망하는 표정이 떠올랐다. 그는 입술을 깨물고, 손가락으로 테이블을 치는 등, 그 밖에도 초조할 때 하는 온갖 행동을 다 했다. 홈즈가 너무 동요하는 모습이 보여 나는 진심으로 그를 동정했지만, 두 형사는 홈즈가 하는 일이 잘되지 않는 것이 즐거운지 비웃는 듯한 미소를 띠고 있었다.

"이것은 우연의 일치일 리가 없어." 홈즈는 소리치며 의자에서 일어나 방 안을 난폭하게 걷기 시작했다. "이것이 우연의 일치라니 그것은 불가능하단 말이야. 드레버 사건 때 있었어야 한다고 내가 생각한 알약이 스탠거슨이 죽은 다음 발견됐어. 그런데도 그 약은 아무 해도 끼치지 않는다고 하면 그것은 뭘 의미하는 거지? 그런데 이 빌어먹을 개는 멀쩡하군. 아, 알았다! 알았어!"

그는 기쁨의 비명을 지르고 약상자로 가서 남아 있던 다른 알약을 둘로 나눈 다음 물에 녹여 우유를 타서 개에게 주었다. 그 불쌍한 개의 혀가 그것에 닿는가 싶더니 개는 온몸을 뒤틀다가 벼락을 맞은 것처럼 몸이 뻣뻣이 굳으면서 숨이 끊어졌다. 홈즈는 한숨을 길게 내쉬고 이마의 땀을 닦았다.

"나는 좀 더 신념을 가져야 했어. 겉으로 나타난 사실이 오랫동안 추리한 것과 부합되지 않을 때에는 그것을 대신할 만한 다른 해석이 있다는 것을 지금쯤은 알고 있어야 해. 상자에 들어 있던 알약 중 하나는 가장 치명적인 독이 들어 있지만, 다른 하나는 전혀 해가 없는 것이었어. 나는 그 상자를 보기 전부터 그 사실을 알고 있었어야 했어."

그가 마지막에 한 말은 너무도 놀라운 사실이어서 그가 제정신인지 믿기 어려웠다. 그러나 죽은 개가 눈앞에 있으니 그의 추측이 옳았다는 것이 증명되었다. 내 머릿속에 있던 안개가 차츰 걷히고 있었고, 진실이 희미하게 보이기 시작하는 듯했다.

"여러분에게는 이 모든 일이 이상하게 느껴질 것입니다." 홈즈는 계속했다. "그것은 여러분이 수사 초기에 여러분에게 제공된 진짜 중요한 단서를 이해하지 못했기 때문입니다. 그러나 나는 그걸 이해했고, 그다음에 일어난 모든 일들은 내가 맨 처음 추측한 것이 옳다는 사실을 확인시켜 주었고, 논리 전개의 계단이 되었습니다. 그래서 여러분을 당혹케 하고 사건을 복잡하게 보이게 한 모든 일들이 내게는 빛이 되고, 내 결론을 더욱 강조해 주었습니다. 이상한 것과 신비한 것을 혼동하는 일은 잘못입니다. 가장 일반적인 범죄는 추리를 할 수 있는 새로운 사실이나 특별한 점이 없기 때문에 가장 신비스러울 때가 종종 있습니다. 이 살인 사건은 피해자의 시체가 세상을 깜짝 놀라게 할 만한 이상한 점들이 없이 간단히 길에서 발견되었더라면 해결하기가 훨씬 더 어려웠을 것입니다. 그래서 그런 이상한 점들은 사건 해결을 어렵게 만들기보다는 쉽게 만들었습니다."

홈즈의 말을 상당히 초조하게 듣고 있던 그렉슨은 참지 못하고 입을 열었다. "홈즈 씨, 당신이 똑똑하고 나름대로의 일하는 방식을 갖고 있다는 점을 인정합니다. 하지만 우리는 단순한 이론이나 설교를 원하는 게 아닙니다. 문제는 범인을 잡는 일입니다. 저는 제 나름대로 사건을 해결했다고 생각했지만 제가 틀렸던 듯합니다. 차펜티어 중사는 이 두 번째 사건은 저지를 수 없는 상황이었으니까요. 레스트레이드도 자기가 범인으로 생각한 스탠거슨을 잡으러 갔지만 그도 잘못 짚었죠. 홈즈 씨는 우리보다 많이 알고 계시는 듯한데, 여러 암시만 주지 말고 이제 단도직입적으로 홈즈 씨가 얼마나 알고 있는지 알려 주실 때가 된 듯합니다. 범인의 이름을 말해 줄 수 있습니까?"

"저도 그렉슨의 말에 동의합니다." 레스트레이드가 말했다. "우리 두 사람은 범인을 잡으려고 열심히 노력했지만 두 사람 모두 실패했습니다. 제가 이 방에 들어온 이후로 당신은 필요한 모든 증거를 갖고 있다고 여러 번 말했습니다. 이제는 그것을 털어놓을 때가 되지 않았습니까?"

"범인 체포를 더 지연시키는 것은 놈에게 또다시 잔악한 범죄를 저지르도록 시간을 줄 수 있어." 나도 끼어들어 말했다.

이렇게 우리 세 사람이 압박을 가하자 홈즈는 어떻게 해야 할지 고민을 하는 듯했다. 그는 고개를 숙이고 미간을 찡그린 채 방 안을 계속해서 왔다 갔다 했다. 그것은 그가 깊은 생각에 빠져 있을 때 하는 습관이었다.

"더 이상 살인은 없습니다." 홈즈는 갑자기 멈춰 서서 우리를 보며 말했다. "그런 걱정은 하지 않아도 됩니다. 여러분은 내가 범인의 이름을 아느냐고 물었습니다. 네, 알고 있습니다. 그러나 그를 잡는 일에 비하면 이름을 아는 것은 작은 일에 불과합니다. 나는 내가 한 조치로 범인이 곧 잡히기를 기대하고 있습니다. 그러나 범인을 잡는 데는 신중한 조치가 필요합니다. 그는 영리하고 필사적인 데다 내가 여러 번 말했던 대로 범인만큼이나 영리한 공범의 지원을 받고 있기 때문입니다. 아무도 단서를 잡지 못했다고 범인이 믿는 한, 범인을 잡을 가능성이 있습니다. 그렇지만 범인이 조금이라도 의심을 품는다면 그는 곧장 이름을 바꾸고 400만 명이 살고 있는 거대한 런던에 즉시 숨어 버릴 것입니다. 두 분의 마음을 상하게 할 생각은 아니지만 하는 수 없이 말하는데, 경찰은 범인의 상대가 되지 못해서 저는 두 분의 지원을 요청하지 않았습니다. 그러나 만일 내가 범인을 잡지 못한다면 물론 그에 따르는 모든 비난을 받을 준비가 되어 있습니다. 지금 저는 여러분에게 약속하건대 내 일을 위험에 빠뜨리지 않겠다는 확신이 서는 순간 그 즉시 여러분에게 모든 것을 말씀 드리겠습니다."

그렉슨과 레스트레이드는 홈즈의 말에 만족스럽지 않을 뿐 아니라 경찰을 무시하는 말이 못마땅한 듯했다. 그렉슨은 귀밑까지 빨개졌고, 레스트레이드의 작은 눈은 호기심과 분노로 반짝거렸다.

그러나 두 사람이 뭐라고 말하기 전에 문을 두드리는 소리가 나더니 불량소년단의 대표 위긴스가 지저분한 모습을 드러냈다.

"선생님, 밑에 마차가 도착해 있습니다." 위긴스는 경례를 하며 말했다.

"잘했어." 홈즈가 부드럽게 말했다. "이런 수갑을 스코틀랜드 야드에 소개하겠습니다." 홈즈는 서랍에서 철제 수갑을 꺼내며 말했다. "순간적으로 채워지는 수갑이죠. 대단히 훌륭하지 않습니까?"

"수갑을 채울 사람만 찾을 수 있다면 옛날 수갑도 좋습니다." 레스트레이드가 말했다.

"그렇겠지요. 맞는 말입니다." 홈즈는 웃으며 말했다. "마부에게 내 짐 옮기는 것을 도와 달라고 해야겠어. 위긴스, 가서 마부더러 올라오라고 해라."

나는 홈즈가 여행에 대해 말을 한 적이 없었기 때문에 그가 여행을 떠날 것처럼 말한 것에 놀랐다. 홈즈는 방 안에 있던 작은 여행 가방을 꺼내더니 끈을 묶기 시작했다. 홈즈가 열심히 묶고 있는데 마부가 방으로 들어왔다.

"마부, 이리 와서 묶는 것을 도와주게." 홈즈는 가방 위로 몸을 구부린 채 고개를 돌리지 않고 말했다.

마부는 기분이 언짢은 듯이 도전적으로 앞으로 나와 도우려고 두 손을 가방 쪽으로 내렸다. 그때 '찰칵' 하는 날카로운 소리와 '철커덕' 하는 금속성 소리가 나더니 홈즈가 벌떡 일어섰다.

"여러분!" 홈즈는 눈을 반짝이며 말했다. "여기에 이녹 J. 드레버와 조셉 스탠거슨의 살인범 제퍼슨 호프 씨를 소개합니다."

이 모든 일이 눈 깜짝할 사이에 일어나서 나는 일이 일어났다는 사실을 실감할 수 없을 지경이었다. 지금도 그 순간이 눈에 선하다. 홈즈의 의기양양한 표정과 쟁쟁한 음성, 마술처럼 어디선가 나타나서 자신의 두 손목에 채워진 번쩍번쩍하는 수갑을 바라보던 마부의 놀라면서도 사나운 표정 등등. 잠시 동안 우리는 한 무더기의 조각상들처럼 꼼짝도 하지 않았다. 그러자 마부는 알아들을 수 없는 분노에 찬 고함을 지르면서 홈즈의 손에서 벗어나 창문으로 돌진했다. 박살이 난 창틀과 유리 너머로 마부는 뛰어내리려고 했지만 그가 창밖으로 나가기 전에 레스트레이드와 그렉슨 그리고 홈즈가 세 마리의 사냥개처럼 그에게 덤벼들었다. 마부는 방 안으로 끌려 들어왔고, 대단한 격투가 벌어졌다. 마부는 너무나 힘이 세고 사나워서 우리 네 사람을 여러 번 뿌리쳤다. 마치 간질병 환자가 경련을 일으킬 때 내는 힘과도 같았다. 얼굴과 두 손은 유리창을 깰 때 다쳐서 피투성이였음에도 그것이 그의 저항을 약화시키지는 못했다. 레스트레이드가 그의 목도리 속으로 손을 넣어 반쯤 질식시키고 나서야 저항해도 소용없다는 것을 알게 만들 수 있었다. 우리는 그의 손발을 묶은 다음 숨을 몰아쉬며 일어섰고, 그제야 안심이 되었다.

"그의 마차가 아래에 있습니다." 홈즈가 말했다.

"그를 스코틀랜드 야드에 데리고 가는 데 쓰면 되겠군요. 그리고 여러분." 그는 기쁜 듯이 미소를 지으며 말을 계속했다. "우리는 드디어 신비한 결말에 도달했습니다. 이제 아무런 문제도 없으니 여러분이 궁금한 것을 질문하시면 저는 피하지 않고 모두 대답해 드리겠습니다."

제 2 부

성인들의 땅

1
알칼리 대평원에서

거대한 북미 대륙 중앙에는 메마르고 혐오스러운 사막이 있어 오랫동안 문명의 진출을 가로막는 장벽이 되어 왔다. 시에라네바다에서 네브래스카까지, 그리고 북쪽의 옐로스톤 강에서 남쪽의 콜로라도에 이르는 황무지로, 황폐와 고요의 지역이었다. 자연은 이 음산한 전 지역을 모두 같은 상황 아래에 두지 않았다. 그곳에는 정상에 눈을 이고 있는 높은 산들도 있었고, 어둡고 음침한 계곡들도 있었다. 깎아지른 계곡 밑으로 물살이 빠른 강이 흐르고 있었고, 겨울에는 하얗게 눈이 덮이고 여름이면 소금기가 있는 알칼리성 먼지로 덮여 잿빛으로 보이는 거대한 평지도 있었다. 그러나 그 모든 지역은 황량함과 냉대 그리고 비참함을 간직하고 있었다.

이 절망의 땅에는 아무도 살지 않았다. 포니족 인디언이나 블랙 피트 인디언 무리가 이따금 다른 사냥터에 가기 위해 그곳을 통과하는 경우는 있었지만, 가장 용맹하다고 하는 그들도 이 끔찍한 평지를 빨리 벗어나 초원으로 가기를 원했다. 잡목들 사이에는 늑대가 소리를 죽이고 어슬렁거리고 있었고, 대머리 독수리가 하늘을 날아다니고, 회색 곰은 바위틈에 있는 먹을 것을 찾아 어두운 산골짜기를 어슬렁거렸다. 황무지에 사는 것은 이것들밖에 없었다.

　시에라 블랑카의 북쪽 기슭에서 바라보는 적막한 광경은 이 세상 어디에서도 찾아볼 수 없을 것이다. 평평한 땅은 눈길이 닿는 데까지 이어지고 있었는데, 키가 작은 나무숲이 드문드문 있을 뿐 평지 전체가 알칼리성 먼지로 덮여 있었다. 아득히 지평선이 끝나는 곳에는 꼭대기에 눈을 이고 있는 험한 산들이 있었고, 그 사이의 광활한 지역에는 살아 있는 것은 고사하고 생명과 관계된 것은 전혀 존재하지 않았다. 청동색 하늘에는 새 한 마리 날지 않고, 음울한 잿빛 땅에는 움직이는 것이라고는 전혀 없었다. 무엇보다도 소리가 전혀 없었다. 아무리 귀를 기울여 봐도 그 광활한 지역에서는 어떤 소리도 들리지 않았다. 완전하고 절대적인 정적만이 흘렀다.

　이 광활한 평지에 생명과 관계된 것은 전혀 존재하지 않는다고 말했는데, 정확히 따지면 그것은 아니었다. 시에라 블랑카에서 내려다보면 좁은 길 하나가 사막을 굽이굽이 가로질러 아득한 저편으로 사라져 가는 것이 보인다.

　그 길에는 이리저리 마차의 바퀴 자국이 나 있고, 모험가들의 발자국이 무수히 찍혀 있었다. 여기저기에는 우중충한 알칼리성 땅을 배경으로 햇빛을 받아 반짝이는 흰색의 무엇인가가 널려 있었다. 크고 거친 것도 있고 작고 섬세한 것도 있는데, 가까이 가서 살펴보면 그것은 전부 뼈였다. 크고 거친 것은 소뼈이고, 작고 섬세한 것은 사람의 뼈였다. 이 유골들을 따라가 보면, 이 무시무시한 마차 길이 무려 1,500마일에 이른다는 사실을 알게 된다.

1847년 5월 4일, 한 나그네가 이 장면을 굽어보고 있었다. 그는 이 지역의 정령이나 악마처럼 보이는 모습을 하고 있었는데, 마흔 살인지 또는 예순 살 정도인지 나이를 가늠할 수 없었다. 그의 얼굴은 바짝 말라 갈색 양피지 같은 피부가 튀어나온 얼굴뼈를 팽팽하게 감싸고 있었다. 기다란 갈색 머리와 턱수염은 희끗희끗했고, 깊숙이 패인 두 눈은 이상한 빛을 내뿜고 있었다. 그리고 장총을 잡고 있는 손은 뼈가 앙상하게 드러나 있었다. 그는 장총에 기대어 힘없이 서 있었지만, 큰 키와 건장한 뼈대는 그가 억세고 정력적인 사람임을 말해 주었다. 그러나 수척한 얼굴과 비쩍 마른 몸, 그리고 누더기 같은 옷 때문에 지치고 늙어 보일 수밖에 없었다. 현재 그는 굶주림과 갈증으로 죽어 가고 있었다.

그는 물을 찾아 골짜기를 힘들여 내려와 이 낮은 곳에 이른 것이다. 그러나 그의 눈앞에 펼쳐져 있는 것은 광활한 소금 평원과 멀리 보이는 험준한 산들뿐, 근처에 물이 있다는 것을 증명하는 나무나 풀은 전혀 보이지 않았다. 그는 사방을 미친 듯이 둘러보다가 자기의 방랑도 마침내 끝을 맺고 바로 이 불모의 바위 위에서 곧 죽게 될 거라는 것을 알았다.

"20년 뒤에 푹신한 침대에서 죽으나 여기서 죽으나 뭐가 다른 가?" 그는 둥근 돌 밑에 주저앉으며 중얼거렸다. 앉기 전에 그는 쓸모없는 장총과 오른쪽 어깨에 걸머지고 있던 회색 숄로 싼 커다란 꾸러미를 땅 위에 내려놓았다.

짐이 무거웠던지 내려놓을 때 '쿵' 소리가 났다. 그 순간 회색 꾸러미 속에서 약한 신음 소리가 나고, 초롱초롱한 눈망울을 가진 겁먹은 작은 얼굴과 통통한 두 손이 나타났다.

"아프잖아요!" 아이가 원망 섞인 목소리로 말했다.

"아팠겠구나. 하지만 일부러 그런 것은 아니다."

나그네는 회색 숄을 벗기고 다섯 살쯤 되어 보이는 예쁜 어린 소녀를 꺼냈다. 작고 예쁜 신발과 분홍색 아동복에 흰 앞치마를 두른 모습이 엄마가 정성껏 돌봤다는 것을 잘 나타내고 있었다. 어린아이는 얼굴이 창백했고 힘이 없어 보였으나 팔과 다리가 통통하고 건강한 것으로 보아 나그네보다 고생을 덜한 듯했다.

"지금은 어떠니?" 어린아이가 금발 머리 뒤통수를 문지르고 있어서 남자는 걱정스럽게 물었다.

"호, 하고 불어주세요." 어린아이는 아픈 곳을 보여주며 말했다. "엄마는 내가 아프면 언제나 그랬어요. 그런데 우리 엄마는 어디 있어요?"

"가셨단다. 하지만 곧 보게 될 거다."

"가셨다고요? 작별 인사도 안 하고 가셨다니 이상해요. 옆집 아줌마 집에 차 마시러 갈 때도 항상 나한테 인사를 하셨는걸요. 그런데 엄마는 간 지 사흘이나 됐어요. 아저씬 목이 안 말라요? 여긴 왜 물도 없고, 먹을 것도 없나요?"

"애야, 아무것도 없지만 조금만 참으면 괜찮아질 거다. 아저씨에게 머리를 기대면 편해질 거야. 아저씨가 입술이 바짝 말라서 말하기가 힘들지만 사정을 말해 주는 게 좋을 것 같구나. 그런데 갖고 있는 게 뭐니?"

"예쁜 거예요! 좋은 거예요!" 소녀는 반짝이는 두 장의 운모 조각을 들어 보이며 기쁜 듯이 말했다. "집에 돌아가면 이걸 밥 오빠에게 줄 거예요."

"조금만 있으면 그것보다 더 예쁜 것들을 볼 거다." 나그네는 자신 있게 말했다. "조금만 더 기다려라. 너에게 얘기하려고 했는데……. 우리가 강을 떠났던 게 생각나니?"

"그럼요."

"그때는 다른 강을 곧 만날 줄 알았단다. 하지만 뭔가 잘못됐어. 나침판이나 지도나 다른 것이 잘못된 바람에 강은 나타나지 않았어. 물은 너에게 줄 것 조금 말고는 다 떨어졌어. 그래서, 그래서……."

"그래서 아저씨는 씻지도 못했군요." 아이는 그의 더러운 얼굴을 보며 심각하게 말했다.

"그래, 못 씻었어. 물을 마시지도 못했고. 그래서 벤더 씨가 제일 먼저 죽었단다. 다음에는 피트 인디언이 죽고, 다음에는 맥그리

거 부인, 다음에는 조니 혼스, 그리고 얘야, 다음에는 네 엄마가 죽었어."

"그럼 엄만 죽었군요."

어린 소녀는 앞치마에 고개를 묻고 슬프게 흐느꼈다.

"그래, 너와 나만 남고 모두 죽었단다. 나는 이쪽에는 물이 있을 듯싶어 너를 어깨에 메고 같이 온 거란다. 그런데 더 좋아진 게 없구나. 이젠 희망도 없어!"

"아저씨, 우리도 곧 죽는 거예요?" 아이는 울다 말고 눈물로 얼룩진 얼굴을 들며 물었다.

"그럴 것 같아."

"진작 말하지 그랬어요?" 소녀는 방긋 웃으며 말했다. "겁이 많이 났잖아요. 우리가 죽으면 엄마와 다시 같이 있게 되잖아요?"

"그래, 같이 있게 된다, 얘야."

"그리고 아저씨도 같이 있고요. 엄마한테 아저씨가 내게 잘해 줬다고 말하겠어요. 엄마는 천국의 문 앞에서 물이 잔뜩 든 커다란 주전자하고 밥 오빠와 내가 좋아하는 뜨거운 메밀 케이크를 잔뜩 가지고 우리를 반기실 거예요. 거기까지 가는 데 얼마나 걸려요?"

"모르겠다. 오래 걸리지는 않을 거야."

남자는 북쪽 지평선을 쳐다보고 있었다. 그쪽 푸른 하늘에서 세 개의 작은 점들이 나타나더니 점점 커졌다. 무언가 빠른 속도로 접근해 오고 있었다. 그것은 커다란 갈색 새들로 변하더니, 두 방랑자의 머리 위를 빙 돈 다음 두 사람을 내려다보는 바위 위에 앉았다. 이 새들은 미 서부에 사는 대머리 독수리로 그것들이 나타나는 곳에는 죽음이 따랐다.

"와아, 닭이다." 어린 소녀는 불길한 새들을 손가락으로 가리키면서 기쁨의 소리를 질렀고, 손뼉을 쳐서 새들이 날아가게 하려고 했다.

"아저씨, 하나님이 이 땅도 만들었나요?"

"물론 만들었지." 나그네는 뜻밖의 질문에 약간 놀란 목소리로 대답했다.

"하나님은 일리노이의 땅도 만들었고, 미주리의 땅도 만들었단다."

아이는 말을 계속했다. "그런데 이곳은 다른 사람이 만들었나 봐요. 다른 데만큼 잘 만들지 못했어요. 물과 나무를 만드는 걸 잊었어요."

"얘야, 우리 기도해 볼까?" 나그네는 조심스럽게 말했다.

"아직 밤도 아닌데요?"

"상관없어. 원래는 지금 하는 게 아니지만, 하나님은 상관하지 않으실 거야. 우리가 들판에 있을 때 날마다 마차 속에서 했던 기도를 해 봐라."

"아저씨는 왜 안 하세요?" 소녀는 이상하다는 듯이 물었다.

"난 잊었단다. 나는 키가 저 총의 반밖에 안됐을 때부터 기도를 안 했어. 하지만 지금부터 시작해도 늦지는 않을 거야. 네가 큰 소리로 기도하면 내가 옆에서 따라서 할게."

"그럼 무릎을 꿇으세요. 나도 꿇을게요." 소녀는 기도하기 위해 숄을 깔며 말했다. "손을 이렇게 드세요. 그러면 기분이 좋아져요."

그 이상한 광경은 대머리 독수리밖에 보지 못했다. 좁은 숄 위에는 말을 더듬거리며 기도하는 어린 소녀와 두려움을 모르는 늙은 모험자—두 방랑자가 옆으로 나란히 무릎을 꿇고 있었다. 소녀의 토실토실한 얼굴과 남자의 뼈가 앙상한 여윈 얼굴은 구름 한 점 없는 하늘을 향하고 있었고, 소녀의 가냘프고 맑은 목소리와 귀에 거슬리는 남자의 굵은 목소리가 함께 어우러져 자비와 용서를 비는 기도를 올리고 있었다.

기도가 끝나자 두 사람은 둥근 바위 밑의 그늘로 들어갔다. 이윽고 소녀는 보호자의 넓은 가슴에 머리를 얹고 잠이 들었다. 나그네는 소녀의 자는 모습을 얼마 동안 바라보았으나 자연의 법칙은 그에게 너무 강했다. 그는 지난 사흘 낮과 밤 동안 휴식을 취하지도 않았고, 잠을 자지도 않았다. 천천히 그의 눈꺼풀은 지친 눈을 덮었고, 고개는 점점 밑으로 떨어져 나그네의 희끗희끗한 턱수염이 소녀의 금발과 섞이면서 두 사람은 꿈도 없는 깊은 잠에 빠져들었다.

이 방랑자가 30분만 늦게 잠들었어도 이상한 광경을 목격했을 것이다. 알칼리 대평원 저 끝에 작은 먼지구름이 일고 있었다. 처음에는 너무 작아 멀리 있는 안개처럼 보였는데, 먼지는 점점 더 높게 그리고 넓게 일기 시작하여 마침내 먼지구름이 되었다. 이것은 점점 더 커져서 동물의 무리가 일으키는 먼지일 수밖에 없다는 것이 확실해졌다. 그곳이 비옥한 땅이었다면 그것을 보는 사람은 초원에서 풀을 뜯는 들소 무리가 접근하고 있다고 생각했을 것이다. 그러나 이 불모의 땅에서 그런 일은 불가능했다. 이 먼지의 소용돌이가 버림받은 두 사람이 잠들어 있는 절벽에 가까워 옴에 따라 천막을 친 마차들과 무장한 사람들이 말을 타고 있는 모습이 모래 먼지 속에서 나타났고, 그 환영은 서부로 가는 거대한 이주민의 대열이라는 것이 밝혀졌다.

아주 어마어마한 행렬이었다! 그 대열의 선두가 산의 기슭에 닿았을 때, 대열은 지평선 멀리까지 이어져 그 끝은 보이지도 않았다. 그 거대한 평원에 포장마차, 짐마차, 말 탄 사람들, 걷는 사람들이 끝없이 이어져 오고 있었다. 무거운 짐 때문에 비틀거리며 걷고 있는 수많은 여인들, 포장마차 옆을 아장아장 걷고 있는 아이들, 하얀 포장마차 지붕 밑에서 얼굴을 내밀고 있는 어린애들. 이것은 보통 이주자들의 무리가 아니라 어떤 사정으로 인해 부득이하게 새로운 땅을 찾아 유랑하는 사람들이 틀림없었다. 이 수많은 사람이 내는 어수선한 소음은 삐걱거리는 마차 바퀴 소리와 말들의 울음소리에 섞여 하늘에 울려 퍼졌다. 그 소음은 무척이나 컸지만 녹초가 되어 높은 곳에서 자고 있는 두 여행자를 깨우지는 못했다.

그 대열의 선두에는 손으로 짠 수수한 옷을 입고, 손에 총을 든 근엄한 얼굴을 한 20여 명의 남자들이 말을 타고 앞장서고 있었다. 절벽에 다다르자 그들은 멈추더니 짧은 회의를 가졌다.

"형제들이여, 샘은 우리 오른쪽에 있습니다." 입매가 야무지고 깨끗이 면도를 한, 머리가 희끗희끗한 남자가 말했다.

"시에라 블랑카의 오른쪽이라. 그러면 우리는 리오그란데 강에 도착하게 될 거요." 다른 사람이 말했다.

"물은 걱정 말아요." 세 번째 남자가 말했다. "바위에서 물을 짜낼 수 있는 분이시니 선택한 사람들을 버리실 리가 없습니다."

"아멘! 아멘!" 모든 사람들이 소리쳤다.

선두가 다시 전진하려고 할 때, 그들 중에서 가장 젊고 눈이 밝은 남자가 소리를 지르며 머리 위의 울퉁불퉁한 험한 바위를 가리켰다. 바위 꼭대기에 회색 바위를 배경으로 분홍색 물체가 분명하게 보였다. 그것을 보고 사람들은 말고삐를 당기고 총을 어깨에서 내려놓았고, 말을 탄 사람들이 선봉대를 지원하기 위해 달려왔다. 사람들은 너도나도 인디언을 입에 올렸다.

그때 지도자인 듯한 나이 든 노인이 말했다. "여기는 많은 인디언들이 있을 수 없어요. 우리는 포니족 인디언 지역을 지나왔으니 산을 넘을 때까지 원주민들은 없을 거요."

"내가 가서 보고 올까요, 스탠거슨 씨?" 한 사람이 물었다.

"저도요, 저도요." 열 명이 넘는 사람들이 외쳤다.

"말은 여기에 두고 가시오. 우리는 여기서 기다릴 테니." 나이 든 노인이 대답했다.

즉시 젊은 사람들이 말에서 내려 말을 잡아맨 다음, 그들의 호기심을 불러일으킨 물건을 향해 험준한 비탈을 올라갔다. 그들은 유능한 척후병처럼 소리 없이 재빠르게 올라갔다. 그들은 바위에서 바위로 사뿐히 뛰어 올라가서 드디어 하늘을 배경으로 모습을 나타냈다. 처음 붉은 것을 발견한 젊은이가 다른 사람들을 이끌고 있었다. 그를 뒤따르던 사람들은 그가 무엇에 놀란 것처럼 갑자기 두 팔을 번쩍 치켜드는 모습을 보았다. 뒤이어 올라간 다른 사람들도 그들의 눈에 비친 광경에 똑같이 놀랐다.

벌거숭이 산꼭대기에 있는 작은 평지에는 커다란 둥근 바위가 하나 서 있었고, 이 바위 밑에는 키가 크고 수염이 길게 자란, 얼굴이 험상궂은 비쩍 마른 남자가 누워 있었다. 그의 평온한 얼굴과 규칙적인 숨소리로 그가 깊은 잠에 빠져 있다는 사실을 알 수 있었다. 그의 곁에는 한 어린아이가 토실토실한 하얀 팔을 남자의 햇볕에 그을리고 힘줄이 불거진 목에 감고, 금발 머리는 남자의 면벨벳 윗도리의 가슴에 기대고 잠들어 있었다. 아이의 장밋빛 입술이 벌려져 있어서 하얀 이가 보였으며, 천진난만한 얼굴은 티 없는 미소를 머금고 있었다. 새하얀 양말에 반짝거리는 버클이 달린 예쁘장한 신발을 신은 통통한 작은 다리는 남자의 길고 여윈 다리와 묘한 대조를 이루고 있었다.

이 이상한 두 사람 위로 튀어나온 바위 위에는 대머리 독수리 세 마리가 엄숙하게 앉아 있었는데, 새로 나타난 사람들의 모습을 보고 귀에 거슬리는 실망의 울음소리를 내며 화가 난 듯이 날아갔다.

이 불쾌한 새들의 울음소리에 두 사람은 깨어나 놀란 눈으로 사방을 두리번거렸다. 남자는 비틀거리며 일어서서 평원을 내려다

보았다. 그곳은 잠들기 전에는 황량한 땅이었는데 지금은 거대한 인마의 행렬이 지나가고 있었다. 그것을 바라보는 그의 얼굴에는 믿을 수 없다는 표정이 나타났고, 그는 뼈만 남은 앙상한 손으로 두 눈을 비비며 중얼거렸다.

"이게 흔히 말하는 정신 착란 상태라는 것인 모양이군."

소녀는 곁에 서서 그의 옷자락에 매달려 아무 말도 하지 않고 이상하다는 듯한 눈길로 사방을 둘러보았다. 그러나 구조대는 곧 그것이 환상이 아니라는 사실을 나그네에게 알려 주었다. 한 사람이 소녀를 목말을 태웠고, 다른 두 사람은 비쩍 마른 남자를 부축하여 마차들이 있는 곳으로 데리고 갔다.

"내 이름은 존 페리어입니다. 스물한 명의 일행 중에서 나와 저아이만 남았습니다. 나머지 사람들은 남쪽 먼 곳에서 마실 물과 먹을 것을 구하지 못해 모두 죽었습니다." 나그네가 설명했다.

"저 아이는 당신 딸이요?" 누군가가 물었다.

"이제는 내 아이입니다." 남자는 도전적으로 소리쳤다. "내가 살렸으니 이제는 내 아이입니다. 아무도 내게서 데리고 가지 못합니다. 오늘부터 이 아이의 이름은 루시 페리어입니다. 그런데 당신들은 누구신지요?" 그는 볕에 그을리고 건장하게 보이는 구조자들을 호기심에 찬 눈으로 둘러보며 말했다. "일행이 많은 것 같습니다."

"만 명에 가깝습니다." 한 젊은이가 말했다. "우리는 핍박받는 하나님의 자녀들입니다. 그러나 모로니 천사의 선택된 백성이지요."

"나는 모로니 천사는 들어본 적이 없는데, 굉장히 많은 사람들을 선택한 모양이군요."

"신성한 문제를 농담으로 들어서는 안 됩니다." 젊은이가 나무랐다. "우리는 팔미라에서 성스러운 조셉 스미스에게 전해졌다고 하는 두드려서 만든 황금 판에 이집트 글씨로 적힌 거룩한 글을 믿는 사람들입니다. 우리는 일리노이 주의 나우부에서 왔습니다. 그곳에는 우리의 예배당이 있지만 신을 믿지 않는 난폭한 자들을 피해 비록 사막 한가운데라 하더라도 우리의 땅을 찾아가는 길입니다."

나우부라는 이름은 존 페리어로 하여금 기억을 떠올리게 했다. "그렇군요. 당신들은 모르몬 교도들이군요."

"그렇습니다. 우리는 모르몬교 신도들입니다." 그들은 입을 모아 말했다.

"그런데 지금 어디로 가는 길입니까?"

"우리도 모릅니다. 하나님의 손이 예언자를 통해 우리를 인도해 주십니다. 당신들도 그 예언자 앞으로 가야 합니다. 그러면 당신들을 어떻게 할 것인지를 그 예언자가 말씀해 주실 겁니다."

그들은 언덕 밑에 도착했고, 많은 순례자들에게 둘러싸였다. 창백한 얼굴에 온순해 보이는 여자들, 웃고 있는 건강한 아이들, 걱정하는 듯한 남자들의 진지한 눈초리들이 그곳에 있었다. 금발의 아이와 말라비틀어진 남자의 모습을 보고 많은 사람들 사이에서 놀라움과 동정의 외침이 일어났다. 그러나 두 사람을 구해 온 사람들은 그곳에 멈추지 않고 계속해서 앞으로 나아갔고, 그 뒤를 많은 모르몬 교도들이 뒤따랐다.

나그네와 아이는 외관이 제일 화려하고 훌륭한 커다란 마차로 갔다. 다른 마차는 말이 한 마리 아니면 두 마리, 기껏해야 네 마리가 끌고 있었는데 그 마차는 여섯 마리가 끌고 있었다. 한 남자가 마부 옆에 앉아 있었다. 그는 서른 살이 넘어 보이지 않았으나, 큰 머리와 결의에 찬 표정이 우두머리임을 나타내고 있었다. 그는 갈색 표지의 두꺼운 책을 읽고 있다가 사람들이 몰려오는 것을 보고 책을 옆에 내려놓더니 일어난 일에 대한 설명을 귀담아들었다. 설명이 끝나자 그는 두 방랑자를 보고 엄숙하게 말했다.

"당신들이 우리와 같은 종교를 믿어야 우리는 당신들을 데리고 갈 수 있습니다. 우리들 사이에 늑대가 있어서는 안 됩니다. 당신들이 나중에 과일 전체를 썩게 하는 부패의 작은 씨앗이 되게 할 바에야 차라리 당신들이 이 황무지에서 지금 죽게 놔두는 편이 낫습니다. 그런 조건 아래 우리와 같이 가겠습니까?"

"어떤 조건이든 모두 받아들이고 같이 가겠습니다." 페리어가 힘주어 말했기 때문에 장로들도 미소를 머금었다. 그러나 지휘자만은 계속 엄한 표정을 띠고 있었다.

"스탠거슨 형제여, 이 사람과 어린애를 데리고 가서 먹을 것과 물을 주시오. 그리고 우리의 신성한 신조를 이 사람에게 가르치는 일을 당신에게 맡기겠소. 많이 지체된 것 같소. 시온을 향하여 앞으로 갑시다!"

"시온을 향하여!" 많은 모르몬 교도들이 소리쳤다.

그 소리는 사람들의 입에서 입을 통해 긴 행렬의 뒤쪽으로 물결처럼 퍼져 나가다 점점 작아지더니 들리지 않게 되었다. 채찍질 소리와 마차 바퀴가 삐거덕거리는 소리가 들리는 가운데 마차 행렬은 움직이기 시작했고, 이윽고 기다란 대열은 또다시 행진을 시작했다. 두 방랑자를 맡은 장로는 그들을 자기 마차로 데리고 갔다. 그곳에는 벌써 음식이 준비되어 그들을 기다리고 있었다.

"앞으로 여기서 지내십시오." 장로가 말했다. "며칠 있으면 기운을 차리게 될 겁니다. 그리고 무엇보다 당신들은 우리와 같은 신도라는 점을 지금부터 영원히 잊어서는 안 됩니다. 브리검 영(1844년 기독교인들의 종교 폭동으로 조셉 스미스가 살해되자 그 뒤를 계승하여 모르몬 교도를 서부로 이끌었다. 1847년에 모르몬교의 본산인 솔트레이크 시를 건설했다.)께서 그렇게 말씀하셨고, 그분은 하나님의 목소리인 조셉 스미스의 목소리로 그렇게 말씀하셨습니다."

2
유타의 꽃

　모르몬 교도들이 그 마지막 땅에 이르기까지 견디고 참은 시련과 고생은 여기서 말할 필요가 없을 것이다. 미시시피 강가를 떠나 로키 산맥의 서쪽 비탈에 이르기까지 그들은 역사상 유례없는 불굴의 정신으로 고난을 헤치고 그곳에 도착했다. 야만인들, 맹수들, 배고픔, 목마름, 피로, 병마 등 온갖 장애를 다 겪었으나 그들은 앵글로색슨 민족의 강인함으로 그 모든 것을 정복했다. 그러나 오랜 여행과 끊임없는 위협은 그들 중 가장 용감한 사람이라도 동요를 일으키기에 충분했다. 그리하여 그들이 마침내 햇빛을 받고 있는 넓은 유타 계곡을 보고, 그들의 지도자로부터 이곳이 약속된 땅이며 이 처녀지가 영원히 그들의 것이라는 말을 들었을 때, 그들은 모두 무릎을 꿇고 진심에서 우러나오는 기도를 올렸다.

브리검 영은 유능한 행정가이며 불굴의 지도자라는 것을 곧 증명했다. 그는 그들의 미래 도시의 초안을 그린 지도와 차트를 작성했다. 사방의 땅은 개인의 신분에 따라 분배되었다. 상인은 상업에, 기술자들은 저마다의 직업에 종사했다. 마을에는 길과 광장들이 마술처럼 나타났다. 전원에는 배수 공사, 울타리와 나무 심기, 청소 등이 이루어졌고, 이듬해 여름에는 모든 들판이 밀 이삭으로 황금물결을 이루었다. 이 낯선 거주지에서는 모든 것이 번창했다. 무엇보다 도시 중앙에 세운 커다란 예배당은 점점 더 커지고 높아져 갔다. 새벽빛이 물들기 시작할 때부터 황혼이 짙어져 밤이 될 때까지, 수많은 위험 속을 안전하게 인도하시는 하나님을 위해 짓고 있는 예배당에서는 망치 소리와 톱 소리가 끊이지 않았다.

두 방랑자, 존 페리어와 그와 같은 행운을 얻게 되어 지금은 그의 양녀가 된 작은 소녀는 모르몬 교도들에 끼어 그들이 이주지에 이르기까지 행동을 함께했다. 어린 루시 페리어는 스탠거슨의 마차에서 그의 세 아내와 고집이 세고 조숙한 열두 살 난 그의 아들과 함께 명랑하게 지냈다. 어머니의 죽음이라는 쇼크에서 벗어난 루시는 여자들의 귀여움이가 되었고, 범포 지붕으로 된 집에서의 새로운 생활에도 익숙해졌다. 한편, 쇠약했던 몸이 회복된 페리어는 유능한 안내자이며 사냥꾼으로 이름을 날렸다. 그리하여 새 동료들의 존경을 받게 되어 그들이 방랑을 끝냈을 때 브리검 영과 그들의 네 장로인 스탠거슨, 켐볼, 존스턴, 드레버를 제외한 다른 이주자들에게 나누어 준 땅과 똑같이 크고 비옥한 땅을 그에게도 주자고 모르몬 교도들은 만장일치로 결정했다.

이렇게 하여 얻은 땅에 존 페리어는 직접 튼튼한 통나무집을 지었는데, 그 후로 계속 늘려 지어 나중에는 넓은 저택이 되었다. 그는 실용적인 사람으로 매사에 빈틈없고 손재주도 많았다. 그리고 몸이 무쇠 같이 건강해서 종일 밭에 나가 땅을 갈고 활용했다. 그래서 그의 농장과 그가 갖고 있는 모든 것은 대단히 번창했다. 3년 뒤에는 그는 이웃들보다 잘살았고, 6년 뒤에는 제법 부유해졌고, 9년 뒤에는 큰 부자가 되었으며, 12년 뒤에는 솔트레이크 시 전체에서 그와 견줄 수 있는 사람이 여섯 명도 채 되지 않을 정도였다. 솔트레이크 시에서 멀리 있는 워새치 산맥까지 존 페리어의 이름은 널리 알려졌다.

그러나 동료 신자들이 페리어를 못마땅하게 여기는 점이 한 가지, 딱 한 가지가 있었다. 그것은 아무리 설득을 해도 그의 동료들처럼 아내를, 그것도 여러 명의 아내를 얻지 않는다는 점이었다. 그가 계속 거부하는 이유는 말하지 않았지만, 그는 자기 결심에 단호하고 강직하게 집착하면서 만족하는 듯했다. 동료들 중에는 새로 얻은 신앙에 열성적이지 않아 그런다고 말하는 사람도 있었고, 그가 돈에 욕심이 많아 비용을 아끼려고 부인을 맞아들이지 않는다고 말하는 사람도 있었다. 또 다른 사람은 오래전 연애 관계를 들먹이며 대서양 연안에는 그를 아직도 연모하는 금발의 여자가 있다고 말했다. 이유야 어찌 됐든 페리어는 굳게 독신을 고수했다. 그러나 다른 모든 면에서는 새로운 거주지의 종교를 굳게 지켰으므로 그는 보수적이고 올바른 길을 걷는 사람으로 유명했다.

루시 페리어는 통나무집에서 자라면서 양아버지의 일을 도왔다. 산의 신선한 공기와 향긋한 소나무 냄새가 그녀를 보살피는 사람이 되기도 하고, 어머니가 되기도 했다. 해가 거듭될수록 그녀는 키가 커지고 튼튼해졌으며, 두 뺨은 더 붉어지고 걸음걸이는 더 활달해졌다. 페리어 농장 곁의 큰길을 오가는 많은 사람들은 그녀의 나긋나긋한 몸매가 밀밭 속을 빨리 걷는 모습을 보거나, 아버지의 야생마를 타고 진짜 서부의 여자처럼 편안하고 우아하게 말을 모는 모습을 보고 오래전에 잊었던 감정이 다시 살아나는 것을 느꼈다. 이리하여 봉우리는 꽃이 되어 활짝 피어서 그녀의 아버지가 농부들 중에 가장 부자가 되었을 때 그녀는 서부에서 가장 아름다운 처녀가 되었다.

그러나 어린 소녀가 성숙한 여인으로 변했다는 것을 처음으로 발견한 사람은 그녀의 아버지가 아니었다. 그 신비스러운 변화는 포착하기 어렵고, 매우 천천히 일어나서 날짜로 측정할 수는 없었다. 처녀 자신도 목소리가 변하고, 손의 접촉만으로도 가슴이 뛰며, 긍지와 두려움이 뒤섞인 복잡한 기분을 통해 새롭고 위대한 자연의 법칙이 자신의 몸 안에 싹텄음을 알게 되는 것이다. 새로운 인생의 시작을 알리는 작은 일과 그 일이 일어난 날을 기억하지 못하는 사람은 거의 없다. 루시 페리어에게는 그것이 앞으로 그녀의 운명과 다른 많은 사람들의 운명에 영향을 끼치는 것 이외에도 매우 중대한 일이었다.

무더운 6월의 어느 아침이었다. 모르몬 교도들은 자신의 상징으로 삼고 있는 꿀벌들처럼 부지런히 일했다. 들에도 마을에도 일하는 사람들의 소리가 시끄러웠다. 먼지가 자욱한 큰길에는 무거운 짐을 실은 당나귀의 행렬이 서부를 향해 가고 있었다. 당시 캘리포니아에서 금광이 발견되면서 골드러시 바람이 불어 솔트레이크시가 그 길목에 있었기 때문에 사람들이 몰리고 있었다. 거기에는 또 먼 방목지에서 끌려온 양들이며 거세된 소들 그리고 사람들과 말들이 있었으며, 그들은 모두 끝없는 여행에 지쳐 있는 이주자들에 섞여 있었다. 이 잡다한 집단 사이를 운동으로 얼굴이 빨갛게 달아오른 루시 페리어가 긴 밤색 머리카락을 휘날리면서 능숙한 솜씨로 말을 타고 달리고 있었다. 그녀는 아버지의 심부름으로 시내에 가는 길이었고, 자기가 할 일과 그 일을 어떻게 해야 하는지에 대해서만 정신이 쏠려 있었다. 여행에 지친 모험가들은 놀란 눈으로 그녀를 바라보았고, 가죽옷을 입은 냉정한 인디언들도 백인 처녀의 아름다움에 놀라워하면서 무표정한 얼굴에 온화한 기색이 떠올랐다.

시의 변두리에 도달했을 때, 루시는 대초원에서 소를 치는 거칠어 보이는 목동 대여섯 명이 몰고 온 수많은 소들에 둘러싸이게 되었다. 마음이 조급해진 그녀는 소 떼들 사이로 난 틈새로 빠져나가 이 상황을 벗어나려 했다. 그러나 그 틈새로 들어서자마자 소들은 그녀를 둘러쌌고, 그녀는 눈이 사납고 뿔이 긴 소 무리 속에 완전히 포위됐다는 것을 알았다. 소를 많이 다루어 본 그녀는 놀라지 않고 소 떼들 사이로 빠져나갈 기회만 엿보고 있었다.

그때 소 한 마리가 우연히 그랬는지 일부러 그랬는지 말의 옆구리를 뿔로 세게 받아 말이 미친 듯이 날뛰기 시작했다. 화가 난 말은 콧김을 거세게 내뿜으며 뒷발로 일어서서 길길이 날뛰었다. 사태는 대단히 위험했다. 성난 말은 뛸 때마다 뿔에 부딪혔고, 그럴 때마다 더욱 날뛰었다. 루시는 말안장에 겨우 매달려 있었고, 말에서 떨어지는 날에는 겁을 먹은 말의 사나운 말발굽에 밟혀 처참한 죽음을 당할 처지였다.

갑자기 당한 긴박한 상황에 그녀는 머리가 핑핑 돌았고, 말고삐를 잡은 손에서 힘이 빠졌다. 많은 먼지와 버둥대는 소들이 내뿜는 열기로 숨이 막힐 지경이 된 그녀가 자포자기하며 모든 것을 포기하려 할 때 다정한 목소리가 옆에서 도와주겠다고 말했다. 그와 동시에 햇볕에 그을린 힘찬 손이 겁먹은 말의 고삐를 잡고 소 떼 사이로 말을 끌고 밖으로 나갔다.

"아가씨, 다친 데는 없습니까?" 구해 준 남자가 공손히 말했다.

루시는 검게 탄 남자의 얼굴을 보고 쾌활하게 웃으며 천진난만하게 말했다. "정말 무서웠어요. 폰초가 많은 소들을 겁낼 줄 누가 알았겠어요."

"아가씨가 말에서 떨어지지 않아 정말 다행입니다." 남자는 진지하게 말했다.

그는 키가 크고 사납게 생긴 젊은이로 갈색 말을 타고 허름한 사냥꾼 복장에 긴 총을 어깨에 메고 있었다.

"아가씨는 존 페리어 씨의 따님인 모양이군요. 페리어 씨의 집에서 말을 타고 나오는 걸 봤습니다. 아버님을 뵙거든 세인트루이스의 제퍼슨 호프네 가족을 기억하고 계시냐고 여쭈어 보십시오. 그분이 제가 생각하는 페리어 씨와 같은 분이시라면 전에 저의 아버지와는 대단히 친하셨습니다."

"저희 집에 오셔서 직접 묻지 그러세요." 루시는 새침을 떨며 말했다.

젊은이는 그 제안이 마음에 드는 모양으로 검은 눈이 기쁨으로 빛났다.

"그렇게 하겠습니다. 그러나 두 달 동안이나 산에 있었기 때문에 남을 방문할 모습이 아닙니다. 아버님께서 그 점을 이해해 주셔야 할 텐데요."

"아버지는 당신을 매우 고맙게 생각하실 거예요. 저를 대단히 아끼시거든요. 만일 내가 소 떼 밑에 깔렸더라면 영원히 후회하셨을 거예요."

"저도 그랬을 겁니다."

"당신이요? 당신한테는 아무 상관도 없는 일 아녜요? 당신은 우리의 친구도 아닌데."

그 말을 듣고 젊은 사냥꾼의 검게 탄 얼굴이 대단히 침울해지는 모습을 보고 루시 페리어는 큰 소리로 웃었다.

"진심으로 한 말은 아녜요. 당신은 이제 내 친구가 됐으니 우리 집을 꼭 방문해 주세요. 아, 이젠 가 봐야겠어요. 너무 늦으면 아버지가 다시는 심부름을 안 시키실 거예요. 안녕!"

"안녕."

남자도 넓은 모자를 벗고 그녀의 작은 손에 고개를 숙여 가벼운 키스로 답했다. 그녀는 말의 머리를 돌려 채찍질을 하고 먼지구름을 일으키며 넓은 길을 쏜살같이 달려갔다.

젊은 제퍼슨 호프는 말없이 우울한 표정으로 동료들과 함께 말을 타고 갔다. 그들은 네바다 산맥으로 은광을 찾으러 갔다가 발견한 광맥을 채굴하는 데 필요한 자금을 구하러 솔트레이크 시로 돌아오는 길이었다. 지금까지는 그도 동료들과 마찬가지로 일에 열심이었으나 이 일로 그의 마음은 다른 곳으로 쏠리고 있었다.

시에라의 산들바람처럼 신선하고 맑은 젊은 여자의 아름다운 모습은 그의 길들여지지 않는 정열적인 마음을 뿌리째 흔들어 놓았다. 여자가 시야에서 사라지자 그는 일생에서 중대 국면을 맞이했다는 것을 알게 되었고, 은광에 대한 투기나 다른 어떤 문제들도 이 처음 경험하는, 영혼까지 쏠게 하는 일에 비하면 아무런 중요성도 갖지 못한다는 사실을 깨달았다. 그의 가슴속에 피어오르는 사랑은 소년의 변덕스러운 공상이 아니라, 강인한 의지와 전제적인 기질을 가진 남자의 야성적이고 격렬한 열정이었다. 그는 지금까지 하는 일은 모두 성공했다. 만일 노력과 끈기로 이 일을 성공시킬 수만 있다면 절대로 실패하지 않겠다고 그는 마음속으로 맹세했다.

그날 밤 그는 존 페리어를 방문했고, 그 후에도 여러 번 찾아갔기 때문에 페리어 농가에서 그의 모습은 낯설지 않게 되었다. 계곡에 파묻혀서 일에만 몰두했던 존 페리어는 지난 12년 동안 바깥세상에서 일어난 일들에 대한 소식을 들을 기회가 없었다. 이런 것들을 제퍼슨 호프는 그에게 들려주었고, 그의 이야기는 아버지뿐만 아니라 루시도 흥미를 느끼게 했다.

호프는 캘리포니아의 개척자였기 때문에 그곳의 벼락부자들의 흥망성쇠에 관한 재미있는 이야기들을 많이 이야기해 줄 수 있었다. 그는 척후병, 덫사냥꾼, 은광 탐색가, 목장 노동자 등으로 일한 경험이 있었다. 마음을 들끓게 하는 모험이 있는 곳이라면 제퍼슨 호프는 그곳을 찾았다. 존 페리어는 곧 그를 좋아하게 되었고, 그의 장점을 많이 칭찬해 주었다. 그럴 때면 루시는 말이 없었으나 붉게 달아오른 뺨과 기쁨으로 반짝이는 두 눈은 그녀의 마음이 이제는 자기 것이 아니라는 사실을 말해 주고 있었다. 그녀의 정직한 아버지는 그런 징후들을 보지 못했을지 모르지만, 그녀의 애정을 획득한 남자는 그녀의 마음을 잘 알고 있었다.

어느 여름날 저녁, 호프는 말을 타고 길을 달려와서 집 앞에 말을 세웠다. 문간에 있던 루시는 나가서 그를 마중했다. 그는 말고삐를 울타리 위에 던져 놓고 그녀에게 다가갔다. 그는 루시의 두 손을 꼭 잡고 부드러운 눈길로 그녀의 얼굴을 보며 말했다.

"루시, 나는 떠나요. 지금 나와 같이 가자고 하지는 않겠지만, 내가 이곳에 다시 오면 나와 같이 떠날 준비를 끝내고 있겠소?"

"그게 언제지요?" 루시는 얼굴을 붉히고 웃으며 물었다.

"기껏해야 두어 달 걸릴 거요. 그때는 내가 공공연하게 당신을 요구하겠소, 아무도 우리 사이를 방해할 수 없을 거요."

"아버지는 뭐라고 하시던가요?"

"은광 일만 잘되면 허락한다고 하셨소. 난 은광 일은 걱정 안 합니다."

"그래요? 아버지와 당신 사이에 이야기가 그렇게 되었다면 더는 할 말이 없어요." 루시는 뺨을 그의 넓은 가슴에 대고 속삭였다.

"하나님 감사합니다!" 그는 목메는 목소리로 말하고 몸을 굽혀 루시에게 키스했다. "그럼 그 일은 결정됐어요. 여기 오래 있을수록 떠나기가 힘들겠소. 동료들이 골짜기에서 나를 기다리고 있소. 잘 있어요, 내 사랑, 안녕. 두 달 후면 다시 만날 거요."

그는 말하면서 루시에게서 떨어져 말에 뛰어올라 멀어져 갔다. 루시를 돌아보았다가는 자신의 결심이 좌절될까 겁내는 것처럼 뒤도 돌아보지 않고 달려갔다. 그녀는 문간에 서서 그의 모습이 보이지 않을 때까지 바라보았다. 루시 페리어는 유타에서 가장 행복한 여자가 되어 집 안으로 들어갔다.

3
존 페리어, 선지자와 이야기하다

　제퍼슨 호프가 그의 동료들과 함께 솔트레이크 시를 떠난 지도 3주일이 지났다. 존 페리어는 젊은이가 돌아오면 수양딸을 곧 잃게 된다는 생각을 하니 마음이 아팠다. 하지만 루시의 밝고 행복한 표정을 볼 때면 그것이 어떤 설득보다도 이번 결정을 체념하게 만들었다. 존 페리어는 전부터 어떤 일이 있어도 딸을 모르몬 교도와 결혼시키지 않겠다고 마음속으로 굳게 결심하고 있었다. 그는 그런 결혼은 결혼이 아니라 오욕이라고 생각했다. 그가 모르몬교의 교의를 어떻게 생각하든 간에 이 한 가지 점에 대해서만은 생각을 굽히지 않았다. 그러나 그 당시 성자들의 땅에서 이단을 표현한다는 것은 위험했기 때문에 그는 그 말을 입 밖으로 낼 수 없었다.

　그것은 대단히 위험한 일이었다. 너무 위험해서 신앙심이 깊은 덕망이 있는 사람들조차 자신들이 한 말이 오해를 받아 박해를 받을까 봐 종교상의 의견을 말할 때는 숨을 죽이고 속삭일 정도였다. 한번 박해를 받은 사람은 그들 자신이 박해자가 되었는데, 그것도 가장 혹독한 박해자가 되었다. 스페인 세빌의 종교재판, 독일의 야간 비밀재판, 이탈리아의 비밀 결사라 해도 유타 주를 검은 구름으로 휩싸이게 한 이 무서운 제도와는 비교가 되지 않았다.

눈에 보이지 않는 조직의 신비성은 이 조직을 더욱 무섭게 만들었다. 그것은 전지전능하지만 그것을 본 사람이나 들은 사람은 없었다. 교회에 반대한 사람은 사라졌고, 그가 어디로 갔는지, 그에게 무슨 일이 일어났는지 아는 사람은 아무도 없었다. 부인과 아이들은 집에서 그를 기다렸지만, 집에 돌아와서 자기가 비밀 재판관들 앞에서 어떻게 했다고 말하는 아버지는 없었다. 경솔한 말이나 조급한 행동에는 파멸이 뒤따랐다. 그러나 그들의 머리 위에 걸려 있는 이 무서운 힘의 본질에 대해서 아는 사람은 아무도 없었다. 그리하여 사람들은 겁을 내고 떨고 있었고, 광야 한복판에서도 평소에 갖고 있던 의문들을 입 밖에 내려고 하지 않는 것이 당연했다.

처음에는 이 막연하고 무서운 힘은 모르몬교를 믿었다가 나중에 변절했거나, 모르몬교를 떠나려고 한 사람에게만 가해졌다. 그러나 얼마 지나지 않아 그 범위가 확대되었다. 성인 여자의 공급이 점차 부족하게 되었고, 여자가 없으면 일부다처의 교의도 보잘것없는 교의가 되기 때문이다. 전에는 인디언들이 출몰한 적이 없는 곳에서 이주자들이 살해되고 총격을 받았다는 이상한 소문이 떠돌았고, 장로들의 부인으로 새로운 여자들이 나타났다. 그들은 하나같이 눈물 젖은 얼굴에 겁에 질린 표정을 하고 있었다. 길을 가는 나그네들은 산속에서 복면을 하고 무장한 사람들이 남의 눈을 피해 소리 없이 어둠 속을 지나가는 것을 봤다고 말했다.

이러한 이야기와 소문들은 실체를 갖게 되었고, 여러 차례 거듭하여 그 실재가 확인되는 바람에 마침내는 명칭도 갖게 되었다. 지금도 서부의 외딴 목장 지역에 가면 다나이트 갱이니 복수의 천사단이니 하는 불길하고 흉악한 이름의 무리들이 있다.

이런 끔찍한 결과를 가져온 조직의 정체는 알게 되었지만, 그로 인해 사람들의 공포가 줄어들기는커녕 도리어 늘어날 뿐이었다. 또 조직의 정체는 알았지만 누가 이 무자비한 조직에 가담하고 있는지 아는 사람은 아무도 없었다. 종교의 이름 아래서 이 피비린내 나는 폭행에 가담한 자의 이름은 굳게 비밀에 부쳐졌다. 예언자나 그의 사명에 대한 의혹을 친구에게 이야기하려 해도 그 친구가 밤에 총칼을 들고 무서운 형벌을 가하러 오는 단체의 일원일 수도 있었다. 그래서 사람들은 이웃을 두려워했고, 가슴에 품고 있는 말을 남에게 하지 않았다.

어느 날 아침, 존 페리어가 밀밭으로 나가려고 하는데 문소리가 났다. 창문으로 내다보니 누르스름한 머리의 뚱뚱한 중년 남자가 현관으로 통하는 오솔길을 걸어오고 있었다. 그 사람은 바로 브리검 영이었다. 이러한 방문이 좋은 징조는 아니라는 사실을 알고 있었기 때문에 페리어는 당황하여 모르몬교 우두머리를 맞이하러 현관으로 달려 나갔다. 그러나 예언자는 그의 인사를 냉담하게 받고는 엄숙한 얼굴로 거실로 들어갔다.

"페리어 형제여." 그는 자리에 앉으면서 밝은색 속눈썹을 가진 눈으로 페리어를 보며 말했다. "우리 교를 진심으로 믿는 신자들은 오늘날까지 당신의 좋은 친구가 되어 왔소. 사막에서 굶어 죽게 된 당신을 구해서 먹을 것을 나누어 주고 선택된 땅으로 무사히 데리고 와서는 큰 땅을 준 것도, 부자가 될 수 있도록 보호해 준 것도 우리였소, 안 그렇소?"

"네, 그렇습니다." 존 페리어가 대답했다.

"그것에 대한 보상으로 우리가 당신에게 요구한 것은 단 한 가지, 즉 당신이 우리의 신앙을 진심으로 받아들이고, 모든 일을 우리 모르몬교의 관행에 따르라는 것뿐이었소. 당신은 그것을 약속하고도, 내가 들은 보고가 사실이라면 그 약속을 무시하고 있다고 하던데."

"제가 약속을 무시하다니 그게 무슨 말씀이십니까?" 페리어는 두 손을 들고 항변했다. "제가 공동 기금에 기부를 하지 않았습니까? 예배당에 안 간 적이 있습니까? 그리고 또……."

"당신 부인들은 어디 있습니까?" 예언자는 주위를 둘러보며 말했다. "내가 인사할 수 있게 이리로 부르세요."

"제가 결혼을 하지 않은 것은 사실입니다. 하지만 여자가 모자랄 뿐만 아니라, 있다 하더라도 저보다 자격이 훌륭한 분들이 많습니다. 나는 외롭지 않습니다. 필요한 일은 딸이 해 주고 있으니까요."

"그 딸에 대해 이야기하고 싶소." 모르몬교의 지도자가 말했다. "당신의 딸은 이제 다 자라서 유타의 꽃이 되었고, 이곳의 지체 있는 많은 사람들이 귀엽게 보고 있소."

존 페리어는 속으로 신음했다.

"그런데 내가 믿고 싶지 않은 소문이 떠돌고 있소. 당신 딸이 이방인과 결혼 약속이 되어 있다는 소문이오. 이것은 틀림없이 뜬소문이라고 믿소. 성인 조셉 스미스의 율법 제13조에 무엇이라고 되어 있지요? '참된 신자의 딸들은 하나님이 선택한 자의 아내가 되어야 한다. 이방인의 아내가 됨은 극히 흉악한 죄가 되기 때문이리라.' 그러니 신성한 신앙을 가졌다는 당신과 딸이 그것을 어겨서 고통을 받는 일은 절대로 없을 것으로 생각하오."

존 페리어는 아무 말도 하지 않은 채 불안한 모습으로 말채찍만 만지작거렸다.

"이 한 가지로 인해 당신의 신앙심 전체가 시험당하게 되는 것이오. 장로회는 이렇게 결정했소. 딸은 젊으니 늙은이와 결혼시키라고 하지는 않겠소. 또 딸의 선택권을 빼앗지도 않겠소. 우리 장로들에게는 각자 많은 젊은 여자가 있으니 자식들에게도 주어야겠소. 스탠거슨에게는 아들이 하나 있고, 드레버도 하나 있소. 두 집 다 딸을 기꺼이 받아들일 것이오. 당신의 딸에게 두 사람 중 한 사람을 고르도록 하시오. 둘 다 젊고 돈도 있으며 신앙심도 깊소.

당신 생각은 어떻소?"

페리어는 미간을 모으고 잠시 아무 말이 없었다.

"시간을 좀 주십시오. 제 딸은 아직 어려서 결혼할 나이가 안 됐습니다."

"한 달의 시간을 주겠소." 영은 일어서면서 말했다. "한 달 후에 루시는 대답을 해야 합니다."

그는 현관을 나가다가 몸을 돌려 벌겋게 상기된 얼굴에 불꽃이 이는 눈으로 노려보며 소리쳤다.

"존 페리어, 장로회의 명령을 거스를 만큼 의지가 약할 바에는 당신들은 지금쯤 시에라 블랑카에 해골로 누워 있는 편이 더 좋았을 뻔했소!"

영은 손을 위협적으로 흔들고 문밖으로 나갔다. 페리어는 자갈 길을 걸어가는 그의 무거운 발소리를 들었다.

페리어가 두 팔꿈치를 무릎에 얹고 이 문제를 딸에게 어떻게 말할까 생각하고 있는데 부드러운 손이 자기 손 위에 얹히는 바람에 고개를 드니 딸이 옆에 서 있었다. 그녀의 겁먹은 창백한 얼굴을 보고 그는 딸이 이야기를 전부 들었다는 사실을 알았다.

"안 들을 수 없었어요." 루시는 아버지의 표정을 보고 말했다. "그의 목소리가 집 안에 쩡쩡 울렸거든요. 아버지, 우리는 어쩌면 좋죠?"

"겁내지 마라." 그는 루시를 끌어 앉고 넓고 투박한 손으로 그녀의 밤색 머리를 쓰다듬으며 말했다. "어떻게든 하도록 하자. 넌 그 사람에 대한 마음이 약해지거나 하지는 않았겠지?"

루시는 흐느끼면서 페리어의 손을 꼭 잡기만 했다.

"알았다. 물론 그럴 리야 없겠지. 그렇다는 대답은 나도 듣고 싶지 않다. 그는 좋은 사람이고 또 기독교인이다. 그것만 봐도 설교하는 이곳 사람들보다는 낫다. 내일 네바다로 가는 사람들이 있으니 그에게 우리가 처해 있는 상황을 알리도록 내가 조치를 하마. 내가 그 사람을 제대로 봤다면 그는 전보보다 빨리 돌아올 거다."

루시는 아버지의 표현이 우스워서 눈물진 얼굴로 웃었다.

"그가 돌아오면 어떻게 하는 것이 좋은지 말해 줄 거예요. 하지만 제가 걱정하는 건 아버지예요. 들리는 소문에 의하면, 예언자를 거역했다가는 끔찍한 일을 당한다고 해요. 틀림없이 끔찍한 일이 일어난대요."

"하지만 우리는 아직 그를 거역하지 않았어." 페리어가 말했다. "거역한 다음에나 그런 걱정은 하자. 앞으로 한 달의 여유가 있다. 그때는 유타를 떠나는 것이 좋겠구나."

"유타를 떠나다니요!"

"그래야 할 듯싶구나."

"농장은 어떻게 하구요?"

"팔아서 현금을 만들 수 있는 데까지 만들고 나머지는 잊자. 루시, 사실은 그 생각을 지금 처음 한 것은 아니다. 나는 이곳 사람들이 예언자에게 하는 것처럼 누구에게도 그렇게 복종하기는 싫다. 나는 자유로운 몸으로 태어난 미국 사람이고, 이런 일은 처음이다.

새로운 것을 배우기에는 내가 너무 늙었나 보다. 만일 그가 이 농
장을 빼앗으려 했다가는 총알 세례를 받을 거야."

"하지만 그들은 우리가 떠나도록 하지 않을 거예요."

"제퍼슨이 올 때를 기다리자. 그러면 어떻게 되겠지. 그동안은
걱정하지 말고 눈이 붓도록 울지 말거라. 제퍼슨이 너의 그런 모습
을 보면 내게 대들지 모르니까. 겁낼 것 하나도 없고 위험한 것도
없어."

존 페리어는 루시를 안심시켰지만, 루시는 그날 밤 아버지가 모
든 문을 단단히 잠근 다음 침실 벽에 걸려 있던 녹슨 산탄총을 닦
은 뒤 총알을 넣는 것을 보았다.

4
필사의 도주

존 페리어는 모르몬교 예언자와 이야기를 나눈 다음 날 아침에 솔트레이크 시로 가서 네바다 산맥으로 가는 아는 사람에게 제퍼슨 호프에게 보내는 편지를 맡겼다. 페리어는 편지에 자신들이 얼마나 절박한 위험에 처해 있는지 설명하고, 그가 하루빨리 돌아와야 한다고 썼다. 페리어는 편지를 보내고 나자 한결 홀가분한 마음으로 집에 돌아올 수 있었다.

그는 농장 가까이 갔을 때 대문 양 기둥에 말이 한 필씩 매여 있는 것을 보고 놀랐다. 집 안으로 들어가서 거실에 두 젊은이가 있는 것을 보고는 더욱 놀랐다. 얼굴이 창백하고 긴 한 사람은 흔들의자에 앉아 몸을 뒤로 기대고 두 발을 난로 위에 얹어 놓고 있었고, 목이 굵고 얼굴이 부은 듯한 다른 젊은이는 창가에 서서 두 손을 주머니에 넣고 유행하는 찬송가를 부르고 있었다. 페리어가 들어가자 두 사람은 페리어에게 고개를 끄덕였고, 흔들의자에 앉은 젊은이가 말을 시작했다.

"우리를 모르시겠지만 이 사람은 엘더 드레버의 아들이고, 나는 조셉 스탠거슨입니다. 하나님이 손을 뻗어 사막에 있는 당신을 참된 교회로 인도하셨을 때 우리도 그곳에 있었습니다."

"하나님은 어느 나라든지 좋으실 때를 골라서 대단히 고운 가루로 빻으십니다." 다른 남자가 코 먹은 소리로 말했다.

존 페리어는 냉정하게 고개를 끄덕였다. 그는 이미 두 사람이 누군지 짐작하고 있었다.

"오늘 우리가 찾아온 것은 우리 둘 중 어느 쪽이든 당신이나 따님의 마음에 들도록 하라는 아버님의 충고를 받았기 때문입니다. 저는 부인이 네 명밖에 없고, 여기 있는 드레버 형제는 일곱 명이니 제게 오라는 요구가 더 합리적인 듯싶습니다." 스탠거슨이 말했다.

"아냐, 아냐, 스탠거슨 형제." 드레버가 소리쳤다. "문제는 아내가 몇 명이 되느냐에 있는 게 아니라 몇 명이나 부양할 수 있느냐는 데 있어. 아버지가 물레방앗간을 물려주셨으니 내가 더 부자야."

"하지만 장래는 내가 더 밝아." 스탠거슨도 지지 않고 말했다. "하나님께서 아버지를 부르시면 아버지의 유피 공장과 가죽 공장은 내 것이 된다고. 그리고 나는 자네보다 나이가 많고, 교회에서도 더 높은 지위에 있어."

"이것은 아가씨가 결정할 문제야." 젊은 드레버는 거울에 비친 자기 모습에 능글맞은 웃음을 지어 보이며 말했다. "루시의 결정에 모두 맡기기로 합시다."

이런 대화가 오고 가는 동안, 존 페리어는 두 방문자의 등을 채찍으로 내리치고 싶은 것을 억지로 참고 문가에서 씩씩거리고 있었다.

"이보게들." 드디어 페리어가 그들에게 다가서며 말했다. "딸이 부를 때는 여기에 와도 되지만, 그 전에는 너희들 얼굴을 다시 보고 싶지 않아."

두 젊은이는 놀라서 그를 쳐다보았다. 왜냐하면 그들의 눈에는 처녀 때문에 두 사람이 경쟁하는 것은 처녀나 그녀의 아버지, 두 사람 모두에게 더없이 명예로운 일이었기 때문이다.

"이 방에서 나가는 방법은 두 가지가 있네." 페리어가 소리쳤다. "하나는 문으로 나가는 것이고, 하나는 창문을 통해 밖으로 내던져지는 거야. 어느 쪽으로 나갈 텐가?"

그의 갈색 얼굴은 너무 사납게 보였고, 무시무시한 손이 위협적이어서 두 사람은 벌떡 일어서서 재빨리 나갔다. 늙은 농부는 그들을 문까지 따라가서 비꼬는 듯이 말했다.

"너희 둘 중에 누구라고 결정한 다음에나 연락해."

"이 일로 벌을 받게 될 거요!" 스탠거슨은 창백한 얼굴로 화가 나서 소리쳤다. "당신은 예언자와 네 장로에게 도전한 거야. 죽을 때까지 후회할 줄 아시오."

"하나님의 손이 당신을 무겁게 누를 거야." 젊은 드레버가 소리쳤다. "하나님이 일어서서 당신을 없앨 거야!"

"그럼 내가 먼저 없애기 시작하겠어." 페리어는 화를 내며 고함쳤다.

그가 위층에 올라가서 총을 가지고 오려는 것을 루시가 그의 팔을 잡고 말렸다. 그가 루시를 뿌리치기 전에 말발굽 소리가 들렸고, 페리어는 그들이 손이 미치지 않는 곳으로 멀리 가 버렸다는 것을 알았다.

"위선적인 불량배들 같으니!" 그는 이마의 땀을 닦으며 말했다. "네가 그놈들 중 한 놈의 마누라가 되는 것을 보느니 내가 죽어 버리는 게 낫겠다."

"나도 그래요, 아버지." 루시는 마음을 굳게 먹고 말했다. "하지만 제퍼슨이 곧 올 거예요."

"그래, 머지않아 올 거다. 놈들이 다음에는 무슨 짓을 할지 모르니 빨리 올수록 좋을 텐데."

그때는 정말로 누가 나타나서 이 고집 센 늙은 농부와 그의 수양딸에게 도움을 주고 조언을 해 주어야 할 때였다. 개척지 이주사 전체를 들쳐 봐도 장로의 권위에 극단적으로 대항한 예는 없다. 사소한 잘못에도 엄한 벌이 가해졌다면 이런 커다란 반역을 한 사람의 운명은 어떻게 될 것인가?

페리어는 그의 부와 지위는 아무런 소용이 없다는 것을 알고 있었다. 자기만큼 유명하고 부자였던 다른 사람들도 조용히 사라지고, 그들의 재산은 교회로 넘어간 사실이 전에 있었다. 페리어는 용감한 사람이었으나 그의 위에 도사리고 있는 막연하고 흐릿한 공포에는 몸을 떨었다. 눈에 보이는 위험은 입을 굳게 다물고 똑바로 상대할 수 있으나 이런 긴장감은 그의 기운을 빼앗았다. 그는 딸에게는 자신의 공포를 감추고, 그 일 전체를 가볍게 생각하는 척했다. 그러나 루시는 아버지가 불안해하고 있다는 사실을 확실히 눈치챘다.

페리어는 자신이 한 행동에 대해 예언자로부터 어떤 메시지나 충고를 받을 것으로 생각했다. 그의 생각은 틀리지 않았지만 그것은 예상치 못한 방법으로 전달됐다. 다음 날 아침에 눈을 떠 보니 놀랍게도 침대 이불의 가슴 부분에 작은 종이쪽지가 핀으로 꽂혀 있었다. 종이에는 굵은 글씨로 서투르게 쓰여 있었다.

개심할 기간을 29일 준다. 그 이후는?

'그 이후는' 하고 다음에 그은 줄은 어떤 협박보다도 더 무서웠다. 모든 창문과 문을 다 잠갔고, 하인들은 모두 집 밖에서 자는데 이 경고장이 어떻게 그의 방에 들어왔는지 존 페리어는 이상하다고 생각하지 않을 수 없었다. 그는 종이를 구겨 버리고 딸에게는 아무 말도 하지 않았으나, 이 일로 인해 그는 신경이 매우 날카로워졌다. 29일은 예언자가 말한 한 달에서 남은 날짜가 틀림없었다. 이런 신비한 힘으로 무장한 적과 대항할 수 있는 힘이나 용기는 어떤 것이란 말인가? 핀을 꽂은 그 손이 그의 가슴을 내리칠 수도 있었고, 그랬더라면 자기는 누가 자기를 해쳤는지 절대로 알 수 없었을 것이다.

다음 날 아침에 그는 더욱 놀랐다. 페리어가 딸과 아침 식사를 하려고 앉았을 때 루시가 깜짝 놀라 비명을 지르며 위를 가리켰다. 천장 중앙에는 틀림없이 막대를 불에 태운 것으로 쓴 '28'이란 숫자가 적혀 있었다. 딸은 그것이 무엇을 의미하는지 몰랐고, 페리어는 그것을 딸에게 설명하지 않았다. 그날 밤 그는 총을 들고 앉아 감시했지만 아무것도 보거나 듣지 못했다. 그러나 다음 날 아침에는 현관문의 바깥쪽에 '27'이라고 페인트로 커다랗게 쓰여 있었다.

이렇게 날짜는 흘렀고, 페리어는 아침이 오는 것처럼 분명하게 한 달에서 앞으로 그에게 얼마가 남았는지 눈에 잘 띄는 곳에 써놓은 숫자를 발견할 수 있었다. 그 운명적인 숫자는 어떤 때는 벽에 나타났고, 어떤 때는 마룻바닥에 나타나기도 했다. 그리고 가끔 숫자를 쓴 작은 카드가 앞뜰 문이나 울타리 위에 붙어 있기도 했다. 존 페리어는 아무리 경계를 해도 경고장이 매일 어디서 오는지 도무지 알 수 없었다. 나중에는 그것을 볼 때마다 미신에 가까운 공포심이 일었다. 그는 얼굴이 점점 초췌해지고, 줄곧 안절부절못했으며, 두 눈은 쫓기는 짐승의 눈처럼 불안이 가득했다. 그에게는 이제 한 가지 희망밖에 없었다. 그것은 네바다에서 젊은 사냥꾼이 돌아오는 것이었다.

20일이 15일이 되고 15일이 10일이 되었지만, 떠난 사람으로부터 소식은 없었다. 날짜는 하루하루 줄어들었지만, 호프는 나타나지 않았다. 길에서 말굽 소리가 들릴 때마다, 또는 마소를 부리는 목동의 목소리가 들릴 때마다 도움을 줄 그가 도착한 줄 알고 늙은 농부는 문으로 달려갔다. 드디어 5일이 4일이 되고, 다음에 3일이 되었을 때 그는 실망하여 도주하는 것을 포기했다. 자기 혼자뿐이고, 거주지를 둘러싸고 있는 산들을 잘 모르는 그는 자신이 무력하다는 것을 알고 있었다. 사람의 왕래가 많은 길은 엄중하게 감시하는 사람이 곳곳에 있어서 아무도 장로회의 허가 없이는 통과할 수 없었다. 어디를 보나 앞으로 닥칠 운명을 피할 길은 없는 듯했다. 그래도 페리어는 딸이 수치로 여기는 일에는 죽어도 마음이 흔들리지 않겠다고 굳게 맹세했다.

어느 날 저녁에 그는 혼자 앉아서 자기가 처한 난국에서 어떻게 하면 빠져나갈 수 있을지를 깊이 생각했다. 그날 아침에 집 담에 '2'라는 숫자가 나타났으니 날이 새면 허락된 마지막 날이 되는 것이다. 그때가 되면 무슨 일이 일어날까? 막연하고 무서운 생각들이 떠올랐다. 딸은 내가 죽은 다음에 어떻게 될 것인가? 자기를 둘러싸고 있는 눈에 보이지 않는 조직으로부터 도망치는 방법은 없었다. 그는 테이블 위에 고개를 떨구고 자신의 무능력함을 생각하며 흐느꼈다.

저건 무슨 소리지? 아무 소리도 들리지 않는 정적 속에서 무엇을 살살 긁는 소리가 들렸다. 아주 희미했으나 밤의 정적 속에서 분명히 들렸다. 그 소리는 집의 현관문에서 나고 있었다. 페리어는 현관홀로 살금살금 가서 귀를 바짝 기울였다. 그 이상한 소리는 잠시 사이를 두었다가 다시 낮게 들렸다. 누군가 문을 나직이 두드리고 있었다. 자객이 비밀 법정의 명령을 수행하러 온 것일까? 아니면 주어진 마지막 날이 왔다는 경고를 쓰려고 어떤 놈이 온 것일까? 존 페리어는 온 신경을 마비시킬 듯한 긴장과 가슴속까지 얼어붙게 하는 공포를 느끼는 것보다 차라리 즉시 죽는 편이 낫겠다고 생각했다. 그는 문으로 뛰어가서 걸쇠를 풀고 문을 활짝 열어젖혔다.

밖은 쥐 죽은 듯이 조용했다. 밤하늘에는 별들이 반짝이고 있었다. 농부의 눈에는 울타리가 쳐지고 문이 있는 앞뜰이 보였으나, 앞뜰이나 바깥의 길에도 사람은 보이지 않았다. 페리어는 안도의 한숨을 쉬고 좌우를 둘러보다가 자기 발 주위를 내려다보았다. 그곳에는 놀랍게도 한 사람이 팔다리를 쭉 뻗고 얼굴을 땅에 대고 엎드려 있었다. 페리어는 그 모습을 보고 너무도 놀라 벽에 몸을 기대고 터져 나오는 비명 소리를 막으려고 손으로 자기 목을 잡았다. 처음에는 엎드려 있는 것이 다쳤거나 죽은 사람이라고 생각했지만, 그가 보고 있는 사이에 그 사람은 뱀처럼 소리 없이 땅을 빨리 기어 집 안으로 들어갔다. 집 안으로 들어오자마자 그 사람은 벌떡 일어서서 문을 닫았는데 사나운 얼굴에 결의에 찬 모습을 한 제퍼슨 호프였다. 그를 알아보고 페리어는 더욱 깜짝 놀랐다.

"이런, 맙소사!" 존 페리어는 헐떡거리며 말했다. "깜짝 놀랐네! 왜 그런 식으로 나타났지?"

"먹을 것 좀 주십시오." 제퍼슨은 쉰 목소리로 말했다. "사십팔 시간 동안 아무것도 먹지 못했습니다."

그는 테이블 위에 남아 있던 페리어가 저녁 식사를 하고 남긴 찬 고기와 빵을 허겁지겁 먹었다. 그는 허기진 배가 채워지자 물었다. "루시는 잘 견뎌 내고 있습니까?"

"그렇다네. 루시는 아직 위험을 몰라."

"다행입니다. 사방에서 이 집을 감시하고 있습니다. 그래서 제가 기어서 왔습니다. 놈들은 빈틈없지만 사냥꾼에게는 당하지 못합니다."

존 페리어는 헌신적인 자기편이 있다는 사실에 다른 사람으로 변했다. 그는 젊은 남자의 억센 손을 기쁜 마음으로 꽉 잡았다.

"자네는 자랑스러운 사람이야. 우리가 처한 위험과 고난을 같이 극복하려고 이곳에 올 사람은 많지 않아."

"사실입니다." 젊은 사냥꾼은 말했다. "저는 어르신도 존경하지만, 이 일이 어르신 혼자의 일이라면 이런 위험한 일에 끼어들기 전에 다시 생각했을 것입니다. 저는 루시 때문에 이곳에 왔고, 루시가 다치기 전에 제가 죽을 각오가 돼 있습니다."

"이제 어떻게 하지?"

"내일이 마지막 날이니 오늘 밤에 무슨 조치를 하지 않으면 끝장입니다. 제가 당나귀 한 마리와 말 두 마리를 독수리 골짜기에 숨겨 놨습니다. 돈은 얼마나 갖고 계십니까?"

"황금으로 2,000달러와 지폐로 5,000달러가 있네."

"그만하면 됐습니다. 저도 그만큼은 있습니다. 우리는 산을 넘어 카슨 시로 가야 합니다. 루시를 깨우는 게 좋겠습니다. 하인들이 집 안에서 자지 않아 다행입니다."

페리어가 딸을 깨워 앞으로 있을 여행 준비를 시키는 동안, 제퍼슨 호프는 먹을 수 있는 것은 전부 찾아서 작은 꾸러미를 만들었다. 그리고 산에는 우물이 별로 없고, 있다 해도 멀리 떨어져 있다는 것을 경험으로 잘 아는 그는 오지항아리에 물을 가득 담았다. 호프가 준비를 끝내자마자 농부는 여행 준비를 끝낸 딸을 데리고 왔다. 사랑하는 두 사람은 앞으로 할 일이 많은 관계로 짧고 뜨거운 인사로 그동안의 마음을 대신했다.

"우리는 즉시 떠나야 합니다." 제퍼슨 호프는 앞으로 닥칠 위험이 얼마나 클지 알고 있기에 그 위험을 꿋꿋이 상대하겠다는 강철 같은 의지가 있는 사람처럼 결의에 찬 목소리로 나직이 말했다. "앞문과 뒷문은 놈들이 지키고 있지만 옆 창문을 통해 빠져나가 들판을 가로지를 수 있을지도 모르겠습니다. 새벽이 되면 우리는 산을 반쯤은 넘을 것입니다."

"만약 잡히면 어떻게 하지?" 페리어가 물었다.

호프는 상의 앞으로 삐죽이 나온 권총 손잡이를 손으로 탁 때리며 일그러진 미소를 띠고 말했다. "놈들이 많으면 두세 놈은 죽이고 같이 죽는 거지요."

집 안의 모든 불은 껐고, 페리어는 컴컴한 창문을 통하여 지금은 그의 것이지만 앞으로는 영원히 포기해야 하는 들판을 내다보았다. 그러나 그는 그 희생에 대해 오랫동안 마음의 준비를 해 왔고, 그에게는 그의 딸의 명예와 행복이 그의 재물의 손실에 대한 회한보다 더 중요했다. 들판의 나무는 바람에 살랑거렸고, 말없이 넓게 퍼져 있는 곡식밭에 살의가 숨어 있다고는 생각하기 힘들었다. 그러나 젊은 사냥꾼의 창백하고 긴장된 얼굴을 보면 그가 집으로 접근하면서 무엇인가 본 게 틀림없었다.

페리어는 황금과 지폐가 들어 있는 가방을 들었고, 호프는 얼마 안 되는 먹을거리와 물을 들었으며, 루시는 자기가 소중하게 여기는 물건들이 든 작은 꾸러미를 들고 있었다. 창문을 아주 천천히 그리고 조심해서 열고, 검은 구름이 나와 좀 더 어두워질 때를 기다려서 그들은 한 사람씩 창문을 통해 작은 정원으로 나왔다. 그들은 숨을 죽이고 몸을 구부린 채 정원을 지나 산울타리 그늘로 갔고, 울타리를 따라 돌다가 옥수수 밭으로 통하는 틈새가 있는 곳으로 갔다. 그곳에 거의 도달했을 때 제퍼슨이 두 사람을 갑자기 울타리 그늘로 잡아끌었다. 그들은 그곳에 소리도 내지 않고 떨면서 엎드려 있었다.

초원에서 훈련받은 덕분으로 제퍼슨 호프의 귀가 밝은 것이 다행이었다. 그들이 엎드리기가 무섭게 몇 야드 앞에서 올빼미가 구슬프게 우는 소리가 들렸고, 즉시 얼마 떨어지지 않은 곳에서 그 소리에 응답하는 올빼미 소리가 들렸다. 그와 동시에 그들이 향하고 있던 틈새에서 희미한 그림자가 나타나서 다시 올빼미가 구슬프게 우는 소리를 한 번 냈고, 어둠 속에서 두 번째 남자가 나타났다.

"내일 밤 자정에. 쏙독새가 세 번 울 때." 첫 번째 남자가 명령조로 말했다.

"알았습니다." 다른 남자가 대답했다. "드레버 형제에게 전할까요?"

"그렇게 전하고 다른 사람들에게도 전하라고 해. 9에서 7!"

"7에서 5!" 다른 남자가 응답하고 두 사람은 각각 다른 방향으로 자취를 감추었다.

그들이 맨 마지막에 나눈 대화는 어떤 암호와 그에 대한 응답 암호가 틀림없었다.

두 사람의 발소리가 멀리 사라지자 제퍼슨 호프는 벌떡 일어서서 동행인들을 도와 틈새를 빠져나간 다음, 루시가 힘이 부치는 듯했을 때 그녀를 반쯤 들다시피 해서 들판을 힘껏 달렸다.

"빨리요, 빨리!" 그는 헉헉거리며 말했다. "보초선은 통과한 듯싶은데, 모든 것은 빨리 움직이는 것에 달렸습니다. 빨리 움직이세요!"

높은 길에 올라서자 진도는 빨라졌다. 한 번 사람을 만났지만, 그들은 들판에 몸을 숨겨 상대를 피할 수 있었다. 시내로 접어들기 직전에 제퍼슨은 산으로 향하는 울퉁불퉁하고 좁은 길로 두 사람을 데리고 들어섰다. 올려다보니 어둠 속에 험준한 산봉우리가 두 개 보였고, 두 산 사이에 있는 협곡이 말들을 숨겨 놓은 독수리 골짜기였다. 제퍼슨 호프는 틀림없는 직감으로 커다란 둥근 바위들 사이를 빠져나가, 물이 말라 버린 개울 바닥을 지나서 바위들로 막힌 구석진 곳으로 갔다. 그곳에는 충실한 말들이 매인 채 있었다. 루시는 당나귀를 타고, 페리어와 제퍼슨 호프는 각자의 짐을 갖고 말에 올라탔다. 그리고 제퍼슨 호프가 안내하여 일행은 위험하고 험악한 길로 들어섰다.

거친 자연에 익숙지 못한 사람에게 그 길은 여간 어려운 길이 아닐 수 없었다. 한쪽에는 1,000피트는 됨직한 검고 험한 바위산이 솟아 있었는데, 그 현무암 기둥의 표면은 마치 굳어 버린 괴상한 동물의 늑골처럼 위험해 보였다. 그리고 다른 쪽에는 커다란 자갈과 깨진 바위 부스러기들이 널려 있어서 앞으로 나아가기가 불가능했다. 그 사이로 불규칙한 길이 나 있었는데, 그 길의 어떤 곳은 너무 좁아 그들은 한 줄로 늘어서서 지나가야 했고, 길이 너무 험해서 숙련된 사람만 말을 타고 지나갈 수 있을 정도였다. 그러나 도망자들은 이 모든 위험과 고난에도 불구하고 발걸음을 뗄 때마다 무서운 독재로부터 점점 멀어져 가고 있다는 생각에 마음이 가벼웠다.

그러나 곧 자신들이 아직도 모르몬교의 관할 안에 있다는 증거를 보게 되었다. 그들이 길의 가장 험하고 황량한 지역에 왔을 때, 루시가 깜짝 놀라 소리를 지르며 위를 가리켰다. 길을 내려다보고 있는 바위 위에 보초 한 명이 서 있는 것이 검은 하늘을 배경으로 똑똑히 보였다. 동시에 보초도 그들을 보고 군대식으로 "누구야!" 하고 소리를 쳤는데, 그 소리가 골짜기의 정적을 깨뜨렸다.

"네바다로 가는 나그네들입니다." 제퍼슨 호프는 말안장에 매단 라이플총을 잡으며 말했다.

그들의 대답이 만족스럽지 못했던지 보초가 총을 잡으며 그들을 내려다보았다.

"누구 허가로 가는 거요?" 보초가 물었다.

"장로회의 허가를 받았소." 페리어가 대답했다.

모르몬교에서 경험한 바에 의하면, 자기가 언급할 수 있는 가장 권위 있는 조직은 장로회의였다.

"9에서 7." 보초가 소리쳤다.

"7에서 5." 제퍼슨 호프는 정원에서 들은 응답 암호를 기억하고 즉시 대답했다.

"통과하시오. 하나님의 가호가 함께하기를." 보초가 말했다.

그 다음부터는 길이 넓어져서 말이 달릴 수 있었다. 뒤돌아보니 보초가 총을 지팡이 삼아 몸을 기대고 있는 것이 보였다. 그들은 이것으로 모르몬 교도들의 외곽 보초선을 통과했으니 앞으로는 자유롭다는 것을 알 수 있었다.

5
복수의 천사들

그들은 밤새도록 복잡한 좁은 길과 돌들이 깔린 울퉁불퉁한 길을 달렸다. 그들은 여러 번 길을 잃었으나, 그때마다 호프의 산에 대한 지식 덕분에 다시 길을 찾을 수 있었다. 아침이 되자 훌륭하지만 황량한 경치가 눈앞에 펼쳐졌다. 사방에는 눈을 이고 있는 산봉우리들이 그들을 둘러싸고 서로의 어깨 너머로 멀리 있는 지평선을 바라보고 있었다. 그리고 길 양옆에는 병풍 같은 바위가 우뚝우뚝 솟아 있고, 그 위에는 낙엽송과 소나무가 머리 위를 덮을 정도여서 바람만 불면 머리 위로 쏟아져 내릴 듯했다. 실제로 메마른 골짜기에는 이렇게 떨어진 나무들과 돌들이 여기저기 널려 있었다. 그들이 지나갈 때도 커다란 바위가 요란한 소리를 내며 떨어지는 바람에 그 소리가 조용한 골짜기에 메아리쳐 지친 말들이 놀라

내달렸다.

해가 동쪽 지평선에 천천히 떠오르자, 거대한 산들의 정상이 축제 때의 램프가 켜지는 것처럼 하나씩 켜지면서 붉게 빛났다. 그 장관은 세 도망자의 마음을 즐겁게 하여 새로운 힘이 솟아나게 했다. 좁은 골짜기를 흐르는 급류 옆에서 그들은 잠깐 정지하여 말들에게 물을 먹이고, 급히 아침 식사를 했다. 페리어와 루시는 좀 더 쉬고 싶어 했지만 제퍼슨 호프는 냉혹하게 말했다. "지금쯤 놈들은 우리를 추적하고 있을 겁니다. 모든 것은 빨리 움직이는 것에 달렸습니다. 일단 카슨 시에 도착하여 안전해지면, 그때는 한없이 쉴 수 있습니다."

그날 하루 종일 그들은 고생하며 좁은 길을 걸었고, 저녁이 되자 자기들이 적으로부터 30마일은 떨어졌다고 생각했다. 밤이 되자 튀어나온 바위를 바람막이 삼아 세 사람은 바짝 붙어서 두어 시간 정도 잠을 잤다. 그러나 그들은 날이 새기도 전에 일어나서 다시 길을 떠났다. 추적자들이 보이지 않자 제퍼슨 호프는 무서운 조직의 손아귀에서 벗어난 모양이라고 생각했다. 그는 그 강력한 힘이 얼마나 멀리까지 뻗을 수 있고, 자신들을 파괴하기 위해 얼마나 빠르게 쫓아오는지 알지 못했다.

그들이 도망친 지 이틀 반나절이 되자 얼마 되지 않는 음식은 떨어지고 말았다. 그러나 호프는 산에는 짐승들이 있다는 사실을 알고 있었고, 전에 자주 사냥으로 생명을 유지한 적이 있었으므로 걱정하지 않았다. 그들이 있는 곳이 해발 5,000피트는 됐고, 바람은 살을 에는 듯이 차서 호프는 남들의 눈에 잘 띄지 않는 후미진 곳을 선택하여 마른 나뭇가지들을 쌓고 불을 피워 페리어와 루시가 몸을 녹이도록 했다. 그는 말을 매어 놓고 루시에게 잠깐 다녀오겠다고 인사한 뒤에 총을 어깨에 메고 사냥을 하러 떠났다. 뒤돌아보니 꼼짝도 안하고 서 있는 세 필의 말 옆에서 페리어와 루시는 활활 타는 불 위로 몸을 굽히고 있었고, 곧 그들의 모습은 바위에 가려 보이지 않았다.

그는 한 계곡에서 다른 계곡으로 몇 마일을 아무것도 발견하지 못하고 걸었으나, 나무껍질에 난 자국들과 다른 표시들로 미루어 근처에는 곰이 여러 마리 있다고 생각했다. 두세 시간 동안 아무것도 잡지 못한 그는 낙심하여 돌아갈까 생각하고 문득 머리 위를 올려다보다가 깜짝 놀랄 만큼 반가운 것을 발견했다. 3, 4백 피트 위에 있는 튀어나온 바위가에 양 같이 생겼지만 커다란 뿔을 갖고 있는 동물이 있었다. 큰뿔양이라고 불리는 그 동물은 자신의 눈에는 보이지 않는 무리들을 지키고 있는 것이겠지만, 다행히도 양은 반대 방향을 보고 있어서 호프를 보지 못했다. 호프는 배를 깔고 엎드려서 총을 바위 위에 올려놓은 다음 오랫동안 침착하게 조준한 뒤 방아쇠를 당겼다. 짐승은 위로 펄쩍 뛴 다음 바위에서 비틀거리다가 밑의 골짜기로 떨어졌다.

짐승이 너무 무거워서 호프는 다리 한 짝과 옆구리의 살 일부분을 잘라서 가져갔다. 벌써 땅거미가 지기 시작했기 때문에 그는 이 전리품을 어깨에 메고 돌아가는 길을 재촉했다. 그러나 그는 돌아가려다가 문제가 생겼다는 사실을 알았다. 열심히 사냥감을 찾다가 그만 길을 잃은 것이다. 호프가 있는 골짜기는 여러 골짜기로 갈라지고 있었고, 각 골짜기들은 너무 비슷해서 구분할 수 없었다. 그는 한 골짜기를 1마일쯤 걷다가 자기가 전에 본 적이 없는 급류를 만났다. 잘못 왔다는 것을 알고 다른 골짜기로 갔지만 결과는 마찬가지였다. 날은 금세 어두워지고, 그는 컴컴해서야 눈에 익은 협곡을 찾았다. 그럼에도 옳은 길로 가기가 쉽지 않았다. 달은 아직 뜨지 않았고, 길 양옆에 있는 절벽 때문에 사방이 전혀 보이지 않았기 때문이다. 짐은 무겁고, 고생을 해서 몸은 지쳐 있었기 때문에 그는 비틀거리며 겨우 걸었다. 하지만 한 걸음 뗄 때마다 루시와 가까워지고 있고, 남은 여정 동안 충분히 먹을 만큼의 음식을 지고 간다는 생각에 혼신의 힘을 다해 걸음을 옮겼다.

호프는 자기가 사냥을 떠났을 때 들어간 협곡 입구에 마침내 도달했다. 어둠 속에서도 그는 협곡 입구를 둘러싸고 있는 절벽들의 모양을 알아볼 수 있었다. 그는 거의 다섯 시간이나 떨어져 있었기 때문에 루시와 페리어가 걱정을 많이 하며 기다리겠다고 생각했다. 호프는 기쁜 나머지 자기가 왔다는 신호로 두 손을 입에 대고 "야호!" 하고 골짜기를 향해 신호를 보냈다. 그는 귀를 기울여 응답을 기다렸으나 자기 소리만 조용한 골짜기에 여러 번 메아리쳤다가 되돌아올 뿐이었다. 그는 전보다 더 크게 소리쳤으나 얼마 전에 남기고 떠난 사람들로부터는 아무 응답도 없었다. 막연한 두려움이 그를 감싸기 시작했고, 호프는 흥분하여 귀중한 음식을 내던지고 미친 듯이 위로 올라갔다.

　모퉁이를 돌자 불을 지폈던 곳이 나타났다. 아직도 벌겋게 불이 남아 있는 재가 있었으나 그가 그곳을 떠난 후로는 불을 돌보지 않은 것이 분명했다. 사방은 쥐 죽은 듯이 조용했다. 걱정했던 일이 사실로 변했다는 확신을 얻은 호프는 급히 앞으로 나아갔다. 불이 남아 있는 곳 근처에는 살아 있는 것의 모습이라고는 전혀 보이지 않았다. 말과 노인과 여자, 모두 사라지고 없었다. 그가 그곳에 없는 동안 어떤 무서운 재난이 갑자기 들이닥친 게 틀림없었다. 재난은 그곳에 있던 사람들과 동물들을 덮쳤으나 흔적은 아무것도 남기지 않았다.

　이 일에 큰 충격을 받은 제퍼슨 호프는 머리가 어찔어찔해서 총에 기대어 쓰러지지 않도록 몸을 가누어야 했다. 그러나 그는 근본적으로 활동적인 사나이여서 일시적인 무기력함에서 빠르게 회복했다. 호프는 꺼져 가는 불 속에서 반쯤 타다 만 나무 조각을 찾아 들고 입으로 바람을 불어 불꽃을 일으킨 뒤에 사방을 살피기 시작했다. 그곳에 난 많은 말 발자국을 살펴보니, 말을 탄 많은 사람들이 도망자들을 따라잡은 다음 한참 뒤에 솔트레이크 시로 돌아갔다는 것을 알 수 있었다. 그들은 두 사람을 다 데리고 간 것일까? 그랬을 것이라고 자신을 거의 납득시켰을 때, 그는 갑자기 온몸의 신경이 곤두서는 것을 느꼈다. 불을 피웠던 곳에서 조금 떨어진 곳에, 전에는 틀림없이 없었던 붉은 흙이 약간 두툼하게 쌓여 있는 것이 보였다. 그것은 새로 만든 무덤이 틀림없었다. 젊은 사냥꾼이 그곳으로 접근하여 보니 무덤에는 막대기가 한 개 꽂혀 있고, 막대 끝은 쪼개어져 종이가 끼여 있었다. 종이에 쓰여 있는 글은 간단했으나 핵심을 찌르고 있었다.

존 페리어
솔트레이크 시에 살았고 1860년 8월 4일 이곳에서 잠들다.

그가 몇 시간 전에 남기고 간 튼튼한 노인은 죽었고, 그의 묘비명은 이것이 전부였다. 제퍼슨 호프는 두 번째 무덤이 있는지 미친 듯이 근처를 둘러보았지만 무덤은 보이지 않았다. 루시는 장로의 아들 중 한 사람의 첩이 되어야 한다는 숙명에 따르기 위해 무서운 추격자들의 손에 이끌려 돌아간 것이다. 그것을 깨닫자 자기가 무력해서 그것을 막지 못했다는 생각이 들어 호프는 자기도 늙은 농부가 조용히 쉬고 있는 옆에 눕기를 바랐다.

그러나 그의 활동적인 정신은 다시 한 번 절망감에서 생긴 무력함을 떨치도록 했다. 호프는 최소한 두 사람을 살릴 수 없다 해도 일생을 복수하는 데 바치겠다고 다짐했다. 그는 불굴의 인내심과 함께 전에 같이 생활했던 인디언들로부터 배운 집요한 복수심을 갖고 있었다. 꺼져 가는 불 옆에 서서, 자신의 분노를 푸는 길은 자기가 직접 적들에게 완전한 복수를 하는 것뿐이라고 호프는 곱씹었다. 그리하여 그는 자신의 강한 의지력과 지칠 줄 모르는 힘을 오로지 복수하는 데 쓰겠다고 마음먹었다.

그는 냉혹하고 창백한 얼굴로 내던졌던 고기를 가지고 와서, 꺼져 가는 불길을 살린 다음 이삼일 동안 먹을 음식을 구웠다. 그는 그것을 꾸러미로 만든 다음, 많이 지쳐 있었지만 복수의 천사들의 발자취를 쫓아 산속으로 되돌아갔다.

그는 말을 타고 온 길을 아픈 발과 지친 몸을 이끌고 닷새 동안 걸었다. 밤이 되면 바위틈에 몸을 던지고 두어 시간 눈을 붙인 다음, 날이 새기 훨씬 전에 일어나서 걸었다. 엿새째가 되는 날에 그들이 비운의 도망을 시작한 독수리 골짜기에 도착했다. 그곳에서 솔트레이크 시가 눈 아래 내려다보였다. 지칠 대로 지친 그는 총을 지팡이 삼아 기대어 눈 아래 넓게 펼쳐진 조용한 도시를 향해 수척한 손을 사납게 흔들었다. 그가 자세히 보니 도시의 큰길에는 화려한 깃발들이 걸려 있었고, 무슨 경축 행사라도 열리는 듯했다. 그가 무슨 일일까 생각하고 있는데 말발굽 소리가 들리고 말을 탄 사람이 자기 쪽으로 오는 것이 보였다. 그가 가까이 오자, 호프는 상대가 전에 자기가 여러 번 도와준 모르몬 교인인 카우퍼라는 것을 알았다. 호프는 루시가 어떻게 되었는지 알아보기 위해 그에게 다가서서 말을 걸었다.

"난 제퍼슨 호프요. 날 기억하겠습니까?"

모르몬 교인은 놀란 눈으로 그를 쳐다보았다. 소름 끼치게 창백한 얼굴에 쏘는 듯이 사나운 눈, 누더기를 두른 너저분한 이 방랑자를 전에는 단정했던 젊은 사냥꾼이라고 생각하기는 어려웠다. 그러나 드디어 그를 알아보고는 깜짝 놀라며 소리쳤다.

"이곳에 오다니 당신은 미쳤어. 당신과 이야기하는 걸 남이 보는 날에는 나도 위험해요. 당신이 페리어 집안이 도망치는 것을 도왔다고 당신에게 장로회의 체포영장이 떨어졌단 말이오."

"난 그들이나 그들의 체포영장이 겁나지 않습니다." 호프는 진지하게 말했다. "카우퍼 씨, 당신도 이 문제에 대해서 알고 있을 테니 대답 좀 해 주시오. 우리는 친구였어요. 제발 대답을 회피하지 말아요."

"뭘 알고 싶소?" 모르몬 교인은 불안한 듯이 물었다. "빨리 말해요. 바위에도 귀가 있고, 나무에도 눈이 있소."

"루시 페리어는 어떻게 됐습니까?"

"그녀는 어제 젊은 드레버와 결혼했소. 이봐, 정신 차려, 정신 차려요. 이러다가 쓰러지겠소."

"내 걱정은 말아요." 호프는 기운 없이 말했다.

그는 입술까지 하얗게 질려서 기대고 있던 바위에 걸터앉았다.

"결혼을…… 했다고요?"

"어제 결혼했어요. 그래서 길에 깃발이 꽂혀 있는 거요. 젊은 드레버와 스탠거슨 사이에 누가 그녀를 차지할지 말이 있었지요. 두 사람 다 페리어 부녀를 쫓아갔고, 스탠거슨이 그녀의 아버지를 쐈으니 그녀를 차지하는 데 유리한 입장에 있는 듯싶었소. 그러나 그 문제를 장로회에서 토론한 결과 드레버 쪽이 우세하여 예언자는 그녀를 드레버에게 주었지요. 하지만 어제 그녀의 얼굴에서 죽음을 보았으니 드레버도 그녀를 오랫동안 갖고 있지는 못할 거요.

그녀는 사람이라기보다는 송장에 가까웠어요. 그러니 이제 그만 갈 거요?"

"네, 가지요." 제퍼슨 호프는 앉았던 곳에서 일어서며 말했다.

그의 얼굴은 너무 냉혹하고 굳어 있어 마치 대리석으로 조각한 듯했고, 두 눈만이 불길한 빛을 내뿜으며 이글거리고 있었다.

"어디로 갈 거요?"

"어디로 가든 걱정 마시오."

호프는 총을 어깨에 메고 골짜기를 내려가서 야수들이 들끓는 산속 깊은 곳으로 떠나갔다. 그러나 야수들 중에서도 호프만큼 사납고 위험한 야수는 없었다.

카우퍼의 예상은 그대로 적중했다. 아버지의 처참한 죽음 때문인지, 강제 결혼으로 인한 생활의 영향인지 모르나 불쌍한 루시는 고개를 다시는 들지 않았고, 점점 수척해지더니 한 달 만에 죽었다. 존 페리어의 재산만 탐내어 그녀와 결혼한 술주정뱅이 남편은 그녀의 죽음을 슬퍼하지 않았으나 그의 부인들은 그녀의 죽음을 애도하며 모르몬교의 관습에 따라 매장하기 전날 밤을 꼬박 앉아서 새웠다. 그들이 새벽에 관을 둘러싸고 앉아 있는데 갑자기 문이 열리며 누더기를 걸친 사나운 모습의 남자가 방으로 들어와 여자들은 기겁을 했다. 그는 떨고 있는 여자들은 거들떠보지도 않고 지난날 루시 페리어의 깨끗한 마음이 깃들어 있는, 조용히 누워 있는 하얀 유해 앞으로 다가갔다. 그는 몸을 굽혀 그녀의 차가운 이마에 경건하게 입맞춤한 다음, 그녀의 손가락에서 결혼반지를 뺐다.

"반지를 낀 채 매장될 수는 없어." 그는 사납게 말하고 여자들이 놀라 소리를 지르기도 전에 계단을 뛰어 내려가서 사라졌다.

그 일은 너무나 순간적으로 일어난 기괴한 일이었다. 신부의 표시인 금반지가 없어졌다는 부정할 수 없는 사실만 없었다면 그 일을 직접 본 사람들조차 믿기 어려웠으니 다른 사람들에게 그 일을 이해시키기는 더욱 어려웠다.

몇 달 동안 제퍼슨 호프는 산속을 떠돌아다니며 무시무시한 복수의 불길을 가슴에 태우면서 야생의 생활을 했다. 도시에는 괴상한 사람이 시 외곽을 배회하거나 외딴 산골짜기에 출몰하는 것을 목격했다는 이야기가 나돌기 시작했다. 한번은 총알이 스탠거슨의 창문을 뚫고 들어와서 스탠거슨으로부터 1피트도 채 되지 않는 곳에 박힌 일도 있었다. 또 한번은 드레버가 절벽 밑을 지나가고 있는데 커다란 돌이 그를 향해 굴러떨어져 그가 땅에 납작 엎드려서 처참한 죽음을 피한 적도 있었다. 두 젊은 모르몬 교도는 곧 누군가 그들의 생명을 해치려 하는 이유를 알게 되었고, 그들의 적을 죽이거나 잡으러 여러 번 사람들을 이끌고 산속으로 들어갔으나 번번이 실패했다. 그러자 그들은 혼자서 또는 밤중에는 집 밖에 나가지 않고 그들의 집을 경비하는 예방 조치를 취했다. 얼마 동안 괴상한 사람에 대한 이야기는 전혀 들려오지 않고, 그를 봤다는 사람도 없어 세월이 그의 원한을 씻어 준 것으로 생각하고 경계를 소홀히 했다.

그러나 호프는 원한을 잊기는커녕 오히려 되새기고 또 되새겼다. 그는 결코 굽히지 않는 정신을 갖고 있었고, 복수심이 너무나 강해서 그의 마음에는 다른 생각이 생길 여유가 없었다. 그러나 그는 무엇보다도 실제적인 사나이였다. 그는 곧 자신의 강철같은 체질도 자기가 쏟고 있는 끊임없는 긴장을 감당할 수 없다는 것을 깨달았다. 위험에 자기 몸을 노출시키고, 음식을 제대로 먹지 못하니 그의 몸은 점점 쇠약해졌다. 자기가 산속에서 개죽음을 당한다면 복수는 어떻게 되는 것인가? 그는 계속해서 고집을 부렸다간 틀림없이 그런 죽음을 맞게 될 것이라고 생각했다. 그렇게 했다가는 적의 의도대로 되는 것이라 생각하고, 어쩔 수 없이 네바다의 광산으로 돌아가서 건강도 되찾고 자기의 목표를 추구하는 데 방해가 되지 않도록 충분한 돈도 만들기로 결심했다.

그는 길어야 1년만 떠나 있으려 했으나 예측하지 못한 상황으로 5년 동안이나 광산을 떠나지 못했다. 그러나 5년이 지나도 원한의 추억이나 복수를 갈망하는 마음은 존 페리어의 무덤 옆에 서 있던, 잊혀 지지 않는 그날 밤만큼이나 생생했다. 그는 자기가 생각하는 정의만 이루어진다면 자기 목숨쯤이야 어떻게 되든 상관없다는 생각으로 변장을 하고 가명을 사용하여 솔트레이크 시로 돌아왔다.

하지만 그곳에는 나쁜 소식이 기다리고 있었다. 두어 달 전에 모르몬 교도 사이에 분열이 생겨 젊은 신도 몇 명이 장로의 권위에 반기를 들고 유타를 떠나 기독교인이 되었다는 것이었다. 그중에는 드레버와 스탠거슨도 있었고, 그들이 어디로 갔는지는 아무도 몰랐다. 소문에 의하면 드레버는 많은 재산을 돈으로 바꾸어 부자로 그곳을 떠났지만, 스탠거슨은 그에 비하면 가난한 몸으로 떠났다. 그러나 그들이 어디로 갔는지는 아무도 몰랐다.

제아무리 복수심에 불타는 사람이라도 그런 난관에 부닥치면 복수심을 버리겠지만 제퍼슨 호프는 조금도 동요하지 않았다. 갖고 있는 얼마 되지 않는 자산에 닥치는 대로 일을 해서 번 돈을 합쳐, 그는 적을 찾아 미국 전역을 방방곡곡 누볐다. 세월은 점점 흘러 그의 검은 머리는 회색으로 변했지만, 그는 그의 생애를 바친 하나의 목표를 위하여 사냥개처럼 끈질기게 헤매고 다녔다.

마침내 그의 인내심은 결실을 맺었다. 창문에 비친 얼굴을 흘긋 봤을 뿐이지만, 자기가 쫓고 있는 사람이 오하이오 주, 클리블랜드에 있다는 사실을 알게 되었다. 호프는 복수 계획을 완벽하게 세우고 자신의 형편없는 숙소로 돌아왔다. 그러나 드레버도 우연히 창문 밖을 내다보다가 길에 있는 방랑자를 발견했고, 그의 얼굴에서 살의를 읽었다. 드레버는 지금은 그의 비서가 된 스탠거슨을 데리고 보안관에게 급히 가서 옛 연적이 질투심과 원한을 품고 그들의 생명을 위협하고 있다고 고발했다. 그래서 제퍼슨 호프는 그날 저녁에 체포되었고, 보증인을 구할 수 없어 몇 주를 감금당했다. 이윽고 그가 풀려났을 때 드레버의 집은 비어 있었고, 드레버와 그의 비서는 유럽으로 떠난 다음이었다.

또다시 복수는 실패했고, 그의 응집된 분노는 호프로 하여금 다시 추적을 계속하게 만들었다. 그러나 자금이 모자랐다. 그래서 얼마 동안 다시 일을 해서 다가오는 여행을 위해 동전을 한 푼이라도 더 모았다. 생명을 유지할 만한 돈을 모은 그는 드디어 유럽으로 떠났다. 그는 천한 일을 하면서 도시에서 도시로 적을 추격했지만 따라잡지 못했다. 그가 러시아의 세인트 페테르부르크에 도착하니 그들은 파리로 떠났고, 그들의 뒤를 쫓아 파리에 도착해서는 그들이 막 코펜하겐으로 떠났다는 것을 알았다. 덴마크의 수도에 도착했을 때도 그들은 이미 런던으로 떠난 뒤였다. 그러다 결국 런던에서 호프는 그들을 따라잡는 데 성공했다. 런던에서 무슨 일이 있었는지는 늙은 사냥꾼의 말을 직접 듣는 것이 좋을 것이다. 그의 말은 왓슨의 일기에 충분히 기록되어 있고, 우리는 이미 그 일기에 많은 신세를 졌다.

6
존 왓슨의 회상록 계속

우리의 포로는 맹렬히 저항했으나 우리에게 난폭한 행동을 할 생각은 없었던 듯싶다. 그는 도저히 안 된다는 것을 알고는 씩 웃고서 우리가 다치지 않았기를 바란다고 말했다.

"나를 경찰서로 데리고 가겠군요." 그가 홈즈에게 말했다. "문밖에 내 마차가 있습니다. 다리를 풀어 준다면 걸어서 가겠습니다. 나는 전처럼 가볍지 않아서 들기 힘들 겁니다."

그렉슨과 레스트레이드는 이 제안이 뻔뻔스럽다는 듯이 서로 얼굴을 쳐다보았으나, 홈즈는 포로의 말을 믿고 즉시 그의 발목에 묶은 타월을 풀었다. 그는 일어서서 다리가 다시 자유로워졌다는 것을 확인이라도 하듯이 다리를 쭉 폈다. 나는 그때 그를 바라보면서 이렇게 튼튼하게 생긴 남자는 드물다고 생각했던 일, 그리고 햇볕에 탄 검은 얼굴에 그의 체력 못지않게 강력한 결의와 기력이 나타나 있다고 생각했던 일이 아직도 기억난다.

"만일 경찰서장 자리가 비어 있다면 당신이 그 자리에 적임자입니다." 그는 홈즈를 존경의 눈빛으로 쳐다보며 말했다. "나를 정말 신중하게 추적하셨습니다."

"두 분은 나와 같이 갑시다." 홈즈는 두 형사에게 말했다.

"내가 마차를 몰지요." 레스트레이드가 말했다.

"좋습니다! 그렉슨 씨는 나와 같이 안에 탑시다. 왓슨, 자네도 이 사건에 흥미가 있으니 우리와 같이 가지."

나는 기쁜 마음으로 동의했고, 우리는 다 같이 아래로 내려갔다. 제퍼슨은 도망치려고 하지 않고 침착하게 그의 마차 안으로 들어갔고 우리는 뒤따랐다. 레스트레이드는 마부석에 앉아 말에게 채찍질을 했고 우리는 곧 목적지에 도착했다. 우리는 작은 방으로 안내되었고, 거기서 경감 한 사람이 제퍼슨의 이름과 그가 살해했다는 사람들의 이름을 적었다. 경감은 얼굴이 창백하고 냉정한 사람으로 그의 임무를 기계적으로 수행했다.

"피의자는 이번 주 안으로 판사 앞에 서야 합니다, 제퍼슨 호프 씨, 할 말은 없습니까? 당신의 말은 기록될 것이며 앞으로 당신에게 불리하게 사용될 수도 있습니다."

"난 할 말이 많습니다." 제퍼슨이 천천히 말했다. "나는 여러분에게 모든 것을 말하고 싶습니다."

"그것은 참았다가 판사에게 말하는 것이 좋지 않겠소?" 경감이 물었다.

"나는 재판에 회부되지 않을지도 모릅니다." 제퍼슨이 대답했다.

"놀라지 마십시오. 자살할 생각은 없습니다. 당신은 의사입니까?" 그는 사나운 검은 눈으로 나를 바라보며 물었다.

"그렇소. 난 의사요." 내가 대답했다.

"그럼 여기에 손을 대 보세요." 그는 수갑 찬 손으로 자기 가슴을 가리키며 미소 띤 얼굴로 말했다.

나는 그의 가슴에 손을 댔다. 그리고 즉시 그의 심장이 몹시 어지럽고 강하게 고동치는 것을 알았다. 약한 건물 안에서 강력한 엔진이 움직이는 것처럼 그의 흉벽이 진동하고 있었다. 방 안이 조용해서 나는 그의 가슴속에서 고동치는 소리를 더욱 크게 들을 수 있었다.

"당신은 대동맥류 환자잖소!"

"의사들이 그렇게 부르더군요." 그는 차분하게 말했다. "그것 때문에 지난주에 의사에게 갔었는데, 며칠 안에 심장이 터질 거라고 했습니다. 지난 몇 년 동안 내 몸은 점점 나빠졌지요. 그 병은 내가 솔트레이크의 산속에서 심하게 노출되고, 먹을 것을 제대로 먹지 못해 얻은 병입니다. 나는 이제 내가 할 일을 다 했으니 언제 죽어도 상관없지만, 일의 전말만은 기록으로 남겨 두고 싶습니다. 나는 보통 살인자로 기억되고 싶지 않습니다."

경감과 두 형사는 제퍼슨이 말을 하게 해도 좋은지 급히 상의했다.

"왓슨 씨, 위험이 금방 닥칠 것 같습니까?" 경감이 물었다.

"틀림없습니다." 내가 대답했다.

"그렇다면 정의를 위해서 그의 진술을 듣는 것이 우리의 임무입니다. 제퍼슨 씨, 마음대로 이야기를 해도 좋습니다. 하지만 그것을 기록한다는 것을 다시 말해 두겠소."

"허락하신다면 앉겠습니다." 제퍼슨은 말하고 앉았다. "내가 앓고 있는 대동맥류 때문에 나는 쉽게 지치고, 30분 전에 있었던 격투도 몸에 좋지 않습니다. 나는 곧 죽을 몸이니 거짓말은 하지 않겠습니다. 내가 말하는 한 마디 한 마디는 모두 진실이고, 당신들이 내 말을 어떻게 이용하든 나는 상관하지 않습니다."

이 말을 하고 제퍼슨 호프는 의자 뒤로 몸을 기대고 다음과 같은 놀라운 이야기를 시작했다. 그는 자기가 하는 말이 보통 이야기인 것처럼 질서 정연하게 조용히 이야기했다. 나는 레스트레이드의 노트를 볼 수 있었고, 거기에는 제퍼슨이 한 말이 정확히 기록되었기 때문에 다음의 이야기가 정확하다는 것을 보증할 수 있다.

"내가 왜 그 사람들을 증오했는지 당신들은 흥미가 없을 겁니다. 그들이 아버지와 딸, 두 사람을 죽이는 죄를 지었고, 그래서 그들은 목숨을 잃은 것입니다. 그들이 죄를 짓고 나서 시간이 지나 내가 법정에서 그들에게 유죄 판결을 내리도록 하는 것은 불가능했습니다. 그러나 나는 그들이 죄를 지었다는 사실을 알고 있었기 때문에 저 자신이 판사와 배심원 그리고 사형집행인이 되기로 결심했습니다. 당신들도 남자라면 그리고 나와 같은 입장에 있었더라면 같은 일을 했을 겁니다.

　내가 말한 여자는 20년 전에 나와 결혼하기로 되어 있었습니다. 그녀는 드레버와 강제로 결혼했고, 그 일로 상심해서 죽었습니다. 나는 결혼반지를 그녀의 죽은 손가락에서 빼고 나서, 드레버란 놈은 그 반지를 보며 죽을 것이고 나아가 자기가 저지른 범죄 때문에 죽는다는 생각을 하도록 만들겠다고 맹세했습니다. 나는 그 반지를 지니고 다니며 드레버와 그의 공범을 잡을 때까지 두 대륙을 뒤졌습니다. 그들은 나를 지치게 만들려고 했지만 성공하지 못했습니다. 만일 내가 내일 죽는다면, 그럴 가능성이 많습니다만, 이 세상에서 내가 할 일을 훌륭히 처리했다는 것을 알고 죽는 겁니다. 그들은 내 손에 죽었습니다. 이제 내가 바라는 것이나 원하는 것은 없습니다.

　그들은 부자였고 나는 가난했기 때문에 그들을 추적하기는 힘들었습니다. 내가 런던에 도착했을 때, 나는 돈이 떨어져서 살기 위해 돈을 벌어야 했습니다. 내게 마차를 모는 일과 말을 타는 일은 걷기만큼이나 자연스러운 일이라서 마차 회사에 일자리를 신청했고, 곧 취직할 수 있었습니다. 일주일마다 회사에 일정한 금액을 납입하고 나머지 돈은 내가 갖는다는 조건이었지요. 많이 남은 적은 별로 없었지만 나는 그럭저럭 살아갔습니다. 가장 힘든 일은 길을 익히는 것이었습니다. 이 도시만큼 미로가 얽혀 있는 복잡한 도시도 없을 겁니다. 나는 항상 지도를 지니고 다녀야 했지만, 중요한 호텔이나 역이 있는 곳을 알고 나서는 일이 쉬워졌습니다.

얼마 동안은 그 두 사람이 사는 곳을 찾지 못했지만, 나는 묻고 또 물어서 드디어 그들을 찾았습니다. 그들은 강 건너 캠버웰에 있는 어느 하숙집에 살고 있었습니다. 일단 그들을 찾자 그들은 내 마음대로 할 수 있었습니다. 나는 턱수염을 길렀기 때문에 그들이 나를 알아볼 가능성은 없었습니다. 나는 그들을 계속 미행하며 기회가 오기를 기다렸지만 자주 놓치곤 했습니다. 그들이 런던 어디를 가든지 나는 그들을 뒤쫓았습니다. 어떤 때는 마차를 타고, 어떤 때는 걸어서 뒤따랐습니다. 그러나 마차로 뒤쫓으면 그들이 도망칠 수 없어 그 편이 더 좋았습니다. 그러다 보니 아침 일찍 아니면 밤늦게나 돈을 벌 수 있어서 주인에게 내는 돈이 밀리기 시작했습니다. 그러나 내가 원하는 사람만 잡을 수 있다면 나는 상관없었습니다.

드레버와 스탠거슨은 대단히 교활했습니다. 혼자 나가거나 밤에 밖에 나가지 않는 것으로 보아, 자신들이 미행당하고 있을 가능성이 있다고 생각했던 게 분명합니다. 2주일 동안 나는 그들 뒤를 마차로 쫓았지만, 두 사람이 떨어지는 것을 보지 못했습니다. 드레버는 대개 취해 있었지만, 스탠거슨은 조는 법이 없었습니다. 나는 그들을 밤늦게 아니면 아침 일찍 감시했지만 도저히 기회를 잡을 수 없었습니다. 그러나 어쩐지 좋은 기회가 올 것 같은 느낌이 들었기 때문에 낙심하지 않았습니다. 한 가지 걱정되는 것은 내 가슴 속의 심장이 조금 일찍 터져서 내가 할 일을 못할지도 모른다는 것이었습니다.

드디어 어느 날 저녁에 내가 그들의 하숙집이 있던 거리인 토퀘이 테라스를 마차로 왔다 갔다 하고 있는데, 마차 한 대가 그들의 집 앞에 서는 것이 보였습니다. 곧 짐들을 갖고 나와 마차에 싣더니, 잠시 후에 드레버와 스탠거슨이 나와서 마차를 타고 떠났습니다. 나는 말에 채찍질을 하고 그들의 마차를 뒤따라가면서 놈들이 하숙집을 옮기지나 않을지 많은 걱정을 했습니다.

유스턴 기차역에 오자 그들은 마차에서 내렸고, 나는 한 소년에게 말을 잡고 있으라고 말한 뒤 그들을 쫓아 플랫폼으로 갔습니다. 그들이 역무원에게 리버풀행 기차에 대해 묻자 역무원은 한 대가 방금 떠났고, 얼마 동안 있어야 다른 기차가 있다고 대답하더군요. 그 말을 듣고 스탠거슨은 실망한 듯했지만, 드레버는 오히려 좋아하는 듯했습니다. 나는 그곳이 혼잡해서 그들에게 바짝 접근하여 둘의 대화를 하나도 빠짐없이 들었습니다. 드레버는 잠시 볼일이 있다며 스탠거슨에게 기다리고 있으면 곧 돌아오겠다고 말했습니다. 스탠거슨은 단독 행동은 있을 수 없다며 항의했지만, 드레버는 워낙 미묘한 일이어서 혼자 가야만 한다고 말했습니다. 그 말에 스탠거슨이 무엇이라고 대답했는지 듣지 못했지만, 드레버는 벌컥 화를 내고 욕설을 퍼부으며, 너는 돈을 받는 고용인에 불과하니까 자기에게 명령할 생각은 하지 말라고 했습니다. 그 말을 듣더니 스탠거슨은 마지못해 단념하고 만일 드레버가 마지막 기차를 놓친다면 할리데이스 프라이빗 호텔에서 만나자고 말했습니다. 드레버는 자기는 11시 이전에 플랫폼에 돌아오겠다며 역 밖으로 나갔습니다.

드디어 내가 그토록 오랫동안 기다렸던 순간이 찾아왔습니다. 원수는 이제 내 손안에 들어온 것입니다. 둘이 같이 있을 때는 서로 상대를 보호할 수 있지만, 혼자라면 내가 마음대로 할 수 있지요. 그렇지만 나는 경솔하게 굴지 않았습니다. 계획은 이미 짜여 있었습니다. 누구의 손에 의해서, 무엇 때문에 죽는다는 것을 상대가 알게 하지 않고서는 복수의 만족감을 느낄 수 없습니다. 그래서 나는 내게 괴로움을 준 놈이, 자기가 옛날에 저지른 죄악 때문에 죽는다는 사실을 알 만한 충분한 시간을 준다는 계획을 미리 짜 놓았던 겁니다.

그러기 얼마 전에 브릭스턴 가에 있는 빈집을 보러 갔던 한 신사가 실수로 그 집의 열쇠를 내 마차 속에 놓고 내린 적이 있었습니다. 그날 저녁에 신사가 그 열쇠를 찾으러 왔기에 돌려주었지만, 그동안 나는 열쇠를 복사해 만들어 두었습니다. 그리하여 나는 이 거대한 도시에서 방해를 받지 않는 장소 한 곳을 갖게 된 것입니다. 이제는 드레버를 그 빈집으로 어떻게 유인하느냐 하는 어려운 문제가 남아 있었습니다.

드레버는 길을 걷다가 두어 군데 술집에 들렸습니다. 마지막으로 들어간 술집에는 거의 30분이나 있었지요. 그곳을 나온 드레버는 술이 많이 취해 비틀거렸습니다. 그때 내 앞에는 이륜마차가 한 대 있었는데 그는 거기에 탔습니다. 나는 그 마차 가까이, 1야드도 떨어지지 않을 만큼 꽁무니에 바짝 붙어서 미행했습니다. 우리는 워틸루 다리를 건너고 몇 마일을 털컹거리며 갔습니다. 그런데 우리가 도착한 곳은 놀랍게도 토퀘이 테라스의 드레버가 하숙했던 집이었습니다. 나는 드레버가 왜 거기로 돌아갔는지 알 수 없었지만, 그 집 앞의 약 100야드쯤 되는 곳에 내 마차를 세웠습니다. 그는 집 안으로 들어갔고 이륜마차는 떠났습니다. 물 한 잔만 주십시오. 이야기를 하다 보니 목이 탑니다."

내가 물을 주자, 그는 물을 마시고 나서 다시 이야기를 시작했다.

"좀 살 것 같군요. 나는 15분 이상을 기다리고 있었는데, 갑자기 집 안에서 싸우는 듯한 소리가 들렸습니다. 그러더니 조금 후에 현관문이 활짝 열리며 두 남자가 나타났지요. 한 사람은 드레버였고, 다른 사람은 처음 보는 젊은이였습니다. 그 젊은이는 드레버의 멱살을 잡고 있었는데 계단 위에 오자 드레버를 밑으로 밀면서 발로 차 드레버는 큰길 한복판까지 날아갔습니다. 그런 다음 젊은이는 몽둥이를 흔들면서 소리쳤어요. '이 나쁜 놈아, 한 번만 더 순진한 처녀를 모욕했다가는 가만 안 둘 테다!' 젊은이는 몹시 화가 나 있었기 때문에 그놈이 허둥지둥 달아나지 않았더라면 몽둥이로 내리쳤을 겁니다. 드레버는 모퉁이를 돌고 나서 내 마차를 보자 올라타더니 '할리데이스 프라이빗 호텔로 갑시다' 하고 말했습니다.

드레버가 내 마차 안으로 완전히 들어오자 내 심장이 기쁨으로 마구 뛰어, 이 최후의 순간에 내 동맥이 잘못되지나 않을까 겁이 났습니다. 그래서 나는 어떻게 하는 것이 가장 좋을까 생각하며 천천히 마차를 몰았지요. 그를 교외로 데리고 가서 한적한 길에서 그와 마지막 말을 나눌까도 생각했습니다. 내가 그렇게 하기로 마음을 거의 먹고 있는데 드레버가 문제를 해결해 주었지요. 그는 또 술을 마시려고 내게 어느 술집 앞에 마차를 세우라는 것이었습니다. 그는 내게 기다리라고 말하고 술집으로 들어갔어요. 그는 술집이 문을 닫을 때까지 있었고, 그가 나왔을 때는 내 맘대로 할 수 있을 정도로 만취의 상태였습니다.

내가 그를 냉정하게 죽이려고 했다고는 생각하지 마십시오. 만약 그랬더라면 엄정하게 정의가 이루어졌겠지만, 나는 그럴 수 없었습니다. 나는 오래전부터 그가 원한다면 자기 생명에 대한 도박을 할 수 있는 기회를 그에게 주기로 마음먹고 있었지요.

미국에서 방랑 생활을 할 때, 내가 가졌던 여러 가지 직업 중에 요크 대학 연구실의 청소부 직업도 있습니다. 하루는 교수가 독약에 대한 강의를 하고 있었습니다. 그는 학생들에게 알칼로이드라는 것을 보여주면서, 그것은 자기가 남미 원주민의 독화살에서 채취하여 만든 것인데, 독이 대단히 강해서 아주 적은 양으로도 사람을 죽일 수 있다고 하는 말을 들었습니다. 나는 그 독이 들어 있는 약병을 보관하는 곳을 눈여겨봤다가 사람들이 없을 때 소량을 훔쳤습니다. 나는 조제 기술이 약간 있어 이 알칼로이드를 물에 용해되는 작은 알약으로 만들어서, 독약을 넣지 않은 비슷하게 생긴 알약과 함께 작은 상자에 넣었습니다. 그때 나는 결심하길, 내게 기회가 온다면 두 원수에게 상자에서 알약 두 개 중 하나를 고르도록 하고 나머지는 내가 먹으려고 마음먹고 있었습니다. 약은 독성이 대단히 강해서 손수건 너머로 총을 쏘는 것보다 덜 시끄러웠습니다. 그날부터 나는 상자를 항상 지니고 다녔고, 드디어 그것을 쓸 때가 온 것입니다.

때는 새벽 1시가 가까웠고, 바람이 세게 불고 비가 억수같이 내리는 밤이었습니다. 밖은 참담했지만 나는 기분이 좋았습니다. 기분이 너무도 좋아 환희의 소리를 지를 지경이었지요. 여러분이 어떤 것을 갈망하고, 그것을 20년이라는 긴 세월 동안 원하다가 갑자기 그것을 손에 넣게 된다면, 그때의 내 느낌을 이해할 수 있을 겁니다. 나는 마음을 진정시키려고 시가를 피워 물었지만 손은 떨리고 있었고, 흥분으로 관자놀이는 지끈거렸습니다. 나는 마차를 몰고 가면서도 존 페리어 노인과 사랑스러운 루시가 어둠 속에서 웃고 있는 모습을, 내가 지금 당신들을 볼 수 있는 것처럼 똑똑히 볼 수 있었습니다. 내가 브릭스턴 가에 있는 집 앞에 마차를 세울 때까지 그들은 내 말 양쪽에 한 사람씩 서서 앞서 갔습니다.

주위에는 아무도 없었고, 비가 내리는 소리밖에는 아무 소리도 들리지 않았습니다. 창문을 통하여 마차 안을 들여다보니, 드레버는 몸을 웅크리고 취해서 잠들어 있었습니다. '다 왔습니다.' 나는 그의 팔을 잡고 흔들며 말했습니다.

'응, 알았어.' 그는 자기가 말한 호텔에 왔다고 생각했던지 아무 말도 하지 않고 내려서 정원으로 나를 따라왔습니다. 그는 그때까지도 비틀거려서 내가 그를 옆에서 부축했습니다. 현관에 도착하자 내가 현관문을 열고 그를 거실로 데리고 들어갔습니다. 내가 맹세하건대, 그때까지도 존 페리어와 루시는 우리 앞을 걸어가고 있었습니다.

'아주 깜깜하군.' 드레버가 발을 구르며 말했습니다.

'곧 불을 켜겠습니다.' 나는 말하며 성냥을 그어 내가 갖고 온 초에 불을 붙였습니다. 그리고 그에게 몸을 돌리고, 불을 내 얼굴에 비추며 말을 계속했습니다. '이녹 드레버, 내가 누구라고 생각하나?'

그는 술 취한 흐릿한 눈으로 잠깐 동안 나를 보다가, 눈에 공포의 빛이 떠오르더니 떨기 시작했습니다. 나를 알아봤던 겁니다. 그는 얼굴이 흙빛이 되어 뒤로 비틀거리며 이를 덜덜 떨었고, 눈썹에는 땀방울이 맺혔습니다. 그 모습을 보고 나는 문에 등을 기댄 채 오랫동안 큰 소리로 웃었습니다. 나는 복수가 달콤할 것이라는 건 알고 있었지만, 그때처럼 만족스러울 줄은 몰랐습니다.

'이 개 같은 자식!' 내가 말했습니다. '나는 너를 솔트레이크 시에서 세인트 페테르부르크까지 쫓아갔지만 넌 언제나 내게서 도망쳤어. 우리 두 사람 중에 한 사람은 내일 아침에 해가 뜨는 것을 보지 못할 테니, 이제 너의 방랑 생활은 마침내 끝났어.' 내가 말하는 동안 그는 더 움츠러들었고, 그의 표정에서 나를 미쳤다고 생각하는 것을 읽을 수 있었습니다. 드디어 때가 온 것입니다. 내 관자놀이의 맥박은 망치질이라도 하는 것처럼 뚝딱거렸고, 코피가 터져서 나를 구하지 않았더라면 나는 무슨 발작을 일으켰을 겁니다.

'지금은 루시 페리어를 어떻게 생각하나?' 나는 문을 잠그고, 그의 얼굴에 대고 열쇠를 흔들면서 말했습니다. '천벌이 오는 것은 늦었지만 결국은 너를 잡았어.' 내 말을 듣고 비겁한 놈의 입술이 떨렸습니다. 그는 살려 달라고 애원하고 싶었겠지만 소용없다는 것을 잘 알고 있었지요.

'나, 나를 살해할 거요?' 그가 더듬거리며 말했습니다. '살해라니 무슨 말이야? 미친개를 죽이는 것을 누가 살해라고 하지? 내가 사랑했던 가엾은 사람을 참살당한 아버지로부터 끌고 가서 네놈의 저주받은 파렴치한 침실에 넣었을 때 너는 자비심을 베풀었어?' 그러자 드레버가 '나는 루시의 아버지를 죽이지 않았어!'라고 소리치더군요. '하지만 루시의 순진한 가슴을 찢어 놓은 것은 네놈이야.' 나도 소리를 지르며 상자를 그의 앞으로 밀었습니다. '하나님께서 우리 둘 중 한 사람을 선택하도록 하자. 하나를 골라서 먹어. 알약 하나에는 죽음이 들었고, 다른 하나에는 삶이 들었어. 나는 네놈이 남기는 것을 먹겠어. 이 땅에 정의가 있는지, 운이 우리를 지배하는지 볼까?'

그는 비명을 지르고 자비를 구하며 몸을 피했지만, 나는 그의 목에 칼을 대고 내 말을 듣도록 만들었지요. 그런 다음 나는 남은 알약을 먹었고, 우리는 누가 살고 누가 죽나 보기 위해 말없이 1분 남짓 서 있었습니다. 드디어 최초의 통증이 와서, 자기가 독을 먹었다는 것을 알았을 때 그의 얼굴에 나타난 표정을 나는 절대로 잊지 못할 겁니다. 나는 그 모습을 보고 웃으며 루시의 결혼반지를 그의 눈앞에 흔들었습니다. 알칼로이드의 효능은 빨랐습니다. 그의 얼굴은 고통으로 일그러졌지요. 그는 팔을 앞으로 쭉 뻗고 비틀거리다가 귀에 거슬리는 비명을 지르며 바닥에 '쿵'하고 쓰러졌어요. 나는 발로 그의 몸을 뒤집고 그의 심장에 손을 대보았습니다. 움직임이 없었어요. 그는 죽은 것입니다!

내 코에서는 피가 줄줄 흐르고 있었지만 나는 그것도 몰랐지요. 내가 왜 벽에다 피로 글씨를 썼는지 모릅니다. 아마도 경찰의 수사 방향을 엉뚱한 곳으로 돌리려는 장난기 때문이었는지도 모르지요. 그때 나는 마음이 들떠서 기분이 좋았으니까요. 내가 미국에 있을 때 살해된 독일인 시체 머리 위에 'RACHE'라는 글이 쓰여 있는 채로 발견된 사건이 뉴욕에서 있었는데, 신문에서는 어느 비밀 결사가 저지른 짓이라고 크게 떠들었던 일이 생각났어요. 나는 뉴욕 사람들을 골탕 먹였다면 런던 사람들도 애를 먹일 수 있을 거라 생각하고, 손가락으로 내 피를 찍어 쓰기 편한 곳에 글을 썼던 겁니다.

그런 다음 나는 내 마차가 있는 곳으로 갔지요. 주위에는 아무도 없었고, 날씨는 아직도 사나웠습니다. 내가 마차를 몰고 조금 가다가 늘 루시의 결혼반지를 보관하는 주머니에 손을 넣었더니 반지가 없었습니다. 루시에 대한 추억거리라고는 그것밖에 없었기 때문에 나는 깜짝 놀랐지요. 내가 드레버의 시체 위에 몸을 숙였을 때 떨어진 모양이라고 생각하고 그곳으로 돌아갔습니다. 나는 마차를 골목에 세워 놓고, 그 반지를 잃기보다는 어떤 위험이라도 무릅쓰겠다고 생각하면서 대담하게 그 집으로 걸어갔습니다. 그곳에 도착하자 집에서 나오는 경관과 마주쳐서 술이 만취한 것처럼 행동하여 그의 의심을 받지 않을 수 있었습니다.

이렇게 해서 이녹 드레버는 최후를 맞았어요. 그다음에 내가 할 일은 스탠거슨을 죽여서 존 페리어의 원수를 갚는 일이었습니다. 나는 그가 할리데이스 프라이빗 호텔에 있다는 것을 알고 있어서 그 근처를 어슬렁거렸지만 그는 하루 종일 밖에 나오지 않았습니다. 드레버가 나타나지 않자 뭔가 이상하다는 의심을 품은 거라고 나는 생각했지요. 스탠거슨은 교활했고, 항상 경계하고 있었습니다. 만일 그가 방 안에만 틀어박혀 있으면 나를 피할 수 있다고 생각한 거라면 그건 큰 오산이지요.

나는 곧 어느 것이 그의 침실 창문인지 알아냈고, 다음 날 아침 일찍 동이 트려고 할 때 호텔 뒷길에 있는 사다리를 이용하여 그의 침실에 들어갔습니다. 나는 그를 깨워서 그가 오래 전에 남의 생명을 빼앗은 일에 대해 대답할 시간이 왔다고 말했습니다. 나는 드레버가 어떻게 죽었는지 설명하고 그에게도 독이 든 알약을 선택할 기회를 줬습니다. 그러나 그놈은 모처럼 주어진 살 수 있는 기회는 잡지 않고, 침대에서 뛰어내려 내 목을 향해 덤벼들었어요. 나는 내 몸을 지키기 위해 그의 심장을 찔렀지요. 어쨌든 결과는 마찬가지였습니다. 하나님은 죄를 지은 그의 손이 독이 든 알약을 고르게 했을 테니까요.

이제 할 말은 별로 없어요. 피곤하기도 하니 잘됐습니다. 그 뒤로도 미국으로 돌아갈 여비를 만들려고 마부 노릇을 더 했지요. 오늘도 내가 역마차를 두는 곳에 있는데, 남루한 어린애가 제퍼슨 호프라는 마부가 있느냐고 묻고, 베이커 가 221B 번지에 계시는 신사 분이 찾는다고 하더군요. 나는 아무런 의심도 하지 않고 갔다가 이 젊은 분이 내 손목에 깨끗이 쇠고랑을 채웠습니다. 이것으로 내 얘기는 끝났습니다. 당신들은 나를 살인자로 보겠지만, 나는 내가 여러분과 마찬가지로 정의를 위해 일하는 관리라고 생각합니다."

그의 이야기는 너무 흥미진진한 데다 감명마저 주어서 우리는 말없이 앉아서 이야기에 빠져들었다. 범죄를 많이 다뤄 감동을 잘 하지 않는 두 형사들까지도 호프의 이야기에 많은 흥미를 느끼는 듯했다. 호프의 이야기가 끝나자 우리는 얼마 동안 말없이 앉아 있었고, 들리는 소리라고는 레스트레이드가 속기록을 최종 정리하는 연필 소리밖에 없었다. 이윽고 홈즈가 입을 열었다.

"한 가지 더 알고 싶은 게 있는데, 내 광고를 보고 반지를 가지러 온 당신의 공범은 누굽니까?"

호프는 홈즈에게 윙크를 보냈다.

"내 자신의 비밀은 말할 수 있지만, 그 사람을 난처하게 만들고 싶지 않습니다. 나는 당신의 광고를 보고 속임수인지, 내가 원하는 반지인지 몰랐습니다. 내 친구가 직접 가서 보겠다고 나서더군요. 당신도 그 친구가 그 일을 훌륭히 해냈다고 생각할 겁니다."

"정말 훌륭히 했소." 홈즈는 진심으로 말했다.

"자, 여러분." 경감이 심각하게 말했다. "법의 절차는 지켜져야 합니다. 피의자는 목요일에 판사 앞에 나가야 하고, 여러분도 참석

해야 합니다. 그때까지는 내가 이 사람을 책임지겠습니다."

　그는 말하면서 벨을 울렸고, 제퍼슨 호프는 간수 두 명에게 끌려갔다. 홈즈와 나는 경찰서를 나와 마차를 타고 베이커 가로 돌아갔다.

7
결말

우리는 모두 목요일에 판사 앞에 출두하라는 지시를 받았지만, 정작 목요일이 되자 우리가 진술할 일은 없어졌다. 보다 높으신 심판관께서 그 일에 손을 뻗쳐 제퍼슨 호프를 엄격한 정의로 가늠할 법정으로 불러들였기 때문이다. 호프는 체포된 바로 그날 밤에 동맥류가 파열되어 다음 날 아침 감방 바닥에서 차가운 시체로 발견되었다. 그는 마치 죽은 순간에 자기가 훌륭하게 처리한 일을 뒤돌아보고 만족을 느꼈다는 듯이 얼굴에 평온한 미소를 짓고 있었다.

"그렉슨과 레스트레이드는 그가 죽었다는 것을 알고 펄쩍 뛰었을 거야." 다음 날 저녁에 그 이야기를 하며 홈즈가 말했다. "제퍼슨 호프가 죽었으니 이제는 그 일에 자기들의 공로가 컸다고 멋진 광고를 할 수 없게 되었잖아?"

"호프를 잡는 데 그들이 한 일은 아무것도 없어." 내가 대답했다.

"이 세상에서 무엇을 했느냐는 아무 소용이 없어." 홈즈는 씁쓸하게 말했다. "문제는 사람들로 하여금 무엇을 했다고 믿게 하느냐 하는 점이지. 그런 문제는 잊게."

홈즈는 잠깐 말을 끊었다가 좀 더 명랑하게 말했다. "이번 사건이라면 만사를 제쳐 놓고라도 손을 대고 싶었어. 내가 기억하기에 이번 사건보다 더 좋은 사건은 없었거든. 비록 사건은 간단했지만, 내게 몇 가지 대단히 유익한 점들이 있었어."

"간단하다고!" 나는 소리쳤다.

"단순하다는 말밖에 달리 표현할 말이 없어." 홈즈는 내가 놀라는 모습을 보고 미소를 지으며 말했다. "그 증거로, 나는 아무런 도움도 받지 않고 간단한 추리만으로 범인을 사건 발생 3일 만에 잡았네."

"그건 그렇지만……."

"전에도 자네에게 말했지만, 이상한 사항은 일반적으로 길잡이가 되면 됐지 방해가 되지는 않아. 이번과 같은 사건을 푸는 데 중요한 점은 과거로 거슬러 올라가서 거꾸로 추리하는 거야. 이것은 대단히 요긴한 일이고 간단한 방법인데도, 사람들은 별로 쓰지 않고 있어. 일상생활에서는 추리를 앞으로만 했지 역으로 추리하는 것에는 소홀하지. 종합적 추리를 할 수 있는 사람이 오십 명 있다면 분석적 추리를 할 수 있는 사람은 고작 한 사람밖에 없다네."

"무슨 말인지 잘 모르겠는데."

"자네가 이해하리라고는 생각하지 않았네. 그렇다면 알 수 있도록 설명해 주지. 사람들에게 어떤 일이 생긴 순서대로 설명하면 대부분의 사람들은 결과가 어떻게 될 거라고 말할 거야. 그들은 마음속으로 개개의 일들을 연결해서 생각하고, 어떤 일이 생길 것이라는 결론을 얻어. 하지만 몇몇 사람들은 어떤 일이 일어났다고 결과를 말하면, 어떤 순서에 의해서 그런 일이 일어났다고 말할 수 있어. 이런 능력이 내가 말한 역추리 또는 분석적 추리야."

"무슨 말인지 알겠어."

"그런데 이번 사건은 결과가 먼저 주어졌고, 나머지 모든 것은 찾아야 하는 경우였어. 이번 사건을 푸는 데 내가 어떤 추리의 단계를 밟았는지 설명하지. 처음부터 설명하면, 나는 사건에 대한 것은 완전히 모르는 상태에서 걸어서 그 집에 접근했네. 그래서 나는 자연히 큰길부터 조사했지. 자네에게 이미 설명했지만, 거기서 마차의 바퀴 자국을 똑똑히 봤고, 사람들에게 질문하여 마차가 밤새 그곳에 왔었다는 것을 알았지. 나는 바퀴 사이가 좁은 것을 보고 그 마차는 개인용이 아니라 합승마차(cab)라는 사실을 알았네. 일반적으로 런던의 사륜합승마차(growler)는 신사들이 개인적으로 타는 마차(brougham)보다 훨씬 좁거든. 이것이 내가 첫 번째로 얻은 걸세.

다음에 나는 문 안으로 들어가서 앞뜰 길을 천천히 걸었는데, 그 길은 발자국이 잘 나는 진흙길이었어. 그것이 자네에게는 그냥 짓밟힌 진흙길로밖에 보이지 않았겠지만, 나의 숙련된 눈으로 볼 때 그 발자국들은 중요한 뜻을 담고 있었어. 탐정학 중에서 발자국에 대한 연구만큼 중요하면서 경시당하는 것은 없을 거야. 나는 즐거운 마음으로 항상 그것에 큰 비중을 두고, 제2의 천성이 될 만큼 연습을 쌓아 왔기 때문에 경관들의 무거운 발자국도 봤지만 경찰 발자국보다 먼저 앞뜰을 지나간 두 사람의 발자국도 봤지. 그 두 사람이 다른 사람들보다 먼저 왔다는 것은 군데군데 두 사람의 발자국이 경관들의 발자국에 밟혀 지워진 곳이 있어서 알 수 있었지. 이렇게 해서 나의 두 번째 고리가 만들어졌어.

그것으로 밤의 방문객은 두 사람이고, 보폭이 큰 것으로 보아 한 사람은 키가 대단히 크고, 또 다른 사람은 작고 우아한 구두 자국으로 미루어 볼 때 멋지게 차려입은 남자라는 것을 알았지. 방에 들어갔을 때 이 마지막 추론은 확인되었어. 훌륭한 구두를 신은 남자가 내 앞에 누워 있었거든. 그렇다면 키가 큰 사람이 범인이라고 생각했네. 죽은 사람의 몸에는 상처가 없었지만, 무서운 표정을 띠고 있는 것으로 보아 죽기 전에 자기가 죽을 거라는 사실을 알고 있었다는 말이 되지. 사람이 심장 마비나 갑작스런 자연사를 하는 경우에는 시체가 무서운 표정을 띤 적이 없었거든. 죽은 사람의 입술에 대고 냄새를 맡아 보니 약간 불쾌한 냄새가 나서 독약을 강제로 먹였다는 걸 알았지. 독을 강제로 먹였다는 것은 그의 얼굴에 나타나 있는 증오와 공포의 표정으로도 알 수 있었어. 다른 가설로는 사실과 도저히 들어맞지 않아서 나는 소거법에 의해 이런 결과를 얻었다네. 독을 강제로 먹인 예는 범죄사상 처음 있는 일은 아니거든. 그런 것이라면 어느 독물학자라도 곧 오데사의 돌스키 사건이나 몽펠리에의 르투리에 사건을 떠올릴 거야.

그다음은 대단히 중요한 문제로 살해 동기가 무엇이냐 하는 것이었어. 아무것도 가져간 것이 없으니 강도가 살해의 목적은 아닌 거지. 그렇다면 정치적인 동기 아니면 여자 문제? 내가 당면한 문제는 그것이었어. 내 생각은 정치적인 것보다는 여자 쪽으로 기울었네. 왜냐하면 정치적인 암살범들은 살인을 하고는 빨리 현장에서 도망치지. 그런데 이번 살인은 그 반대로 대단히 신중하게 이루어졌고, 범인은 방 안에 온통 발자국을 남겨 자기가 그곳에 오랫동안 있었다는 것을 나타냈다네. 이런 질서 정연한 복수는 정치적인 것이 아니라 사사로운 원한에 의해 행해진 것이 틀림없지. 벽면에서 글씨가 발견됐을 때, 나는 내 생각을 더욱 굳혔어. 그 글씨는 속임수라는 것이 너무 보였거든. 그런데 반지가 발견되자 문제는 해결됐다네. 살인자가 반지를 이용해서 이미 죽었거나 거기 없는 어떤 여자를 피살자에게 상기시킨 게 분명했어. 그때 나는 그렉슨에게 클리블랜드에 전보를 칠 때 드레버의 경력상 특히 유의할 점에 대한 것을 문의했는지 물었어. 자네도 기억하겠지만 그렉슨은 묻지 않았다고 하더군.

그다음에 나는 방 안을 자세히 조사해서 범인의 키를 확인했고, 트리치노폴리 시가와 그의 손톱 길이에 대한 것을 추가로 알아냈지. 방 안에 다툰 자국이 없다는 사실로 미루어 방 안에 있는 핏자국은 흥분으로 인해 범인의 코피가 터진 것이라고 이미 결론을 짓고 있었어. 나는 또한 코피 자국이 범인의 발자국을 따라 떨어져 있다는 것도 알아냈네. 혈기 왕성한 사람 아니고는 이런 식으로 흥분해서 코피를 터뜨리는 경우가 없으므로, 범인은 아마도 얼굴색이 불그스레하고 건장할 것이라는 의견을 말했는데, 나중에 내가 옳게 판단했다는 것이 밝혀졌지.

나는 그 집을 나와 그렉슨이 하지 않은 일을 했지. 미국 클리블랜드의 경찰서장에게 전보를 쳐서 이녹 드레버의 결혼에 대해 알려 달라고 했다네. 회답은 결정적이었네. 경찰서장의 회신은 드레버가 제퍼슨 호프라는 오래 전의 연적으로부터 보호해 달라고 신변 보호 요청을 이미 했고, 호프라는 사람은 현재 유럽에 있다는 내용을 담고 있었어. 그때 나는 사건에 대한 단서는 모두 갖고 있고, 어떻게 범인을 잡느냐만 남았다는 것을 알았어.

나는 벌써부터 드레버와 같이 그 집에 들어간 사람은 마차를 몰고 간 남자라고 생각했어. 왜냐하면 길에 있는 바퀴 자국과 말굽 자국으로 미루어 볼 때, 말은 제멋대로 어슬렁거렸어. 마부가 있었다면 그렇게 하도록 내버려 두지 않았을 거야. 그렇다면 마부는 대체 어디 있었을까? 집 안에 들어가 있었다고밖에 생각할 수 없지. 그렇다면 제삼자가 있었을까? 제정신을 가진 사람이라면 나중에 배반할 것이 뻔한 사람의 눈앞에서 계획적인 범행을 저질렀을 리가 없어. 마지막으로, 어느 사람이 다른 사람을 찾아 런던을 샅샅이 누비고 있다면 승객용 마차 마부가 되는 것보다 더 좋은 방법은 없을 걸세. 이런 모든 점으로 미루어 볼 때, 나는 제퍼슨 호프는 런던의 합승마차의 마부들 중에서 찾을 수 있다는 결론을 얻었지.

호프가 마부였다면 범행 후에 그만뒀을 거라고는 생각하지 않았네. 그의 입장에서 볼 때, 갑자기 자기의 행동에 변화가 있으면 주의를 끌게 될 거라 생각하고 당분간은 마부 일을 계속할 거라고 생각했어. 그가 가명을 쓰고 있다고 생각할 이유도 없었어. 자기의 본명도 모르는 나라에서 가명을 쓸 필요는 없으니까. 그래서 나는 베이커 가 소년탐정단을 조직해서 런던의 모든 합승마차 회사를 조사하도록 해 내가 원하는 사람을 찾았던 거야. 그들이 그 일을 얼마나 훌륭히 해냈고, 내가 얼마나 그들이 찾아낸 것을 이용했는가 하는 것은 아직도 자네 머리에 생생히 남아 있을 거야. 스탠거슨의 살인은 전혀 예상 밖의 일이었지만, 미리 예측했더라도 막을 수는 없었을 거야. 하지만 그 사건을 통해서 나는 미리 추측하고 있던 알약을 손에 넣었지. 이것으로 내 추리는 끊어진 곳도, 흠도 없는 한 가닥의 논리적 고리라는 것을 알 수 있지 않겠나?"

"정말 훌륭해! 자네의 공적은 모든 사람들이 알아야 해. 자네는 이 사건의 전말을 꼭 발표해야만 하네. 자네가 하지 않는다면 내가 할 테야."

"자네 마음대로 하게. 아, 이것 좀 읽어 보게나" 홈즈는 신문을 내게 건네며 말했다.

그것은 그날의 〈에코〉 신문으로, 그가 가리키는 곳에는 이번 사건에 대한 기사가 실려 있었다.

이녹 J. 드레버 씨와 조셉 스탠거슨 씨의 살인 용의자 제퍼슨 호프가 갑자기 사망하는 바람에 대중의 흥미는 사라졌다. 이것으로 사건의 내용은 영원히 알지 못하게 될지도 모르지만, 본사가 입수한 확실한 소식통의 정보에 의하면 사건은 사랑과 모르몬교에 얽힌 오래된 원한 때문에 일어났다고 한다. 피살자는 두 사람 다 청년 시절에 모르몬 교도였었던 듯하며, 죽은 가해자 호프도 솔트레이크 시에서 왔다고 한다. 이번 사건이 우리에게 아무런 결과도 가져오지 않았다고 하더라도 적어도 우리 경찰력의 우수성을 가장 눈에 띄게 입증했다고 보며, 모든 외국인들에게 각자의 원한은 자기 나라에서 풀어야지 영국 영토 안으로 끌어들이지 말아야 한다는 교훈을 준다고 본다. 이번 사건의 범인을 훌륭하게 체포한 것은 전적으로 잘 알려진 그렉슨과 레스트레이드라는 스코틀랜드 야드의 두 형사의 공적임은 공공연한 비밀이다. 범인은 셜록 홈즈라는 인물의 집에서 체포했다고 하는데, 그도 아마추어 탐정으로서의 재능을 약간 보여줬다고 하니, 장차 위에 말한 두 형사의 기술을 어느 정도는 습득하리라고 본다. 두 형사의 공적에 대하여는 머지않은 장래에 공로 표창장을 수여하기로 했다고 한다.

"내가 이럴 거라고 처음부터 말하지 않았나?" 홈즈는 웃으며 말했다. "우리의 주홍색 연구는 그들에게 표창만 받게 할 거라고!"

"염려 말게. 나는 모든 사실을 기록했으니까 세상 사람들에게 발표하겠어. 그동안은 로마의 수전노(호라티우스를 가리키는 말)처럼 일이 성공했다는 사실에만 만족해야겠군. '사람들은 나를 비웃을 테지만, 나는 집에 숨겨 놓은 많은 금화를 자랑스럽게 바라보고 있겠다'라는 말처럼 말일세."

Sherlock
Holmes

네 사람의 서명

The Sign of Four

1888년 9월 18일(화) ~9월 21일(금)

1
추리

셜록 홈즈는 벽난로 선반 구석에서 병을 내리고, 예쁜 모로코가
죽 케이스에서 피하 주사기를 꺼냈다. 하얗고 긴 손가락을 신경질
적으로 움직여 주사기에 약을 채우고, 정교한 바늘 끝을 다듬고 나
서 셔츠 왼쪽 소매를 걷어 올렸다. 한순간 생각에 잠긴 그의 시선
이 수많은 주사 바늘 자국으로 뒤덮인, 힘줄이 불거진 팔뚝과 손목
에 쏠렸다. 이윽고 날카로운 바늘 끝을 피부에 푹 찌르고 작은 피
스톤을 누르더니 만족스러운 듯 한숨을 길게 내쉬며 벨벳을 씌운
긴 의자에 몸을 깊숙이 파묻었다.

지난 몇 달 동안 그가 이렇게 주사를 맞는 모습을 나는 하루에
세 차례씩 봐 왔다. 하지만 눈에 익었다고 해서 마음까지 편해지는
것은 결코 아니었다. 오히려 날이 갈수록 그 모습을 보면 화가 났

고, 밤마다 친구에게 바른말을 해 줄 용기가 부족한 것은 아닌가 하는 양심의 가책을 받으며 괴로워했다. 나는 이 문제에 대한 내 생각을 솔직히 털어놓아야겠다고 여러 번 맹세했다. 그러나 홈즈의 냉정하고도 남을 아랑곳하지 않는 태도에는, 그런 허물없는 행위를 쉽게 받아들이지 못하는 성격이라는 것을 느끼게 하는 그 무엇이 있었다. 그 뛰어난 능력과 냉철한 판단력, 내가 직접 목격한 수많은 비범한 재능…… 이러한 것들 때문에 그를 비판하려 하다가도 그만 주춤하며 뒷걸음질치게 되는 것이다.

그러나 그날 오후는 점심때 마신 와인 탓인지 아니면 그의 태도가 너무나 침착했기 때문에 내 울화통이 터진 것인지, 갑자기 나는 더 이상 참을 수 없다고 느꼈다.

"오늘은 뭐야? 모르핀? 코카인?" 내가 물었다.

홈즈는 보고 있던 낡은 책에서 나른한 듯한 눈을 들었다.

"코카인이야. 7퍼센트 용액이지. 자네도 한번 해 보겠나?"

"사양하지." 나는 쌀쌀맞게 말했다.

"내 몸은 아직 아프간전쟁의 후유증에서도 회복되지 못했네. 이 이상 쓸데없는 부담을 줄 순 없어."

내가 정색을 하는 것을 보고 그는 히죽 웃었다.

"자네 말이 맞아, 왓슨. 확실히 이건 육체에 나쁜 영향을 미칠 거야. 그러나 정신적인 각성 효과가 크기 때문에 부작용 따위는 문제도 되지 않지."

"하지만 생각해 보게!" 나는 진지하게 말했다. "어떤 결과가 올지 따져 보라고. 자네 말대로 두뇌는 자극을 받아 각성되겠지만, 그건 부자연스럽고 병적인 작용이기 때문에 조직 변화가 이상하게 진행되어 결국에는 몸이 약해지고 말 걸세. 자네도 그런 부작용이 따른다는 것쯤은 알고 있겠지? 아무리 생각해도 바람직한 일이 아니야. 어째서 자네는 타고난 비범한 능력을 잃을 위험까지 감수하면서 찰나의 쾌락에 빠져들려 하는 건가? 이건 그저 친구로서가 아니라, 의사로서 자네의 건강에 조금은 책임이 있기 때문에 하는 말이야."

홈즈는 이 말을 듣고도 별로 언짢아하지 않았다. 오히려 두 손끝을 마주 대고 의자 팔걸이에 팔꿈치를 세우고는 이야기를 즐겨 보자는 태도였다.

"내 두뇌는 정체되는 걸 싫어해. 문제가 필요하네. 일거리가 필요해. 더할 나위 없이 어려운 암호문, 가장 복잡한 화학 분석의 재료라도 찾아다 주게. 그러면 나는 본래의 나로 돌아가고, 당연히 주사 같은 건 필요 없을 걸세. 단조로운 일상생활의 반복은 질색이야. 뭔가 기분이 고양되는 자극이 필요해. 내가 이런 특수한 직업을 선택한 것도 결국 그 때문이지. 아니, 내가 만들었군. 어쨌든 이 세상에서는 나 혼자뿐이니까."

"단 한 명의 사립 탐정이란 말인가?" 나는 눈썹을 모으며 말했다.

"단 한 명의 자문 사립 탐정이지. 특히 범죄 수사에 관해서는 내가 대법관이자 대법원이네. 그렉슨, 레스트레이드, 애설니 존스 등이 문제를 해결하지 못하면, 사실 늘 그렇기는 하지만 결국 나를 찾아오니까. 나는 노련한 솜씨로 데이터를 검토하고 전문가로서의 견해를 말하지. 물론 남들에게 인정받길 바라진 않아. 아무리 사건을 멋지게 해결해도, 내 이름이 신문에 오르는 일은 없지. 일 자체와 타고난 특별한 재능을 살릴 분야를 찾아낸 기쁨이 내겐 더할 나위 없는 보수니까. 내가 어떤 식으로 사건을 해결하는가는 자네도 제퍼슨 호프 사건을 겪어 봐서 조금은 알 거야."

"그래, 알고말고. 그렇게 감동받은 적은 없었네. '주홍색 연구'라는 기발한 제목을 붙여서 작은 책자를 냈을 정도니까." 나는 솔직히 인정했다.

그는 슬픈 듯이 고개를 저었다.

"나도 잠깐 훑어봤지만, 솔직히 말해서 그 책에 대해선 칭찬할 수가 없네. 탐정이라는 일은 본래 하나의 정밀과학이고, 그 때문에 자연 과학과 마찬가지로 냉정하고 객관적으로 다루어야 하지. 그런데 자네는 그 사건에 로맨틱한 색을 덧칠하려 했어. 결과는 마치 '유클리드의 제5정리'에 러브 스토리를 섞어 놓은 모양새가 됐지."

"하지만 로맨스도 있었네. 사실을 왜곡해서 쓸 수는 없지 않나." 나는 항의했다.

"때로 어떤 사실은 덮어 두는 편이 좋아. 사실을 다룰 때는 올바른 균형 감각에 따라야 하네. 그 사건에서 언급할 만한 가치가 있는 건 단 하나, 결과에서 원인을 추적하며 거슬러 올라가는 분석적 추리 과정이야. 그것으로 나는 사건 해결에 성공할 수 있었지."

그를 기쁘게 할 목적으로 쓴 작품을 이 정도로 헐뜯자 나는 기분이 상했다. 마치 내 작품이 처음부터 끝까지 그의 행동을 낱낱이 기록해야 한다는, 내 작은 책자의 구석구석을 자기 언행으로만 메워야 한다는 그의 자기중심적인 말에 솔직히 화가 났다. 베이커 가에서 함께 생활하게 된 이후, 홈즈의 조용하지만 가르치려는 듯한 태도 저변에 약간의 허영심이 깔려 있다는 것을 알아차린 적이 한두 번이 아니었다. 그러나 나는 지금 아무 말도 하지 않고 그저 부상당한 다리를 주무르며 앉아 있었다. 예전에 제자일 총탄이 다리를 관통하는 부상을 입었는데, 걷는 데는 그다지 지장이 없으나 날이 조금만 끄물거려도 견딜 수 없는 통증을 느끼곤 했다.

"요즘은 내 일이 대륙까지 알려졌더군." 홈즈는 잠시 후에 낡은 브라이어 파이프에 담배를 채우며 말했다. "지난주에 프랑수아 르 빌라르가 내게 조언을 구했어. 자네도 알고 있겠지만, 최근 프랑스 탐정계에서는 꽤 이름이 알려진 사람이지. 그 친구는 켈트 인답게 직관력이 뛰어나지만, 고도의 탐정술을 전개하기엔 폭넓고 정확한 지식이 부족하다네. 그 친구가 맡은 사건은 유언장에 관한 것이 있는데, 흥미를 끄는 점이 몇 가지 있더군. 나는 비슷한 두 사건, 그러니까 1857년 리가에서 있었던 사건과 1871년 세인트루이스에서 있었던 사건을 참고하라고 일러 주었지. 그랬더니 덕분에 올바른 해답을 찾을 수 있었다고 하더군. 이게 오늘 아침에 도착한 편지인데, 도와줘서 고맙다는 인사가 쓰여 있네."

홈즈는 꾸깃꾸깃한 편지지를 던져 주었다. '눈부신', '거장의 솜씨', '뛰어난 재주' 등의 단어를 섞어 가며 온갖 찬사를 늘어놓은 것을 보니, 이 프랑스 사람이 얼마나 열렬히 홈즈를 존경하는지 짐작할 수 있었다.

"마치 학생이 스승에게 바치는 편지 같군."

"그래, 내 도움을 지나치게 높이 평가하고 있긴 하지." 홈즈는 덤덤하게 말했다.

"그 친구도 소질은 있어. 이상적인 탐정에게 필요한 세 가지 조건 가운데 두 가지는 이미 갖추고 있으니까. 관찰력과 추리력을 말이야. 지식이 부족하긴 하지만, 그것도 시간이 지나면 나아질 거야. 지금 그 친구는 내 하찮은 글을 프랑스 어로 번역하고 있다네."

"자네 글이라니?"

"이런, 모르고 있었나?" 홈즈는 웃으며 큰 소리로 말했다.

"사실, 부끄럽지만 논문을 몇 편 썼어. 모두 전문적인 테마를 다루고 있지. 예를 들면 〈각종 담뱃재의 식별에 대해〉라는 글이 있어. 140여 종의 시가, 궐련, 파이프 담배를 열거하고 그 재의 차이를 컬러 도판을 실어 설명하고 있지. 이건 형사 재판에서 늘 문젯거리로 오르내리는 증거인데, 때로는 매우 중요한 단서를 제공하기도 하네. 예를 들어 살인범이 인도산 룬카를 피우는 사람으로 확인되면 수사 범위가 좁혀지는 건 두말할 필요도 없지. 트리치노폴리 담배의 검은 재와 버즈아이 담배의 하얀 솜털 같은 재의 차이를, 전문가가 보면 양배추와 감자만큼이나 분명하게 인식할 수 있거든."

"자네는 사소한 일에 대한 비상한 통찰력이 있어." 내가 말했다.

"물론 나는 사소한 일의 중요성을 잘 알고 있네. 발자국 추적에 관한 논문도 있는데, 발자국을 보존하기 위해 석고를 사용하는 방법에 대해 언급했지. 그리고 직업이 손 모양에 미치는 영향을 다룬 짧은 논문도 있는데, 슬레이트공, 선원, 코르크 자르는 사람, 식자공, 방직공, 다이아몬드를 연마하는 사람의 손 모양을 그린 도판을 실어 놓았어. 이건 과학적 수사에서 매우 흥미로운 분야지. 특히 시체의 신원 확인이나 범인의 전과 조회에는 상당히 도움이 되네. 그런데 내 취미만 잔뜩 늘어놓아서 자네는 지루하겠군."

"천만에, 아주 흥미로워." 나는 진심으로 말했다.

"특히 자네가 발자국 추적을 실제로 응용하는 걸 직접 보았으니까. 그런데 아까 관찰과 추리라는 말을 했는데, 그건 어느 정도까지 겹치는 것이 아닐까?"

"그렇지 않아."

홈즈는 안락의자 등받이에 천천히 몸을 기대고 짙은 파란색 연기를 소용돌이 모양으로 뿜어냈다.

"예를 들어 난 오늘 아침에 자네가 워그모어 가의 우체국에 갔었다는 것을 관찰을 통해 알았고, 자네가 전보를 치고 왔다는 것은 추리를 통해 알 수 있었네."

"두 가지 다 맞아! 하지만 어떻게 그걸 알아냈지? 갑자기 생각났기 때문에 아무한테도 말하지 않고 다녀왔는데 말이야." 내가 말했다.

"아주 간단하지." 내가 놀라는 것을 보고 그는 유쾌한 듯 웃으며 말했다. "너무 간단해서 설명이 필요 없을 정도지만, 관찰과 추리의 경계를 뚜렷이 하는 데 도움은 될지 모르겠군. 난 관찰을 통해 자네 구두에 붉은 흙이 묻어 있는 걸 알았네. 지금 윅모어 가 우체국 맞은편에서 도로 공사를 하는 바람에 흙이 파헤쳐져 있고, 그 흙을 밟지 않고는 우체국에 들어가기가 어렵지. 그 흙은 독특한 붉은색으로, 내가 아는 한 이 부근에서 그곳밖에 없어. 여기까지가 관찰이지. 그 다음은 추리로 알아냈고."

"그럼 어떻게 내가 전보를 보내러 갔다고 추리했나?"

"그야 오전 내내 자네하고 마주앉아 있었기 때문에 자네가 편지를 쓰지 않았다는 건 알고 있었지. 게다가 열어 놓은 자네 책상 서랍 속에 우표와 엽서 묶음이 있는 걸 보았거든. 그렇다면 전보를 치기 위해서가 아니라면 우체국에 갈 이유가 없지 않겠나? 쓸데없는 요인을 하나씩 없애 가다 보면 마지막에 남는 것이 진실이 되지."

"이 경우는 확실히 그렇군. 자네도 말했다시피 이건 아주 간단했어. 자네의 이론을 좀 더 엄격하게 테스트해 보고 싶은데, 싫은가?"

"싫기는커녕 대환영일세. 코카인을 한 대 더 맞지 않아도 될 테니. 어떤 문제라도 내 보라고. 기꺼이 머리를 짜낼 테니까."

"언젠가 자네는 이런 말을 했었지. 사람이 일상생활에서 사용하는 물건은 어느 것이나 그 소유주의 독특한 흔적이 남아 있어서, 전문가가 관찰하면 그것을 알 수 있다고 말이야. 자, 여기 최근에 내 것이 된 시계가 있네. 전에 이 시계를 소유했던 사람의 성격이

나 습관에 대해 알 수 있는 게 있다면 말해 보게."

홈즈에게 시계를 건네주며, 나는 속으로 조금 유쾌했다. 이 문제는 홈즈가 대답할 수 없다고 생각했기 때문이다. 이 기회에 그의 잘난 체하는 버릇을 꺾어 주어야겠다는 생각도 있었다.

그는 시계를 손에 얹어 무게를 재고 문자판을 찬찬히 살핀 다음 뒤쪽 뚜껑을 열고 처음에는 눈으로, 그 다음에는 성능 좋은 돋보기로 세세히 내부 장치를 살펴보았다. 그런 다음 뚜껑을 닫고 나에게 돌려주었는데, 그의 기운 없는 얼굴을 보며 나도 모르게 미소가 떠오르는 것은 어쩔 수 없었다.

"거의 아무런 데이터도 없군. 최근에 분해해서 청소를 한 모양인지 단서가 될 만한 것을 찾아낼 수 없네." 그가 말했다.

"맞아. 내 손에 들어오기 전에 분해 청소를 했거든." 내가 대답했다.

홈즈가 자신의 실패를 얼버무리기 위해 변명답지 않은 변명을 어설프게 늘어놓고 있다고 나는 생각했다. 청소하지 않은 시계였다면 무엇을 알아낼 수 있었단 말인가?

홈즈는 몽상에 잠긴 듯한 흐리멍덩한 눈으로 천장을 보며 말했다.

"만족스럽진 않지만 건진 게 전혀 없지는 않네. 틀린 부분이 있으면 바로잡아 주게. 이 시계는 자네 형이 가지고 있던 건데, 형은 아버님으로부터 물려받았어."

"뒷면에 새겨진 'H. W.'라는 이니셜을 보고 알았겠지?"

"맞아. W는 자네 성이지. 그 시계가 만들어진 건 약 50년 전이고, 머리글자도 그만큼 오래전에 새긴 것일세. 그러니까 그 시계는 자네 부친께서 구입하신 것이 분명해. 보통 그런 고가의 물건은 장남에게 물려주게 되어 있고, 또 장남과 아버지의 이름이 같은 경우가 흔하지. 내 기억이 틀리지 않다면 자네 부친은 꽤 오래전에 돌아가셨으니까 그 시계는 큰형이 가지고 있었던 것이 되지."

"거기까지는 맞아. 또 다른 건?" 내가 물었다.

"자네 큰형은 좀 털털하고 허술한 분이셨네. 상당한 재산을 물려받아 앞길이 유망했는데도 여러 차례 기회를 놓쳐서 가난하게 살았어. 때로는 형편이 나아질 때도 있었지만 결국은 술에 습관적으로 손을 댔고, 그러다 돌아가셨군. 내가 알 수 있는 것은 이 정도야."

나는 의자에서 벌떡 일어났다. 그리고 언짢은 기분으로 아픈 다리를 절룩이며 방 안을 서성거렸다.

"홈즈, 자네답지 않군. 이런 비열한 짓을 하리라고는 생각도 못 했네. 자네는 불행한 내 형의 전력을 전에 알아본 적이 있군 그래. 그걸 지금 무슨 기발한 방법으로 추리해 낸 것처럼 보이게 하려고 하는군. 이 낡은 시계에서 그런 걸 알아냈다고 믿게 하려 해도 소용없어. 속이 뻔히 보이는 수법이야. 솔직히 말해서 이거야말로 속임수가 아니고 뭔가?"

"왓슨, 미안해." 홈즈는 부드럽게 말했다.

"그저 이 문제를 추상적으로만 다루다 보니 그게 자네에겐 얼마나 고통스런 이야기인지 잊고 있었네. 그러나 맹세컨대, 난 그 시계를 볼 때까지 자네에게 형이 있다는 사실조차 몰랐어."

"그렇다면 어떻게 그런 여러 가지 일들을 알아낼 수 있었나? 모든 것이 사실과 똑같으니 하는 말일세."

"운이 좋았기 때문이지. 난 가능성 있는 이야기들 중 가장 그럴듯한 것을 말했을 뿐이네. 완벽하게 들어맞으리라고는 생각지도 않았어."

"멋대로 짐작한 것이 아니었단 말이지?"

"물론이지. 나는 멋대로 짐작한 적이 한 번도 없네. 그게 버릇이 되면 큰일이지. 논리적인 사고가 불가능해지거든. 자네가 이상하다고 생각하는 건 내 사고 과정을 이해하지 못했을 뿐만 아니라, 중요한 추리의 기반이 되는 조그만 사실을 보지 못하고 넘겼기 때문일 거야. 예를 들어 나는 처음에 자네 형이 털털한 사람이라는 말부터 했지. 시계 옆면을 보면, 아래 두 군데 움푹 파인 부분과 한 면에 여기저기 긁힌 자국이 있을 거야. 그건 같은 주머니 안에 동전이나 열쇠, 다른 딱딱한 것들을 함께 넣는 습관이 있기 때문일세. 50기니나 하는 시계를 그토록 아무렇게나 다루는 사람이라면 분명 털털한 성격일 거라고 추리했다 해서 그리 자랑할 것도 없지 않겠나. 또 그만큼 비싼 시계를 아버지에게 물려받은 사람이라면 다른 유산도 상당히 받았을 거라고 생각해도 결코 지나친 추리는 아닐 거야."

나는 그의 추리가 맞았다는 뜻으로 고개를 끄덕였다.

"영국의 전당포에서는 시계를 맡을 때 뒷면 뚜껑 안쪽에 핀으로 전당표의 번호를 새겨 놓는 관습이 있네. 번호가 지워지거나 바뀌거나 할 염려가 없다는 점에서 꼬리표보다 편리하지. 돋보기로 들여다보면 뚜껑 안쪽에 그런 번호가 네 개나 있네. 그 사실에서 첫째 자네 형은 돈이 궁할 때가 자주 있었다, 둘째 가끔 형편이 나아질 때도 있었다는 것을 추리해 낼 수 있었네. 그렇지 않았다면 저당 잡힌 물건을 다시 찾진 못했을 테니까. 마지막으로 태엽 감는 구멍이 있는 안쪽 뚜껑을 보게. 구멍 둘레가 온통 긁힌 자국투성이지? 열쇠에 부딪혀서 생긴 자국이야. 술을 마시지 않는 사람이라면 열쇠로 이렇게 긁을 리 없지 않겠나? 그런데 술을 좋아하는 사람들의 시계는 대부분 이런 식이거든. 밤에 술에 취해 떨리는 손으로 태엽을 감아 이런 자국을 내게 되지. 어떤가, 내가 지금 한 말에 이상한 점이 있나?"

"햇빛처럼 명료하군. 오해해서 미안하네. 자네의 놀라운 능력을 좀 더 믿었어야 했어. 그런데 지금 조사 중인 사건은 없나?"

"한 건도 없어. 그래서 이 코카인을 맞고 있는 것 아닌가. 난 머리를 쓰지 않으면 살아 있는 것 같지가 않아. 다른 어떤 일에서 사는 보람을 찾겠나. 이 창가에 서서 좀 보게. 이토록 황량하고 침울하고 시시한 세상이 또 어디 있겠나. 누런 안개가 큰길을 소용돌이치며 흘러 검은 집 언저리에 감돌고 있는 것을 보게. 이처럼 견딜 수 없이 무미건조한 광경이 또 어디 있을까. 재능이 있다 해도 그것을 발휘할 기회가 없다면 대체 무슨 소용이 있단 말인가. 범죄가

평범하니 인생도 평범하지. 이 세상에서는 정말이지 평범한 능력
이 아니면 아무 쓸모도 없어.”

　그의 열변에 대답하려고 하는데, 문을 두드리는 소리가 나더니
이 집의 주인인 허드슨 부인이 놋쇠 쟁반에 명함을 얹어 가지고 들
어왔다.

　“젊은 여자 분이 찾아오셨어요.” 부인이 홈즈에게 말했다.

　“메리 모스턴?” 홈즈는 명함의 이름을 읽었다.

　“처음 들어 보는 이름이군. 허드슨 부인, 들어오라고 하세요. 왓
슨, 자네는 나가지 않아도 되네. 그냥 있는 편이 좋겠어.”

2
사건 진술

메리 모스턴은 확실한 걸음걸이로, 겉으로 보기에는 아주 침착한 태도로 들어왔다. 키가 작고 날씬한 금발 아가씨로, 단정하게 장갑을 끼고 옷차림도 흠잡을 데가 없었다. 그러나 옷이 검소하고 장식이 없는 것으로 보아 그다지 풍족한 생활을 하는 사람은 아닌 듯싶었다. 회색이 도는 베이지색 모직 드레스 역시 아무런 장식도 없었다. 머리에는 드레스와 같은 색상의 작은 모자를 쓰고 있었는데, 옆에 꽂은 하얀 깃털이 조금 돋보일 뿐이었다.

이목구비가 완벽한 조화를 이룬 것도, 피부가 눈처럼 매끄러운 것도 아니었으나 사랑스럽고 호감이 가는 표정에 고상하고 민감해 보이는 파랗고 큰 눈이 인상적이었다. 나는 세 대륙을 돌아다니며 여러 나라의 여성들을 보아 왔지만, 이토록 우아하고 섬세한 천성이 뚜렷하게 나타나 있는 얼굴은 본 적이 없었다. 홈즈가 권하는 의자에 앉았을 때 그녀의 입술과 손이 떨리는 것을 보았다. 마음속의 심한 동요가 어쩔 수 없이 나타났던 것이리라.

"홈즈 씨, 제가 오늘 이렇게 찾아온 것은 세실 포레스터 부인에게 선생님에 관한 이야기를 들었기 때문입니다. 선생님 덕분에 집안에 생긴 어떤 분쟁을 해결한 적이 있다고 하시더군요. 저는 포레스터 부인 댁에서 가정교사로 일하고 있는데, 부인은 선생님의 친절과 탁월한 능력에 매우 탄복하셨습니다."

"세실 포레스터 부인이요?" 홈즈는 생각을 더듬으며 되물었다.

"그저 작은 도움을 드렸을 뿐인데요. 제가 기억하기로는 매우 간단한 사건이었습니다."

"부인은 그렇게 생각하지 않으세요. 하지만 제가 지금 말씀 드리려는 것은 간단한 문제가 아닙니다. 지금 제가 처해 있는 상황만큼 괴상하고 어떻게도 설명할 길이 없는 사건이 또 있다고는 상상하기 어려우니까요."

홈즈는 눈을 반짝이며 손을 비볐다. 그러고는 독수리 같은 얼굴에 심상치 않은 긴장의 빛을 나타내며 의자에서 몸을 내밀었다.

"무슨 일인지 말해 보세요." 홈즈는 사무적인 어조로 분명하게 말했다.

어쩐지 내가 여기에 있으면 방해가 될 듯싶었다.

"실례하겠습니다." 나는 일어서려고 했다.

그러자 뜻밖에도 모스턴이 장갑 낀 손을 들어 나를 제지했다.

"친구 분도 함께 계셔 주시면 좋겠어요."

나는 다시 의자에 앉았다.

"간단히 말씀 드릴게요. 아버지는 인도 주둔 연대의 장교였는데, 제가 아주 어릴 때 저를 잉글랜드로 보내셨습니다. 어머니는 일찍 돌아가셨고 잉글랜드에는 친척도 없었죠. 하지만 에든버러에 있는 좋은 기숙사에 들어가 열일곱 살까지 거기서 보냈어요. 1878년에 연대의 선임 대위였던 아버지가 1년 휴가를 얻어 잉글랜드로 돌아오셨지요. 아버지는 무사히 도착했으니 랭엄 호텔로 빨리 오라는 전보를 런던에서 저에게 보내셨지요. 그 전보는 정답고 사랑이 넘쳤던 것으로 기억됩니다. 저는 런던에 도착하자마자 마차를 타고 랭엄 호텔로 달려갔습니다. 하지만 아버지가 투숙하고 있는 건 사실이지만 어젯밤에 외출해서 아직 돌아오지 않았다는 말을 들었어요. 꼬박 하루를 기다렸지만 아무 연락도 없었지요. 그날 밤 호텔 지배인의 권유로 경찰에 신고하고 다음 날 아침 모든 신문에 광고를 내 보았지만, 아무런 단서도 얻지 못했고, 그날부터 지금까지 불쌍한 아버지에 대한 소식은 한 번도 듣지 못했어요. 오랜만에 평화로운 휴가를 만끽하려고 희망에 부풀어 귀국하셨는데, 그것이……."

모스턴은 목에 손을 댄 채 흐느낌으로 말을 잇지 못했다.

"날짜는?"

홈즈는 노트를 펼쳤다.

"1878년 12월 3일에 실종되셨어요. 벌써 10년이 지났지요."

"짐은?"

"호텔에 그대로 남아 있었어요. 옷과 책 몇 권이 있고, 안다만 제도(벵골 만 동부의 제도)에서 가져오신 진귀한 물건들이 꽤 됐지만, 단서가 될 만한 건 하나도 없었습니다. 아버지는 그곳 죄수 수용소의 경비대 장교로 근무하셨거든요."

"혹시 런던에 친구 분이 있었습니까?"

"제가 알기로는 오직 한 분, 봄베이 34보병 연대에 함께 계셨던 숄토 소령밖에 없습니다. 그 일이 있기 얼마 전에 전역해서 어퍼 노우드에 살고 계셨지요. 물론 그때 연락을 해 봤지만, 아버지가 귀국한 것조차 모르고 계시더군요."

"묘한 이야기로군요."

"더 묘한 이야기는 지금부터입니다. 6년 전, 정확히 말씀드리면 1882년 5월 4일입니다만, 〈타임스〉에 제 주소를 묻는 광고가 실렸어요. 절대로 나쁜 일이 아니니 주소를 가르쳐 달라고 쓰여 있었지요. 광고를 낸 사람의 이름과 주소는 없었어요. 그때 저는 막 세실 포레스터 부인 댁에 가정교사로 들어간 터였는데, 부인의 권유로 같은 광고란에 제 주소를 냈어요. 그랬더니 바로 그날 소포로 작은 종이 상자가 배달되었습니다. 열어 보니, 크고 빛나는 진주가 하나 있더군요. 편지 같은 건 없었어요. 그다음부터 해마다 같은 날에 비슷한 상자에 비슷한 진주가 든 소포가 배달되었는데, 보낸 사람에 대한 단서는 전혀 없었어요. 전문가에게 감정을 의뢰해 보니, 진귀한 진주로 값비싼 거라고 하더군요. 여기 가져왔으니 한번 보세요. 보기에도 꽤 훌륭한 것입니다."

모스턴은 납작한 상자를 열었는데, 지금까지 보지 못한 아름다운 진주가 여섯 개 들어 있었다.

"당신 이야기는 정말 흥미롭군요. 그것 외에 또 무슨 일이 있었습니까?" 홈즈가 물었다.

"바로 오늘, 새로운 일이 일어났습니다. 이렇게 찾아오게 된 것도 그 때문이에요. 아침에 이런 편지를 받았는데, 한번 읽어 보세요."

"고맙습니다." 홈즈가 말했다. "봉투도 좀 보여 주세요. 소인은 런던 남서 지국, 날짜는 7월 7일. 음, 남자의 엄지손가락 지문이 구석에 찍혀 있군. 아마 이건 집배원의 지문일 테죠? 고급 편지지에, 게다가 이 봉투는 한 묶음에 6펜스짜리입니다. 취향이 꽤 까다로운 사람인 듯싶군요. 보낸 사람 주소는 없고. '오늘 밤 7시 라이섬 극장 밖 왼쪽에서 세 번째 기둥으로 오십시오. 의심스러우면 친구 두 분과 함께 나와도 좋습니다. 당신은 피해자이니 공정한 보상을 받도록 해 드리겠습니다. 단, 경찰을 데리고 오면 안 됩니다. 그렇게 하면 모든 일이 끝입니다. 미지의 친구로부터.' 이건 정말 흥미로운 미스터리로군요. 어떻게 할 생각입니까, 모스턴 양?"

"바로 그 문제를 상담하려고 온 겁니다."

"그럼, 함께 갑시다. 당신과 나와―옳지, 왓슨 의사가 좋겠군요. 편지에는 친구 두 명과 함께 와도 좋다고 쓰여 있으니까요. 이 친구와 저는 전에도 함께 일한 적이 있습니다."

"하지만 같이 가 주실까요?" 모스턴은 애원하는 듯한 목소리와 표정으로 말했다.

"도움이 된다면야 오히려 제가 영광입니다." 나는 힘주어 말했다.

"두 분 모두 정말 친절하시군요. 전 닫힌 세계에 살고 있기 때문에 사실 의지할 만한 친구도 거의 없거든요. 6시까지 여기로 오면 될까요?"

"늦지 않도록 오세요. 그런데 한 가지 더 알고 싶은 것이 있습니다. 이 편지와 진주가 든 소포에 쓰여 있던 필체가 동일합니까?" 홈즈가 물었다.

"혹시나 해서 그것도 가져왔어요."

모스턴은 종이를 여섯 장 꺼냈다.

"당신은 정말 모범적인 의뢰인이군요. 올바른 직관을 갖고 계십니다. 어디 좀 볼까요?"

홈즈는 종이를 한 장씩 책상 위에 펼치고 날카로운 눈빛으로 재빠르게 읽었다.

"편지를 빼고 다른 것은 일부러 필적을 바꾸었군요. 하지만 같은 필적이 틀림없습니다. 'e'는 아무래도 그리스 문자처럼 보이고, 맨 끝의 's'에 특징이 있군요. 틀림없이 같은 사람의 필적입니다. 근거 없는 희망을 불어넣을 생각은 없지만, 모스턴 양, 이 필적과 부친의 필적이 조금이라도 비슷합니까?"

"완전히 달라요."

"그럴 거라고 생각했습니다. 그러면 6시에 기다리고 있겠습니다. 이 종이는 잠시 제가 보관해도 될까요? 아직 3시 30분밖에 안 됐으니 좀 더 조사해 보고 싶군요. 그럼 다시 뵙겠습니다."

"네, 안녕히 계세요." 모스턴도 인사했다.

그러고는 밝고 상냥한 눈길을 우리 두 사람에게 던지고 진주 상자를 가슴에 안은 채 빠른 걸음으로 방을 나갔다.

나는 창가에 서서 활기차게 보도를 걸어가는 모스턴의 뒷모습을 보았다. 회색 모자와 하얀 깃털 장식이 많은 사람들 틈에서 점차 하나의 점으로 변해 갔다.

"정말 매력적인 여자야!" 나는 홈즈 쪽으로 돌아서며 감탄했다.

홈즈는 파이프에 다시 불을 붙이고 눈을 내리깐 채 의자 등받이에 기대앉았다.

"그랬나? 그다지 눈여겨보지 않아서 모르겠는데." 그는 나른한 듯이 말했다.

"자네는 그야말로 기계 인간이야. 때때로 자네는 너무나도 비정한 느낌을 풍긴단 말이야."

그는 조용히 미소를 지었다.

"사람을 대할 때 가장 중요한 건 겉모습에 휘말려 판단을 그르치지 않는 거지. 내게는 의뢰인도 문제 속의 한 단위, 하나의 요소에 지나지 않아. 상대에게 좋든 싫든 어떤 감정을 품으면 명쾌한 추리는 불가능해지지. 지금껏 내가 만나 본 여자 중 가장 매력적인 여성은 보험금을 노리고 세 아이를 독살해서 교수형을 받았네. 또 가장 혐오스러웠던 남자는 런던의 가난한 사람들에게 25만 파운드 이상을 기부한 자선 사업가였지."

"하지만 이 경우는……."

"난 예외를 용납하지 않네. 하나의 예외를 인정하면 원칙 자체가 흔들리니까. 왓슨, 필적으로 그 사람의 성격을 판단해 본 적이 있나? 이 글자를 어떻게 생각하나?"

"읽기 쉽도록 또렷하게 쓰여 있군. 실무에 익숙하고 성격도 확실한 사람 같은데."

홈즈는 고개를 저었다.

"이 긴 글자들을 좀 보게. 짧은 글자와 높이가 거의 비슷해. 때문에 'd'가 'a'로, 'l'이 'e'로 보이기도 하지. 확실한 성격이라면 아무리 갈겨써도 긴 글자는 제대로 길게 쓰는 법이지. 게다가 이 사람이 쓴 'k'는 안정감이 없고, 대문자는 자만심이 느껴지는군. 난 이제 그만 나가 봐야겠네. 알아볼 게 있어서 말이야. 자네는 이 책이나 보고 있게. 윈우드 리드의 《인류의 고난》이란 책인데, 이만큼 훌륭한 책도 없을 거야. 한 시간 안에 돌아오겠네."

나는 그 책을 들고 창가에 앉았다. 그러나 머릿속은 저자의 대담한 견해와는 거리가 먼 것을 생각하고 있었다. 조금 전에 다녀간 손님의 미소, 깊고 풍부한 목소리, 그리고 그녀의 인생을 덮고 있는 기괴한 미스터리에 마음을 빼앗기고 있었다. 아버지가 실종되었을 때 열일곱 살이었다면 지금은 스물일곱 살이리라. 청춘의 자의식이 점차 희미해지고 경험을 쌓아 조금은 분별력도 있을, 한창 좋을 나이였다. 이런 몽상에 잠겨 있던 나는 갑자기 말도 안 되는 생각이 머릿속에 떠오르자 후닥닥 책상으로 달려가 최근에 나온 병리학 논문을 열심히 들여다보았다. 다리도 절고 돈도 없는 군의관 출신인 내 주제에 그런 생각을 하다니! 그 여자는 그저 문제 속의 한 단위, 하나의 요소에 지나지 않는다. 좋아, 내 미래가 어둡게 그늘져 있다면, 남자답게 그것을 똑바로 마주해야 한다. 망상의 도깨비불에서 무리하게 광명을 찾으려는 생각을 품어서는 안 된다.

3
해결을 찾아서

홈즈는 5시 30분쯤에 돌아왔다. 그는 밝고 열정적이고 의욕에 차 있었다. 그에게는 이런 고양된 상태가 늘 더할 나위 없이 어두운 우울 상태에 뒤이어 찾아오고는 했다.

"이 사건에 무슨 엄청난 미스터리가 있는 듯싶진 않아. 있는 사실들을 종합해 보면 해답은 하나뿐이야." 홈즈는 내가 따라 준 차를 받으며 말했다.

"벌써 해결했나?"

"글쎄, 그렇다고 하긴 아직 뭐하고. 그저 그럴듯한 사실을 하나 발견했을 뿐이지. 그게 다야. 하지만 시사하는 바가 많은 게 사실이네. 자세한 내용은 앞으로 채워 넣어야 하겠지만. 아무튼 난 지난 〈타임스〉를 뒤적여서, 어퍼노우드에 거주했던 봄베이 34보병 연대 출신의 숄토 소령이 1882년 4월 28일에 사망했다는 사실을 알아냈어."

"내 머리가 아둔해서 그런지 몰라도 난 그 사실이 뭘 의미하는지 도통 모르겠군."

"모르겠다고? 정말 놀랍군. 그럼 이렇게 생각해 보게. 모스턴 대위가 행방불명됐네. 그리고 그가 런던에서 찾아갈 만한 사람은 오직 숄토 소령뿐이었어. 숄토 소령은 대위가 런던으로 돌아온 사실조차 몰랐다고 했고, 그 4년 뒤에 사망했지. 그가 죽은 지 일주일도 안 되어 모스턴 대위의 딸은 값진 선물을 받았고, 해마다 그 일이 되풀이되었네. 게다가 나중에는 '당신은 피해자' 어쩌고 하는 편지마저 날아왔지. 피해자라는 말이 뭘 의미하겠나. 아버지의 실종 이외에 다른 뜻이 있다고는 생각할 수 없어. 그리고 숄토가 죽은 후부터 선물이 오기 시작했다는 건, 숄토의 상속인이 모스턴의 실종에 대해 뭔가를 알고 있고 그에 대한 보상을 해 주기 위해 한 행동이라고밖에 생각할 수 없지 않겠나. 다른 이유가 있을 것 같은가?"

"하지만 정말 기묘한 보상이군. 그 방법도 기묘하고. 어째서 6년이 지난 지금에 와서 그런 편지를 보냈을까? 그 편지에 공정한 보상이니 뭐니 하고 쓰여 있었는데, 대체 어떤 보상을 해 주겠다는 것일까? 모스턴 양의 부친이 아직 살아 있다고 보는 건 지나친 생각인 듯싶고, 또 우리가 알고 있는 한 아버지 문제 빼고는 모스턴 양이 부당한 대우를 받고 있는 것 같지는 않으니 말이야."

"확실히 어려운 문제야. 하지만 오늘 밤에 가 보면 모든 수수께 끼가 풀릴 걸세. 아, 모스턴 양이 탄 사륜마차가 도착했군. 준비는 다 됐나? 빨리 나가세. 시간이 조금 늦은 듯싶군."

나는 모자와 가장 묵직한 지팡이를 들었고, 홈즈는 서랍에서 리볼버를 꺼내 주머니에 넣었다. 오늘 밤 위험이 뒤따를지도 모른다는 생각을 하는 듯했다.

모스턴은 짙은 색 망토를 두르고 있었다. 그녀의 민감한 얼굴은 차분하게 가라앉아 있었으나 창백했다. 오늘 밤에 펼쳐질 기묘한 모험을 앞두고 조금은 불안을 느끼는 듯했다. 이것은 여자의 몸으로 당연한 반응임에도 불구하고, 그녀는 조금도 당황하지 않고 홈즈가 묻는 말에 차근차근 대답했다.

"숄토 소령은 아버지의 친한 친구 분이셨어요. 아버지는 언제나 편지에 소령에 대한 이야기를 쓰곤 하셨죠. 안다만 제도에서 같은 부대에 계셨기 때문에 함께 지내는 시간이 많았다고 들었어요. 그런데 아버지 책상을 정리하다 이해하기 힘든 이상한 그림을 하나 발견했어요. 그다지 도움이 될 것 같지는 않지만 흥미를 느끼실지도 몰라 일단 가지고 왔어요. 이거예요."

홈즈는 조심스럽게 종이를 무릎 위에 펼쳐 놓았다. 그리고 돋보기를 꺼내 찬찬히 살펴보았다.

"인도산 종이군요. 한때 핀으로 판에 고정해 놓았었고. 이 그림은 넓은 방과 복도, 통로가 많이 있는 커다란 건물의 일부를 그린 평면도인 듯합니다. 빨강 잉크로 작은 십자가 표시되어 있고, 그 위에 연필로 '왼쪽에서 3.37'이라고 희미하게 쓰여 있는 게 보이네요. 왼쪽 구석에 십자 네 개를 옆으로 연결해 한 줄로 늘어놓은 듯한 기묘한 그림 문자도 있고요. 그 옆에 심하게 갈겨쓴 글씨로 '네 사람의 서명―조너선 스몰, 마호멧 싱, 압둘라 칸, 도스트 애크바'라고 쓰여 있군요. 솔직히 이게 사건과 무슨 관계가 있는지 모르겠습니다. 하지만 중요한 자료인 듯합니다. 앞뒤가 모두 깨끗한 걸 보면 지갑 속에 소중히 간직했던 모양입니다."

"네, 아버지 지갑 속에 있었어요."

"그렇다면 소중히 간직하세요, 모스턴 양. 앞으로 도움이 될지도 모르니까요. 이 사건은 아무래도 처음 생각했던 것보다 훨씬 바닥이 깊고 미묘한 무언가를 숨기고 있을 것 같다는 생각이 드는군요. 다시 생각해 봐야겠습니다."

홈즈는 마차 좌석에 등을 기댔는데, 눈썹을 모으고 시선을 엉뚱한 곳에 두고 있는 것으로 보아 어떤 생각에 골몰한 듯싶었다. 모스턴과 나는 오늘 밤의 모험이 어떤 결과를 가져올 것인지에 대해 작은 소리로 이야기를 나누었는데, 홈즈는 마차에서 내릴 때까지 무겁게 침묵을 지키고 있었다.

9월의 저녁으로 7시 전이었지만 아주 쓸쓸하고 음산하게 느껴지는 날이었다. 곧 부슬비라도 뿌릴 듯한 짙은 안개가 런던에 낮게 드리워져 있었다. 흙빛 구름이 질척한 길을 서글프게 뒤덮고 있었다. 스트랜드 가의 가로등은 흙투성이 보도 위를 어렴풋이 비추는 희미한 빛의 반점에 지나지 않았다.

가게의 창에서 노란 불빛이 안개 자욱한 대기 속으로 흘러나와 사람들이 많이 지나다니는 도로 여기저기에 침울한 빛을 던지고 있었다. 이렇게 드문드문 던져지는 빛 속을 유영하는 사람들의 끝없는 행렬이 내 눈에는 마치 유령인 듯 괴기스럽게 느껴졌다. 슬픈 얼굴, 기쁜 얼굴, 여윈 얼굴, 그리고 명랑한 얼굴……. 그들은 마치 운명처럼 암흑 속에서 빛 속으로 들어갔다가 다시 암흑 속으로 사라지고는 했다.

나는 본래 민감하거나 감상적인 남자는 아니지만, 이상한 사건에 말려든 데다 이 울적한 초저녁의 분위기로 인해 우울해지지 않을 수 없었다. 모스턴도 같은 기분인 것을 표정으로 알 수 있었다. 홈즈만이 초연하게 그런 사소한 감정에서 벗어나 있는 듯이 보였다. 그는 무릎 위에 수첩을 펼쳐 놓고 랜턴 빛에 의지해 이따금 숫자 등을 메모하고는 했다.

라이섬 극장에 이르니, 이미 양쪽 출입구에는 많은 사람들이 모여 있는 것이 보였다. 정면 입구에는 이륜마차와 사륜마차가 끊임없이 덜커덕거리며 밀려와 흰 셔츠에 예복을 입은 남자와 숄과 다이아몬드로 치장한 여자들을 내려놓았다. 약속 장소인 세 번째 기둥으로 다가가는데, 마부 차림의 키가 작고 살갗이 검은 민첩해 보이는 남자가 우리에게 말을 걸어 왔다.

"모스턴 양과 함께 오신 분들입니까?"

"제가 모스턴입니다. 이 두 분은 제 친구고요."

그 남자는 놀랄 만큼 날카롭게 우리를 쳐다보았다.

"실례합니다만, 두 분이 경찰이 아니라고 저에게 맹세하셔야 합니다." 그가 고집스럽게 말했다.

"그 점이라면 맹세할 수 있어요." 모스턴이 대답했다.

남자가 날카롭게 휘파람을 불자 부랑아 하나가 사륜마차를 끌고 와 문을 열었다. 남자는 마부 자리에 앉고, 우리는 좌석에 올랐다. 우리가 올라타자마자 마부는 채찍을 한 번 휘둘렀고, 마차는 무서운 속도로 안개 낀 거리를 달리기 시작했다.

생각해 보니, 우리는 아주 묘한 처지에 놓여 있었다. 무엇 때문에, 어디로 가는지도 모른 채 이렇게 마차에 타고 있는 것이다. 어쨌든 이 초대는 그저 장난이거나 —그렇다고는 생각되지 않지만 —우리가 가는 곳에 어떤 중요한 일이 기다리고 있을 것이 틀림없었다.

모스턴은 이런 상황에서도 변함없이 당황하는 기색을 보이지 않았다. 나는 그녀의 긴장을 풀어 주려고 아프간전쟁에서 겪었던 모험담을 들려주었다. 그러나 솔직히 말하면, 내가 지금 어디로 가서 어떻게 될지 불안하고 흥분된 상태였기 때문에 이야기에 열중할 수가 없었다. 나중에 모스턴은 내가 한밤중에 머스킷 총이 텐트 안으로 들어온 것을 보고 주저 없이 2연발총을 쏘았다는 감동적인 이야기를 해 주었다며 안심시켜 주었다.

처음에는 나도 마차가 가는 방향을 다소 짐작하고 있었다. 그러나 얼마 안 가서 마차의 속도와 안개 때문에 그리고 런던 지리에 어두운 탓으로 방향 감각을 잃고 말았다. 막연히 멀리 가고 있다는 것 외에는 아무것도 알 수 없었다. 그러나 홈즈는 조금도 당황하지 않고 마차가 광장을 가로지르거나 골목길로 접어들 때마다 그 이름을 나직하게 중얼거렸다.

"로체스터 가. 여기는 빈센트 광장이고. 아, 복스홀 다리로 접어드는군. 서리 주로 건너갈 모양이야. 그래, 내 말이 맞았어. 지금 다리를 건너고 있어. 강물이 반짝이는 것이 보이는군."

과연 아주 짧은 동안이었으나 템스 강의 넓고 잔잔한 수면에 등불이 비치는 것이 보였다. 그러나 마차는 쏜살같이 달려 강 건너편에 펼쳐진 미로처럼 복잡한 거리 속으로 스며들었다.

"완드워스 가. 프라이어리 가. 라크홀 레인. 스톡웰 광장. 로버트 가. 콜드 하버 레인. 아무래도 우리가 가는 곳이 그다지 고상한 곳은 아닌 듯싶군."

과연 마차가 지나가는 곳은 왠지 수상쩍고 기분 나쁜 지역이었다. 끝없이 이어진 어둠침침한 벽돌집 사이에 군데군데 자리한 술집의 조잡하고 칙칙한 조명이 가끔 밝게 비칠 뿐이었다. 이어서 집 앞에 조그만 화단이 꾸며진 교외의 2층 주택이 줄지어 나타났고, 그곳을 지나자 새로 지은 칙칙한 벽돌 건물이 끝없이 늘어서 있었다. 괴물과도 같은 대도시가 전원 속으로 뻗친 촉수를 보는 듯했다.

마침내 마차는 새로 조성된 주택가의 세 번째 집 앞에서 멈추었다. 주위의 집들은 모두 비어 있는 듯했고, 우리가 다다른 집도 오직 부엌 창에서만 불빛이 어렴풋하게 흘러나올 뿐 이웃집과 마찬가지로 컴컴했다. 문에 노크를 하자 노란 터번을 머리에 두르고 헐

렁한 흰 옷에 노란 띠를 맨 인도인 하인이 문을 열어 주었다. 교외에 자리한 별 볼 일 없는 주택의 현관에 나타난 동양인을 보니, 왠지 수상쩍고 이 집과 어울리지 않는 듯한 느낌이 들었다.

"사힙(식민지 시대에 인도인이 유럽 남자에게 쓴 존칭)께서 기다리고 계십니다."

그가 미처 말을 끝내기도 전에 안쪽에서 높고 날카로운 목소리가 울려 왔다.

"키드무트갈, 곧장 이리로 모셔라."

4
대머리 남자의 이야기

우리는 인도인의 뒤를 따라 지저분하고 아무런 장식도 없는 어둠침침한 복도를 걸어갔다. 하인은 복도 끝 오른쪽에 있는 문 앞에서 멈추더니 그 문을 활짝 열었다. 노란 불빛이 흘러나오는 가운데 키 작은 남자가 서 있었다. 뾰족한 머리 주위를 빙 둘러 붉고 억센 머리털이 자라 있었는데, 그 사이로 반짝이는 대머리는 마치 전나무 숲 위에 솟은 산봉우리처럼 보였다. 그는 두 손을 모아 비틀며 서 있었고, 얼굴을 끊임없이 꿈틀꿈틀 움직였다. 금방 웃다가 금방 얼굴을 찌푸리는 등 잠시도 가만히 있지 않았다. 아랫입술이 축 늘어져 누런 덧니가 드러나 있었는데, 그는 계속 손을 얼굴로 가져가 그것을 감추려고 헛된 노력을 했다. 머리가 벗겨졌음에도 그는 젊어 보였다. 사실 이제 겨우 서른 살이었다.

"어서 오세요, 모스턴 양." 남자가 가냘프고 날카로운 목소리로 말했다. "잘 오셨습니다, 여러분. 어서 저의 작은 성으로 들어오십시오. 작지만 제 취향에 맞게 꾸며 놓았습니다. 남부 런던의 황량한 사막 속 예술의 오아시스라고나 할까요."

안내되어 들어간 방 안을 둘러보고 우리는 눈을 크게 뜨고 놀랄 뿐이었다. 구리 반지에 최고급 다이아몬드를 박아 놓은 듯, 이 볼품없는 집에 도무지 어울리지 않는 풍경이었다. 더할 나위 없이 호화스러운 커튼과 태피스트리가 벽을 덮고 있었는데, 군데군데 끈으로 묶은 천 사이에 훌륭한 액자에 담긴 그림과 동양의 도자기가 있었다. 호박색 바탕에 검은 무늬가 들어간 카펫은 부드럽고 폭신해서 마치 이끼 위를 걷는 듯 상쾌한 느낌을 주었다. 서로 비껴서 깔린 커다란 호랑이 가죽 두 장이 한쪽 구석에 세워 놓은 대형 물담배 파이프와 더불어 동양풍의 호사스러운 분위기를 한층 강조하고 있었다. 비둘기 모양의 은제 램프가 거의 눈에 보이지 않는 황금 철사에 묶여 방 가운데 늘어져 있었다. 그것이 타오를 때마다 뭐라 형용할 수 없는 향기로 방 안이 가득 채워졌다.

"전 새디어스 숄토라고 합니다. 물론 당신은 모스턴 양이겠죠? 그럼, 이분들은?" 여전히 얼굴을 꿈틀거리면서 작은 남자가 말했다.

"이분은 셜록 홈즈 씨, 그리고 이분은 왓슨 의사이십니다."

"아, 의사 선생님이십니까?" 숄토가 갑자기 활달하게 소리쳤다. "혹시 청진기를 갖고 계십니까? 부탁 드려도 괜찮을까요? 저는 제 심장의 승모판에 뭔가 문제가 있다고 생각해 왔습니다. 대동맥은 나쁘지 않은 듯합니다만, 승모판에 대해선 선생님의 진단을 받아 보고 싶군요."

나는 그가 원하는 대로 심장을 진찰해 보았다. 그러나 흥분 때문인지 머리에서 발끝까지 부들부들 떨고 있는 것 외에는 이렇다 할 이상이 없는 듯했다.

"정상입니다. 걱정할 필요는 없습니다."

"모스턴 양, 소심한 면을 보여 드려서 죄송합니다." 숄토는 들뜬 듯이 말했다.

"몸이 매우 안 좋은 데다 오래전부터 심장 판막에 이상이 있다고 의심해 왔거든요. 하지만 걱정할 필요 없다는 말을 들으니 마음이 놓이는군요. 모스턴 양의 부친께서도 심장에 부담을 주지만 않았다면 아직 살아 계셨을지도 모르는데 말입니다."

이런 미묘한 화제를 갑자기 꺼낸 그의 무신경한 태도에 나는 몹시 화가 나 뺨이라도 한 대 때려 주고 싶은 심정이었다. 모스턴은 입술까지 파랗게 질려 그 자리에 그대로 주저앉았다.

"아버지는 이미 돌아가셨다고 마음속으로 생각하고 있었어요." 모스턴이 말했다.

"자세한 사정은 제가 모두 알고 있습니다. 뿐만 아니라 저는 당신이 정당한 보상을 받도록 도와 드릴 수 있습니다. 바솔로뮤 형이 뭐라고 하든 저는 그렇게 할 생각입니다. 친구 분들이 함께 오셔서 전 정말 기쁩니다. 당신을 보호할 뿐만 아니라, 이제부터 제가 하는 말과 행동에 증인도 되어 주실 테니까요. 이렇게 세 분이 함께 계시면 바솔로뮤 형과 맞설 수 있을 겁니다. 하지만 외부인이 개입 해선 안 됩니다. 경찰은 물론 관리도 안 됩니다. 그들의 손을 빌리 지 않아도, 우리만으로 모든 일을 잘 처리할 수 있을 테니까요. 바 솔로뮤 형은 일이 공개되는 걸 무엇보다도 싫어합니다."

숄토는 낮고 긴 의자에 앉아 눈물 어린 파란 눈으로 의사를 묻듯 우리를 흘끗흘끗 보았다.

"무슨 말을 들어도 다른 사람에게는 이야기하지 않겠습니다." 홈즈가 말했다.

나도 동의의 표시로 고개를 끄덕였다.

"물론 그러실 테지요. 모스턴 양, 키안티(이탈리아 적포도주의 일 종) 한 잔 들겠습니까? 아니면 토케이(헝가리 포도주)는 어떻습니 까? 다른 포도주는 없습니다. 한 병 딸까요? 싫으십니까? 그럼, 담배 한 대만 피우도록 허락해 주십시오. 향기 좋은 동양의 담배입 니다. 전 신경이 날카롭게 곤두서 있고, 이 물담배가 마음을 가라 앉히는 데 도움이 된다는 걸 알고 있거든요."

그가 작은 양초 끝을 커다란 담배통에 대자 장미 향료를 넣은 물 에서 부글부글 거품이 일어나며 연기가 솟아올랐다. 우리 세 사람 은 몸을 앞으로 내밀고 턱을 손에 괸 채 반원을 그리며 앉았고, 침 착하지 못한 작은 남자는 여전히 얼굴을 실룩거리며 한가운데 자 리 잡고 앉아 뾰족한 머리를 반짝이면서 담배를 피웠다.

"그 편지를 보낼 결심을 했을 때 제 주소를 밝힐까 생각도 했지만, 제 부탁을 무시하고 달갑지 않은 사람들을 데리고 오면 곤란하겠기에 그렇게 하지 않았습니다. 그래서 실례를 무릅쓰고 제 밑에서 일하는 윌리엄스가 먼저 뵙도록 한 것입니다. 전 그 친구의 분별력을 절대 신임하고, 그래서 낌새가 이상하면 그의 선에서 더 이상 일을 진전시키지 말고 곧장 돌아오라고 일러두었지요. 이런 지나친 조심성이 좀 의아하긴 하겠지만, 전 본디 소심한 편이고, 취향이 세련되었다고 할 수도 있습니다. 경찰처럼 삭막한 사람들은 찾아보기 힘들죠. 어떤 경우든 천박한 물질주의에 물든 사람들을 보면 자연히 뒷걸음질 치는 경향이 있습니다. 그래서 거친 군중들과 섞이는 일도 좀처럼 없지요. 보시다시피 이렇게 우아한 분위기 속에서 살고 있습니다. 스스로 예술의 후원자라 해도 지나친 말은 아닐 겁니다. 이게 제 약점입니다. 이 풍경화는 틀림없는 코로의 것이고, 감정가들은 의심할지 모르지만 저건 살바토르 로자의 작품이고, 저건 틀림없이 부글로의 작품입니다. 저는 근대 프랑스 화가들을 특히 좋아한답니다."

"말씀 도중에 실례합니다만, 숄토 씨." 모스턴이 말했다. "저에게 뭔가 하실 말씀이 있다고 하셔서 왔습니다. 시간이 많이 흘렀으니 되도록 빨리 말씀해 주셨으면 하는데요."

"아무리 서둘러도 시간은 좀 걸릴 겁니다. 우린 바솔로뮤 형을 만나러 노우드로 가야 하거든요. 같이 가서 바솔로뮤 형이 우리 이야기를 들어줄지 어떨지 알아봐야 합니다. 제가 옳다고 생각하는 일에 형은 굉장히 화를 내고 있거든요. 어젯밤에도 그 일로 다투었지요. 형이 화를 내면 얼마나 무서운지 상상도 못하실 겁니다."

"노우드에 가야 한다면 빨리 떠나야 하지 않겠습니까?" 이번에는 내가 끼어들었다.

그는 귀까지 빨개지도록 웃고 나서 큰 소리로 말했다. "그건 좀 곤란합니다. 갑자기 여러분을 모시고 들이닥치면 형이 뭐라고 할지 모르겠군요. 가기 전에 우린 서로의 입장이 어떤지 알아봐야 합니다. 우선 이번 일의 내막에 저도 모르는 점이 몇 가지 있다는 걸 알아 두십시오. 어쨌든 제가 알고 있는 모든 사실을 말씀 드리겠습니다.

이미 알고 계시겠지만, 저희 아버지는 전에 인도 육군에 복무했던 존 숄토 소령입니다. 11년 전에 전역해서 어퍼노우드의 폰디체리 저택에 살고 계셨지요. 인도에서 크게 성공을 거두어 많은 돈과 값지고 진귀한 갖가지 수집품을 가지고 귀국하셨습니다. 한 무리의 인도인 하인을 거느리고요. 아버지는 그 돈으로 저택을 사서 아주 사치스런 생활을 하셨지요. 자식은 쌍둥이 형 바솔로뮤와 저, 둘뿐입니다.

모스턴 대위가 실종되었을 때의 상황을 저는 잘 기억하고 있습니다. 우리 형제는 신문에서 자세한 내용을 읽었고, 대위가 아버지의 친구 분이라는 사실도 알고 있었습니다. 그래서 아버지 앞에서 서슴없이 그 사건에 대해 이야기를 나누었지요. 아버지도 간간이 우리 이야기에 끼어들어 의견을 말씀하곤 하셨습니다. 그래서 아버지가 그런 엄청난 비밀을 가슴에 간직하고 있으리라고는, 아버지가 아서 모스턴의 운명을 아는 유일한 사람이리라고는 형도 저도 생각해 본 적조차 없었습니다.

하지만 뭔가 정체를 알 수 없는 예사롭지 않은 위험이 아버지의 신변을 위협하고 있다는 건 확실히 느끼고 있었습니다. 아버지는 혼자 외출하는 것을 몹시 두려워했고, 폰디체리 저택에 권투 선수 두 명을 경호원으로 고용하셨지요. 오늘 밤에 마차를 몰고 온 윌리엄스가 그중 한 사람입니다. 한때는 영국의 라이트급 챔피언이었지요. 아버지는 무엇을 두려워하는지 결코 말하지 않았지만 의족을 한 남자를 몹시 경계하고 있었던 것만은 확실합니다. 한번은 의족을 한 남자에게 실제로 리볼버를 쏜 적도 있는데, 알고 보니 그저 평범한 장사꾼일 뿐 전혀 상관없는 사람이었습니다. 그래서 장사꾼에게 많은 돈을 주어 달래야 했지요. 형과 저는 그 일을 아버지의 변덕 탓이라고만 생각했습니다. 하지만 이어진 여러 사건으로 그 생각을 바꾸게 되었지요.

1882년 초, 인도에서 온 편지 한 통을 보고 아버지는 큰 충격을 받으셨습니다. 아침 식사 때 편지를 보고는 기절할 정도로 놀라 그대로 자리에 누우시더니 얼마 뒤에 돌아가셨지요. 편지 내용은 끝내 알 수 없었지만, 아버지가 손에 들고 계실 때 언뜻 본 바에 의하면 급히 갈겨쓴 짧은 편지였습니다. 아버지는 몇 년 전부터 비장비대증을 앓고 계셨는데, 그때 급속히 악화되어 4월 말에는 의사가 가망 없다고 말할 정도였습니다. 그래서 아버지는 우리에게 유언을 남겨야겠다고 생각하셨지요.

우리가 방에 들어가 보니 아버지는 높이 쌓아 올린 베개에 몸을 기대고 가쁜 숨을 몰아쉬고 계셨습니다. 문을 잠그고 침대 양옆으로 오라고 하시더군요. 그리고 우리 손을 잡고는 고통과 흥분 때문에 띄엄띄엄 끊어지는 목소리로 놀라운 이야기를 하기 시작하셨습니다. 그때 아버지가 하신 말씀, 그대로 전해 드리겠습니다.

'마지막 순간을 눈앞에 대하니 한 가지 마음에 걸리는 일이 있구나. 그건 죽은 모스턴 대위의 딸에 대한 내 부당한 처사다. 적어도 절반은 그 아이의 몫인데, 지금까지 그 보물을 나 혼자 차지한 건 일생 동안 피할 수 없었던 탐욕이라는 저주받은 죄 탓이다. 물론 그걸 나 혼자 다 쓴 건 아니지만, 그 정도로 맹목적이고 어리석은 것이 부에 대한 인간의 집착이다. 단지 내가 소유하고 있는 것만으로도 기분이 좋아서, 그것을 다른 누군가에게 나누어 준다는 걸 견딜 수 없었다. 저 키니네 병 옆에 진주 염주가 보이지? 그 애에게 보내려고 내놓은 것인데 선뜻 손이 가지 않더구나. 너희들은 아그라(인도 북부의 도시) 보물 중 정당한 몫을 그 애에게 나누어 주도록 해라. 하지만 내가 살아 있는 동안은 무엇도 보내선 안 된다. 저 염주도 포함해서 말이다. 이보다 더 심한 병을 앓다가도 멀쩡히 자리를 털고 일어난 사람들이 있으니까. 이제 모스턴이 죽었을 때 이야기를 해 주마.'

아버지는 말씀을 계속하셨습니다.

'그 친구는 오래전부터 심장이 나빴는데 그 사실을 감추고 있었다. 오직 나만 알고 있었어. 인도에 있을 때 그 친구와 나는 여러 상황이 순조롭게 돌아가 꽤 많은 보물을 손에 넣을 수 있었다. 내가 먼저 그것을 가지고 영국으로 돌아왔는데, 모스턴은 귀국하자마자 그날 밤으로 나를 찾아와 자기 몫을 요구했지. 역에서부터 걸어와 지금은 세상을 떠나고 없는 충실한 랠 쵸다 할아범의 안내를 받으며 안으로 들어왔어. 모스턴과 나는 보물의 분배 문제로 의견이 엇갈려 심하게 다투었다. 그 친구는 무섭게 화를 내며 의자에서 벌떡 일어났어. 그런데 갑자기 옆구리에 손을 대고 얼굴이 검게 변하더니 쓰러지면서 보물 상자의 모서리에 머리를 심하게 찧고 말았다. 내가 몸을 굽히고 보았을 땐 끔찍스럽게도 이미 죽어 있더구나.

어찌할 바를 몰라 나는 잠시 동안 멍하니 서 있었다. 처음 머리에 떠오른 생각은 물론 도움을 청하는 것이었다. 하지만 나에게 살인 혐의가 씌워질 건 너무나도 뻔한 일이었지. 말다툼을 하다가 죽은 것이며, 머리에 난 상처가 모두 나에게는 불리한 것들뿐이었으니까. 더구나 경찰 조사를 받게 되면 무엇보다도 비밀에 부쳐 두고 싶은 보물에 대한 얘기를 밝혀야만 했다. 모스턴은 자기 행선지를 아무에게도 말하지 않았다고 했어. 그렇다면 지금 새삼스럽게 사람들에게 알릴 필요가 있을까 하는 생각이 퍼뜩 들더구나.

그런 생각을 하며 언뜻 고개를 드는데, 랠 쵸다가 입구에 서 있더구나. 랠 쵸다는 살짝 안으로 들어와 문을 잠그고는 이렇게 말했다. '걱정 마십시오, 사힙. 사힙께서 죽였다는 건 굳이 알릴 필요가 없습니다. 시체를 숨겨 놓으면 누가 알겠습니까.' 난 죽이지 않았다고 말했지만 랠 쵸다는 고개를 저으며 싱긋 웃더구나. '다 들었습니다, 사힙. 다투는 소리도, 뭔가로 내리치는 소리도 들었지요. 하지만 제 입은 풀로 붙인 거나 다름없습니다. 집 안의 사람들은 모두 자고 있으니 아무도 모르게 처리하는 게 좋겠습니다.' 랠 쵸다의 말을 듣고 나는 결심을 굳혔다. 우리 집 하인조차 내 결백을 믿지 않는데 배심원석에 버티고 앉은 열두 명의 어리석은 사람들에게 어떻게 내 결백을 증명해 보일 수 있겠느냐. 그래서 난 그날 밤 랠 쵸다와 함께 시체를 처리했다. 그런데 며칠 지나지 않아 런던의 신문들은 온통 모스턴 대위의 실종 기사로 떠들썩했지. 이제 너희들은 내가 그 문제에 관한 한 무죄라는 걸 알 거다. 내게 잘못이 있다면, 그건 친구의 시체뿐 아니라 보물마저 감추었고, 내 몫이 아닌 모스턴의 몫까지 탐욕스럽게 움켜쥐려 했다는 사실이야. 그래서 이제라도 너희들이 돌려주도록 부탁하는 거다. 이리 좀 가까이 오너라. 보물이 있는 장소는……'

그 순간 아버지의 표정이 섬뜩하게 바뀌었습니다. 눈을 크게 뜨고 얼굴을 무섭게 일그러뜨리며, 지금까지도 도저히 잊을 수 없는 목소리로 소리치더군요. '내쫓아라! 제발, 저놈을 내쫓아!'라고 말입니다.

우리는 돌아서서 아버지의 눈이 향한 창문을 보았습니다. 어둠 속에서 얼굴 하나가 우리를 들여다보고 있더군요. 코끝이 유리에 바싹 붙어서 하얗게 보였습니다. 수염을 기른 털북숭이 얼굴에 잔인한 눈, 맹렬한 적의로 가득한 섬뜩한 표정이었습니다. 형과 나는 곧장 창가로 달려갔지만, 남자는 이미 사라지고 없었지요. 아버지 곁으로 돌아와 보니, 아버지는 머리를 축 늘어뜨린 채 이미 숨이 끊어져 계시더군요.

그날 밤, 정원을 조사해 보았지만 창 밑 꽃밭에 발자국이 하나 있을 뿐 다른 곳에서는 침입자의 흔적을 찾아볼 수 없었습니다. 그 발자국마저 없었다면 아마 그 끔찍한 얼굴도 상상에 지나지 않았다고 생각했을 겁니다. 그러나 얼마 안 있어 우리는 주위에 보이지 않는 어떤 힘이 작용하고 있다는 충격적인 증거를 잡게 되었습니다.

다음 날 아침에 보니, 아버지 방의 창문이 열려 있고 옷장과 상자를 샅샅이 뒤진 흔적이 남아 있더군요. 그리고 아버지의 가슴 위에 '네 사람의 서명'이라는 글씨를 비스듬히 갈겨쓴 종이가 있었습니다. 그 말이 무엇을 뜻하는 것인지, 정체를 알 수 없는 방문자가 누구인지는 끝내 알 수 없었습니다. 우리가 알 수 있는 건 그저 방 안이 엉망으로 뒤집혀 있을 뿐 아버지의 재산은 하나도 도둑맞지 않았다는 사실 정도였습니다. 당연한 일입니다만, 형과 나는 이 기괴한 사건과 아버지의 생애에 따라다니던 공포를 연결시켜서 생각지 않을 수 없었습니다. 그러나 지금까지도 여전히 풀 수 없는 수수께끼라는 점에는 변함이 없습니다."

그 작은 남자는 이야기를 끊고 물담배에 다시 불을 붙인 다음 곰곰이 생각에 잠긴 얼굴로 한동안 연기를 뿜었다. 우리는 넋을 잃은 채 이 이상한 이야기에 취해 있었다. 모스턴은 아버지의 죽음이 언급될 때 죽은 사람처럼 새파랗게 질려 기절하는 것이 아닌가 염려스러울 정도였다. 그러나 내가 옆 테이블 위에 놓인 베네치아제 물병에서 물을 따라 주었더니 그 물을 마시고 기분이 조금 나아진 듯 보였다. 홈즈는 맥 빠진 듯한 표정으로 눈을 반쯤 내리뜬 채 의자 등받이에 깊숙이 몸을 기대고 있었다. 나는 그를 바라보며 오늘 오전에 그가 평범한 일상을 몹시 한탄했던 일을 떠올리지 않을 수 없었다. 어쨌든 지금 그의 재능을 맘껏 발휘할 수 있는 문제가 주어진 것이다. 새디어스 숄토는 자신의 이야기가 빚어낸 효과가 만족스러운 듯 우리 얼굴을 번갈아 보고는 터무니없이 커다란 파이프로 빠끔빠끔 담배를 피우며 다시 입을 열었다.

"아버지가 말씀하신 보물에 형과 내가 완전히 열중한 것도 무리는 아닙니다. 몇 주, 몇 달 동안 정원 구석구석까지 파헤쳐 보았지요. 하지만 보물은 나오지 않았습니다. 숨겨 놓은 장소를 말하려던 순간 아버지가 돌아가신 걸 생각하면 미칠 지경이었지요. 아버지가 꺼내 놓은 염주로 미루어 보아 숨겨진 보물이 얼마나 굉장할지 짐작하고도 남았으니까요. 그 염주 때문에 사실 형과 조금 다투었습니다. 그건 언뜻 보기에도 꽤 값이 나갈 것 같았고, 당연히 형은 내놓기를 꺼렸습니다. 여러분에게만 말씀 드립니다만, 형은 아버지의 단점을 고스란히 물려받았거든요. 또 형은 염주를 내놓으면 사람들의 입에 오르내려 결국엔 일이 귀찮게 번질 거라고 생각했어요. 그래서 제가 모스턴 양의 거처를 알아낸 다음, 형을 간신히 설득해서 최소한 생활에 곤란을 겪지 않을 정도만이라도 도와주기로 타협했지요. 일정한 간격을 두고 진주를 보내기로 말입니다."

"정말 친절한 분이세요. 실제로 많은 도움이 됐습니다." 모스턴은 진심으로 말했다.

숄토는 그 말을 부정하듯 손을 흔들었다.

"바솔로뮤 형은 그렇게 생각하지 않는 눈치지만, 전 당신 재산을 잠시 보관하고 있을 뿐이라고 생각했습니다. 우리한테 돈은 남을 만큼 있었고, 저는 더 이상 필요하다고는 생각지 않았지요. 하물며 젊은 아가씨에게 그런 비열한 짓을 하는 건 점잖은 일이 아니라고 여겼습니다. '부도덕한 성향은 범죄의 근원'이라는 말도 있지 않습니까. 프랑스 사람이 정말 멋진 말로 정리해 놓았지요. 어쨌든 이 일로 형과 의견이 엇갈려 저는 집을 나와 따로 거처를 마련하는 게 좋겠다고 생각했습니다. 그래서 늙은 인도인 하인과 윌리엄스를 데리고 폰디체리 저택에서 나왔지요. 그런데 바로 어제 굉장히 중요한 소식을 듣게 되었습니다. 보물을 찾은 겁니다. 그래서 급히 모스턴 양에게 연락을 한 겁니다. 이제 남은 일은 노우드로 마차를 몰고 가서 우리 몫을 요구하는 것뿐입니다. 어제 저녁에 미리 형에게 이야기를 해 두었으니까 환영하지는 않더라도 기다리고는 있을 겁니다."

새디어스 숄토는 이야기를 마치자 호화로운 긴 의자에 앉아 몸을 꿈틀거렸다. 우리 세 사람은 이 이상한 사건이 드러낸 예상외의 새로운 국면에 대해 여러모로 생각하며 말없이 앉아 있었다. 홈즈가 먼저 자리에서 일어났다.

"당신 행동은 처음부터 끝까지 훌륭합니다. 그에 대한 작은 보답으로 당신이 아직 모르고 있는 일들을 조금 밝혀 드릴 수도 있습니다. 하지만 모스턴 양도 말씀하셨듯, 시간이 너무 늦었으니 지금은 이 사건을 처리하러 가는 게 좋겠군요."

새디어스 숄토는 조심스럽게 물담배를 제자리에 놓았다. 그리고 커튼 뒤에서 깃과 소매 끝에 아스트라한 모피가 달리고 가슴에 장식 끈이 있는 아주 긴 코트를 꺼내 입었다. 바쁜 와중에도 코트 단추를 답답할 정도로 하나하나 채우고, 더구나 귀덮개가 달린 토끼털 모자까지 머리에 썼다. 준비를 마쳤을 때 그의 몸에서 밖으로 드러난 부분은 끊임없이 움직이는 여윈 얼굴뿐이었다.

그는 앞장서서 현관으로 향하며 말했다. "전 허약 체질이라 싫어도 몸 생각을 안 할 수 없답니다."

마차는 밖에서 대기하고 있었고, 미리 일러두었는지 마부는 행선지도 묻지 않고 말을 빨리 몰았다. 새디어스 숄토는 마차 바퀴의 소리보다도 높은 목소리로 끊임없이 말했다.

"바솔로뮤 형은 머리가 좋습니다. 형이 어떻게 보물을 찾아냈는지 아십니까? 형은 우선 보물이 집 안 어딘가에 있을 거라는 결론을 내렸지요. 그래서 집의 전체 용적을 산출해 내기 위해 1인치의 오차도 없이 모든 부분의 치수를 쟀어요. 그 결과, 건물 높이는 74피트인데 각 층의 방 높이를 모두 더하고 그 사이의 길이도 마루에 구멍을 뚫어 확인해 더했는데도 합계가 70피트밖에 되지 않는 걸 알아냈습니다. 어딘가에 4피트의 공간이 숨어 있다는 말이지요. 그렇다면 건물 꼭대기를 의심해 볼 수밖에 없지요. 그래서 맨 위층 방의 천장에 구멍을 뚫어 보았답니다. 그랬더니, 아니나 다를까 그 위에 감쪽같이 숨겨진 조그만 공간이 있었다더군요. 그 중앙에, 두 개의 서까래 위에 보물 상자가 있었답니다. 형은 그 상자를 구멍으로 내려 그대로 두었습니다. 형이 계산한 바에 의하면, 보석의 가치는 어림잡아도 50만 파운드 이상이라고 하더군요."

엄청난 금액이 그의 입에서 새어 나오자 우리 세 사람은 눈을 크게 뜨고 서로 얼굴을 쳐다보았다. 만약 우리가 모스턴의 권리를 확보해 주기만 하면 그녀는 가난한 가정교사의 신분에서 영국에서 가장 부유한 상속인으로 변신하게 될 것이다. 진정한 친구라면 당연히 그런 소식을 듣고 함께 기뻐해야만 했다. 그러나 부끄럽게도 내 마음은 이기적인 생각으로 가득 차 납덩이처럼 무거워졌다. 나는 더듬더듬 짤막한 축하의 말을 건네고는 힘없이 고개를 떨구었다. 숄토의 말도 더 이상 귀에 들어오지 않았다. 그는 고질적인 우울증 환자임에 틀림없었고, 나는 갖가지 징후를 끝없이 늘어놓거나 수많은 엉터리 특효약의 성분과 효과에 대해 물어 오는 그의 말을 꿈결인 듯 한 귀로 듣고 한 귀로 흘렸다. 그날 밤 내가 했던 대답은 그가 하나도 기억하지 못했으면 좋겠다고 지금도 생각한다. 그때 곁에 있었던 홈즈의 말에 따르면, 내가 피마자유를 두 방울 이상 마시는 것은 매우 위험하다고 충고했으며, 진정제에 다량의 스트리크닌(중추신경 흥분제)을 쓰도록 권했다고 한다. 어쨌든 마차가 한 번 크게 흔들리며 멎은 다음 마부가 뛰어내려 문을 열었을 때는 정말 살아난 듯한 기분이었다.

"모스턴 양, 여기가 폰디체리 저택입니다."

새디어스 숄토는 모스턴이 마차에서 내리도록 손을 잡아 주며 말했다.

5
폰디체리 저택의 참극

　우리가 그날 밤 모험의 마지막 무대에 도착한 것은 11시가 가까운 시각이었다. 숨 막힐 듯 눅눅한 대도시의 안개는 뒤로 물러났고, 하늘은 맑게 개어 있었다. 불어오는 서풍에 밀려 유유히 하늘을 흐르는 무거운 구름 사이로 가끔 반달이 얼굴을 내밀었다. 별로 어둡지 않은 밤이었으나 새디어스 숄토는 마차의 사이드 램프를 하나 떼어 들고 우리 앞길을 밝혀 주었다.

　폰디체리 저택은 위에 유리 조각을 박은 엄청나게 높은 담으로 둘러싸여 있었다. 출입문이라고는 무쇠 경첩이 달린 문이 하나 있을 따름이었다. 우리의 안내자는 집배원 같이 매우 색다르게 노크했다.

　"누구세요?" 안에서 굵은 목소리가 들려왔다.

"나야, 맥머도. 내 노크 소리는 이제 귀에 익을 텐데?"

뭐라고 중얼거리는 목소리, 열쇠 묶음이 절거덕거리는 소리가 들렸다. 안으로 천천히 열린 문가에 키가 작고 가슴 근육이 유난히 발달한 남자가 서 있었다. 그의 손에 들린 노란 랜턴 불빛이 우락부락한 얼굴과 수상쩍다는 듯 깜박이는 눈을 비추었다.

"아, 새디어스 도련님. 하지만 이분들은 누구시죠? 다른 분들도 함께 오신다는 말씀은 못 들었는데요."

"못 들었다고? 그것 참 이상하군! 친구를 데려오겠다고 어제 저녁에 분명히 형한테 말했는데."

"오늘 주인님은 하루 종일 방에서 한 발짝도 나오지 않으셨습니다. 아무 지시도 없었고요. 제가 규칙을 지켜야 한다는 건 잘 아시죠? 도련님은 들어오셔도 좋지만 친구 분들은 밖에서 기다리셔야 합니다."

뜻밖에 맞닥뜨린 장애였다. 새디어스 숄토는 난처한 듯이 주위를 두리번거렸다.

"나한테 이럴 수 있나, 맥머도! 내가 보증하면 그만이지 뭘 그래. 숙녀 분도 계시는데 이런 시각에 밖에서 기다리게 할 순 없어."

"죄송합니다, 새디어스 도련님. 이분들이 도련님의 친구 분이라 해도 주인님의 친구는 아니니까요. 주인님이 후하게 대우해 주시니, 저 또한 제 일에 최선을 다해야지요. 도련님의 친구 분들 중 제가 아는 얼굴은 전혀 안 보이는군요."

문지기는 끄떡도 하지 않았다.

"아는 얼굴이 없다니, 맥머도." 홈즈가 큰 소리로 부드럽게 말했다. "설마 나를 잊진 않았겠지? 4년 전, 앨리슨 권투 경기장에서 벌였던 자네의 후원 경기 때 3라운드까지 치고받았던 아마추어가 생각나지 않나?"

"아, 셜록 홈즈 씨 아닙니까!" 프로 권투 선수가 걸걸하게 외쳤다.

"이거 참, 놀랍군요! 내가 어떻게 당신을 잊을 수 있겠습니까! 그렇게 뒤에 물러서 있는 대신 앞으로 나서서 주먹으로 어퍼컷을 한 방 날렸다면 금방 알아봤을 텐데요. 보아하니 당신도 재능을 살리지 못했군요. 암, 그렇고말고요. 제대로 했으면 지금쯤 꽤 이름을 날렸을 텐데."

"들었지, 왓슨? 이 일 저 일 모두 실패한다 해도 나에게 아직 열려 있는 길은 있다네. 그것도 과학적이고 지적인 직업 말이야." 홈즈는 소리 내어 웃으며 말했다. "아마 이젠 이 사람도 우리를 이 추운 밖에 세워 두진 않을 걸세."

"어서 들어오십시오, 도련님. 친구 분들도 들어오시고요." 맥머도가 대답했다.

"죄송합니다, 도련님. 하지만 주인님이 워낙 엄격하셔서 친구 분이라는 걸 확실히 알기 전엔 들어오시게 할 수 없었습니다."

안으로 들어가자 황량한 정원을 가로질러 단조로운 사각의 거대한 집 앞까지 자갈길이 나 있었고, 건물은 희미한 달빛이 한쪽 구석의 지붕 밑 방의 창을 어른어른 비출 뿐 완전히 어둠 속에 잠겨 있었다. 검은 어둠 속에 죽음처럼 고요한 집을 보고 있으니 온몸에 싸늘한 한기가 흘렀다. 새디어스 숄토도 불안한지 손에 들고 있던 랜턴이 소리를 내며 떨렸다.

"아무래도 이상합니다. 무슨 착오가 생긴 듯싶습니다. 우리가 온다는 걸 분명히 말했는데, 형의 방에 불이 켜져 있지 않군요. 무슨 일인지 모르겠습니다."

"형님은 늘 이렇게 저택을 엄중히 경비하십니까?" 홈즈가 물었다.

"네, 아버지가 해 오시던 대로 하고 있습니다. 형은 어렸을 때부터 아버지의 사랑을 독차지해 왔지요. 가끔 저는 아버지가 형에게만 특별히 무슨 말을 한 게 아닌가 생각할 때도 있답니다. 저 위 달빛이 비치는 곳이 바솔로뮤 형 방의 창입니다. 꽤 밝게 보이지만 안에서 나오는 불빛은 아닌 듯하군요."

"그렇군요. 하지만 현관 옆 작은 창에서 희미한 불빛이 새어 나오는데요." 홈즈가 말했다.

"거긴 가정부의 방입니다. 번스톤 부인이 기거하고 있지요. 부인이 어떻게 된 일인지 모두 말해 줄 겁니다. 하지만 여기서 잠시만 기다려 주시겠습니까? 우리가 오는 걸 모를 경우 한꺼번에 들이닥치면 놀랄 테니까요. 아니, 이게 무슨 소리죠?"

그는 랜턴을 높이 치켜들었다. 그의 손이 떨려 동그란 빛이 우리 주위에서 어른거리며 춤을 추었다. 모스턴은 내 손목을 잡았고, 모두들 놀란 가슴으로 귀를 쫑긋 세우고 서 있었다. 어둠 속에 잠긴 커다란 집에서 밤의 적막을 뚫고 더할 나위 없이 슬프고 애처로운 목소리, 여자의 날카로운 흐느낌 소리가 끊어질 듯 들려왔다.

"번스톤 부인입니다. 이 집에 여자라고는 부인뿐이거든요. 여기서 기다려 주세요. 곧 돌아오겠습니다." 숄토가 말했다.

그는 서둘러 현관으로 다가가 아까와 같은 방식으로 노크를 했다. 키가 크고 늙은 여자가 문을 열었는데, 그의 모습을 보자 뛰어오를 만큼 기뻐하는 눈치였다.

"어머, 새디어스 도련님. 잘 오셨어요! 정말 잘 오셨습니다!"

기쁨의 탄성이 잠시 되풀이되다가 이내 문이 닫혔고, 그다음은 중얼거리는 듯한 목소리가 나직하게 들려올 뿐이었다.

홈즈는 숄토가 두고 간 랜턴을 들고 천천히 돌리며 주위를 날카로운 눈으로 살펴보았다. 정원 여기저기에 흙더미가 높이 쌓여 있었다. 모스턴과 나는 나란히 서 있었다. 모스턴의 손은 내 손안에 쥐여 있었다. 사랑이란 정말 이상하고 묘한 감정이다. 지금 이렇게 서 있는 우리 두 사람은 오늘 처음 만났고 사랑의 밀어는커녕 서로 눈길조차 주고받은 일이 없는데, 한 시간 남짓 함께 어려움을 겪는 사이 어느덧 자연스럽게 서로의 손을 잡기에 이르렀다. 지금 생각하면 놀랍고 신기하지만, 그때는 그녀와 그런 식으로 접촉하는 것이 너무도 자연스럽게 느껴졌다. 모스턴 또한 그때는 본능적으로 나에게서 위안과 보호를 구하는 마음이 일었다고 나중에 말한 적이 있다. 그래서 우리는 아이들처럼 손에 손을 잡고 나란히 서 있었고, 어둠 속일 망정 마음은 훈훈하기까지 했다.

"정말 이상한 곳이에요." 모스턴이 주위를 둘러보며 말했다. "영국의 두더지란 두더지는 모두 모아다 풀어놓은 듯싶네요. 전에 오스트레일리아 밸러랫 근처의 산 중턱에서 이와 비슷한 광경을 본 적이 있어요. 금을 캐는 사람들이 파헤쳐 놓은 흔적이었죠."

"그것과 비슷합니다." 홈즈가 말했다. "보물을 찾느라 생긴 흔적이죠. 6년 동안 찾아 헤맸다고 하지 않았습니까. 땅이 자갈 채취장처럼 보이는 것도 전혀 이상할 게 없지요."

그때 현관문이 벌컥 열리더니, 숄토가 두 팔을 벌린 채 눈에 공포의 빛을 담고 뛰어나왔다.

"형한테 무슨 일이 생긴 듯합니다! 너무 무서워요! 내 여린 신경으로는 도저히 견뎌 낼 수 없을 겁니다."

끔찍한 공포 때문에 반쯤 울고 있는 그의 얼굴은 두툼한 아스트라한 옷깃 사이에서 겁에 질린 어린아이처럼 잔뜩 일그러진 채 경련을 일으키고 있었다.

"안으로 들어가 봅시다." 홈즈는 늘 그렇듯이 사무적이고 힘찬 어조로 말했다.

"네, 어서 들어오세요. 저는 어떻게 해야 좋을지 생각할 기력조차 없습니다." 새디어스 숄토가 애원하듯 말했다.

우리는 그의 뒤를 따라 복도 왼쪽에 자리한 가정부의 방으로 들어갔다. 가정부는 겁에 질린 얼굴로 침착하지 못하게 손가락을 비비꼬며 방 안을 왔다 갔다 하고 있었는데, 모스턴을 보더니 얼마쯤 마음이 가라앉은 듯했다.

"아가씨의 상냥하고 평화로운 얼굴에 하나님의 은총이 깃들기를! 아가씨를 보니 마음이 조금 가라앉는군요. 오, 하지만 오늘은 정말 끔찍한 하루였어요!" 가정부가 히스테릭하게 흐느끼며 외쳤다.

모스턴이 가정부의 거친 손을 쓰다듬어 주며 상냥하게 위로의 말을 건네자 핏기 잃은 두 뺨이 붉게 생기를 찾기 시작했다.

"주인님은 안에서 문을 잠근 채 아무리 불러도 대답을 하지 않으셨어요. 무슨 말씀이 있기를 하루 종일 기다렸지요. 원래 그분은 문을 잠그고 혼자 계시는 일이 종종 있었거든요. 하지만 뭔가 잘못되었으면 어쩌나 하는 생각에 한 시간 전쯤 위층으로 올라가서 열쇠 구멍으로 안을 들여다보았습니다. 어서 가 보세요, 새디어스 도련님. 직접 가서 한번 보세요. 기쁠 때나 슬플 때나 10년 동안 한결같이 주인님을 모셔 왔지만, 그런 얼굴을 하고 계시는 건 처음 보았답니다."

홈즈가 랜턴을 들고 앞장섰다. 새디어스 숄토는 이를 맞부딪치며 부들부들 떨었다. 어찌나 심하게 떠는지 무릎이 흔들려서 계단을 올라갈 때 내가 그의 팔을 잡아 주어야만 했다.

계단을 올라가면서 홈즈는 두 번이나 주머니에서 돋보기를 날렵하게 꺼내 계단에 카펫 대신 깔려 있는 코코넛 매트 위의 흔적을 주의 깊게 살폈다. 그것은 내 눈에는 그저 먼지 얼룩으로밖에 보이지 않았다. 그는 랜턴을 낮게 들고 좌우로 날카로운 시선을 던지며

한 계단 한 계단 천천히 올라갔다. 모스턴은 겁에 질린 가정부와 함께 아래층에 남아 있었다.

2층에 오르니 직선의 좁은 복도가 나왔는데, 오른쪽에는 커다란 인도산 태피스트리가 걸려 있고, 왼쪽에는 문이 나란히 세 개 있었다. 홈즈는 여전히 여유 있는 걸음으로 차분히 살피며 걸어갔고, 우리는 복도에 길고 검은 그림자를 남기며 그를 따라갔다. 세 번째 문이 우리가 목표하는 방이었다. 노크를 해도 아무런 대답이 없자 홈즈는 손잡이를 돌려 문을 열려고 했다. 그러나 방문은 안에서 잠겨 있었다. 랜턴을 가까이 대어 보니 넓고 든든한 빗장이 걸려 있는 것이 보였다. 하지만 열쇠 구멍은 막혀 있지 않았다. 홈즈는 몸을 굽혀 그 구멍으로 안을 들여다보더니 곧 날카롭게 숨을 들이키며 허리를 폈다.

"이 안에 뭔가 사악한 것이 있어, 왓슨." 그는 여느 때와 달리 몹시 놀란 음성으로 말했다. "자네도 한번 보게."

몸을 굽혀 안을 들여다본 나는 공포로 움찔했다. 방 안으로 흘러든 달빛이 어렴풋한 빛을 뿌리고 있었다. 똑바로 이쪽을 보고 있는 얼굴이 어둠에 묻힌 몸 때문에 마치 허공에 매달린 듯 보였다. 바로 우리와 함께 온 새디어스 숄토의 얼굴이었다. 반짝이는 대머리도, 그 주위에 빙 둘러 난 뻣뻣한 붉은 머리털도, 핏기 없는 얼굴빛도 똑같았다. 그러나 그 얼굴에 스민 미소가 소름을 돋게 했다. 웃음을 머금은 채 그대로 굳어 버린 부자연스러운 얼굴이 달빛을 받아 고요한 방 안에서 그 어떤 무섭게 찡그린 얼굴보다도 더 끔찍하게 보였다. 더욱이 그 얼굴이 우리의 키 작은 안내자와 너무도 똑같아서 나는 숄토가 옆에 있는지 확인하기 위해 돌아보지 않을 수 없었다. 그때야 비로소 그와 형이 쌍둥이라고 말했던 사실이 생각났다.

"끔찍하군! 이제 어떡하지?" 나는 홈즈에게 말했다.

"우선 문부터 부숴야겠네." 홈즈는 그렇게 대답하고 체중을 실어서 힘껏 문을 밀었다.

문은 '우지끈' 소리를 낼 뿐 꿈쩍도 하지 않았다. 그래서 이번에는 나도 함께 문을 향해 몸을 던졌다. 갑자기 큰 소리를 내며 문이 열렸고, 우리는 바솔로뮤 숄토의 방 안으로 우르르 몰려 들어갔다.

그 방은 마치 화학 실험실처럼 보였다. 문 맞은편 벽에는 유리 뚜껑을 씌운 병들이 두 단으로 줄지어 놓여 있었고, 테이블 위에는 분젠 버너와 시험관, 증류기가 어지럽게 널려 있었다. 구석에는 여러 개의 고리버들 바구니 안에 산성 물질을 담은 커다란 병들이 세워져 있었다. 그중 하나가 새거나 깨어진 듯 검은 액체가 흘러나와, 타르 같은 코를 찌르는 악취가 방 안에 감돌았다. 방 한쪽에는 윗가지와 회반죽이 흩어져 있고, 그 가운데 사다리가 놓여 있었다. 그리고 그 사다리 위의 천장에 사람 하나가 들어갈 만한 구멍이 뚫려 있었다. 사다리 옆에는 긴 밧줄이 한 묶음 아무렇게나 놓여 있었다.

테이블 옆 안락의자에 이 집의 주인이 머리를 왼쪽 어깨로 떨군 채 불가사의한 미소를 띠고 축 늘어져 있었다. 몸은 이미 싸늘하게 굳어 있었다. 사망 후 시간이 꽤 흘렀음을 짐작할 수 있었다. 얼굴뿐 아니라 온몸이 전체적으로 기묘하게 뒤틀려 있었고, 테이블 위에 놓인 손 가까이 묘하게 생긴 도구가 놓여 있었다. 매듭이 많은 갈색 나무 막대에 굵은 삼끈으로 돌덩어리를 묶어 망치처럼 만든 것이었다. 그 옆에는 마구 갈겨쓴 종이가 놓여 있었다. 홈즈는 그것을 얼른 보고 나에게 건네주었다.

"이걸 좀 봐." 그는 의미심장하게 눈썹을 치켜 올리며 말했다.

나는 불빛에 의지해 글을 읽고 몸을 부르르 떨었다.

'네 사람의 서명.'

"맙소사, 도대체 이게 무슨 뜻이지?" 내가 물었다.

"살인을 뜻하는 거지." 죽은 사람 위로 몸을 굽히며 홈즈가 말했다.

"아, 생각했던 대로야. 이걸 보게!" 홈즈가 가리키는 곳을 보니, 귀 위쪽 피부에 길고 검은 가시 같은 것이 꽂혀 있었다.

"가시 같은데?" 내가 말했다.

"침이야. 뽑아도 되네. 하지만 조심하게. 독이 묻어 있을지도 모르니까."

나는 집게손가락과 엄지손가락으로 그것을 잡아 조심스레 당겼다. 침은 쉽게 피부에서 빠져 나왔고, 거의 아무런 흔적도 남기지 않았다. 꽂혀 있던 자리에 아주 미세한 핏자국이 남아 있을 뿐이었다.

"하나에서 열까지 온통 풀 수 없는 수수께끼로군. 시간이 갈수

록 뚜렷해지기는커녕 더욱더 미궁 속으로 빠져드는 느낌이네." 내
가 말했다.

"오히려 그 반대야. 시시각각 뚜렷해지고 있네. 이제 얽힌 두세
가지 고리만 찾아내면 사건을 완전히 이해할 수 있을 거야."

방 안에 들어간 이후 우리는 또 한 명의 일행에 대해 거의 잊고
있었다. 새디어스 숄토는 문 앞에 우뚝 서서, 공포를 그림으로 그
리면 저런 모습이 아닐까 싶을 정도로 두 손을 쥐어짜며 신음을 흘
리고 있었다. 그런데 갑자기 그가 찢어지는 듯한 목소리로 분노의
외침을 내질렀다.

"보물이 없어졌어요! 그자들이 보물을 훔쳐 갔어요! 저건 우리
가 보물 상자를 내릴 때 뚫은 구멍입니다. 저도 도와줬거든요. 형
을 마지막으로 본 사람이 접니다! 어젯밤 이 방을 나와서 계단을
내려갈 때, 형이 안에서 문을 잠그는 소리를 분명히 들었어요."

"그게 몇 시쯤이었습니까?"

"10시였습니다. 그런데 지금 이렇게 형이 죽어 있으니, 경찰을
부르면 내가 의심을 받게 되겠죠. 오, 그래요. 틀림없이 그럴 겁니
다. 하지만 두 분은 그렇게 생각하지 않으시겠죠? 설마 제가 그랬
다고는 생각하지 않으시겠죠? 만일 제가 범인이라면 당신들을 여
기까지 모시고 왔겠습니까? 맙소사! 오, 정말 미칠 것만 같습니다!"

그는 두 팔을 휘젓기도 하고 발을 동동 구르기도 하며 경련을
일으켰다.

"걱정할 것 없습니다, 숄토 씨." 홈즈는 그의 어깨에 다정하게

손을 얹고 말했다. "제 말대로 마차를 타고 경찰서에 가서 신고하십시오. 그리고 수사에 적극 협조하세요. 우린 당신이 돌아올 때까지 여기서 기다리고 있겠습니다."

작은 남자는 반쯤 넋을 잃은 채 홈즈의 말에 따랐고, 곧이어 캄캄한 계단을 비틀거리며 내려가는 그의 발소리가 들려왔다.

6
셜록 홈즈의 논증

"자, 왓슨." 홈즈는 두 손을 비비며 말했다. "이제부터 30분 정도 여유가 있네. 그 시간을 잘 활용해 보도록 하지. 아까도 말했듯이 난 사건의 전모를 대충 파악했네. 하지만 과신은 금물이고, 또 지금은 단순하게 보이지만 그 밑바닥에 뭔가 흑막이 숨어 있을지도 몰라."

"단순하다고?" 나는 엉겁결에 소리를 질렀다.

"물론이지." 그는 학생들에게 강의하는 임상 의학 교수처럼 말했다. "자네 발자국이 사건 현장을 망쳐 놓을 수도 있으니까 조심해서 움직이게. 자, 그럼 이제 시작해 볼까? 첫 번째 문제는 범인이 어떻게 들어와서 어떻게 나갔느냐 하는 거야. 방문은 어젯밤부터 내내 잠겨 있었으니, 창문은 어떨까?"

그는 램프를 들고 창가로 다가가 이리저리 살펴보며 계속 중얼거렸다. 하지만 나보다는 자기 자신에게 말하는 듯했다.

"창문은 안에서 잠겨 있군. 창틀도 단단하고 경첩도 없어. 한번 열어 볼까? 가까운 곳에 홈통도 없군. 지붕은 꽤 멀리 있고. 그런데 한 사람이 이 창문으로 들어왔단 말이야. 어젯밤에는 비가 조금 내렸지. 창틀에 진흙 묻은 발자국이 있고, 이쪽에도 둥근 진흙 자국이 남아 있어. 음, 여기 바닥에도 테이블 옆에도 있군. 이것 좀 보게, 왓슨. 이건 정말 너무도 명백한 증거들이야."

나는 윤곽이 뚜렷한 둥근 모양의 진흙 자국을 보았다.

"이건 발자국이 아닌데?" 내가 말했다.

"발자국보다 훨씬 더 가치 있는 증거지. 의족 자국이야. 보게, 창틀에 찍힌 건 구두 자국, 그것도 발뒤꿈치에 커다란 징을 박은 무거운 구두지. 그 옆에 있는 건 의족 자국이고."

"의족을 한 사람이군."

"맞아. 하지만 또 한 사람이 있네. 꽤 유능한 공범이지. 왓슨, 자네는 이 벽을 타고 올라올 수 있겠나?"

나는 열린 창으로 아래를 내려다보았다. 달빛은 여전히 건물의 이쪽 면을 밝게 비추고 있었다. 높이가 60피트는 충분히 될 듯한데 어디를 보아도 발을 디딜 만한 곳은 보이지 않았다. 벽돌과 벽돌 사이에도 틈이 전혀 없었다.

"불가능해." 내가 대답했다.

"도와주는 사람이 없다면 그렇겠지. 하지만 공범이 이 튼튼한 밧줄의 한쪽 끝을 저 벽에 있는 커다란 못에 묶어 늘어뜨려 주었다고 가정해 보게. 그럼 의족을 한 남자라도 충분히 기어 올라갈 수 있어. 내려갈 때도 물론 같은 방법을 이용했겠지. 그런 다음 공범은 밧줄을 끌어올려 못에서 벗겨 놓고 창문을 닫아 안에서 잠근 뒤 들어왔을 때와 같은 곳을 통해 나갔을 거네. 그리고 사소한 문제를 하나 더 지적한다면…….” 그는 밧줄을 만지작거리며 말을 이었다. “의족을 한 사람은 벽을 타고 오르는 기술이 능숙하든 어떻든 간에 절대 뱃사람은 아니네. 손바닥 피부가 굳은살 없이 부드러워. 돋보기로 살펴보니 핏자국이 몇 군데 눈에 띄더군. 특히 밧줄 끝에 많이 묻어 있는 것으로 보아, 서둘러서 내려가다가 손바닥이 벗겨진 게 분명하네.”

“모두 그럴듯한 이야기로군. 하지만 여전히 미스터리는 남아 있어. 그 수수께끼의 공범은 어떤가? 도대체 어떻게 이 방 안으로 들어올 수 있었지?”

“그래, 그 공범!” 홈즈는 생각에 잠긴 얼굴로 말했다. “그 공범에게는 꽤 흥미로운 점이 있어. 사실 그자 때문에 이 사건이 평범한 경지를 벗어났다고 할 수 있지. 난 그자가 우리의 범죄 역사에 새로운 지평을 열었다고 생각하네. 물론 인도와 세네감비아에서 비슷한 사건이 있기는 했지만 말일세.”

“그래서, 그자가 어떻게 들어왔다는 건가?” 나는 같은 질문을 반복했다.

“방문은 잠겨 있고 창문은 미치지 못할 곳에 있으니 굴뚝이라도 타고 들어왔단 말인가?"

"그러기엔 벽난로가 너무 작아." 그가 대꾸했다. "그럴 가능성에 대해선 이미 생각해 보았네."

"그럼 어떻게?" 나는 끈질기게 물고 늘어졌다.

"자네는 도통 내가 가르쳐 준 교훈을 적용해 볼 생각은 않는군." 홈즈는 고개를 절레절레 저으며 말했다. "벌써 몇 번이나 말했잖나. 불가능한 걸 하나하나 지워 나가면, 마지막 남는 게 아무리 그럴듯하지 않더라도 진실이라고. 녀석은 분명 문으로 들어오지 않았고, 창문으로도 그렇다고 굴뚝으로도 들어오지 않았네. 또 방 안에 숨어 있었던 것도 아니지. 왜냐하면 숨을 만한 데가 없으니까. 그렇다면 어디로 들어왔겠나?"

"천장 구멍으로 들어왔군!" 내가 외쳤다.

"물론 그렇지. 그 방법밖에 없으니 말이야. 미안하지만 램프를 좀 들어 주겠나. 위쪽을 조사해 봐야겠어. 보물을 발견한 비밀의 방 말일세."

그는 사다리 위에 올라서서 두 손으로 들보를 붙잡고 반동을 이용해 지붕 밑 다락방으로 훌쩍 뛰어올랐다. 그러고는 엎드려서 손을 뻗어 램프를 받아 들고 내가 올라갈 때까지 비춰 주었다.

다락방은 가로 10피트, 세로 6피트 정도의 크기였다. 바닥은 들보와 들보 사이에 가는 윗가지를 대어 회칠을 해 놓았을 뿐이었다. 그래서 걸을 때는 들보에서 들보로 건너다녀야 했다. 천장은 삼각 모양으로 비스듬히 경사져 있었는데, 집 지붕의 안쪽 면이 분명했다. 방 안에는 가구가 하나도 없었고, 오랜 세월 동안 쌓인 먼지만이 바닥을 수북이 덮고 있었다.

"여기야." 홈즈는 경사진 벽에 손을 대며 말했다.

"이게 바로 지붕으로 나가는 들창이네. 이렇게 밀어 올리면 경사가 완만한 지붕이 나오지. 그러니까 맨 처음 인물이 여기를 통해 안으로 들어왔던 거야. 그자가 남긴 흔적이 있는지 어디 한번 찾아볼까?"

그는 램프로 바닥을 비추었는데, 그 순간 그의 얼굴에 오늘 밤 두 번째로 놀라는 표정이 스치고 지나갔다. 그를 따라 시선을 옮긴 나는 옷 속으로 한기가 스미는 것을 느꼈다. 바닥에 온통 맨발 자국이 가득했다. 뚜렷한 윤곽을 그리며 새겨진 발자국은 그 크기가 보통 성인 남자의 절반이 될까 말까 했다.

"아이가 이런 끔찍한 짓을 저지르다니." 나는 속삭이듯 말했다.

그러나 홈즈는 냉정함을 되찾고 있었다.

"나도 잠깐 당황했어. 하지만 이건 아주 자연스런 일이야. 기억이 가물가물하지만 않았어도 충분히 예견할 수 있었던 일이네. 여기는 더 이상 볼 것이 없으니 그만 내려가지." 그가 말했다.

"그래서 그 발자국에 대한 자네의 생각은 뭔가?" 다시 아래로 내려왔을 때 나는 궁금증을 참지 못하고 물었다.

"왓슨, 자네 스스로 분석해 보게." 홈즈는 조금 짜증스럽다는 듯이 말했다. "내 방법은 이미 알고 있지? 그걸 한번 적용해 보라고. 나중에 결과를 비교해 보는 것도 좋은 공부가 될 테니까."

"하지만 이 상황을 설명할 만한 어떤 것도 떠오르질 않는 걸."

"이제 자네도 곧 알게 될 거야." 그는 단지 건성으로 대꾸했다. "여기서 뭔가 중요한 단서가 더 나올 듯싶진 않지만, 그래도 다시 한 번 살펴봐야겠어."

그는 빠른 동작으로 돋보기와 줄자를 꺼내 들고 무릎을 꿇은 채 방안을 이리저리 돌아다녔다. 길고 가는 코를 바닥에 바짝 대고 새처럼 동그란 눈을 무섭게 번득이며 측정하고 비교하고 조사했다. 그 동작이 소리 하나 없이 너무도 민첩해 마치 잘 훈련된 경찰견이 냄새를 추적하는 모습을 연상시켰다.

만일 그가 그 열정과 지혜를 법을 수호하는 대신 법에 맞서기 위해 사용했다면 얼마나 무서운 범죄자가 되었을지 생각하지 않을 수 없었다. 그는 이리저리 돌아다니며 혼자 뭐라고 계속 중얼거리다가 마침내 기쁨의 탄성을 질렀다.

"우린 운이 좋아. 이 사건은 이제 거의 해결된 거나 다름없네. 지붕으로 들어온 녀석이 운 나쁘게도 크레오소트를 밟았어. 지독한 냄새를 풍기는 이 약물에 찍힌 녀석의 작은 발자국 보이지? 저 큰 병에 금이 가서 그 안의 액체가 흘러나왔거든."

"그럼 어떻게 되는 거지?" 내가 물었다.

"정말 몰라서 묻는 건가? 이제 녀석은 잡힌 거나 다름없네. 이 정도의 냄새라면 세상 끝까지라도 쫓아갈 수 있는 개를 나는 알고 있거든. 사냥개 무리가 미끼의 흔적을 쫓아 주(州) 하나를 가로지를 수 있다면, 특수 훈련을 받은 사냥개는 어떻겠나. 게다가 이렇게 자극이 상당히 강한 냄새라면 절대 놓칠 리 없네. 이제 우리는……. 저런, 법의 수호자들께서 납시셨군."

아래층에서 무거운 발소리와 시끄러운 말소리가 들리더니 현관문 닫히는 소리가 이어졌다.

"왓슨, 저 사람들이 들이닥치기 전에 시체의 팔과 다리 부분을 좀 만져 봐. 어떤가?"

"근육이 나무처럼 딱딱하군." 내가 대답했다.

"바로 그거야. 일반적인 사후 강직과는 달리 극단적인 근육 수축을 보이고 있지. 옛날 작가들이 언급한 대로 '히포크라테스의 미소'니 '발작적인 웃음'이라 할 만한, 이 심하게 일그러진 얼굴을 보게. 뭐 떠오르는 거 없나?"

"뭔가 강력한 식물성 알칼로이드에 의해 죽었군. 근육 경련을 일으키는 스트리크닌과 비슷한 약물이었겠지." 내가 대답했다.

"심하게 일그러진 얼굴 근육을 보았을 때 순간적으로 떠오른 생각이 바로 그거였어. 그래서 방 안에 들어오자마자 독이 체내로 들어간 경로를 찾아봤지. 그리고 자네도 보았다시피 머리에 꽂혀 있는 침을 찾아냈지. 피해자가 의자에 곧은 자세로 앉아 있다고 가정하면, 침이 꽂힌 자리가 바로 천장의 저 구멍을 향한다는 걸 알 수 있을 거야. 자, 이 침을 자세히 살펴보게."

나는 조심스럽게 침을 들고 램프 빛에 비추어 보았다. 긴 침은 검고 날카로웠으며, 뾰족한 끝에는 뭔가 끈적이는 물질이 말라붙어 있어 번들거렸다. 뭉툭한 쪽은 나이프로 둥글게 다듬은 듯 보였다.

"영국제인가?" 홈즈가 물었다.

"그렇지 않네."

"이 정도 자료라면 자네도 그럴듯한 추리를 할 수 있을 걸세. 이제 정규군이 도착했으니 예비군은 슬슬 물러가도 되겠지."

그가 말하는 동안 다가오던 발소리가 복도에서 높이 울리더니 회색 옷을 입은 풍채 당당한 남자가 위엄 있게 방 안으로 들어왔다.

붉은 얼굴에 과도하게 뚱뚱한 남자는 살에 푹 파묻힌 작은 두 눈을 연신 깜박이며 날카롭게 치떴다. 바로 뒤에 정복 차림의 형사한 명과 여전히 심하게 떨고 있는 새디어스 숄토가 서 있었다.

"여기가 바로 사건 현장이군." 남자가 억눌린 듯한 탁한 목소리로 외쳤다. "여기가 그 현장이야! 이런, 방 안에 누가 있군. 토끼굴처럼 이렇게 복작거릴 줄은 몰랐는데."

"나를 기억하실 텐데요, 애설니 존스 씨?" 홈즈가 부드럽게 말했다.

"오, 물론 기억하고말고요!" 상대방은 숨을 헐떡이면서 말했다.

"이론가이신 셜록 홈즈 선생 아닙니까. 기억하느냐고요! 비숍게이트 보석 사건 때 원인과 결과, 그리고 추리에 대해 우리에게 한바탕 강의하신 일을 어떻게 잊을 수 있겠습니까? 그때 선생 덕분에 수사가 올바른 방향을 잡은 건 사실이지만, 이젠 그게 선생의 훌륭한 이론 때문이 아니라 그저 운이 좋아서였다는 걸 인정할 법도 한데 말입니다."

"그건 그저 단순한 추리 덕분이었습니다."

"이런, 왜 이러십니까. 진실을 인정하는 데 인색해선 안 되죠. 그건 그렇고, 이것들은 다 뭐지? 정말 끔찍한 사건이군. 끔찍한 사건이야. 여긴 모든 게 분명한 사건들뿐이니 이론 따윈 파고들 여지가 없겠군요. 다른 사건 때문에 노우드에 나와 있을 때 마침 연락을 받았으니 얼마나 다행인지…… 선생은 이 사람의 사인이 뭐라고 생각하십니까?"

"말씀대로 내가 이론을 내세울 만한 사건은 아닌 듯하군요." 홈 즈가 쌀쌀하게 말했다.

"아니, 아닙니다. 선생이 때로 핵심을 찌른다는 건 우리도 아직 부정하지 않습니다. 자, 내가 듣기로 방문은 잠겨 있었고, 50만 파운드나 나가는 보석이 사라졌습니다. 창문은 어땠지요?"

"닫혀 있었습니다. 하지만 창틀에 발자국이 남아 있어요."

"글쎄, 창문이 닫혀 있었다면 발자국은 사건과 아무 상관도 없을 겁니다. 그건 상식이지요. 이 사람은 그저 발작을 일으켜서 죽었을 수도 있습니다. 아, 하지만 보석이 분실되었군. 맞아! 그럴 수도 있겠어. 가끔 이런 식으로 섬광처럼 영감이 떠오른단 말이야. 형사, 잠깐 자리를 비켜 주게. 죄송하지만 솔토 씨도…… 아, 선생 친구 분은 남아 있어도 좋습니다. 자, 홈즈 선생, 이 문제에 대해 어떻게 생각하십니까? 본인의 말에 따르면 새디어스 솔토는 어젯 밤에 형과 함께 있었습니다. 형이 발작을 일으켜 죽자 솔토가 보물을 빼돌렸다고 생각할 수도 있지 않을까요? 어떻습니까?”

“죽은 사람이 신중하게도 다시 일어나 안에서 문을 잠갔단 말입니까?”

“아하! 그런 문제가 있군요. 그럼 상식적으로 접근해 봅시다. 새디어스 숄토는 형의 집에 와 있었습니다. 그리고 말다툼을 했지요. 여기까지는 모두 알고 있는 사실입니다. 그런데 형이 죽고 보석은 사라졌습니다. 이 점도 틀림없는 사실이죠. 그리고 새디어스가 돌아간 후 형을 만난 사람은 없습니다. 침대에서 잔 흔적도 없고요. 게다가 새디어스는 지금 이성을 잃은 상태입니다. 생김새도……과히 좋은 인상은 아니지요. 그래서 새디어스의 주위에 감시의 그물을 치고 있습니다. 조만간 그 그물이 그를 압박하기 시작할 겁니다.”

“당신은 아직 사실을 제대로 파악하지 못했습니다.” 홈즈가 말했다. “이 나무 침이 죽은 사람의 머리에 꽂혀 있었습니다. 아직 그 흔적이 남아 있으니 확인해 보세요. 내가 살펴본 바에 의하면, 이 침에는 틀림없이 독이 발라져 있습니다. 게다가 이 종이가 테이블 위에 놓여 있었지요. 뭐라고 쓰여 있는지는 읽어 보시면 알 겁니다. 그 옆에는 돌멩이를 매단 이상한 막대가 있었습니다. 이 모든 사실을 당신은 어떻게 보십니까?”

“모든 게 뻔한 수작일 뿐이지요.” 뚱뚱한 형사는 몹시 으스대며 말했다. “이 집은 인도의 진기한 물건들로 가득 차 있습니다. 새디어스가 그중 하나를 갖다 놓았겠지요. 그리고 그 침에 독이 묻어 있다면, 새디어스라고 다른 사람처럼 그걸 살인 도구로 이용하지 말란 법은 없지 않습니까. 그 종이쪽지는 그저 수사에 혼선을 빚기 위한 일종의 잔재주에 불과합니다. 그럼 이제 그 친구가 어떻게 이 방에서 빠져나갔느냐 하는 문제만 남게 되는군요. 그건, 물론 천장에 뚫린 저 구멍을 통해서일 겁니다."

뚱뚱한 몸집에 비해 제법 재빠른 동작으로 그는 사다리 위로 올라가 지붕 밑 방에 들어섰다. 바로 들창을 찾아냈는지 탄성이 들려왔다.

"저 남자도 뭔가를 찾아낼 때가 있군 그래." 홈즈는 어깨를 으쓱하며 말했다.

"가끔은 이성의 약한 빛이 비쳐들 테니까. 재치 있는 바보만큼 처치 곤란한 존재도 없어!"

"자, 어떻습니까!" 애설니 존스는 사다리를 타고 내려오며 말했다. "결국 사실이 이론보다 한 수 더 위지요. 이번 사건에 관한 한 내 견해는 아주 확고합니다. 지붕으로 나가는 들창을 발견했는데 반쯤 열려 있더군요."

"그건 내가 열어 놓은 겁니다."

"그랬습니까? 그럼, 선생도 그걸 보았군요?"

그는 다소 실망한 눈치였다.

"뭐 누가 발견했든 녀석이 달아난 길을 알아냈으니 됐습니다. 이보게, 형사."

"네." 복도에서 대답이 들려왔다.

"숄토 씨를 안으로 들여보내게. 숄토 씨, 이제부터 당신이 하는 모든 말은 당신에게 불리하게 적용될 수도 있음을 알려 드립니다. 여왕 폐하의 이름으로 당신을 바솔로뮤 숄토를 살해한 용의자로 체포하겠습니다."

"아, 역시 이렇게 되는군요. 그러게 경찰엔 알리지 않겠다고 했잖습니까." 가엾은 작은 남자는 두 손을 벌리고 우리 얼굴을 번갈아 보며 외쳤다.

"너무 염려하지 마세요, 숄토 씨. 제가 책임지고 혐의를 벗겨 드리겠습니다." 홈즈가 말했다.

"그런 약속은 안 하는 게 좋을 겁니다, 이론가 선생. 선생 생각대로 된다고 장담할 순 없으니까." 형사가 으르렁거렸다.

"존스 씨, 이 사람의 혐의를 벗겨 줄 뿐 아니라 당신에게도 유익한 정보를 하나 가르쳐 드리지요. 어젯밤 이 방에 들어온 두 사람 중 한 사람의 이름과 특징에 관한 겁니다. 그 사람 이름은 조너선 스몰입니다. 근거 없는 이야기는 아니니 걱정 마세요. 교육 수준이 낮고 키가 작지만 꽤 민첩한 남자입니다. 오른쪽 다리 대신 안쪽이 심하게 닳은 의족을 끼우고 있지요. 왼발에 신고 있는 구두는 구두코가 각이 지고 뒤축에는 징이 박혀 있습니다. 전과가 있는, 햇볕에 그을려 얼굴이 좀 검은 중년 남자지요. 아, 손바닥 피부가 벗겨졌다는 사실도 알아 두면 참고가 될지 모르겠군요. 또 한 남자는……."

"또 한 남자?" 애설니 존스가 콧방귀를 뀌며 말했다.

하지만 홈즈가 말하는 특징이 너무 자세해서 내심 감탄하고 있다는 것을 알 수 있었다.

"꽤 흥미로운 사람입니다. 조만간 두 사람 모두 소개해 드릴 수 있을 겁니다. 왓슨, 할 말이 있네."

홈즈는 방향을 바꾸어 나를 층계참까지 데리고 나갔다.

"뜻밖의 사건이 일어나서 오늘 밤 여기 왔던 본래 목적을 잊고 있었어."

"나도 지금 그 점을 생각하고 있었어. 모스턴 양을 이런 참극이 벌어진 집에 언제까지나 있게 할 수는 없지."

"그래. 자네가 집까지 좀 모셔다 드리게. 로어 캠버웰의 세실 포레스터 부인 집에 묵고 있다니까 여기서 그리 멀진 않아. 자네가 다시 돌아오겠다면 난 여기서 기다리고 있겠네. 피곤할 텐데, 괜찮겠나?"

"나는 괜찮네. 어차피 이 기괴한 사건의 진상이 밝혀질 때까지는 쉴 수도 없을 듯싶으니까. 나도 인생의 거친 면을 상당히 봐 온 사람이지만, 오늘 밤엔 수수께끼 같은 일만 연달아 일어나서 신경이 제법 곤두서 있어. 하지만 이왕 여기까지 왔으니 자네와 함께 이 사건을 끝까지 지켜보고 싶네."

"자네가 있어 준다면야 나한테 큰 도움이 되지." 홈즈가 대답했다. "우린 우리대로 수사하고, 존스는 존스대로 헛다리를 짚든 그러면서 좋아라하든 그냥 내버려 두자고. 모스턴 양을 바래다준 다음 램베스 근처의 핀친 레인 3번지로 가게. 오른쪽으로 세 번째 집, 박제한 새를 파는 집에 들어가서 셔먼이라는 사람을 찾으면 되네. 창가에 토끼 새끼를 입에 문 족제비가 세워져 있을 거야. 어쨌든 셔먼 노인을 깨워서 내 안부를 전하고 지금 당장 토비가 필요하다고 말하게. 그리고 토비를 마차에 태워 데리고 오면 되네."

"개인가?"

"맞아. 잡종인데 냄새를 기가 막히게 잘 맡아. 런던 시내의 경찰을 모두 동원하는 것보다도 토비 한 마리가 훨씬 도움이 될 거야."

"그럼 데리고 오겠네. 지금이 1시니까, 새 말로 바꿀 수 있다면 3시 전에 돌아올 수 있을 걸세."

"난 그동안 번스톤 부인을 상대로 뭔가 쓸 만한 정보가 있나 알아보겠네. 그리고 숄토 씨 말에 따르면 사건 현장 옆방에 기거하는 인도인 하인이 있다니까 그쪽도 부딪쳐 봐야지. 그런 다음에는 저 대단한 애설니 존스가 어떻게 수사하는지 한 수 배우고, 쓰지도 달지도 않은 독설이나 경청하고 있겠네. '사람들은 자기가 이해하지 못하는 것을 경멸하는 버릇이 있다.' 괴테는 언제나 명쾌하다니까."

7
통 에피소드

나는 경찰들이 타고 온 마차에 모스턴을 태우고 그녀의 집을 향해 출발했다. 여성 특유의 천사 같은 마음으로 그녀는 자신보다 약한 사람과 함께 있는 동안 평온한 표정으로 고난을 이겨냈다. 내가 아래층에 내려왔을 때 그녀는 겁에 질린 가정부 옆에 침착한 태도로 앉아 있었다. 그러나 마차에 올라타자마자 긴장이 풀렸는지 격하게 흐느껴 울기 시작했다. 그날 밤의 모험은 그녀에게 분명 견디기 힘든 시련이었을 것이다.

훗날 모스턴은 그때 내가 차갑고 냉정한 사람인 줄 알았다고 말했다. 내 가슴속의 치열한 갈등, 내가 얼마나 자제하기 위해 애썼는지 그녀는 알 까닭이 없었다. 아까 정원에서 뜻하지 않게 손을 잡았을 때와 마찬가지로 내 사랑과 연민은 오로지 그녀만을 향해 달리고 있었는데도. 오랫동안 평범한 교제를 해 왔다고 해도 이 이상한 하룻밤만큼 그녀의 사랑스럽고 용감한 성격을 알 수는 없었을 거라는 생각이 들었다. 그러나 두 가지 이유가 거의 입술 밖으로 새어 나올 뻔한 사랑의 말을 가로막았다. 그녀는 약하고 무력할 뿐 아니라 매우 예민하고 불안정한 상태였다. 이런 때 사랑을 강요하는 것은 그녀에게 전혀 도움이 되지 않는 행동이었다. 게다가 더욱 나쁜 것은 그녀가 부자라는 사실이었다. 홈즈가 성공적으로 수사를 마치기만 하면 그녀는 부유한 상속녀가 될 터였다. 한낱 전역 군의관인 내가 우연히 찾아온 이 기회를 그런 식으로 이용하는 것이 과연 공정하고 명예로운 일일까? 그녀는 나를 재산을 노리는 남자로 생각할지도 모른다. 그녀가 그런 생각을 할지도 모른다는 생각만으로도 나는 참을 수 없었다. 아그라의 보물은 뛰어넘을 수 없는 장애로서 우리 둘 사이를 그렇게 가로막고 있었다.

세실 포레스터 부인 집에 도착한 것은 2시경이었다. 하인들은 이미 몇 시간 전에 잠자리에 들었지만, 포레스터 부인은 모스턴이 받은 기괴한 편지에 흥미를 느끼고 있었으므로 자지 않고 기다리고 있었다. 부인이 직접 문을 열어 주었다. 우아한 중년 부인이었는데, 다정하게 모스턴을 끌어안으며 어머니처럼 맞이해 주는 것을 보고 나는 정말 기뻤다. 모스턴은 이 집에서 단순히 월급을 받는 가정교사가 아니라 존중받는 친구임에 틀림없었다. 모스턴이 나를 소개하자 포레스터 부인은 잠시 안으로 들어와 오늘 밤의 모험담을 들려 달라고 간곡히 청했다. 하지만 나는 지금은 중요한 용무가 있다고 설명하고, 사건이 진척을 보이면 다시 찾아와 뵙고 말씀 드리겠다고 성의껏 약속했다. 달리는 마차 안에서 나는 뒤를 돌아보았다. 아직도 계단 위에 서 있는 두 사람이 보였다. 서로 손을 꼭 잡고 있는 아름다운 두 명의 여인, 반쯤 열린 문, 스테인드글라스를 통해 흘러나오는 홀의 불빛, 바로미터, 계단에서 반짝이는 카펫 고정쇠. 하룻밤을 온통 앗아간 어둡고 무시무시한 사건 한가운데 있는 지금, 평화로운 영국 가정을 언뜻 본 것만으로도 나는 마음이 따뜻해지는 느낌이었다.

지금까지 있었던 일들을 생각하면 할수록 이 사건이 한층 더 끔찍하고 음산하게 여겨졌다. 가스등 불빛에 드러난 조용한 거리를 달리며, 나는 연이어 일어난 기묘하기 짝이 없는 사건들을 차례로 더듬어 보았다. 처음 발단이 된 문제들은 이미 명백하게 밝혀졌다. 모스턴 대위의 죽음, 해마다 배달된 진주, 신문 광고, 갑작스런 편지, 이 모든 것이 해명된 것이다. 그러나 그것은 더욱 난해하고 비극적인 수수께끼를 향한 실마리에 지나지 않았다. 인도에서 가져온 보물, 모스턴 대위의 짐에서 나온 기묘한 도면, 숄토 소령의 끔찍한 죽음, 다시 발견된 보물과 그것을 찾아낸 사람의 비극적인 죽음, 범죄 현장의 예사롭지 않은 상태, 발자국과 기이한 무기, 모스턴 대위의 도면에 쓰여 있던 것과 똑같은 글귀가 적힌 종이……. 이 모든 것은 미궁이라는 말로밖에 표현할 수 없으며, 내 친구처럼 비상한 능력을 타고난 사람이 아니고서는 그 누구도 단서를 찾아내지 못했을 것이다.

핀친 레인은 램베스 아래쪽으로 허름한 이층집들이 옹기종기 줄지어 있는 곳이었다. 세 번째 집을 찾아 노크했지만, 좀처럼 사람이 나오지 않았다. 그러나 마침내 덧문 뒤에서 촛불이 어른거리더니 2층 창문으로 얼굴이 나타났다.

"꺼져! 이 주정뱅이 건달아!" 그 얼굴이 말했다.

"한 번만 더 시끄럽게 굴면 개집 문을 열어서 개 마흔세 마리를 풀어놓을 테다." 그 얼굴이 다시 말했다.

"한 마리만 주시면 되는데요. 그 일로 찾아왔습니다." 내가 말했다.

"어서 꺼지지 못해!" 그 목소리가 다시 외쳤다.

"당장 안 꺼지면 이 자루 속에 있는 걸레를 네 머리 위로 던져버릴 테다."

"하지만 전 개가 필요합니다!" 나는 소리쳤다.

"듣기 싫어!" 셔먼이 고함을 질렀다. "썩 꺼져! 셋 셀 때까지 안 가면 바로 이 걸레가 날아갈 거다!"

"셜록 홈즈가……." 나는 다시 말했다.

그런데 그 말이 요술 같은 효력을 발휘했다. 창문이 '쾅' 하고 닫히더니 잠시 후 빗장을 벗기는 소리가 들리고 현관문이 열렸다. 셔먼은 등이 굽고 목에 힘줄이 돋은 비쩍 마른 노인이었다. 그는 파란빛이 도는 안경을 쓰고 있었다.

"홈즈 씨의 친구라면 언제든지 환영이오." 노인이 말했다.

"어서 들어와요. 사람을 무니까 거기 있는 오소리 가까이는 가지 말고. 이런, 버릇없는 것! 그 신사 분을 물어뜯고 싶은 게냐?"

이번에는 오소리가 철창 사이로 심술궂은 머리와 빨간 눈을 번뜩이며 내다보고 있었다.

"염려 마쇼. 그건 그냥 도마뱀이니까. 송곳니가 없어서 방 안에 풀어놓고 투구벌레나 잡게 하고 있지요. 아까는 실례했소이다. 너무 언짢게 생각하진 마쇼. 동네 꼬마들이 하도 장난질을 해서. 게다가 이 골목에는 한밤중에 무작정 찾아와서 소란을 피워 대는 녀석이 한둘이 아니거든요. 그런데 셜록 홈즈 씨는 무슨 일로?"

"댁의 개가 한 마리 필요하다고 하더군요."

"아! 토비 말이로군."

"네, 토비라고 했습니다."

"토비는 왼쪽 7호 우리에 산다오."

노인은 촛불을 들고 그의 기묘한 동물 가족들 사이로 천천히 걸어갔다. 어슴푸레한 불빛 아래 온갖 틈과 구석에서 우리를 내다보는 수많은 눈이 반짝이고 있었다. 머리 위의 서까래에도 가금류가 진지한 얼굴로 앉아 있었다. 우리 목소리에 잠이 깨었는지 몸의 무게를 한쪽 다리에서 다른 쪽 다리로 나른한 듯이 옮기고 있었다.

토비는 털이 복슬복슬하고 귀가 축 늘어진, 스패니얼과 러처의 잡종으로 못생긴 개였다. 흰색과 갈색이 섞인 몸을 보기 흉하게 뒤뚱거리며 꼴사납게 걸었다. 노인이 손에 쥐여 준 각설탕을 던져 주자 녀석은 조금 망설이더니 받아먹었고, 이로써 우리 사이엔 우호 관계가 성립되었다. 그 후 토비는 순순히 나를 따라 마차에 올랐고, 별다른 말썽 없이 나와 동행했다. 내가 폰디체리 저택에 도착한 것은 팰리스(1851년, 박람회를 위해 철근과 유리로 하이드 파크에 세운 건물. 그 후 남쪽으로 옮겼으나 1936년에 불탔다.)의 시계가 3시를 알렸을 때였다. 나는 프로 권투 선수 출신인 맥머도가 공범으로 체포되어 숄토와 함께 경찰서로 끌려갔다는 소식을 들었다. 두 경관이 저택의 좁은 문을 지키고 있었는데, 애설니 존스의 이름을 대자 개와 함께 들여보내 주었다.

홈즈는 두 손을 주머니에 찌르고 파이프 담배를 피우며 현관 돌계단에 서 있었다.

"아, 데려왔군!" 그가 말했다.

"그래, 착하지. 애설니 존스는 돌아갔네. 자네가 떠난 다음 아주 대단한 실력을 보여 주더군. 새디어스를 체포했을 뿐만 아니라 경비원부터 가정부, 인도인 하인에 이르기까지 모두 데려갔어. 2층에 남은 경관 한 명을 제외하면, 지금 이 집엔 자네와 나뿐이야. 개는 잠시 여기 두고 함께 올라가 보세."

우리는 토비를 홀의 테이블에 매어 놓고 계단을 올라갔다. 방 안은 시체에 하얀 천을 씌운 것만 달라졌을 뿐, 아까 나갔을 때의 상태와 똑같았다. 피곤해 보이는 얼굴로 형사가 구석에서 쉬고 있었다.

"형사, 그 램프 좀 빌려 주시오." 홈즈가 말했다.

"이 램프가 내 가슴으로 늘어지도록 목에 잘 좀 묶어 주게. 됐어. 자, 이제 난 구두와 양말을 벗어야겠군. 왓슨, 이건 자네가 들어 주게. 지붕 위로 올라가 봐야겠어. 그리고 내 손수건을 크레오소트에 담가 주고. 됐어. 그럼, 어디 지붕 밑 방으로 함께 올라가 볼까?"

우리는 구멍을 통해 기어 올라갔다. 홈즈는 먼지 속의 발자국에 램프를 가까이 대고 살펴보았다.

"이 발자국을 자세히 살펴봐. 뭔가 특이한 점이 보이지 않나?" 그가 말했다.

"아이나 몸집이 작은 여자의 발자국 같은데." 내가 말했다.

"크기는 그렇다 치고 다른 건?"

"보통 발자국과 별로 달라 보이지 않는데?"

"그렇지 않아. 이걸 좀 보게. 여기 먼지 속에 오른쪽 발자국이 찍혀 있지? 이제 내가 그 옆에 맨발로 발자국을 하나 만들어 보겠네. 차이가 보이나?"

"자네 발가락은 모두 붙어 있는데, 이쪽은 발가락 사이가 유난히 벌어져 있군."

"맞아, 바로 그거야. 그게 핵심이지. 그걸 꼭 기억해 두게. 미안하지만 저 들창으로 나가서 냄새를 한번 맡아 보겠나? 난 손수건을 들고 여기 서 있겠네."

그가 시키는 대로 하자 강한 타르 냄새가 코를 찔렀다.

"놈이 달아나면서 그 자리에 발을 디뎠지. 자네가 냄새를 맡을 수 있을 정도라면 토비한텐 문제없겠어. 자, 이제 아래로 내려가서 개를 풀어 준 다음, 블론댕(샤를르 블론댕, 1824~1897, 프랑스의 유명한 곡예사. 밧줄을 타고 나이아가라 폭포 위를 횡단했다.) 버금가는 곡예나 구경하세."

　내가 밖으로 나와 정원에 섰을 때, 홈즈는 지붕 위에 있었다. 나는 거대한 반딧불처럼 천천히 용마루 위를 기어가는 그의 모습을 볼 수 있었다. 홈즈는 굴뚝 그늘로 잠시 숨었다가 다시 나타나더니 이내 반대쪽으로 사라졌다. 정원을 돌아 반대쪽으로 가 보니, 그는 건물 모퉁이의 추녀 끝에 앉아 있었다.

　"왓슨, 자넨가?" 홈즈가 외쳤다.

　"그래."

　"바로 여기야. 그 아래 검은 물체는 뭔가?"

　"물통."

　"뚜껑이 있나?"

　"있어."

　"사다리 같은 건 없나?"

　"없는데."

　"빌어먹을 녀석! 정말 위험천만한 곳을 골랐군. 하지만 녀석이 해냈으니 내가 내려가지 못할 것도 없겠지. 보아하니 배수 파이프는 꽤 단단한 듯싶군. 어쨌든 한번 해 보겠네."

　잠시 동안 두 다리를 끌며 걷는 듯한 기척이 나더니 램프가 벽을 타고 천천히 내려오기 시작했다. 이윽고 홈즈는 물통을 가볍게 딛고 땅으로 내려섰다.

　"그 녀석이 지나간 흔적을 쫓는 건 식은 죽 먹기였어." 그는 양

말과 신발을 신으며 말했다.

"녀석이 밟은 부분마다 기왓장이 헐거워져 있었거든. 그리고 너무 서두르다가 이런 걸 떨어뜨렸더군. 자네들 의사의 말을 빌리자면 내 진단이 꼭 들어맞았다는 얘기가 되지."

그가 보여 준 물건은 염색한 풀로 짠, 테두리를 싸구려 구슬로 장식한 조그만 주머니 혹은 지갑이었다. 모양이나 크기로 보면 담뱃갑과 비슷했다. 그 안에는 여섯 개의 검은 나무 침이 들어 있었다. 바솔로뮤 숄토의 머리에 꽂혀 있던 것과 마찬가지로 한쪽 끝은 뾰족하고 반대쪽 끝은 둥글게 깎여 있었다.

"그 섬뜩한 침이지. 찔리지 않도록 조심하게. 이걸 손에 넣을 수 있어서 정말 다행이야. 그 녀석이 가지고 있던 건 이게 전부일지도 모르니까. 적어도 자네나 내가 이 침에 찔릴 염려는 없다는 얘기가 되지. 차라리 마티니 총탄을 상대하는 편이 더 낫지 원. 그나저나 이제부터 6마일 정도 터덜터덜 걸어야 하는데, 할 수 있겠나, 왓슨?"

"물론이지."

"자네 다리가 견딜 수 있을까?"

"괜찮네."

"토비! 이리 와라. 좋아, 착하지. 이 냄새를 맡으렴!"

그가 크레오소트를 묻힌 손수건을 코끝에 대어 주자 개는 털이 덥수룩한 다리를 벌리고 서서 유명한 포도주의 향을 맡는 감식가처럼 우스꽝스럽게 머리를 갸웃했다. 홈즈는 이내 손수건을 멀리

던지고 개의 목걸이에 튼튼한 끈을 묶어 물통 옆으로 데려갔다. 개는 꼬리를 곧추세운 채 코를 땅에 박더니 곧 사납게 짖으며 냄새를 따라 쏜살같이 달려가기 시작했다. 개가 너무 힘차게 끈을 잡아당겼으므로 우리는 있는 힘을 다해 뛰어야 했다.

동쪽 하늘이 조금씩 밝아 오기 시작했고, 우리는 차가운 잿빛 속에서 꽤 먼 거리까지 분간할 수 있게 되었다. 거대한 저택은 여전히 어둠 속 등 뒤에서 텅 빈 창과 높은 벽을 드러낸 채 쓸쓸하게 우뚝 서 있었다. 개는 여기저기 파헤쳐진 구덩이를 피해 쏜살같이 정원을 가로질렀다. 어지럽게 흩어져 있는 흙더미와 제대로 자라지 못해 뒤틀린 정원수, 이 저택을 짓누르고 있는 어두운 비극 탓에 정원은 더욱 참혹하고 불길한 분위기를 자아내고 있었다.

담 앞에 이른 토비는 계속 코를 킁킁거리며 달려가다가 이윽고 어린 너도밤나무 그늘 한구석에 우뚝 멈추어 섰다. 두 담이 맞닿는 부분에 벽돌이 몇 장 뽑혀 있었고, 그 때문에 생긴 구멍의 아래쪽 모서리가 둥글게 닳아 있는 것으로 보아 가끔 사다리 역할을 한 듯싶었다. 그 틈을 밟고 담 위로 올라선 홈즈는 내게서 개를 받아 반대쪽에 내려놓았다.

홈즈의 목소리가 들렸다. "의족을 한 남자의 손자국이 있군. 하얀 석회 위에 희미한 핏자국이 보여. 어젯밤 이후 비가 내리지 않은 게 우리한텐 정말 다행이야. 달아난 지 28시간이 지났지만, 아직 길에 냄새가 남아 있을 걸세."

그동안 런던 시내 도로를 지나다녔을 사람과 마차를 생각하니,

솔직히 나는 이 추적의 성공 가능성에 대해 의문을 제기하지 않을 수 없었다. 하지만 그런 걱정은 곧 해소되었다. 토비는 한 번도 주춤거리지 않고 뒤뚱거리는 독특한 걸음걸이로 계속 나아갔다.

"왓슨, 혹시라도 말일세." 홈즈가 말했다. "범인 가운데 한 명이 크레오소트를 밟았다는 단순한 우연 때문에 사건이 쉽게 풀리고 있는 거라는 생각은 말아 주게. 그것 외에도 범인을 추적할 만한 단서는 얼마든지 확보하고 있으니까. 하지만 이것이 가장 손쉬운 방법이지. 행운이 우리 손에 쥐인 마당에 그걸 무시하는 건 어리석은 짓이야. 그러나 한편으로는 그 때문에 처음엔 제법 복잡해 보였던 문제가 너무도 싱겁게 해결되어 버린 단점도 있어. 이렇게 뚜렷한 단서만 없었다면, 이 수수께끼를 풀면서 꽤 명성을 얻었을 텐데 말이야."

"지금 이 정도로도 그럴 자격은 충분해, 홈즈. 난 이번 사건에서 하나하나 실마리를 찾아내는 자네를 보면서, 제퍼슨 호프 살인 사건 때보다도 더욱 놀라고 감탄했네. 내 눈엔 이 사건이 더 복잡하고 난해해 보였거든. 예를 들어, 의족을 한 남자에 대해 어떻게 그토록 자신 있게 설명할 수 있었나?"

"쳇, 그건 아주 단순한 일이었네. 뭐 연극처럼 부풀릴 생각은 조금도 없어. 너무나도 명백한 사실이니까. 죄수 수용소 경비대의 장교 두 사람이 숨겨진 보물에 관한 엄청난 비밀을 알게 되었네. 이 두 사람을 위해 조너선 스몰이라는 영국인이 도면을 작성해 주었지. 이 이름이 모스턴 대위가 가지고 있던 종이에 있었던 건 기억하고 있겠지? 그자는 함께 일을 벌인 사람들의 이름을 그 종이에 적어 놓았어. 그리고 조금 멋을 부리느라 '네 사람의 서명'이라 이름 붙였지. 그 도면을 보고 두 장교가, 아니면 둘 중 한 사람이 보물을 찾아 영국으로 돌아왔지. 그리고 도면을 받기 전에 정해 놓았던 약속을 지키지 않았을 거야. 그런데 조너선 스몰은 왜 직접 보물을 찾지 않았을까? 대답은 뻔하네. 도면은 모스턴 대위가 죄수들과 가까이 지낼 때 만들어진 거지. 조너선 스몰이 보물을 직접 찾을 수 없었던 건, 그와 그의 공범이 죄수의 몸이어서 행동에 제약이 따랐기 때문이지."

"하지만 그건 어디까지나 추측일 뿐이지 않은가." 내가 말했다.

"아니, 그 이상일세. 이 가설에 근거하지 않고는 어떤 사실도 설명할 수 없어. 그럼 이제 이 전제가 그 후의 일과 어떻게 맞아떨어지는지 한번 살펴볼까? 숄토 소령은 보물을 혼자 차지하고 평화롭게 몇 년을 지냈어. 그러다 인도에서 날아온 편지 한 통을 보고 끔찍한 공포에 사로잡혔지. 그 편지엔 어떤 내용이 담겨 있었을까?"

"소령에게 배반당한 사람이 석방됐다는 소식이었겠지."

"아니면 탈출했거나. 아마 이쪽이 훨씬 더 가능성이 있을 걸세. 소령은 그들의 형기를 알고 있었을 테니 석방됐다는 편지라면 그리 놀라지는 않았을 거야. 그런데 소령은 그 후에 어떻게 행동했지? 의족을 한 남자를 극도로 경계하기 시작했어. 이 남자는 백인이야. 왜냐하면 소령이 백인 장사꾼을 그 남자로 오인하고 권총을 쏘기도 했으니까 말이야. 다른 사람은 모두 인도인이거나 회교도였을 거네. 백인은 조너선 스몰뿐이었을 테니, 의족을 한 남자는 그와 동일인이라고 단언할 수 있지. 이 추리에서 불완전한 데가 있다고 생각하나?"

"아니, 아주 명쾌한 추리야."

"그럼 이제 조너선 스몰의 입장에서 생각해 볼까. 그가 잉글랜드로 돌아온 목적은 두 가지네. 첫째, 그의 당연한 권리를 찾는 것. 둘째, 그를 배반한 사람에게 복수하는 것. 그는 바로 숄토 소령의 거처를 알아냈고, 그곳에 살고 있는 누군가와 내통했을 거야. 아직 우리가 만나지 못한 사람이 있어. 랠 라오라는 집사지. 번스톤 부인의 얘기로는 그리 좋은 사람은 아니라고 하더군. 어쨌든 스몰은 보물을 어디다 감추었는지 알아낼 수 없었네. 그걸 알고 있는 사람은 소령과 역시 지금은 죽고 없는 충직한 하인뿐이었지. 그런데 어느 날 스몰은 소령이 위독하다는 소식을 듣게 되었어. 보물의 비밀이 소령과 함께 영원히 묻힐 수도 있다는 생각에 몸이 단 그는 삼엄한 경계를 뚫고 죽어 가는 소령의 방 창가로 몰래 다가가지. 하지만 두 아들 때문에 결국 그 방 안엔 들어갈 수 없었어. 그러나 죽은 사람에 대한 원한으로 눈이 뒤집힌 스몰은 그날 밤 몰래 침실로 숨어들어 보물과 관련된 메모라도 찾을 요량으로 소령의 소지품을 뒤졌고, 결국엔 아무런 성과 없이 떠나면서 자기가 다녀갔다는 간단한 표시를 남겨 놓았네. 아마 그는 오래전부터 만일 소령을 죽이게 될 경우 시체 위에 그런 표시를 남겨 놓음으로써 그게 이유 없는 살인이 아님을 알려야겠다고 생각했을 거야. 그들 네 사람의 입장에서 보면, 사실 정의의 심판을 내렸을 따름일 테니까. 범죄 기록을 살펴보면 이런 식으로 흔적을 남기는 일이 꽤 흔한데, 그것은 대개 범인을 찾는 단계에서 유력한 단서가 되지. 여기까지는 이해하겠나?"

"어렵진 않군."

"그다음에 조너선 스몰이 할 수 있는 일은 무엇이었을까? 보물을 찾느라 애쓰는 광경을 은밀히 지켜보는 수밖에 없었겠지. 어쩌면 잉글랜드를 떠나 있다가 가끔씩 돌아와 확인했을 수도 있어. 그러다가 그 지붕 밑 방이 발견되었고, 그도 그 소식을 듣게 되었지. 여기서 우리는 그에게 정보를 제공하는 사람이 집 안에 있었음을 짐작할 수 있어. 어쨌든 스몰은 의족에 의지하는 신세니 바솔로뮤 숄토의 높은 방까지 올라갈 수는 없었지. 그래서 조금 색다른 공범을 끌어들여 멋지게 그 문제를 해결했어. 하지만 이 공범은 크레오소트에 맨발을 디디는 실수를 저질러 결국 토비를 끌어들였고, 그 때문에 아킬레스건을 다친 제대한 군의관이 다리를 절며 6마일이나 추적을 하게 된 거라네."

"그렇다면 살인범은 그 공범이지 스몰이 아니란 말이로군."

"맞아. 스몰은 오히려 그 일로 화를 냈어. 방 안 여기저기 찍힌 발자국을 보면 알 수 있어. 그는 바솔로뮤 숄토에게 아무런 원한도 없었으니 그저 꽁꽁 묶고 재갈을 물리는 정도로 그치려고 했거든. 교수대의 이슬로 사라지고 싶지는 않았으니까. 하지만 일이 그렇게 된 이상 별도리가 없었지. 공범이 흉악한 본성을 드러내 독침의 위력을 과시했으니, 조너선 스몰은 그저 쪽지를 남기고 보물 상자를 들고 그곳을 벗어날 수밖에 없었지. 이상이 이 사건에 대한 내 추리일세. 물론 그의 인상착의에 대해 말한다면, 나이는 중년쯤일 테고 불화로 같은 안다만 제도에서 오래 복역했으니 얼굴이 검게 그을려 있을 거야. 키는 보폭으로 쉽게 짐작할 수 있고, 또 우린 그가 수염을 길렀다는 사실을 알고 있지. 새디어스 숄토가 창 너머로 털북숭이 사내를 봤다고 했으니까. 내가 아는 건 이 정도일세."

"그럼 공범은?"

"아, 그 점에 대해서라면 별로 어려울 게 없어. 자네도 금방 모든 걸 알게 될 거야. 아침 공기가 상쾌하군. 저기 작은 구름 조각을 좀 보게. 엄청나게 큰 홍학의 몸에서 떨어져 나온 붉은 깃털처럼 보이지 않나? 런던을 덮고 있는 구름의 둑 위로 붉은 태양이 고개를 내밀려 하는군. 태양은 수많은 사람에게 빛을 주고 있지만, 그중 자네나 나만큼 기괴한 일에 매달려 있는 사람은 아마도 없을 걸. 자연의 위대한 힘 앞에서 우리 인간의 야망과 노력이 얼마나 하찮게 느껴지는지! 자네도 장 파울의 작품은 꽤 읽었지?"

"그랬네. 칼라일을 읽다가 그를 알게 되었지."

"시냇물을 거슬러 올라가다 그 근원인 호수에 다다른 셈이로군. 장 파울은 재치 있고 의미심장한 말을 남겼어. 인간의 위대함을 증명하는 것은 자신의 미약함을 인식하는 데 있다! 그것을 인식할 수 있는 능력은 결국 인간이 위대하다는 증거지. 비교와 평가 능력이 인간에게 있다는 것을 증명하는 것이고. 장 파울의 저서에는 풍부한 사상의 양식이 들어 있네. 자네, 권총 가지고 왔나?"

"지팡이는 가지고 왔어."

"놈들의 소굴에 도착하면 뭔가가 필요해질 수도 있어. 스몰은 자네에게 맡길 생각이야. 하지만 다른 녀석이 성가시게 굴면 난 총을 쏠 거야."

그는 리볼버를 꺼내 총알 두 발을 장전하고 웃옷 오른쪽 주머니에 넣었다.

우리는 그동안 토비를 따라 허름한 주택이 늘어선 대도시 외곽의 좁은 길을 지나쳤다. 그리고 길게 뻗은 길로 접어들었다. 노동자며 부두 인부들이 벌써 일어나 서성거리는 모습이 보였고, 단정치 못한 차림의 여자들이 덧문을 열거나 현관 계단을 쓸고 있는 모습도 보였다. 길모퉁이에 자리한 여인숙은 이제 막 하루를 시작하고 있었다. 거칠어 보이는 남자들이 세수를 하고는 소매로 턱수염을 훔치며 밖으로 나왔다. 그 언저리를 서성거리던 꾀죄죄한 개들이 스쳐 지나가는 우리를 수상쩍다는 듯 돌아보았다. 하지만 우리의 토비는 이따금씩 강한 냄새가 풍기는 곳에서 코를 킁킁거릴 뿐, 어디에도 한눈파는 일 없이 코를 땅바닥에 댄 채 앞으로 나아갔다.

우리는 스트레덤, 브릭스턴, 캠버웰을 지나 오벌 동쪽으로 뻗은 케닝턴 가로 들어섰다. 우리가 쫓는 남자들은 추적을 따돌릴 생각으로 묘하게 지그재그로 길을 잡은 듯했다. 큰길과 평행으로 뒷길이 나 있는 곳에서는 반드시 뒷길을 택했다. 케닝턴 가 끝에서 이들은 다시 왼쪽으로 꺾어져 본드 가와 마일즈 가로 들어섰다. 마일즈 가에서 나이츠 플레이스로 접어드는 곳에 이르렀을 때 토비가 멈추더니 한쪽 귀를 세우고 한쪽 귀는 늘어뜨린 채 망설이듯 앞으로 갔다 뒤로 물러섰다 하는 동작을 되풀이했다. 그러더니 원을 그리며 뱅뱅 돌기 시작했는데, 마치 곤경에 처했으니 도와 달라는 듯한 눈으로 이따금씩 우리를 올려다보았다.

홈즈가 중얼거렸다. "대체 왜 저러지? 녀석들이 마차를 탔을 리도 없고, 기구를 타고 달아나지도 않았을 텐데 말이야."

"여기서 한참 서 있었던 모양이야." 내가 한마디 했다.

"아, 됐다! 다시 가는군." 홈즈가 안도한 듯이 말했다.

토비는 다시 한 번 주위를 한 바퀴 돌며 냄새를 맡더니 마침내 결심이 섰는지 맹렬한 기세로 달리기 시작했다. 냄새가 훨씬 더 강해졌는지 지금까지와는 다르게 코를 땅에 대지도 않고 끈을 힘껏 잡아당기며 내달렸다. 홈즈의 눈이 반짝이는 것으로 보아 이 원정도 종착점에 가까워졌음을 알 수 있었다.

우리는 나인 엘름을 지나, 화이트 이글 술집 바로 뒤의 브로더릭 앤 넬슨 목재 야적장에 도착했다. 여기까지 오자 개는 미친 듯이 흥분해서 옆문을 통해 안으로 뛰어들어갔다. 야적장 안에서는 인부들이 벌써 일을 시작하고 있었다. 개는 톱밥, 대팻밥을 헤치며 좁은 통로를 지나 목재 더미 사이로 내달리더니, 마침내 소리 높이 짖으며 아직 손수레에서 내려놓지도 않은 커다란 통을 향해 달려들었다. 통 위에 올라선 토비는 혀를 내밀고 눈을 번득이며 칭찬해 달라는 듯이 우리 얼굴을 번갈아 바라보았다. 통의 통널과 손수레 바퀴에 거무칙칙한 액체가 묻어 있었고, 주위에서 온통 크레오소트 냄새가 진동했다. 홈즈와 나는 어이가 없어서 서로 얼굴을 쳐다보다가 거의 동시에 큰 소리로 웃음을 터뜨렸다.

8
베이커 가 소년탐정단

"이제 어쩌지?" 내가 물었다. "틀림없다던 토비의 코도 믿을 수 없군."

"토비는 제 할 일을 다 했을 뿐이야."

홈즈는 개를 통에서 내려 목재 야적장 밖으로 데리고 나갔다.

"런던에서 하루에 얼마나 많은 크레오소트가 운반되는지 생각해 보면, 길을 잘못 찾은 것도 전혀 이상할 게 없지. 특히 목재를 건조시키느니 뭐니 해서 요즘 크레오소트 사용량이 부쩍 늘었거든. 토비 잘못은 아니야."

"다시 시작해야 할 것 같군."

"그래. 하지만 다행스럽게도 멀리 갈 필요는 없네. 개가 나이츠 플레이스로 이어진 모퉁이에서 주춤거린 건 냄새가 두 방향으로 갈라졌기 때문이었어. 거기서 길을 잘못 선택한 거야. 이번에는 반대 방향으로 한번 가 볼까."

그것은 그다지 어려운 일이 아니었다. 아까 헷갈렸던 곳으로 토비를 데리고 가자 빙그르르 커다란 원을 그리며 한 바퀴 돌더니 우리를 새로운 방향으로 힘차게 끌고 가기 시작했다.

"혹시 아까 그 크레오소트 통을 싣고 온 곳으로 우릴 데려가는 건 아니겠지?"

"나도 그 생각을 하긴 했지. 하지만 보게. 아까는 차도를 지나갔는데 지금은 보도를 가고 있지 않나. 이번에는 틀림없을 거야." 홈즈가 말했다.

개는 벨몬트 플레이스와 프린스 가를 지나 강변 방향으로 우리를 이끌었다. 그리고 브로드웨이 끝에서 물가로 내려가더니 작은 나무 선창으로 향했다. 토비는 선창 끝까지 가서 어두운 강물을 내려다보며 코를 킁킁거렸다.

"우리 운이 다했군. 놈들이 여기서 배를 탄 모양이야." 홈즈가 말했다.

작은 배 몇 척이 물위에 떠 있거나 선창에 매어져 있었다. 우리는 토비를 그 배에 일일이 태워 보았다. 하지만 열심히 냄새를 맡을 뿐 별다른 반응을 보이지 않았다.

선창 가까이 벽돌집이 한 채 서 있었는데, 두 번째 창에 나무 간판이 걸려 있었다. '모드케이 스미스'라는 큰 글씨 아래 '배 빌려 드립니다'라고 쓰여 있었다. 출입문 위의 다른 간판에는 증기선 임

대도 가능하다고 쓰여 있었다. 과연 선창 한쪽에 코크스 더미가 보였다. 홈즈는 어두운 얼굴로 천천히 주위를 둘러보았다.

"조짐이 안 좋아. 생각했던 것보다 빈틈없는 녀석들이군. 그들은 자신들의 도주로를 은폐하려고 했어. 이곳에 미리 준비를 해 두었던 모양이야."

홈즈가 그 집을 향해 다가가는데, 문이 벌컥 열리면서 여섯 살쯤 되어 보이는 고수머리 사내아이가 뛰어나왔다. 그리고 뒤를 따라 혈색 좋은 뚱뚱한 여자가 커다란 스펀지를 들고 나타났다.

"얼른 이리 오지 못하겠니, 잭! 씻어야지." 여자가 고함을 질렀다.

"빨리 와, 이 개구쟁이야. 아빠가 오셔서 네 더러운 꼴을 보면 또 욕을 퍼부으실 거다."

"녀석, 참 귀엽게 생겼구나." 홈즈가 재빨리 말을 걸었다. "장밋빛 뺨이 사랑스럽구나. 잭, 너 뭐 갖고 싶은 거 없니?"

아이는 잠시 생각에 잠겼다.

"1실링 갖고 싶어." 아이가 말했다.

"그것보다 더 좋은 건?"

아이는 다시 생각해 보더니 이렇게 말했다. "2실링이 더 좋아."

"여기 있다. 가져라. 똑똑한 아이로군요, 스미스 부인."

"아이고, 선생님 고맙습니다. 저 녀석이 원래 저렇답니다. 워낙 개구쟁이라서 이제 제 힘으론 다루기가 벅차지요. 남편이 며칠씩 집을 비울 때면 더 심하답니다."

"남편은 어디 갔습니까?" 홈즈는 낙심한 듯이 말했다. "이거 참

야단났군. 스미스 씨한테 할 말이 있어서 왔는데."

"어제 아침에 나가서 아직 안 들어왔습니다. 사실은 저도 걱정하고 있던 참이에요. 하지만 배에 대해서라면 저한테 이야기하셔도 되는데요."

"증기선을 빌렸으면 하는데요."

"저런, 운이 나쁘시네요. 증기선은 남편이 타고 나갔거든요. 그래서 제가 걱정하는 거랍니다. 그 배에는 울위치까지 갔다 올 정도의 석탄밖에 실려 있지 않거든요. 나룻배를 타고 나갔다면 이렇게 걱정하지도 않을 거예요. 손님을 태우고 그레이브센드까지 나가는 일은 흔히 있었고, 또 거기서 일이 많으면 며칠씩 머물다 오곤 했으니까요. 하지만 석탄 떨어진 증기선으로 대체 뭘 할 수 있겠어요."

"석탄이야 다른 선창에서도 얼마든지 살 수 있지 않습니까?"

"그야 물론이지요. 하지만 우리 그이는 절대 그러지 않거든요. 석탄 몇 포대에 터무니없는 가격을 부른다며 투덜거리는 걸 들은 게 한두 번이 아니랍니다. 더구나 전 의족을 한 남자가 정말 싫거든요. 그 추한 얼굴하며 말투도 이상하기 짝이 없고……. 대체 왜 걸핏하면 우리 집 문을 두드리는 걸까요?"

"의족을 한 남자요?" 홈즈는 조금 놀란 표정을 지으며 예사롭게 물었다.

"네. 햇볕에 타서 꼭 원숭이처럼 생긴 남잔데, 가끔 우리 집에 찾아오곤 하지요. 어제 남편을 불러낸 것도 그 사람이었답니다. 게다가 남편은 그 사람이 올 걸 미리 알고 있었어요. 증기선에 시동을 걸어 놓고 기다리고 있었거든요. 솔직히 말해서 왠지 마음이 께름칙하답니다."

"하지만 스미스 부인." 홈즈는 어깨를 으쓱하며 말했다. "그리 걱정할 필요는 없을 것 같은데요. 어젯밤에 찾아온 사람이 그 나무다리 한 남자라는 걸 어떻게 확신합니까? 그렇게 단정을 내리는 무슨 이유라도 있습니까?"

"그 사람 목소리요. 전 그 굵고 탁한 목소리를 알고 있거든요. 아마 3시쯤이었을 거예요. 창문을 두드리더군요. 그러고는 '일어나게, 친구. 떠나야 할 시간이야.'하고 말했어요. 그러자 남편은 큰아들 짐을 깨워서 나에게는 한마디 말도 없이 나갔지요. 의족이 돌바닥에 부딪치는 소리를 분명히 들었어요."

"의족을 한 남자는 혼자 왔던가요?"

"글쎄요, 그건 모르겠어요. 다른 소리는 듣지 못했거든요."

"어쨌든 유감입니다, 부인. 제가 필요한 건 증기선이라서. 게다가 댁의 증기선이 꽤 빠르다고 들었거든요. 그 증기선 이름이 뭐라고 했지요?"

"오로라 호예요."

"맞아! 폭이 넓고 노란 줄이 들어간 낡은 초록색 증기선이지요?"

"아니에요. 그 배는 손질을 잘해서 이 강의 어느 배와 비교해도 뒤지지 않는답니다. 얼마 전에 새로 칠을 했는데, 검은 바탕에 빨간 줄이 두 개 있어요."

"고맙습니다. 그리고 남편 일로 너무 걱정하지 마세요. 이제 곧 소식이 있겠지요. 혹시 강을 내려가다가 오로라 호를 만나게 되면 부인이 걱정하고 계시더라고 전해 드리겠습니다. 굴뚝이 검다고 했던가요?"

"아뇨, 검은 바탕에 흰 띠를 둘렀어요."

"아, 선체가 검은색이라고 하셨지요. 스미스 부인, 그럼 안녕히 계세요. 왓슨, 저기 저 나룻배에 사람이 보이는군. 저걸 타고 강을 내려가세."

나룻배에 올라타자 홈즈가 말했다. "저런 사람들을 상대할 때는 그들이 하는 말이 별로 중요하지 않다는 인상을 심어 주어야 하네. 그렇지 않으면 금방 굴처럼 입을 꼭 다물어 버리거든. 계속 어깃장을 놓으면서 들으면 그들에게서 원하는 답을 끌어낼 수 있지."

"어쨌든 이제 해야 할 일이 분명해졌군." 내가 말했다.

"우리가 뭘 해야 하는데?"

"증기선을 빌려서 오로라 호를 뒤쫓아 강을 내려가야지."

"왓슨, 그건 쉬운 일이 아니야. 그 배는 여기서 그리니치 사이의 어딘가에 정박해 있을 거야. 그리고 다리를 지나면 마치 미궁처럼 선창이 수도 없이 많지. 혼자서 한다면 다 돌아보는 데만도 며칠 이 걸릴지 모른다고."

"그럼 경찰에 연락할까?"

"아니. 나도 아마 마지막 순간엔 애설니 존스에게 연락을 하게 되겠지. 나쁜 사람도 아니고, 그의 자존심에 상처를 주고 싶지도 않으니까. 하지만 이왕 이렇게 됐으니 끝까지 혼자 힘으로 해결해 보고 싶네."

"그럼, 선창 관리자들에게 협조를 구하는 광고를 내면 어떨까?"

"그건 더더욱 위험해. 바짝 쫓기고 있다는 걸 알면 놈들은 해외로 달아날 거야. 지금도 그럴 가능성은 있지만, 적어도 안전하다고 생각하는 동안에는 서두르지 않겠지. 바로 이런 이유로 우리에겐 존스의 활약이 필요하네. 신문들이 그의 수사 방향을 호들갑스럽게 전할 테니까. 그럼 범인들은 그걸 읽고 경찰들이 완전히 헛다리를 짚었다며 안도하겠지."

"그럼, 이제부터 어떻게 해야 하지?" 나룻배에서 내려 밀뱅크 교도소 근처를 걸으며 내가 물었다.

"이 마차를 타고 집에 가서 아침 식사를 한 뒤 잠을 좀 자 두는 게 좋겠네. 오늘 밤에도 또 걸어야 할 듯싶으니. 이봐, 마부, 전신국 앞에서 잠깐 마차를 세워 주게. 아, 토비는 또 일이 있을지도 모르니 당분간 데리고 있는 게 좋겠어."

그레이트 피터 가 우체국 앞에서 마차를 세워 놓고 홈즈는 전보를 쳤다.

마차가 다시 달리기 시작하자 그가 물었다. "내가 누구한테 전보를 쳤을 것 같나?"

"글쎄, 모르겠는데."

"자네, 베이커 가 소년탐정단을 기억하고 있겠지? 제퍼슨 호프 사건 때 동원했던 그 친구들 말이야."

"물론 기억하지." 나는 웃으며 말했다.

"이번 사건 역시 그 아이들이 많은 도움을 줄 걸세. 그 애들이 실패하면 다른 방법을 찾아봐야겠지만, 일단은 시도해 보고 싶어. 땟국이 줄줄 흐르는 나의 소년 대장 위긴스에게 전보를 쳤으니, 아마 우리가 아침 식사를 끝마치기도 전에 부하들을 데리고 나타날 걸세."

어느새 시간은 9시를 향하고 있었다. 지난밤부터 줄곧 흥분과 긴장의 연속이었기에 그 후유증이 뚜렷이 느껴졌다. 정신이 차츰 흐릿해지고, 지칠 대로 지친 몸은 기운이 하나도 없었다. 나는 내 친구처럼 열정적인 직업의식도 없었고, 사건을 그저 추상적이고 지적인 문제로 볼 수도 없었다. 바솔로뮤 숄토의 죽음에 대해서도, 그에 관한 좋은 소리를 들은 게 없기 때문인지 가해자들에 대해 분노 같은 강한 감정을 느낄 수 없었다. 그러나 보물에 대해서만은 이야기가 달랐다. 그 보물은 적어도 일부는 당연히 모스턴의 것이었다. 그것을 되찾을 가능성이 있는 한, 나는 그 목적을 위해 내 인생을 걸 준비가 되어 있었다. 물론 보물을 찾으면 모스턴은 영원히 내 손이 미치지 않는 존재가 될지도 모른다. 하지만 그 때문에 내 사랑을 하찮고 이기적인 것으로 전락시키고 싶지는 않았다. 홈즈가 범인을 잡으려고 애쓴다면, 내게는 보물을 찾기 위해 분투해야 하는 이유가 열 배는 더 있었다.

집으로 돌아와 목욕을 하고 옷을 갈아입으니 한결 힘이 솟았다. 식탁에는 이미 아침 식사가 준비되어 있었고, 홈즈가 커피를 따르고 있었다.

"드디어 나왔군."

그는 웃으면서 펼쳐 놓은 신문을 가리켰다.

"위대한 존스 형사와 신출귀몰하는 신문기자가 함께 이런 기사를 만들어 냈네. 하지만 어차피 짐작하고 있었던 일이니 식사부터 하는 게 낫겠어."

나는 신문을 들고 '어퍼 노우드의 괴사건'이라는 제목이 붙은 짧은 기사를 읽어 내려갔다. 〈스탠더드〉에 다음과 같은 기사가 실려 있었다.

어젯밤 12시경 어퍼 노우드, 폰디체리 저택의 바솔로뮤 숄토 씨가 자신의 방에서 시체로 발견되었다. 현장 상황으로 보아 숄토 씨는 살해당한 것으로 추정된다. 시체에서 외상은 발견되지 않았으나 부친에게서 상속받았다는 고가의 인도 보석들이 사라졌다. 현장을 처음 목격한 사람은 고인의 동생 새디어스 숄토 씨, 그리고 그와 함께 그 집을 방문한 셜록 홈즈와 왓슨 의사였다. 다행스럽게도 명성 높은 스코틀랜드 야드의 애설니 존스 씨가 마침 노우드 경찰서에 들렀다가 사건을 접수하고 30분 만에 현장에 도착할 수 있었다. 풍부한 경험과 훈련을 통해 쌓은 뛰어난 실력으로 존스 씨는 즉시 범인 색출에 나서 고인의 동생 새디어스 숄토 씨를 비롯해 가정부 번스톤 부인, 인도인 집사 랠 라오, 경비원 맥머도 등을 체포하는 성과를 올렸다. 범인이 집의 구조를 잘 알고 있다는 사실을 토대로, 존스 씨는 탁월한 전문

지식과 관찰력을 발휘하여 범인이 문이나 창문이 아닌 건물 지붕의 들창을 통해 사건 현장에 잠입했다는 사실을 밝혀냈다. 이 사실은 사건이 단순한 강도의 소행이 아님을 결정적으로 입증하는 것이다. 이번 사건의 신속하고 정확한 조치를 통해 열정과 능력을 겸비한 탁월한 인물이 현장 가까이 있는 것이 얼마나 유익한가를 알 수 있다. 우리는 이번 사건을 계기로 우리나라 경찰 수사력을 한층 분권화해 보다 치밀하고 효과적인 수사가 이루어질 수 있기를 희망한다.

"어때? 굉장하지 않나?" 홈즈는 커피 잔을 들고 미소를 지으며 말했다.

"하마터면 우리도 체포당할 뻔했군."

"나도 그렇게 생각해. 존스가 다시 한 번 기세를 올리면 우리 안전도 장담 못할 거야."

그때 벨이 요란하게 울리더니 하숙집 주인 허드슨 부인의 목소리가 들려왔다. 조금 당황한 듯 큰 소리로 무언가를 설명하고 있었다.

"이런, 정말 우리를 잡으러 온 모양이야." 나는 엉거주춤 일어서며 말했다.

"그렇게 나쁜 소식은 아니야. 경관이 아니라 베이커 가 소년탐정단이네."

홈즈가 그렇게 말하는 동안 계단을 맨발로 우르르 뛰어 올라오는 소리, 시끄럽게 떠드는 소리가 들리더니 열두 명 정도의 누더기

차림을 한 부랑아들이 안으로 들어왔다. 와글와글 몰려오기는 했으나 나름대로 규율이 있는 듯 줄을 맞춰 서더니 기대에 찬 얼굴로 우리를 바라보았다. 그리고 그중에서 가장 키가 크고 나이 들어 보이는 한 소년이 앞으로 나섰다. 초라한 무리 속에서 그렇게 점잔을 빼는 모습을 보니 우스꽝스럽기 짝이 없었다.

"전보를 받자마자 모두 데리고 왔습니다. 차비는 3실링 6펜스 들었습니다." 소년이 말했다.

은화 몇 개를 주머니에서 꺼내며 홈즈가 말했다. "여기 있다. 위긴스, 앞으로는 너를 통해 지시를 내리고 보고를 받았으면 한다. 이런 식으로 여럿이 한꺼번에 들이닥치면 곤란해. 하지만 지금은 모두 왔으니 내가 직접 지시를 내리겠다. 이번 임무는 증기선 오로라 호의 행방을 찾는 거다. 소유주는 모드케이 스미스. 선체는 검은색 바탕에 빨간 줄이 두 개, 굴뚝은 검은 바탕에 흰 띠가 하나 둘러져 있다. 아마 템스 강 어딘가에 정박 중일 거다. 한 사람은 밀뱅크 건너편의 모드케이 스미스 선창을 감시하고 있다가 증기선이 돌아오면 보고하도록. 나머지는 두 팀으로 나누어 양쪽 강가를 샅샅이 살펴야 한다. 찾으면 바로 보고하고. 알겠나?"

"예, 대장님." 위긴스가 대답했다.

"보수는 여느 때와 같다. 그리고 배를 발견한 사람에게는 1기니를 더 준다. 하루치는 선불로 주마. 자, 그럼 출발!"

모두에게 1실링씩을 나눠 주자 소년들은 다시 우르르 계단을 내려갔는데, 다음 순간 줄을 지어 거리를 휩쓸고 지나갔다.

"증기선이 강가에 있기만 하면 틀림없이 찾아낼 거야. 녀석들은 어디든 갈 수 있고, 무엇이든 볼 수 있으며, 누구의 말이든 들을 수 있으니까. 저녁때까지는 틀림없이 찾아낼 걸세. 그때까지 우린 보고를 기다리는 일 외에 달리 할 일이 없어. 오로라 호나 모드케이 스미스가 발견되지 않는 한 중단된 추적을 계속할 순 없을 테니까."

홈즈는 식탁에서 일어나 파이프 담배에 불을 붙였다.

"토비에게는 먹고 남은 걸 주면 되겠군. 이제 잘 건가, 홈즈?"

"아니. 피곤하지 않아. 난 특이 체질이거든. 아무것도 안 하고 게으름을 피우면 걷잡을 수 없이 늘어지지만, 일을 붙잡고 있는 동안엔 피로를 느끼는 법이 없지. 난 담배라도 피우면서 우리의 아름다운 의뢰인이 던져 준 이 색다른 문제를 곰곰이 생각해 봐야겠네. 아마도 세상에서 이처럼 단순한 일은 드물 거야. 의족을 한 남자는 그리 흔하지 않고, 공범도 아주 독특한 존재니까 말이야."

"다시 그 공범 얘기로군."

"그자에 대한 걸 자네에게 숨길 생각은 없어. 하지만 자네도 자네대로 혼자 결론을 내려 보는 게 어떻겠나? 자네가 알고 있는 사실을 한번 검토해 보라고. 작은 발자국, 한 번도 신발에 구속되지 않은 발가락, 맨발이었다는 사실, 돌을 묶은 막대기, 놀랍도록 몸이 날렵하다는 점, 짧은 독침. 이런 재료들에서 자넨 어떤 결론을 이끌어 낼 건가?"

"야만인이군!" 나는 큰 소리로 말했다. "조너선 스몰의 동료였던 그 인도인 가운데 한 명이 아닐까?"

"그렇진 않은 것 같네. 처음 그 이상한 무기를 봤을 때 나도 그런 생각을 했었지. 하지만 특이한 발자국을 보고 다시 생각하게 됐네. 인도인 중에 키가 작은 종족이 있긴 하지만, 그런 발자국을 남기는 종족은 없거든. 원래 인도인들은 발이 길고 볼이 좁은 편이지. 회교도는 샌들을 신어 가죽끈으로 발가락 사이를 죄기 때문에 엄지발가락이 다른 발가락과 떨어져 있어. 그 독침만 해도 오직 대롱으로 불어서 쏘는 방법밖에 없어. 그렇다면 어떤 종류의 야만인이겠나?"

"남미?" 나는 자신 없는 목소리로 대답했다.

그는 책장에서 두꺼운 책을 하나 꺼내 들고 왔다.

"이건 최근에 간행된 지명 사전의 첫 권이야. 가장 권위 있는 책으로 인정해도 좋아. 뭐라고 쓰여 있는지 한번 읽어 볼까? '안다만 제도, 수마트라 북방 340마일의 벵골 만에 위치. 다습한 기후, 산호초, 상어, 블레어 항구, 죄수 수용소, 러트랜드 섬, 고리버들 재배…….' 아, 여기 있군! '안다만 제도의 토착민은 세계에서 가장 작은 종족으로 추정된다. 그러나 일부 인류학자들은 아프리카의 부시맨, 아메리카의 디거 인디언, 푸에고 제도의 토착민을 꼽기도 한다. 평균 신장은 4피트가 안 되며, 성인 중에도 이보다 훨씬 키가 작은 사람이 많다. 흉포하고 음침하여 다루기 힘든 종족이나, 일단 그들의 신뢰를 얻으면 가장 헌신적인 우정을 기대할 수 있다.' 바로 이 대목이 중요하네, 왓슨. 자, 계속 들어 보게. '선천적으로 보기 흉한 외모를 타고났는데, 기형적으로 큰 머리에 작고 날카로운 눈, 비뚤어진 얼굴이 그 특징이다. 그리고 손발이 몹시 작다. 성질이 몹시 고집스럽고 흉포한 탓에 그들을 교화하려는 영국 관헌의 노력은 모두 수포로 돌아갔다. 난파선 승무원들에게 공포의 대상으로, 때로는 돌을 묶은 막대로 살아 있는 사람의 머리를 내리치거나 독침으로 사살한 다음 예외 없이 그 사람의 고기로 향연을 벌인다.' 정말 사랑스러운 종족 아닌가, 왓슨! 그 녀석이 제멋대로 행동하도록 내버려 두었다면 아마 이 사건은 더 끔찍해졌을 거야. 아니, 지금까지 저지른 일만으로도 조너선 스몰은 그 녀석을 쓰지 말 걸 그랬다고 후회하고 있을 거야."

"그런데 그 종족 사람하고는 어떻게 알게 되었을까?"

"아, 그건 내가 설명할 수 있는 부분이 아니지. 하지만 어쨌든 스몰이 안다만에서 도망쳐 나온 것만은 분명하니 이 원주민이 함께 왔다고 해도 이상할 건 없네. 머지않아 그 점도 밝혀질 거야. 그런데 왓슨, 자네 몹시 지쳐 보이는군. 그 소파에 눕게. 내가 재워 줄 테니까."

그는 방 한구석에 놓인 바이올린을 들고 내가 누워 있는 소파 옆에서 꿈꾸는 듯 낮은 선율을 연주하기 시작했다. 원래 즉흥적으로 곡을 만드는 일에 재주가 뛰어났으므로 아마 그 또한 즉흥곡이었으리라 생각된다. 그의 가냘픈 팔, 진지한 얼굴, 오르내리는 바이올린 활 등이 어렴풋이 눈앞에 어른거리던 기억이 난다. 마침내 잔잔한 물결이 이는 바다 위에 떠 있는 듯한 기분과 함께 메리 모

스턴의 아름다운 얼굴이 떠올랐고, 이어서 나는 꿈나라로 빠져
들었다.

9
빠진 고리

내가 상쾌한 기분으로 잠에서 깨어났을 때는 이미 오후도 다 지난 무렵이었다. 홈즈는 내가 잠들기 전과 같은 자세로 앉아 있었고, 달라진 점이라면 바이올린을 옆에 내려놓은 채 책에 몰두하고 있다는 것뿐이었다. 몸을 움직이자 나를 향해 고개를 돌렸는데, 한눈에 그 얼굴이 어둡고 근심에 잠겨 있음을 알 수 있었다.

"곤히 자더군. 우리 말소리가 자네를 깨울까 봐 걱정했는데 말이야." 홈즈가 말했다.

"아무 소리도 못 들었어. 뭔가 새로운 정보가 들어왔나?" 내가 말했다.

"애석하게도 그렇지 않아. 솔직히 말해서 놀랍기도 하고 실망스럽기도 하군. 지금쯤은 뭔가 뚜렷한 윤곽이 잡혀 있어야 하는데 말이야. 지금 막 위긴스가 보고하러 왔었네. 증기선의 행방을 알 수 없다고 하더군. 이렇게 지체될 줄은 몰랐어. 그야말로 1분 1초가 소중한 지금 같은 때에 말이야."

"내가 할 일은 없을까? 기운도 되찾았고, 오늘 밤에는 더 먼 곳까지 갈 수도 있을 것 같은데."

"아니, 지금 우리가 할 수 있는 일은 아무것도 없네. 기다리는 수밖에 없어. 자리를 비웠다가 보고를 놓치면 오히려 다음 일에 지장이 생길지도 몰라. 자네는 볼일이 있으면 그 일이나 처리하고 와. 난 여기서 기다리고 있을 테니까."

"그럼 세실 포레스터 부인을 찾아뵙고 오겠네. 어제 꼭 다시 와 달라고 했었거든."

"포레스터 부인이?" 눈가에 엷은 미소를 띠며 홈즈가 물었다.

"아, 물론 모스턴 양도 만나야지. 두 사람 모두 사태가 어떻게 돌아가는지 알고 싶어 할 테니까."

"나라면 그 사람들에게 다 이야기하진 않겠어. 여자들은 누구라도 전적으로 믿어선 안 돼. 아무리 훌륭한 여자라 해도 말이야."

나는 그 괘씸한 의견에 반대할 만큼 한가하지 않았다.

"한두 시간 안에 돌아오겠네."

"좋아! 행운을 빌지! 그리고 미안하지만, 토비를 좀 돌려주고 오게. 이제부터는 그 녀석의 도움이 필요 없을 듯싶으니까."

그래서 나는 토비를 끌고 핀친 레인의 늙은 박제사에게 가서 반 파운드어치의 금화와 함께 토비를 돌려주었다. 캠버웰에 가니, 모스턴은 어젯밤의 모험으로 조금 지쳐 보였다. 하지만 내가 풀어 놓는 이야기를 열심히 경청했다. 포레스터 부인도 호기심으로 눈을 반짝반짝 빛냈다. 나는 사건의 끔찍한 부분은 생략한 채 모든 일을 들려주었다. 바솔로뮤 숄토의 죽음을 이야기할 때도 그 사실 자체만 짧게 언급했을 뿐 구체적인 살해 방법에 대해서는 입을 다물었다. 그랬음에도 두 여인은 놀라움과 충격을 감추지 못했다.

"마치 한 편의 소설 같군요! 상처받은 아름다운 여인에, 50만 파운드의 보물, 검은 식인종, 의족을 한 악당. 틀에 박힌 용이나 사악한 백작이 나오는 옛날이야기보단 재미있군요." 포레스터 부인이 외쳤다.

"게다가 두 기사가 도와주기 위해 달려오고요." 나에게 화사한 눈길을 주며 모스턴이 말했다.

"어머, 메리, 네 운이 이 수사 결과에 따라 결정되는데도 넌 별로 관심이 없는 듯하구나. 굉장한 부자가 되어 세상을 내려다보며 사는 게 어떤 기분일지 한번 상상해 보렴."

그런 가능성에도 불구하고 모스턴이 우쭐해하지 않아 나는 가슴이 떨리도록 기뻤다. 뿐만 아니라 고개를 갸웃하는 그녀의 모습은 그런 일 따위에는 관심도 없는 듯이 보였다.

"그보다는 새디어스 숄토 씨가 걱정되는군요. 다른 일은 아무래도 좋아요. 그분은 정말 친절하고 훌륭한 분이거든요. 터무니없고 끔찍스러운 혐의를 벗겨 드리는 게 우리 의무라고 생각해요." 모스턴이 말했다.

나는 저녁 무렵에 캠버웰의 그 집에서 나왔다. 베이커 가로 돌아왔을 때는 이미 주위가 캄캄했다. 친구의 책과 파이프는 의자 옆에 있었지만, 홈즈는 어디에도 보이지 않았다. 무언가 적어 놓은 것이라도 있나 싶어 주위를 둘러보았으나 아무것도 없었다.

"홈즈는 어디 나갔습니까?" 나는 덧문을 달으러 온 허드슨 부인에게 물었다.

부인은 목소리를 낮추어 매우 근심스러운 듯 속삭였다. "아뇨, 방에 계세요. 저, 왓슨 선생님, 홈즈 씨 몸은 괜찮나요?"

"무슨 일이 있었습니까?"

"네, 좀 이상했어요. 선생님이 나간 뒤 방 안에서 계속 왔다 갔다 서성대더군요. 나중에는 그 발소리에 진저리가 쳐질 정도였다니까요. 계속 뭐라고 혼자서 중얼거리기도 하고, 또 벨이 울릴 때마다 층계참까지 나와서 누가 왔냐고 묻는 거예요. 그리고 다시 방으로 들어갔지만, 또 왔다 갔다 하는 소리가 들리더군요. 그러다 병이라도 나면 어쩌려는 건지. 아까 진정제가 필요하냐고 물었더니 묘한 눈빛으로 저를 뚫어지게 쳐다보더군요. 그래서 얼른 나와 버렸지요."

"걱정할 것 없습니다. 전에도 그런 일이 있었으니까요. 조금 마음에 걸리는 일이 있어서 흥분했을 뿐입니다."

고지식한 허드슨 부인에게는 되도록 아무것도 아니라는 투로 말했지만, 긴긴 밤 동안 그가 방 안을 서성이는 둔탁한 소리를 들을 때마다 이 뜻하지 않은 공백 상태가 그의 날카로운 신경을 얼마나 자극하는지 알 수 있었고, 이어서 불안한 생각이 들기 시작했다.

아침 식사 때 그는 지칠 대로 지친 초췌한 모습으로 나타났다. 두 볼은 열이 있는 듯 불그레했다.

내가 말했다. "자네는 지나치게 스스로를 괴롭히고 있어. 밤새도록 서성거리는 소리가 들리더군."

"음, 잠을 잘 수 없었거든. 이 지긋지긋한 사건이 나를 지치게 하고 있어. 범인도 증기선도 알아냈는데 정작 어디 있다는 보고가 들어오지 않으니 답답해서 견딜 수 있어야지. 이런 시시한 장애에 걸리다니 정말 한심해. 다른 사람을 보내 양쪽 강가를 샅샅이 살펴보라고 했지만, 역시 아무런 단서도 나오지 않았네. 스미스 부인도 남편 소식을 전혀 알 수 없다고 하고. 배에 구멍을 뚫어 가라앉힌 게 아닌가 하는 생각마저 든다니까. 하지만 그 가정에도 난점은 있어."

"혹시 스미스 부인이 엉터리로 가르쳐 준 건 아닐까?"

"그건 아닌 듯싶네. 여기저기 알아본 결과, 그 부인이 말한 증기선은 틀림없이 있었거든."

"강을 거슬러 올라갔을 수도 있지 않나?"

"그럴 가능성도 있어서 다른 수색대에게 리치먼드까지 살펴보라고 했어. 오늘도 소식이 없으면 내일은 직접 나가서 배보다 범인을 찾아봐야겠어. 하지만 틀림없이 보고가 들어올 거야."

그러나 보고는 없었다. 위긴스에게서도 다른 수색대에서도 없었다. 노우드의 참극 기사는 대부분의 신문에 실렸다. 모두 하나같이 가엾은 새디어스 숄토에게 불리한 기사만 쓰고 있었다. 그러나 어느 신문에도 내일 심리가 열릴 것이라는 기사 외에 새로운 사실은 실려 있지 않았다. 나는 저녁때 두 여인에게 별로 진전이 없다는 보고를 하기 위해 캠버웰까지 걸어갔다가 돌아왔는데, 홈즈는 풀이 죽어 있었고 기분이 좋지 않은 듯했다. 내 질문에 제대로 대답도 하지 않았고, 몹시 까다로운 화학 실험으로 저녁 시간을 모두 소비해 버렸다. 끊임없이 증류기에 열을 가해 기체를 증류시켰고, 마지막에는 도저히 그 자리에 있을 수 없을 만큼 고약한 냄새를 피웠다. 새벽 두세 시까지 시험관 부딪치는 소리가 났으므로 나는 그때까지도 그가 악취 속에서 실험에 몰두하고 있음을 알 수 있었다.

새벽녘에 언뜻 잠에서 깨어난 나는 침대 옆에 서 있는 홈즈를 보고 깜짝 놀랐다. 그는 선원들처럼 후줄근한 재킷을 걸치고, 목에는 붉은색 싸구려 스카프를 두르고 있었다.

"강가로 나가 볼 생각이야, 왓슨. 이것저것 생각해 봤는데, 방법은 한 가지뿐이야. 어쨌든 해 볼 만한 가치는 있다고 생각하네."

"같이 가도 되겠지?"

"아니. 자네는 내 대신 여기 남아 있는 편이 좋겠어. 나도 별로 나가고 싶지는 않아. 어젯밤 위긴스가 절망적인 얼굴로 나타나긴 했지만, 오늘쯤은 무슨 보고가 있을 듯해. 아무튼 편지나 전보가 오면 모두 읽어 보고 자네가 판단해서 행동하도록 하게. 이 일을 맡아서 해 주겠나?"

"걱정 말게."

"나에게 전보를 칠 수는 없겠지. 어디에 있을지 나 자신도 알지 못하니까. 하지만 일이 잘되면 그리 오래 걸리진 않을 거야. 어쨌든 뭔가 정보를 얻으면 바로 돌아오겠네."

아침 식사 시간까지 어떤 소식도 없었다. 그러나 〈스탠더드〉를 펼쳐 보고 나는 사건에 대한 새로운 보도가 실린 것을 발견했다.

어퍼 노우드 참극에 관해, 처음 견해보다 한층 더 복잡한 수수께끼가 담겨 있을 가능성이 대두되었다. 새로 밝혀진 사실로 인해 새디어스 숄토 씨가 범인이라는 견해는 시정하지 않을 수 없게 되었다. 그래서 그와 가정부 번스톤 부인은 어젯밤에 석방되었다. 그러나 경찰은 범인에 대한 단서를 파악하고 있는 듯했고, 스코틀랜드 야드의 유능한 애설니 존스 씨가 이 수사를 담당하고 있는 만큼 머지않아 새로운 성과를 거두리라 예상된다.

그나마 다행이라고 나는 생각했다. 어쨌든 새디어스 숄토가 나왔으니까. 새로 밝혀진 사실이라는 게 뭔지는 모르겠지만, 아마도 경찰이 실수를 저질렀을 때 늘 쓰는 상투적인 표현일 것이다.

나는 신문을 테이블 위에 내던졌다. 그때 사람을 찾는 광고 하나가 내 눈길을 끌었다. 그 기사는 다음과 같았다.

실종—선주 모드케이 스미스와 그의 아들 짐이 화요일 오전 3시경 증기선 오로라 호를 타고 스미스 선창에서 출항한 뒤 행방불명됨. 배는 검은 바탕에 빨간 줄 두 개, 굴뚝은 검은 바탕에 흰 띠를 두르고 있음. 제보자에게는 사례금 5파운드 드림. 모드케이 스미스 및 증기선 오로라 호의 소재를 아는 분은 스미스 선창의 스미스 부인이나 베이커 가 221B 번지로 연락 바람.

홈즈가 낸 광고가 틀림없었다. 베이커 가 주소를 언급한 것이 그 증거였다. 나는 꽤 괜찮은 아이디어라고 생각했다. 범인들의 눈에는 그저 행방불명된 남편을 염려하는 아내가 낸 광고로 보일 테니까.

기나긴 하루였다. 현관에서 노크 소리가 들릴 때마다, 큰길에서 발소리가 날 때마다 홈즈가 돌아왔거나 광고를 보고 누가 찾아왔나 하고 생각했다. 책을 읽으려 해도 지지부진한 수사와 우리가 쫓고 있는 별난 2인조 악당 쪽으로 자꾸만 생각이 흘러갔다. 홈즈의 추리에 근본적으로 어떤 결함이 있는 것이 아닐까 하는 생각도 들었다. 어떤 터무니없는 착오 때문에 일을 그르치고 있는 것은 아닐까? 아무리 머리 회전이 빠르고 이성적인 사람이라지만, 잘못된 전제 위에서 빗나간 추리를 쌓아 올리고 있는 것은 아닐까? 나는 지금껏 그가 실수한 예를 본 적이 없었다. 하지만 아무리 날카로운 이론가일지라도 경우에 따라 함정에 빠질 수는 있다. 그가 지나치게 자신의 논리를 정교하게 다듬다가 실수를 했을지도 모른다는 생각이 스쳤다. 사실 홈즈는 단순하고 상식적인 설명이 바로 가까운 곳에 있어도, 일부러 복잡하고 기묘한 설명을 택해 필요 이상으로 논리를 내세우는 경향이 있긴 했다.

하지만 이번 사건은 나도 뚜렷한 증거를 목격했고, 홈즈가 내세우는 추리의 근거도 충분히 이해하고 있었다. 연달아 일어난 이상한 사건들을 돌이켜보면, 그 대부분이 하찮은 것이면서 동시에 모두 같은 방향을 가리키고 있었다. 비록 홈즈의 추리가 잘못되어 있다 해도 진상 역시 색다르고 놀랄 만한 것임에 틀림없다고 생각하지 않을 수 없었다.

오후 3시쯤 벨이 요란하게 울리고 현관에서 고압적인 목소리가 들렸는데, 놀랍게도 찾아온 사람은 애설니 존스였다. 그런데 지난번 어퍼노우드에서 거만하게 상식론을 펼치며 자신만만하게 사건을 도맡았던 때와는 전혀 딴판이었다. 풀이 죽은 얼굴에 태도는 부드러웠고 사죄하는 듯한 표정마저 보였다.

"안녕하십니까? 셜록 홈즈 씨는 안 계신다지요?" 그가 말했다.

"네, 언제 올지 모릅니다. 하지만 기다리실 생각이면, 그쪽 의자에 앉아서 시가라도 한 대 피우십시오."

"고맙습니다. 그럼 기다려 볼까요?"

그는 커다란 붉은 손수건을 꺼내 얼굴을 닦았다.

"위스키 소다 한 잔 드릴까요?"

"반 잔만 주십시오. 철에 맞지 않게 너무 더운 듯합니다. 아마 조바심이 나고 어려운 일이 잔뜩 쌓여 있어서 더 그럴 겁니다. 노우드 사건에 대한 내 의견은 이미 알고 계시겠죠?"

"그럼요. 전에 들었지요."

"그런데 그걸 재고하지 않을 수 없게 되었습니다. 숄토 씨 주위에 단단히 그물을 쳐 놓았는데, 그 그물에 커다란 구멍이 뚫리고 말았습니다. 믿을 수밖에 없는 알리바이가 있더군요. 형의 방에서 나간 후의 행동이 완전히 입증되었습니다. 그러니 지붕 위로 올라가 천장을 통해 내려온 사람은 그가 아니라는 이야기가 되지요. 어쨌든 내 힘으로는 풀 수 없는 사건이어서 형사로서 내가 쌓아 온 명성이 하루아침에 무너질 위기에 처해 있습니다. 누군가 조금이라도 도와준다면 그 이상 기쁜 일이 없겠습니다."

"누구나 도움을 청하고 싶을 때가 있는 법이지요." 내가 말했다.

"셜록 홈즈 씨는 정말 대단한 분입니다." 그는 쉰 목소리로 확신에 차서 말했다. "절대 굽힐 줄 모르는 사람이지요. 아직 젊은데도 수많은 사건에 손을 대서 한 번도 실패한 적이 없으니까요. 변칙을 사용하며 단숨에 결론으로 치닫는 방법이 지나치게 성급하다면 성급하다고 할 수도 있겠지요. 하지만 전체적으로 볼 때 형사로서 가장 성공할 만한 자질을 갖추고 있다고 생각하며, 이 점을 누구에게 증명하라 해도 마다하지 않겠습니다. 오늘 아침에 홈즈 씨에게서 전보를 받았는데, 이 사건에 대한 어떤 단서를 잡은 듯하더군요. 바로 이겁니다."

그는 주머니에서 전보를 꺼내 나에게 건네주었다. 정오에 포플러(런던 시 동쪽, 선창이 많은 지역)에서 친 것이었다.

곧장 베이커 가로 갈 것. 내가 아직 돌아오지 않았다면 기다리기 바람. 숄토 사건의 일당을 추적 중임. 오늘 밤 사건을 종결지을 예정인데, 원한다면 동행해도 좋음.

"좋은 소식이군요. 다시 실마리를 잡은 모양입니다." 내가 말했다.

"그렇다면 홈즈 씨도 한 번은 실패했었단 말입니까?" 존스가 기쁜 듯이 외쳤다. "아무리 유능한 탐정이라도 잘못짚을 수는 있겠지요. 이번 정보 역시 잘못된 것일 수도 있습니다. 하지만 어떤 기회도 놓쳐선 안 되는 게 형사의 의무거든요. 그런데 현관에 누가 온 듯싶군요. 홈즈 씨가 아닐까요?"

그때 계단을 올라오는 발소리와 함께 심하게 헐떡거리는 거친 숨소리가 들려왔다. 힘에 겨운지 한두 번 멈추었다가 간신히 우리 방문 앞에 이르러 문을 열고 들어왔다. 그 옷차림도 지금껏 들리던 소리와 어울리는 것이었다. 선원들처럼 노인은 허름한 재킷을 목까지 단추를 채워 입고 있었다. 등은 굽어 있었고, 무릎을 덜덜 떨며 천식인 듯 가쁜 숨을 몰아쉬고 있었다. 짙은 색의 스카프에 얼굴이 파묻혀 날카로운 검은 눈과 그 위에 늘어진 더부룩한 흰 눈썹, 그리고 긴 회색 턱수염이 보일 뿐이었다. 언뜻 나이 들고 가난에 시달리는 듯 보이지만, 원래는 어엿한 선장이었을 듯한 인상이었다.

"무슨 일로 오셨습니까?" 내가 물었다.

노인은 신중한 눈길로 주위를 둘러보더니 천천히 입을 열었다. "셜록 홈즈 씨 계시오?"

"안 계십니다. 제가 대신 일을 보고 있으니 전하고 싶은 말이 있으시면 저에게 말씀하세요."

"직접 말하고 싶은데."

"제가 홈즈 씨 대리인이라고 말하지 않았습니까. 모드케이 스미스의 배에 관한 얘긴가요?"

"그렇수다. 그 배가 어디 있는지 잘 알고 있지. 홈즈 씨가 찾는 사람들의 거처도 알고 있고. 어디 그뿐인가. 보물이 어디 있는지도 알고 있지. 난 모든 걸 알고 있어."

"그렇다면 말씀하세요. 제가 전해 드릴 테니까."

그러나 노인은 다시 고집을 부렸다. "그 사람한테 직접 말해야 해."

"그렇다면 좋습니다. 돌아올 때까지 기다리세요."

"그건 싫어. 남 좋은 일로 하루를 허송하고 싶진 않거든. 홈즈 씨가 없다면 할 수 없지. 그 사람 혼자 힘으로 그걸 알아내는 수밖에. 댁들이 뭐라 해도 난 입도 벙긋 안 할 거야."

노인은 다리를 끌며 문을 향해 걸어갔다. 애설니 존스가 그 앞을 가로막았다.

"잠깐만요. 중요한 정보를 갖고 있으신 듯한데 이대로 가시면 안 되지요. 노인장이 원하시든 원치 않으시든 홈즈 씨가 돌아올 때까지 여기서 기다리십시오."

노인은 문을 향해 달려가려 했다. 하지만 존스가 커다란 등으로 문을 가로막았으므로 반항해도 소용없음을 알고 이내 체념했다.

"이런 몹쓸 경우가 어딨어! 신사적인 사람을 만나리라 생각하고 왔는데, 듣도 보도 못한 댁들이 왜 나를 붙잡고 이런 푸대접을 하는 거야!"

노인은 지팡이로 바닥을 '쾅쾅' 울리며 소리쳤다.

"진정하세요. 나중에 허비한 시간에 대해서는 보상해 드리겠습니다. 저 소파에 앉아 계세요. 오래 기다리시지 않아도 될 겁니다."
내가 말했다.

노인은 어쩔 수 없다는 듯이 다시 돌아와 두 손으로 얼굴을 감싸며 소파에 앉았다. 존스와 나는 시가에 불을 붙이고 다시 이야기를 시작했는데, 그때 느닷없이 홈즈의 목소리가 들려왔다.

"나도 하나 주게."

우리 두 사람은 자리에서 벌떡 일어났다. 홈즈가 바로 옆에 앉아 유쾌한 표정을 짓고 있었다.

"홈즈! 자네 돌아왔군!" 내가 엉겁결에 소리쳤다. "그런데 그 노인은 어디 갔지?"

"노인은 여기 있네."

홈즈는 한 줌의 백발을 내보였다.

"바로 이것들이지. 가발, 턱수염, 눈썹 등등 모든 게 여기 있네. 나 스스로도 변장을 멋지게 했다고 생각했지만, 그토록 감쪽같이 속을 줄은 몰랐군."

"정말 감쪽같이 당했군요!" 얼굴 가득 웃음을 담으며 존스가 외쳤다. "선생은 배우가 될 소질이 다분하군요. 그쪽 길로 나섰으면 꽤 성공했겠습니다. 진짜 구빈원에서나 들을 법한 노인의 기침 소리하며, 그 비틀거리는 걸음걸이는 주급 10파운드는 넉넉히 받을 수 있는 연기였어요. 하기야 그 번득이는 눈빛이 왠지 눈에 익다는 생각이 들긴 했지요. 그러고 보면 우리를 그다지 감쪽같이 속였다고는 할 수 없겠군요."

홈즈는 시가에 불을 붙이며 입을 열었다. "하루 종일 이런 차림으로 돌아다녔지요. 사실 요즘은, 특히 왓슨이 내가 다루었던 사건을 책으로 엮은 다음부터는 범죄자들이 내 얼굴을 알아보기 때문에 정작 일을 하려면 이런 식으로 변장을 해야 한답니다. 전보는 받으셨지요?"

"그럼요. 그래서 이렇게 왔습니다."

"경찰은 어느 정도 진전을 보았습니까?"

"모든 게 수포로 돌아갔습니다. 결정적인 용의자 두 사람을 석방해야 했고, 나머지 두 사람도 단서가 없습니다."

"염려 마십시오. 그 대신 새로운 두 사람을 붙잡아 드릴 테니까. 하지만 내 말에 따라야 합니다. 범인을 체포한 공은 다 가져가도 좋지만, 그 대신 내가 하자는 대로 움직여야 합니다. 그러실 수 있겠습니까?"

"물론입니다. 범인만 체포할 수 있다면 뭐든 해야지요."

"좋습니다. 그럼, 먼저 성능 좋은 증기선 한 척을 7시에 웨스트민스터 선착장에 대기시켜 주세요."

"그거야 쉬운 일이지요. 그 부근에는 늘 경비정 한두 척이 있으니까. 하지만 일을 확실하게 하기 위해 잠시 후 전화를 해 두겠습니다."

"그리고 저쪽에서 저항해 올 경우에 대비해 힘센 경관을 둘 정도 보내 주십시오."

"경비정에는 늘 그런 경관이 두세 명 타고 있습니다. 또 다른 건요?"

"범인을 잡으면 보물도 찾게 됩니다. 아마 여기 있는 이 친구는 그 보물의 절반에 대해 권리가 있는 어떤 젊은 숙녀 분에게 그걸 돌려주고 싶어 할 겁니다. 그 숙녀 분이 제일 먼저 상자를 열게 해 주세요. 그럼 좋겠지, 왓슨?"

"그렇게 할 수만 있다면야 좋지."

존스는 고개를 저으며 말했다. "조금 변칙적인 요구 사항이군요. 하지만 사건 자체가 변칙이니 뭐 그렇게 해도 무방하겠죠. 단, 그 일이 끝나면 보물은 공식적인 절차를 밟을 때까지 경찰에 맡겨야 합니다."

"물론 그래야지요. 그리고 또 한 가지, 나는 이 사건에 대해 조너선 스몰에게서 두세 가지 직접 듣고 싶은 것이 있어요. 우리 집에서든 다른 곳에서든 비공식적으로 만나 이야기를 나누었으면 좋겠는데, 그때 충분히 감시만 해 주신다면 별로 지장은 없을 겁니다."

"이번 사건은 어차피 홈즈 씨의 독무대 아닙니까. 난 그 조너선 스몰이라는 남자가 실제로 존재하는지조차 모릅니다. 그러니 홈즈 씨가 그자를 직접 잡아 이야기를 하고 싶다면 우리도 반대할 이유가 없지요."

"그럼, 찬성한다는 말씀인가요?"

"물론입니다. 또 다른 게 있습니까?"

"함께 식사를 하자는 게 내 마지막 제안입니다. 30분이면 준비될 겁니다. 굴과 뇌조 한 쌍, 그리고 조금은 자랑할 만한 백포도주도 있지요. 왓슨, 자네 내 요리 솜씨를 본 적 없지?"

10
섬 남자의 최후

유쾌한 식사였다. 홈즈는 마음이 내키면 꽤 말이 많아지는데, 오늘이 바로 그런 경우였다. 몹시 흥분된 상태인 듯 보였다. 그렇게 재기 발랄하게 이야기하는 것을 지금껏 본 적이 없었다. 쉴 새 없이 여러 가지 화제를 꺼내 대화를 이끌었다. 중세의 종교극과 도자기, 스트라디바리우스 바이올린, 실론의 불교, 그리고 미래의 군함에 대한 이야기까지. 그는 어떤 주제든 놀라운 식견을 자랑하며 막힘없이 이야기를 풀어 나갔다. 이렇듯 쾌활한 기분은 지난 이삼 일 동안 계속되었던 우울 상태 뒤에 따르는 반작용이었다. 애설니 존스 또한 이렇게 대하고 보니 꽤 사교적인 사람이었고, 식사 상대로서도 매너가 나무랄 데가 없었다. 나로 말할 것 같으면, 수사가 거의 마무리 단계에 이르렀다고 생각하니 기분이 좋아 오랜만에 홈즈와 함께 유쾌하게 어울렸다. 정작 이렇게 세 사람이 모이게 된 이유에 대해서는 식사하는 동안 누구도 말을 꺼내지 않았다.

식사가 끝나자 홈즈는 그의 시계를 언뜻 보더니 유리잔 세 개에 포트와인을 따랐다.

"자, 건배합시다. 오늘 밤 모험의 성공을 위해. 드디어 출발해야 할 때가 온 듯하군요. 왓슨, 자네 권총 갖고 있나?" 홈즈가 말했다.

"책상 서랍에 군용 리볼버가 있어."

"그럼, 그걸 가지고 가게. 미리미리 조심해서 나쁠 건 없으니까. 현관에 마차가 와 있는 게 보이는군. 6시 30분에 오라고 일러두었거든."

7시 조금 지나 웨스트민스터 선착장에 도착하니 증기선 한 척이 대기하고 있었다. 홈즈는 배를 자세히 살펴보았다.

"경찰의 배라는 걸 알 수 있는 표시가 있습니까?"

"물론 있습니다. 측면의 녹색 등이 바로 그거죠."

"그렇다면 그걸 떼어 주세요."

그 일이 끝나자 우리는 배에 올라타고 밧줄을 풀었다. 존스와 홈즈, 그리고 나는 선미에 앉았다. 키잡이 한 명, 화부 한 명, 뱃머리에 건장한 경관 두 명이 자리를 잡고 있었다.

"어디로 가죠?" 존스가 물었다.

"런던탑으로. 배를 제이콥슨 조선소 맞은편에 대라고 하세요."

경비정은 꽤 빨랐다. 짐을 실은 나룻배들은 마치 그 자리에 서 있는 것처럼 보일 만큼 눈 깜짝할 사이에 따라붙었다. 앞서가던 증기선에 따라붙어 어느덧 저 멀리 뒤에 남겨 놓는 것을 보고 홈즈는 만족스러운 미소를 지었다.

"우린 이 강에 떠 있는 어떤 배든 추월할 수 있어야 합니다." 홈즈가 말했다.

"글쎄요, 그렇게까지는 할 수 없겠지만, 이 배보다 빠른 증기선이 그리 많지는 않을 겁니다."

"우린 오로라 호를 따라잡아야 합니다. 그리고 그 배는 꽤 속도가 빠르다고 알려져 있지요. 이보게 왓슨, 일이 어떻게 돌아가고 있는지 설명해 주겠네. 사소한 장애 때문에 발이 묶여서 내가 초조해하던 거 기억나나?"

"응."

"그래서 난 화학 실험에 매달려 머리를 깨끗이 비웠지. 어떤 위대한 정치가가 '기분전환은 최고의 휴식이다'라고 말했거든. 그 말이 맞아. 그때 탄화수소의 용해에 성공한 뒤 나는 숄토 문제로 돌아가 사건 전체를 처음부터 다시 생각하게 되었으니까. 난 아이들을 시켜 강가를 샅샅이 뒤졌는데도 아무런 성과를 얻지 못했지. 증기선은 어느 선창에도 없었고, 제자리로 돌아와 있지도 않았어. 그렇다고 증거를 없애기 위해 놈들이 배를 가라앉혔다고 볼 수는 없네. 아, 물론 다른 모든 가능성을 배제한다면 이 가설이 들어맞을지도 몰라. 아무튼 난 조너선 스몰이 제법 꾀가 많은 사람이라는 걸 알고 있었네. 하지만 섬세하고 복잡한 계획을 세울 능력은 없다고 보았어. 고등 교육을 받지 못한 사람에게 그런 건 무리니까. 그리고 난 그가 틀림없이 얼마 전부터 런던에 머무르고 있었을 거라는 생각을 했네. 폰디체리 저택을 계속 감시하고 있었으니까. 그렇다면 런던을 그리 쉽게 떠나지는 못할 거야. 단 하루라도 신변 정리를 할 시간이 필요할 테니. 어쨌든 그럴 확률이 높네."

"글쎄, 그럴까? 일에 착수하기 전에 미리 정리해 놓았을 수도 있지 않나." 내가 말했다.

"아니, 그렇진 않을 거야. 위급한 일이 생겼을 경우 그 근거지가 유일한 은신처이니 확신이 설 때까지는 쉽게 버릴 수 없었을 거야. 그리고 다른 관점으로도 생각해 보았네. 조너선 스몰은 공범의 특이한 외모가 아무리 외투로 감춘다 해도 소문거리가 될 것이고, 그렇게 되면 노우드 사건과 결부될 수도 있다는 생각을 했을 거야. 그 정도 머리는 돌아가는 녀석이니까. 그들은 어둠을 틈타 출발했고, 날이 밝기 전에 돌아가길 바랐을 거야. 그런데 스미스 부인의 말에 따르면, 그들이 증기선을 탄 건 3시쯤이었다고 했지. 한 시간 정도만 지나면 그럭저럭 날이 밝아 사람들이 일어나 나다닐 시간이란 말일세. 그래서 난 그들이 그다지 멀리 가진 못했을 거라고 결론을 내렸어. 그들은 스미스의 입을 막기 위해 충분한 돈을 지불하고 최후의 도주를 위해 증기선을 대기시켜 놓았지. 그리고 보물 상자를 싣고 은신처로 서둘러 향했어. 이틀 동안 그들은 신문에 실린 기사를 보면서 자신들이 주목받고 있는지 어떤지 확인할 시간을 가졌네. 아마 어둠을 틈타 그레이브센드나 다운즈 부근에 정박하고 있는 기선을 탈 계획일 거야. 아, 당연히 미국이나 다른 식민지로 가는 배표는 미리 사 두었겠지."

"하지만 그 증기선은? 배를 숙소로 끌고 들어갈 수는 없지 않나."

"그야 당연하지. 난 눈에 띄진 않지만 그리 멀지 않은 곳에 세워 두었을 거라고 짐작했어. 그래서 스몰의 입장이 돼서 그 정도의 두뇌를 가진 사람이 생각할 수 있는 여러 가지 가능성들을 타진해 보았지. 증기선을 돌려보내거나 어디 선창에 매어 놓으면 경찰이 냄새를 맡고 쫓아왔을 경우 추적당하기 쉽다고 생각했겠지. 그렇다면 배를 감쪽같이 숨겨 두었다가 필요할 때 바로 꺼내 쓸 수 있는 방법은 없을까? 내가 스몰이라면 어떻게 했을까 생각해 보았네. 방법은 하나밖에 없더군. 증기선을 어디 조선소나 수리 공장 같은 데 맡겨서 사소한 부분을 손봐 달라고 하는 거야. 그렇게 하면 사람들 눈에 띄지 않을 뿐만 아니라 필요할 때는 바로 끌어낼 수 있을 테니까."

"아주 간단한 방법이군."

"아주 간단한 방법이지만 한편으론 지나치기 쉬운 부분이기도 하지. 어쨌든 나는 그 생각을 직접 확인해 봐야 했어. 그래서 그런 선원 차림으로 나가 강가의 선창을 샅샅이 뒤지고 다녔지. 열다섯 군데나 헛걸음을 한 끝에 열여섯 번째, 그러니까 제이콥슨 조선소에서 이틀 전 의족을 한 남자가 찾아와 키를 고쳐 달라며 오로라 호를 맡기고 갔다는 얘기를 들었네. 감독이 말하더군. '키는 전혀 이상이 없었어요. 저 빨간 줄이 있는 배가 바로 오로라 호지요.' 바로 그때 모습을 나타낸 게 누군 줄 아나? 행방불명이 되었다던 선주 모드케이 스미스였어. 잔뜩 취해 있더군. 처음엔 당연히 알아보지 못했네. 하지만 그가 먼저 자기 이름과 배 이름을 대면서 큰 소리로 떠들어 대더군. '오늘 밤 8시에 배를 찾으러 올 거요. 알겠소? 정각 8시요! 손님이 두 분 계신데, 기다리는 걸 몹시 싫어하는 분들이오.' 꽤 많은 돈을 받은 듯 직공들에게 은화를 마구 뿌려 대더군. 나는 그자의 뒤를 밟았지. 그런데 술집으로 들어가서 안 나오지 뭔가. 그래서 나는 다시 조선소로 향했네. 그러다 우연히 내 밑에 있는 아이를 하나 만나서 증기선을 지켜보라고 일러두었지. 그 아이는 강가에 서 있다가 증기선이 떠날 때 손수건을 흔들어 신호를 보내기로 약속했어. 우린 그저 조금 떨어진 곳에서 기다리기만 하면 돼. 이런 상황에서 우리가 놈들을 잡고 보물을 되찾지 못한다면 그거야말로 이상한 일이 되겠지."

"훌륭한 계획을 세우셨군요. 그들이 진범인지 어떤지는 아직 모르지만 말입니다. 하지만 만약 나라면, 제이콥슨 조선소에 경찰들을 배치해 놓고 놈들이 나타나자마자 체포하겠습니다." 존스가 말했다.

"절대로 그렇게 해선 안 됩니다. 조너선 스몰은 빈틈없는 자이니까요. 미리 사람을 보내 조금이라도 수상한 낌새가 느껴지면 일주일이라도 더 숨어 있을 겁니다."

"하지만 모드케이 스미스를 닦달해서 숨어 있는 집으로 안내하도록 만드는 방법도 있지 않나." 내가 말했다.

"그런 방법을 써 봤자 쓸데없이 하루만 더 낭비할 뿐이야. 게다가 스미스가 녀석들이 숨어 있는 집을 알고 있을 가능성은 1퍼센트 정도밖에 되지 않아. 술을 마실 수 있고 돈이나 많이 받으면 그만이니 쓸데없이 알아볼 생각은 하지도 않았을 테니까. 그들은 용건이 있을 때 스미스에게 심부름꾼을 보내서 알리면 그만이고. 그래서 온갖 방법을 이리저리 궁리한 끝에 이게 최선의 방법이라는 결론을 내렸지."

우리가 이야기를 하는 동안에도 배는 템스 강에 걸린 수많은 다리 밑을 빠른 속도로 지나쳤다. 런던의 중심가를 지나갈 때, 세인트 폴 성당 꼭대기의 십자가가 석양을 받아 황금빛으로 반짝이는 것이 보였다. 런던탑에 이르렀을 때는 이미 황혼 무렵이었다.

"저기가 제이콥슨 조선소입니다." 홈즈는 서리 주 방향으로 돛대와 돛이 삐죽삐죽 솟은 곳을 가리켰다. "저 나룻배들 사이를 천천히 오르내리면서 기다리면 될 겁니다."

그는 주머니에서 야간용 쌍안경을 꺼내 잠시 강가를 살폈다.

"저기 내가 세워 둔 소년이 보이는군요. 하지만 손수건 신호는 아직 안 보입니다."

"하류 쪽으로 좀 더 내려가서 기다리면 어떨까요?" 존스가 진지한 어조로 말했다.

바야흐로 너 나 할 것 없이, 무엇 때문에 이러고 있는지 어렴풋하게 알 뿐인 경관이나 선원들도 열성을 보이기 시작했다.

"지나친 속단은 금물입니다. 십중팔구 그자는 강을 따라 내려가겠지만, 단언할 순 없거든요. 여기라면 조선소 입구를 그들에게 들키지 않고 감시할 수 있습니다. 게다가 오늘 저녁은 맑게 개었으니 시야가 밝을 겁니다. 그냥 여기 있는 편이 좋겠어요. 저기 좀 보세요. 저쪽 가스등 불빛 속에서 사람들이 많이 다니는 게 보이지요?" 홈즈가 말했다.

"조선소 직원들이 일을 마치고 돌아가는 길이겠지요."

"지저분한 부랑자들처럼 보이지만, 그래도 한 사람 한 사람 안에 불멸의 작은 불꽃이 타고 있다고 생각합니다. 겉만 봐서는 물론 그럴 것 같지 않지요. 하지만 그럴 것 같지 않다고 덮어놓고 단언할 순 없어요. 인간이란 정말 풀 수 없는 수수께끼니까요."

"누군가 동물에 영혼이 깃든 것이 인간이라고 말했었지." 내가 말했다.

"윈우드 리드가 그 문제에 관해 멋진 말을 했어. 인간 하나하나는 풀기 어려운 수수께끼지만 집단으로 보면 수학적 확실성을 갖춘 존재라고 했지. 예를 들어 어느 한 사람의 행동은 절대적으로 예측할 수 없지만, 평균적인 한 무리의 행동은 정확하게 예언할 수 있네. 개인은 종류도 많고 다양하지만 평균치는 언제나 일정하다는 게 이 통계학자의 주장이야. 아, 손수건을 흔드는 것 같군. 하얗게 나풀거리고 있어." 홈즈가 말했다.

"그래, 자네 밑에서 일하는 소년이 맞아! 똑똑히 보이는군." 내가 큰 소리로 말했다.

"저기 봐, 오로라 호가 오고 있어. 무서운 기세로 달리는군! 기관사, 속도를 높여서 저기 노란 불을 밝힌 증기선을 쫓으세요. 맘

소사, 만약 저 배를 놓치면 나 자신을 절대 용서하지 못할 거야!"
홈즈가 외쳤다.

오로라 호는 은밀하게 조선소 입구를 빠져나와 두세 척 배의 그
늘 속에서 움직였다. 그래서 우리가 그 모습을 포착했을 때는 이미
꽤 빠른 속도로 달리고 있었고, 지금은 놀랄 만한 속도로 강가를
따라 내려가고 있었다. 존스는 심각한 얼굴로 배를 바라보며 고개
를 저었다.

"아주 빠르군요. 따라잡을 수 있을지 모르겠습니다."

"따라잡아야 합니다!" 홈즈가 잇새로 밀어내듯 말했다. "석탄을
더 넣어요! 이 배가 낼 수 있는 최대 속도로! 배가 타 버리는 한이
있더라도 저놈들을 잡아야 하오!"

우리는 한껏 속도를 높여 오로라 호를 뒤쫓았다. 기관은 굉음을
내며 타올랐고, 강력한 엔진은 커다란 무쇠 심장처럼 거칠고 요란
한 소리를 냈다. 날렵한 강철 뱃머리는 잔잔한 물을 헤쳐 파도를
양쪽으로 갈라놓았다. 엔진이 한 번 울릴 때마다 배는 높이 뛰어오
르며 흔들렸다. 뱃머리에 매달린 커다란 등불은 앞길에 흔들리는
긴 깔때기 모양의 광선을 던졌다. 눈앞에 펼쳐진 물위의 어렴풋한
그림자가 오로라 호의 위치를 가리키고 있었다. 우리 증기선은 나
룻배며 다른 증기선 무리를 이리저리 헤치며 화살같이 달렸다. 어
둠 속에서 가끔 고함치는 소리가 들렸지만 오로라 호는 아랑곳없
이 쏜살같은 속도로 돌진했고, 우리도 그 뒤를 바짝 뒤쫓았다.

"계속 넣어요! 계속! 최대한 속도를 높여요!" 기관실을 들여다

보며 외치는 홈즈의 독수리 같은 얼굴에서 뜨거운 불길이 일렁거렸다.

"좀 가까워진 것 같은데." 존스가 오로라 호를 뚫어지게 지켜보며 말했다.

"정말 그렇군요. 잘하면 이삼 분 안에 따라잡을 수도 있겠는데요." 내가 말했다.

그러나 바로 그 순간, 악마의 장난처럼 세 척의 나룻배를 이끄는 예인선이 비실비실 비집고 들어왔다. 키를 힘껏 잡아당겨 겨우 충돌을 모면했으나 다시 코스로 돌아왔을 때 오로라 호는 이미 200야드 이상 멀리 떨어져 있었다. 그러나 아직 뚜렷이 볼 수 있었다. 어느덧 희미한 황혼 빛이 사라지면서 맑게 갠 하늘에 별이 반짝이는 밤으로 접어들고 있었다. 기관은 최대로 가동되었고, 빈약한 선체는 무서운 속도에 놀라 삐걱거리며 신음을 뱉었다. 우리는 풀을 통과하고 웨스트 인디아 부두를 지나 긴 뎁포드 갑문을 따라 내려가다가 독스 섬을 돌아 다시 북쪽으로 꺾어 들었다.

앞길의 어렴풋한 그림자는 마침내 뚜렷한 오로라 호의 날씬한 선체로 바뀌었다. 존스가 탐조등을 비추었으므로 갑판 위의 사람도 볼 수 있었다. 한 남자가 고물에서 무릎 사이에 뭔가 검은 물체를 끌어안은 채 쭈그리고 앉아 있었다. 그 옆에 웅크리고 있는 시커먼 덩어리는 뉴펀들랜드 개처럼 보였다. 스미스의 아들은 키를 잡고 있었고, 스미스는 빨갛게 달아오른 기관 앞에 서서 웃옷을 벗은 채 힘껏 석탄을 던져 넣고 있었다. 그들도 처음에는 쫓기고 있는 게 맞는지 긴가민가했겠지만, 오른쪽으로 돌든 왼쪽으로 돌든 끊임없이 따라붙는 것을 보고 확신이 선 듯했다. 그린위치에서는 300걸음 정도 거리가 있었다. 블랙월에서는 250걸음 정도로 그 거리가 좁혀졌다.

변화무쌍한 생애 동안 여러 나라에서 동물 사냥을 경험해 보았지만, 나는 템스 강 위에서 미친 듯이 달리며 사람을 사냥하는 지금처럼 통쾌한 스릴을 맛본 적이 없었다. 1야드, 1야드, 우리는 꾸준히 다가갔다. 밤의 적막 속에서 저쪽 배의 엔진이 내는 덜컥거리는 소리가 들려왔다. 고물에 앉은 남자는 여전히 웅크린 채 바쁘게 두 팔을 움직이고 있었는데, 이따금 얼굴을 들어 우리와의 거리를 눈으로 가늠했다. 거리는 시시각각으로 좁혀졌다. 존스는 큰 소리로 멈추라고 명령했다. 이미 보트 네 척의 길이로 거리가 좁혀진 채 두 척의 증기선은 무서운 속도로 날듯이 달리고 있었다. 한쪽 강변은 바킹 평지, 다른 쪽 강변은 침울한 플럼스테드 습지대의 드 넓은 강줄기였다.

존스의 고함에 맞서 고물에 앉은 남자가 벌떡 일어나더니 두 주먹을 휘두르며 높고 쉰 목소리로 욕설을 퍼부었다. 체격이 좋고 힘이 세어 보였으나 두 다리를 벌리고 서 있는 모습을 보니 오른쪽 무릎에서 아래는 나무로 만든 의족이었다. 그가 째지는 듯한 노여움의 외침을 지르자 갑판 위에 웅크리고 있던 검은 덩어리가 움직이기 시작했다. 몸을 편 모습을 보니, 조그맣고 검은 사람이었다. 지금껏 그렇게 작은 사람은 본 적이 없었다. 기형적으로 큰 머리에 고수머리가 잔뜩 얽히고 헝클어져 있었다. 홈즈는 이미 권총을 꺼내 들고 있었고, 나도 그 기괴한 원주민의 모습을 보고 권총을 꺼냈다. 원주민은 검은 외투인지 담요인지를 두른 채 얼굴만 내놓고 있었다. 그러나 그 얼굴만 보고도 밤잠을 설치기엔 충분했다. 그렇게 야수성과 잔인성이 깊이 새겨진 얼굴을 나는 본 적이 없었다. 작은 두 눈은 음침한 빛을 띤 채 타오르는 불길처럼 번득였고, 비뚤어진 두터운 입술 사이로 드러난 이는 동물적인 광포함으로 우리에 대한 적의를 뿜어내듯 뿌득뿌득 소리를 내고 있었다.

"저 녀석이 손을 들면 총을 쏴." 홈즈가 조용히 말했다.

그때는 이미 보트 한 척 정도의 거리밖에 떨어져 있지 않아서 우리의 사냥감은 바로 손에 잡힐 듯 가까이 있었다. 지금도 그 두 사람의 모습이 눈에 선하다. 백인은 다리를 벌리고 서서 째지는 목소리로 욕설을 퍼부었고, 보기에도 끔찍한 얼굴의 난쟁이는 우리 배의 탐조등 불빛 아래에서 억세고 누런 이를 갈고 있었다.

난쟁이의 모습이 뚜렷이 보였던 것은 정말 다행스러운 일이었다. 그는 우리가 보는 앞에서 외투 밑으로 학생들이 쓰는 자처럼 짧고 둥근 나뭇조각을 꺼내더니 입에다 대었다. 우리 두 사람의 권총이 동시에 불을 뿜었다. 난쟁이는 허공에서 두 팔을 휘젓더니 캑캑거리며 비스듬히 물속으로 떨어졌다. 그리고 우리는 하얗게 소용돌이치는 물속에서 독기 어린 위협적인 두 눈을 보았다. 그 순간 의족을 한 남자는 키를 힘껏 잡아당겨 우리 배의 고물과 불과 2, 3피트 떨어진 곳에서 방향을 틀더니 남쪽 강가를 향해 배를 몰았다.

우리도 지체 없이 그 뒤를 쫓았으나 오로라 호는 이미 강가 가까이 다가서고 있었다. 그곳은 황량한 땅으로, 흐르지 않는 물이 괴어 있는 웅덩이와 식물성 부식토에 뒤덮인 늪지대 위에 달빛이 희미하게 비치고 있었다.

오로라 호는 뱃머리를 허공에 세운 채 고물이 '철썩' 하는 소리와 함께 흙탕물 속에 처박히면서 멈추었다. 도망자는 지체 없이 뛰어내렸으나 그 순간 의족이 질척질척한 흙 속으로 무릎까지 빠지고 말았다. 몸을 뒤틀며 허우적거렸으나 별수 없었다. 앞으로도 뒤로도 꼼짝할 수 없었다. 머리끝까지 화가 난 그는 고함을 지르며 다른 한쪽 발로 미친 듯이 흙탕물을 걷어찼다. 그러나 허우적거리면 허우적거릴수록 의족은 끈적끈적한 흙 속으로 빠져들 따름이었다. 우리가 오로라 호 옆에 배를 대었을 때 그는 완전히 뿌리를 박은 듯 그 자리에 서 있었다. 우리는 마치 고약한 물고기나 그와 비슷한 어떤 것을 끌어올리듯 그의 어깨에 밧줄을 묶어 잡아끌어야만 했다. 스미스 부자는 시무룩한 얼굴로 갑판에 앉아 있었는데, 명령에 따라 순순히 우리 배로 건너왔다. 우리는 오로라 호를 끌어 우리 배의 고물에 단단히 묶었다.

튼튼한 인도풍 장식의 무쇠 상자가 갑판에 있었다. 숄토 집안의 불길한 보물이 담겨 있던 그 상자임에 틀림없었다. 꽤 무게가 나가는 상자로, 열쇠는 어디에도 없었다. 우리는 그 상자를 조심스럽게 우리 배의 좁은 선실로 운반했다. 그리고 다시 배를 띄워 천천히 강을 거슬러 올라가며 탐조등을 이리저리 비추어 보았다. 하지만 안다만 제도에서 온 작은 남자의 시체도, 다른 무엇도 보이지 않았다. 템스 강바닥의 거무칙칙한 흙탕 속 어딘가에 우리나라가 맞아들였던 그 괴상한 손님의 뼈가 지금도 묻혀 있을 것이다.

"이걸 좀 보게." 홈즈가 갑판의 목제 승강구를 가리키며 말했다.

"조금만 늦게 총을 쐈어도 큰일 날 뻔했어."

우리가 아까 서 있었던 자리 바로 뒤에 눈에 익은 독침이 하나 꽂혀 있었다. 권총을 쏘는 순간 바람을 가르며 우리 두 사람 사이로 날아온 것이 분명했다. 홈즈는 그것을 보고 빙그레 웃으며 어깨를 으쓱했으나, 솔직히 나는 끔찍한 죽음이 이토록 가까운 곳을 지나갔다는 생각에 등골이 오싹했다.

11
아그라의 보물

우리의 포로는 오래전부터 기를 쓰고 손에 넣으려 했던 그 무쇠 상자를 앞에 놓고 앉아 있었다. 햇볕에 그을린 피부며 뻔뻔스럽게 번득이는 눈이며 구릿빛 얼굴 가득 얼키설키 잡혀 있는 주름은 야외에서 힘들게 보낸 세월을 뚜렷이 드러내고 있었다. 유난히 두드러진 수염이 덥수룩한 턱은 마음먹은 일을 쉽게 단념하지 않는 기질을 보여 주고 있었다. 검은 곱슬머리에 흰빛이 많이 섞인 것으로 보아 쉰 살은 넘은 듯했다. 화를 낼 때는 아까도 보았듯 짙은 눈썹과 공격적인 턱이 무서운 표정을 만들지만, 이렇게 차분히 앉아 있는 것을 보니 그다지 불쾌한 얼굴만은 아니었다. 지금 그는 수갑이 채워진 손을 무릎 위에 놓고 가슴에 파묻듯 고개를 떨군 채 날카롭게 번득이는 눈으로 악행의 근원인 보물 상자를 보고 있었다. 지그

시 감정을 누르고 있는 그 얼굴에는 노여움이라기보다는 슬픔의 빛이 떠올라 있었다. 단 한 번 얼굴을 들고 나와 시선이 마주쳤는데, 그때 그의 눈에는 웃음기마저 감도는 듯했다.

"이봐, 조너선 스몰, 일이 이렇게 돼서 안됐군." 시가에 불을 붙이며 홈즈가 말했다.

"동감이오." 그는 순순히 대답했다.

"하지만 이 일로 교수형이야 당하지 않겠지요. 난 숄토 씨한테 손도 대지 않았소. 성경에 손을 얹고 맹세할 수도 있소이다. 그건 지옥의 사냥개 통가의 짓이오. 그 녀석이 그 끔찍한 독침을 쏘았지요. 그 일에 난 손톱만큼의 책임도 없소. 사실 내 피붙이가 죽기라도 한 것처럼 애통해했지요. 난 그 작은 악마를 밧줄 끝으로 후려쳤소. 하지만 이미 엎질러진 물을 주워 담을 순 없는 노릇 아니오?"

"시가나 피우게. 그리고 이것도 한 모금 마시는 게 좋을 거야. 몹시 젖어 있군. 자네가 밧줄을 타고 올라가는 동안 그 작은 검둥이 녀석이 숄토 씨를 위협해서 꼼짝도 못하게 만들 줄 누가 알았겠나!" 홈즈가 말했다.

"마치 그 자리에 있었던 것처럼 잘 아는군요. 사실 난 그 방에 아무도 없는 줄 알았소. 여느 때 같으면 숄토 씨가 저녁 식사를 하기 위해 아래층으로 내려가 있을 시간이니까. 모든 걸 숨김없이 말하리다. 사실대로 이야기하는 게 나를 위한 가장 좋은 변호가 될 테니까. 만약 상대가 그 늙은 소령이었다면 교수형을 받을 만한 짓도 했을지 모르지요. 그의 목을 자르는 건 이 시가를 피우는 것만큼이나 쉬운 일이니까. 하지만 아무런 원한도 없는 아들에게 손을 대서 감옥 갈 짓을 저지른다는 건 생각조차 한 일이 없소이다."

"자네는 스코틀랜드 야드의 애설니 존스 씨 손에 넘어갔네. 이분이 자네를 우리 집으로 안내할 거야. 거기서 사건의 진상을 듣게 되겠지. 그러니 모든 사실을 있는 그대로 이야기해야 하네. 그러면 나도 어떻게든 손을 써 줄 수 있을 거야. 그 독이 너무 빨리 효력을 나타냈기 때문에 자네가 방 안에 들어갔을 때 숄토 씨는 이미 죽어 있었다는 사실을 증명해 줄 수 있네."

"그건 사실이오. 방 안에 들어갔을 때 고개를 옆으로 떨군 채 기묘한 표정으로 죽어 있는 숄토 씨를 보고 간이 떨어지는 줄 알았으니까. 통가가 그때 도망치지만 않았어도 아마 반쯤 죽여 놓았을 거요. 더구나 경황이 없어서 무기를 놓고 왔고, 독침도 떨어뜨렸다고 나중에 말하더군요. 당신은 그 덕분에 단서를 잡을 수 있었던 거겠죠? 여기까지 나를 따라잡을 수 있었던 것도 그 때문이고. 하지만 당신에게는 아무런 원한도 없소. 기분이 썩 좋진 않지만."

그는 씁쓸한 미소를 지으며 말을 이었다. "50만 파운드라는 돈에 정당한 권리를 가진 내가 인생의 절반을 안다만에서 방파제나 쌓으며 지내더니 이제는 다트무어에서 땅이나 파면서 지내게 생겼으니 말이외다. 우연히 애크멧이라는 상인과 알게 되고 아그라의 보물과 인연을 맺게 된 그날이 돌이켜보면 내 생애에 액운이 온 날이었소. 그 보물을 차지하는 사람에겐 저주가 따를 뿐 아무런 좋은 일도 없으니까 말이오. 애크멧은 살해당했고, 숄토 소령은 공포와 죄책감으로 죽는 날까지 떨면서 살았고, 난 또 일생을 고역으로 보내야 하잖소."

그때 애설니 존스가 얼굴과 어깨를 좁은 선실 안으로 들이밀었다.

"음, 분위기 한번 좋군요. 나도 한 잔 주시겠습니까, 홈즈 씨? 서로의 성공을 축하하는 의미에서 말입니다. 또 한 사람을 산 채로 잡지 못한 건 유감이지만, 달리 방법이 없었겠죠. 솔직히 말해서 아슬아슬한 곡예였다고 생각합니다. 증기선을 따라잡는 것만도 큰일이었지요."

"끝이 좋으면 모든 게 좋은 법이지요. 하지만 오로라 호가 그렇게 빠른 배인 줄은 미처 몰랐습니다." 홈즈가 말했다.

"스미스 말에 의하면, 템스 강 일대에서 손꼽히는 빠른 배라고 하더군요. 엔진 조수만 한 사람 있었어도 절대 잡히지 않았을 거라나. 아, 노우드 사건에 대해서는 아무것도 몰랐다고 발뺌하고 있습니다만."

"정말로 그 사람은 아무것도 모르오. 한 마디도 하지 않았으니까. 그저 빠른 증기선이라는 말을 듣고 그를 채용했을 뿐이오. 물론 돈은 듬뿍 쥐여 주었지. 우리가 그레이브센드에서 운 좋게 브라질로 떠나는 에스메랄다 호에 탈 수 있게만 해 주면 그만큼 더 주겠다고 약속했소." 조너선 스몰이 외쳤다.

"글쎄, 잘못한 게 없다면 그 친구가 부당한 일을 당하지 않도록 신경을 써야겠지. 우린 범인을 잡는 일에는 재빠르지만 벌을 주는 데는 신중하거든."

이제 범인을 체포했다고 벌써부터 으스대는 거만한 존스의 모습을 보니 재미있었다. 홈즈의 얼굴에도 언뜻 미소가 스치는 것으로 보아 그도 존스의 말을 귀담아들은 것이 분명했다. 존스가 다시 말했다.

"이제 곧 복스홀 다리에 도착합니다. 왓슨 선생은 보물 상자를 가지고 상륙하세요. 말씀 드리지 않아도 아시겠지만, 이건 나로서는 중대한 책임이 따르는 모험입니다. 그야말로 파격적인 일이지요. 하지만 약속은 약속이니까요. 어쨌든 대단히 값나가는 것을 가지고 가는 만큼 경관 한 명을 딸려 보내겠습니다. 마차로 가시겠습니까?"

"네, 마차로 가겠습니다."

"열쇠가 없는 게 유감이군요. 있다면 여기서 리스트를 만들 수 있을 텐데요. 부수고 열어야겠어요. 이봐, 열쇠를 어떻게 했지?"

"강에 던졌소." 스몰이 퉁명스럽게 대답했다.

"흠! 그렇게 불필요한 말썽을 부려도 소용없어. 너 때문에 그렇지 않아도 숱한 고생을 했어. 어쨌든 선생, 조심하라는 말은 안 하겠습니다. 나중에 상자를 가지고 베이커 가의 집으로 오세요. 우리도 거기서 기다리고 있다가 경찰서로 가겠습니다."

무거운 무쇠 상자와 친절한 형사 한 명과 함께 나는 복스홀에서 내렸다. 세실 포레스터 부인의 집까지 마차로 15분이 걸렸다. 현관에 나온 하인은 이런 늦은 시각에 찾아온 손님을 보고 몹시 놀라는 눈치였다. 하인의 말에 의하면, 세실 포레스터 부인은 외출 중이며 늦게 돌아올 거라고 했다. 그러나 모스턴은 응접실에 있었다. 그래서 나는 친절한 형사를 마차에서 기다리게 한 후 상자를 들고 응접실로 들어갔다.

모스턴은 창문을 연 창가에 앉아 있었다. 목과 허리에 주홍빛 단을 댄 속이 비치는 하얀 드레스를 입고 있었다. 갓을 씌운 램프의 부드러운 불빛이 등나무 의자에 앉아 있는 모스턴을 비추어, 아름답고 우수에 찬 얼굴과 탐스러운 금발에 신비로움을 더해 주었다. 의자 양옆으로 힘없이 하얀 팔과 손을 늘어뜨리고 있었는데, 뭔가 깊은 생각에 잠겨 있는 듯했다. 그러나 내 발소리를 듣고 곧 자리에서 일어났다. 창백한 두 뺨은 놀라움과 기쁨으로 밝게 빛났다.

"마차 소리가 나서 포레스터 부인이 벌써 돌아오신 줄 알았어요. 당신일 거라고는 꿈에도 생각지 못했어요. 오늘은 무슨 소식을 갖고 오셨죠?"

"소식보다 더욱 좋은 것을 가지고 왔습니다." 나는 상자를 테이블 위에 올려놓았다. 마음은 우울했으나 애써 밝게 말했다. "어떤 소식보다도 값진 것을 갖고 왔습니다. 당신의 재산을 가져왔지요."

모스턴은 무쇠 상자를 흘끗 보고 담담하게 말했다. "이게 그 보물인가요?"

"네, 아그라의 보물입니다. 반은 당신 것, 반은 새디어스 숄토 씨의 것이지요. 아마 두 사람에게 각각 20만 파운드씩 돌아가게 될 겁니다. 생각해 보세요. 1년에 1만 파운드의 연금을 받는 셈입니다. 이제 잉글랜드에서 당신보다 부유한 젊은 여성은 거의 없을 겁니다. 굉장하지 않습니까?"

기쁨의 표현을 조금 더 과장해야 했나 보다. 그 축하의 말에 담긴 공허한 울림을 모스턴도 느낀 듯 눈썹을 조금 올리고 묘한 얼굴로 나를 보았다.

"이게 제 것이 된다면, 그건 모두 당신 덕분이에요." 모스턴이 말했다.

"아닙니다. 내가 아니라 내 친구 셜록 홈즈 덕분이지요. 그 친구의 천재적인 분석 능력으로도 어려운 일이었으니 내가 아무리 애써도 단서를 찾아내진 못했을 겁니다. 사실 마지막 순간에도 자칫하면 실패할 뻔했으니까요." 내가 대답했다.

"앉아서 모두 이야기해 주세요, 왓슨 씨."

나는 지난번 모스턴과 만난 다음에 있었던 일을 간략하게 설명했다. 홈즈의 새로운 수사 방법, 오로라 호의 발견, 애설니 존스의 방문, 저녁때가 다 되어 범인을 체포하기 위해 출발했던 일, 템스 강을 달리며 필사적으로 추적했던 일 등. 모스턴은 입을 벌리고 눈을 반짝이며 나의 모험담을 열심히 들었다. 아슬아슬하게 홈즈와 나 사이를 비껴간 그 독침 이야기를 했을 때는 금방이라도 기절할 것처럼 얼굴이 새파랗게 질렸다.

"괜찮아요." 모스턴은 내가 급히 따라 주는 물을 받아 들며 그렇게 말했다. "이젠 괜찮아졌어요. 두 분이 저 때문에 그런 위험한 일을 겪었다는 말을 듣고 놀란 것뿐이에요."

"이제 모두 끝났습니다. 대단한 일도 아니고요. 끔찍한 이야기는 이것으로 끝입니다. 이제 유쾌한 이야기를 하지요. 여기에 그 보물이 있습니다. 이 이상 유쾌한 일이 또 있겠습니까? 당신에게 제일 먼저 보여 드리고 싶었습니다. 그래서 특별히 허락을 받아서 가지고 왔지요."

"저도 빨리 보고 싶어요."

하지만 모스턴의 목소리에는 조금도 기뻐하는 기색이 없었다. 여러 우여곡절을 겪으며 힘겹게 되찾은 보물에 흥미를 보이지 않으면 실례라고 생각해 애써 기쁜 척하는 듯싶었다.

"상자가 참 예쁘네요." 모스턴은 상자 위로 몸을 굽히며 말했다. "인도에서 만든 건가 봐요?"

"그렇습니다. 베나레스의 금속 세공이지요."

"굉장히 무거워요!" 모스턴은 상자를 들어 올리려고 했다.

"상자만 해도 값이 꽤 나가겠어요. 열쇠는 어디 있죠?"

"스몰이 템스 강에 던져 버렸습니다. 아무래도 포레스터 부인의 부젓가락을 좀 빌려야겠군요."

상자 정면에는 부처가 앉아 있는 모습을 새긴 두껍고 폭이 넓은 자물쇠가 달려 있었다. 그 밑으로 부젓가락 끝을 집어넣고 지렛대처럼 바깥쪽으로 비틀었다. 이윽고 걸쇠가 커다란 소리를 내며 떨어져 나갔다. 나는 떨리는 손으로 뚜껑을 들어 올렸다. 우리 두 사람은 너무 놀라 눈을 크게 뜨고 우뚝 서 있을 따름이었다. 상자가 비어 있었기 때문이다.

상자가 무거운 것은 당연했다. 둘레가 모두 0.6인치 두께의 철판으로 되어 있었다. 공을 들여 튼튼하게 만든 것으로 귀중품을 넣기 위한 상자가 틀림없었으나 금붙이나 보석은 하나도 없었다. 아주 깨끗이 비어 있었다.

"보물은 없군요." 모스턴이 조용히 말했다.

그 말을 듣고 그 의미를 확실히 이해했을 때 나는 커다란 그림자가 마음속에서 걷히는 것을 느꼈다. 보물이 사라진 지금 이 순간까지, 나는 아그라의 보물이 얼마나 무겁게 내 마음을 짓누르고 있었는지 확실히 모르고 있었다. 이기적이고 잘못된 생각인지도 모르지만, 내 머릿속에는 두 사람 사이를 가로막고 있던 황금의 장벽이 사라졌다는 생각밖에 없었다.

"하느님, 감사합니다!" 나는 무의식중에 마음속의 말을 토해냈다.

"왜 그런 말씀을 하시죠?"

모스턴은 나를 보고 의아한 미소를 지었다.

"당신이 내 손이 닿는 곳으로 돌아왔으니까요." 나는 모스턴의 손을 잡으며 말했고, 그녀도 손을 뿌리치진 않았다. "당신을 사랑합니다, 메리. 누구보다도 당신을 사랑합니다. 이 보물, 이 재산이 있었기 때문에 나는 그동안 내 마음을 보일 수 없었습니다. 하지만 이제 그 보물이 없어졌으니 내가 얼마나 당신을 사랑하는지 밝힐 수 있습니다. 그래서 그렇게 말한 겁니다."

"그렇다면 저도 하느님께 감사해야겠군요." 내가 가만히 끌어안자 그녀는 그렇게 속삭였다.

　보물을 잃은 사람이 누구든 간에 그날 밤 보물을 얻은 사람은 바로 나라는 사실을 깨달았다.

12
조너선 스몰의 이상한 이야기

내가 한참 후에 나왔는데도, 마차 안의 형사는 참을성 있게 기다려 주었다. 빈 상자를 보여 주자 그의 얼굴이 어두워졌다.

"그렇다면 사례금도 없겠군요!" 그는 우울하게 말했다. "돈이 없는데 사례금이 있을 리가 없지요. 보물이 들어 있기만 했다면 오늘 밤 일로 나도 샘 브라운도 10파운드짜리 지폐 한 장쯤은 받을 수 있었을 텐데요."

"새디어스 숄토 씨는 부자입니다." 내가 말했다. "보물이 있든 없든 사례는 잊지 않을 거예요."

그러나 형사는 낙심한 듯 고개를 저으며 되풀이해서 말했다. "그건 부도덕한 짓이에요. 애설니 존스 씨도 그렇게 생각할 겁니다."

그의 예언은 적중했다. 베이커 가의 집으로 돌아가 빈 상자를 보여 주자 애설니 존스는 멍해져서 잠시 아무 말도 하지 못했다. 홈즈와 스몰, 그리고 존스는 예정을 바꾸어 경찰서에 먼저 들러 보고하고 지금 막 도착한 참이었다. 홈즈는 늘 그렇듯 나른한 얼굴로 안락의자에 파묻혀 있었고, 스몰은 그 맞은편에 의족을 온전한 다리 위에 얹은 채 멍하니 앉아 있었다. 빈 상자를 보여 주자 스몰은 의자에서 몸을 젖히며 큰 소리로 웃음을 터뜨렸다.

"스몰, 네 녀석 짓이지!" 애설니 존스가 화를 내며 말했다.

"그래. 절대 너희들 손이 미치지 못할 곳에 감추어 뒀지!" 그는 자신 있게 소리쳤다. "그건 내 보물이야. 내 손에 들어오지 못할 바에야 다른 누구의 손에도 들어가지 못하도록 빈틈없이 처리해 놓았지. 이 세상에서 그 보물에 권리가 있는 사람은 안다만에 있는 세 사람하고 나밖에 없어. 이제 나도 그 보물을 써 보지도 못하게 됐고, 그건 그 세 사람도 마찬가지지. 그동안 난 친구들을 대표해서 행동해 왔어. 우린 늘 '네 사람의 서명'으로 함께했지. 다른 세 명도 내가 한 일을 잘한 짓이라고 할 거야. 숄토나 모스턴이나 그들의 자식들에게 그 보물을 넘겨줄 바엔 차라리 템스 강에 던져 버리는 편이 낫다고 말할 걸. 그런 인간들을 부자로 만들어 주기 위해 애크멧을 죽인 건 아니니까. 보물은 열쇠와 함께 통가가 잠든 곳에 가라앉았을 거야. 너희들한테 쫓길 때 보물을 안전한 장소에 뿌렸거든. 열심히 쫓아왔지만, 결국 너희들은 1루피도 건지지 못할 거야."

"넌 지금 우리를 속이고 있어, 스몰." 존스가 엄하게 말했다.

"보물을 템스 강에 버리려면 상자째 던지는 편이 쉬웠을 텐데?"

"던지는 게 쉬우면 너희들이 찾기도 쉽겠지." 그는 교활하게 곁눈질을 하며 대답했다. "나를 쫓아올 정도로 머리가 좋은 사람이라면 강바닥에서 무쇠 상자를 찾는 건 식은 죽 먹기일 테니까. 하지만 보석은 오륙 마일에 걸쳐 뿌려졌으니 찾기가 쉽지 않을걸. 그걸 뿌릴 때 나도 가슴이 아팠지. 쫓길 때는 정말 미칠 것만 같았어. 그러나 억울해한들 소용없지. 내 인생에는 좋은 때도 있고 나쁜 때도 있었지만, 후회는 하지 않아."

"스몰, 이건 심각한 문제야. 만약 네가 그런 바보 같은 짓을 하지 않고 정의의 편에 섰다면, 재판에서 훨씬 유리했을 텐데."

존스가 말하자 스몰은 화를 냈다.

"정의라고! 정의 좋아하시네! 그 보물이 우리 게 아니라면 도대체 누구 거지? 자격도 없는 자들에게 보물을 넘겨주라는 그런 정의가 대체 어디 있어? 내가 어떻게 그 보물을 손에 넣었는지 알기나 해? 20년이라는 기나긴 세월 동안 푹푹 찌는 늪지대에서 낮이면 맹그로브 나무 밑에서 하루 종일 일하고, 밤이면 더러운 죄수 막사에서 쇠사슬에 묶인 채 모기에 시달리고, 말라리아를 앓고, 백인 죄수 괴롭히는 걸 삶의 낙으로 아는 검둥이 간수 녀석들에게 걷어차이며 살아왔어. 그렇게 고생해 가며 아그라의 보물을 손에 넣었는데, 그 대가를 다른 사람이 즐길 수 있게 해 주지 않았다고 해서 정의 운운하는 거야? 알지도 못하는 사람이 내 돈으로 궁궐 같은 집에서 호의호식한다는 생각을 하며 감옥에 들어갈 바엔 차라리 몇 번이라도 교수형을 당하거나 통가의 독침으로 이 살을 찔러 달라고 하는 편이 훨씬 나아."

스몰은 조금 전까지의 냉정한 가면을 벗고 몹시 흥분한 얼굴로 기세 좋게 지껄여 댔다. 그 사이 눈을 번득이며 두 손을 심하게 움직여 수갑이 절그럭 소리를 냈다. 격정과 분노에 사로잡힌 스몰을 보고, 이 남자가 자신을 노리고 있다는 걸 알았을 때 숄토 소령이 얼마나 심한 공포에 떨었을지 짐작이 갔다.

"우리가 자세한 내막을 전혀 모른다는 걸 잊은 모양이군." 홈즈가 부드럽게 말했다. "자네 이야기를 들어 본 일이 없으니, 자네 말이 어디까지 사실인지 알고 싶어도 알 수 없지 않나."

"아, 당신은 그래도 공정한 사람인 듯싶군. 물론 내가 이렇게 수갑을 차게 된 건 당신 덕분이겠지. 하지만 뭐 원한은 없소이다. 공명정대한 처사였으니까. 내 이야기를 듣고 싶다면 하나도 숨김없이 말하겠소. 하나님께 맹세코 내가 하는 말은 모두 사실이오. 아, 고맙소. 잔은 이 옆에다 놓아 줘요. 이야기하다 목이 마르면 그걸로 입술을 축일 테니까.

난 우스터셔 출신으로 퍼쇼어 부근에서 태어났소. 조사해 보면 알겠지만, 지금도 가 보면 스몰이라는 성을 가진 사람이 꽤 있을 거요. 한번 고향에 가려고 생각했지만, 솔직히 말해 집안에서 자랑할 만한 인간도 아니고, 나를 보고 기뻐해 줄 사람도 없소. 모두 착실하고 교회에도 열심히 나가는 사람들뿐이니까. 일가는 그 지방에서 널리 인정받는 착실한 소작농인데, 나 혼자만 건들거렸소. 열여덟 살이 되었을 때 여자 문제로 말썽을 일으켰고, 그걸 피하기 위해 여왕 폐하의 1실링을 받기로 하고 때마침 보병 3연대가 인도로 출발한다기에 그 연대에 입대했소.

그러나 군대에도 오래 있을 운명은 아니었소. 겨우 제식 훈련을 마치고 머스킷 총을 다루는 법을 익혔을 무렵, 멍청하게도 갠지스 강에서 수영을 했더랬소. 그나마 천만다행으로 중대에서 물개로 소문난 존 홀더 중사도 같이 수영을 하고 있었지. 강 한가운데까지 헤엄쳐 갔는데, 악어가 달려들어 오른쪽 다리의 무릎 위쪽을 마치 외과의사가 잘라 내기라도 한 것처럼 깨끗하게 물어뜯어 버렸소. 난 쇼크와 출혈로 기절했는데, 그때 홀더 중사가 나를 붙잡고 강가로 데려가지 않았다면 아마 그대로 물에 빠져 죽었을 거요. 그 때문에 5개월 동안 병원 신세를 졌는데, 다리에 이 의족을 붙들어 매고 절룩거리며 퇴원했을 때는 쓸모없는 군인으로 군대에서 쫓겨나는 신세가 되고 말았소. 물론 다른 일을 할 수 있는 처지도 아니었지.

스무 살도 되기 전에 아무 짝에도 쓸모없는 불구가 되었으니! 당신도 상상할 수 있겠지만, 그때 난 인생의 막다른 골목에 내몰려 있었소. 그런데 그 불행이 놀랍게도 하늘의 은총으로 이어졌소. 쪽 (중국이나 인도차이나가 원산지로, 염료로 쓰는 식물.)을 재배하기 위해 인도로 건너온 에이블 화이트 씨가 일꾼들을 감독할 사람을 찾고 있었지. 그리고 그는 우연히, 그 사고 이후 나를 걱정해 주던 대령과 아는 사이였소. 얘기가 길지만 간단히 말하면, 대령이 날 그 감독 자리에 추천했소. 일은 대개 말을 타고 했기 때문에 오른발이 없어도 크게 불편하진 않았소. 무릎까지만 있으면 안장에 올라타는 데 아무 문제가 없으니까. 내 일은 주로 말을 타고 농장을 둘러보면서 일꾼들을 감시하고 게으름을 피우는 사람이 있으면 보고하는 것이었소. 급료도 충분했고 꽤 괜찮은 숙소도 주어졌기 때문에 난 기꺼이 남은 인생을 그곳에서 보낼 생각이었소. 화이트 씨는 좋은 사람이었소. 자주 내 숙소에 들러 함께 파이프 담배를 피우기도 했지. 원래 외지에서 만난 백인들끼리는 본국에선 생각도 할 수 없는 친밀감을 서로에게 느끼기 마련이오.

그러나 그 행운은 오래가지 않았소. 갑자기 아무런 경고도 없이 세포이(영국 동인도회사에 고용된 인도인 용병) 반란이 일어난 거요. 그 전까지 인도는 어디를 봐도 서리 주나 켄트 주와 마찬가지로 조용하고 평화로운 곳이었소. 그런데 갑자기 20만 명에 이르는 검은 악마들이 일제히 난동을 부려 온 나라를 쑥대밭으로 만들어 버렸소. 물론, 그 사건에 대해선 다들 잘 알고 있을 거요. 아마 나보다 훨씬 더 잘 알 거요. 나와는 달리 책들을 많이 읽었을 테니까. 난 원래 책 같은 거 안 읽는 사람이니까 그저 이 눈으로 본 것밖에 모르오.

우리 농장은 서북 지방의 변경에 가까운 무트라라는 곳에 있었소. 밤이면 밤마다 방갈로가 불타는 빛으로 하늘이 새빨갛게 물들었지. 낮에는 낮대로 매일 가족을 거느린 유럽 사람들이 우리 농장을 지나 군대가 가까이 주둔해 있는 아그라를 향해 서둘러 피난을

갔소. 하지만 에이블 화이트 씨는 고집불통이었소. 폭동 소식이 너무 과장됐다고 여겼고, 갑자기 일어난 것처럼 또 그렇게 순식간에 조용해질 거라고 생각하고 있었소. 나라 전체가 불바다인데, 베란다에 앉아 태평스럽게 위스키 소다를 마시며 시가를 피우기도 했소. 물론 나와 도슨도 그 곁을 떠나지 않았소. 도슨은 아내와 함께 살며 사무와 관리 일을 맡아 보고 있었소. 그런데 어느 날, 드디어 파멸이 다가왔소.

난 꽤 멀리 떨어진 농장에 갔다가 저녁 무렵에 말을 타고 천천히 돌아오는 길이었지. 그런데 경사진 수로 밑바닥에 뭔가 덩어리 같은 게 보였소. 뭔지 보려고 말에서 내렸는데, 그것을 보고는 심장이 멎는 줄 알았소. 그건 도슨 부인으로, 온몸이 갈기갈기 찢긴 데다 재칼과 들개에게 반쯤 먹힌 상태였지. 길을 더 가니, 도슨 역시 엎드린 채 죽어 있었소. 그는 총탄이 없는 권총을 들고 있었고, 바로 앞에 세포이가 네 명 쓰러져 있었소.

나는 말을 세우고 어느 쪽으로 가야 할지 잠시 망설였소. 그때 마침 에이블 화이트 씨의 방갈로에서 검은 연기가 뭉게뭉게 피어오르고, 불길이 지붕을 뚫고 하늘로 치솟는 것이 보였소. 이미 화이트 씨를 구하기엔 늦었다는 걸 깨달았소. 달려가 봤자 내 목숨만 희생될 뿐이라는 걸. 내가 서 있는 곳에서도 분명하게 보였소. 검은 도깨비 몇백 명이 붉은 영국 군복을 입은 채 불타는 집을 둘러싸고 날뛰기도 하고 고함을 내지르기도 하는 모습을 말이오. 그중에는 나를 가리키는 놈도 있었소. 총알이 두 발 날아와 내 귀를 스치고 지나갔소. 그래서 나는 논밭을 달려 필사적으로 도망쳤고, 그 날 밤늦게 아그라의 성안에 무사히 도착할 수 있었소.

그러나 거기도 그다지 안전하진 못했소. 어쨌든 나라 전체가 벌 집을 쑤셔 놓은 것처럼 들끓었으니까. 그곳에서 영국인들은 몇 명 이상 모이면 총을 들고 방어에 나섰소. 다른 지역에서는 도망치는 것 외엔 완전히 속수무책이었지. 우리 영국인은 몇백 명인 반면 적 은 몇백만 명이었으니까. 더욱 나쁜 건 우리가 상대하는 적이 보병 이든 기병이든 아니면 포병이든 모두 영국이 만든 정예 부대로, 우 리가 교육시키고 훈련시킨 녀석들이라는 거였소. 놈들은 우리 무 기로 무장하고 우리 나팔을 불면서 우리를 향해 공격을 퍼부었지. 아그라에는 벵골 퓨질리어 제3연대와 약간의 시크교도, 기병대 두 개 중대, 포병대 한 개 중대가 있었소. 관리나 상인들이 의용군 을 조직해서, 나도 의족을 이끌고 거기에 참가했소. 7월 초에 샤군 지에서 폭도를 맞아 싸웠는데, 한동안은 적을 격퇴했으나 탄약이 떨어지는 바람에 성안으로 후퇴하지 않을 수 없었소.

사방에서 나쁜 소식만 들어왔소. 당연한 일로, 지도를 보면 알 수 있듯이 우린 폭동의 중심부에 있었소. 동쪽으로 100마일 가면 럭나우 시가 있고, 남쪽으로 비슷한 거리만큼 가면 칸포우가 있었 지. 어디를 보나 고문, 살인, 폭행뿐이었소.

아그라는 광신자와 온갖 종류의 악마 숭배자들이 우글거리는 큰 도시요. 좁고 구불구불한 시내 도로에서 몇 명 안 되는 우리 부대 는 길을 잃고 말았소. 대장의 지시로 우린 강 건너에 있는 아그라의 옛 성채로 들어갔소. 이 성에 대해 혹시 어디서 읽거나 들어 본적 있소? 거긴 정말 기묘한 곳이오. 나도 색다른 곳을 꽤 많이 다녀 본 사람이지만, 거기만큼 이상한 곳은 처음이었소. 우선 터무니없이 넓어서, 부지만 해도 몇 에이커는 되어 보였소. 새로 증축한건물이 있는데, 우리 수비대와 여자, 아이들, 필수품들이 모두 들어가고도 꽤 여유가 있었소. 하지만 그 커다란 건물도 오래된 건물에 비하면 새 발의 피에 불과하오. 그 오래된 건물은 아무도 출입하지 않아 전갈과 지네의 놀이터가 되어 있었소. 텅 빈 커다란 홀과 구불구불한 통로, 좌우로 휘어진 긴 회랑으로 이루어진 건물인데, 자칫 발을 잘못 들여놓았다가는 길을 잃기 십상이었소. 그래서가끔씩 무리를 지어 횃불을 들고 탐험하러 가기는 했지만, 혼자 들어가는 사람은 좀처럼 없었소.

성 앞으로 강이 흘러 해자 역할을 하고 있었지만, 측면과 뒷면에는 문이 많이 있어서 경비를 세워야 했소. 물론 우리가 있는 곳만이 아니라, 오래된 건물의 출입구도 지켜야 했소. 하지만 우린 인원이 부족했소. 건물 요소요소에 세울 보초도 모자랐고, 총도 부족했소. 그러니 수없이 많은 문에 일일이 보초를 세운다는 건 애초에불가능했소. 그래서 우린 성 한가운데 경비 본부를 두고, 각 문에백인 한 명에 원주민 두세 명을 배치해 지키기로 했소. 나는 남서쪽의 외진 문을 맡아, 매일 밤 몇 시간씩 경비를 서게 되었소. 시크교도 기병 두 명이 내 밑에 배치되었고, 무슨 일이 생기면 즉시 머스킷 총을 쏘아 경비본부에 도움을 청하라는 지시를 받았소. 하지만 본부에서 200보 이상 떨어진 데다 그 사이에 통로와 회랑이 미로처럼 가로놓여 있어서 실제로 습격을 받았을 경우 도움을 받을 수 있을지는 매우 의심스러웠소.

그러나 나는 경험 없는 신병에 한쪽 다리마저 절룩거리는 몸으로 작은 분대의 지휘를 맡아 조금은 의기양양했었소. 부하라고 해 봐야 둘뿐이지만. 아무튼 난 이틀 밤을 연달아 펀자브 출신 부하들과 함께 보초를 섰소. 그들은 둘 다 키가 크고 우락부락하게 생겼는데, 이름이 마호멧 싱과 압둘라 칸이라고 했소. 칠리언 월러에서 무기를 빼앗아 영국군에 저항한 적도 있는 늙은 전사들이었소. 영어도 꽤 잘했지만 나하고는 이야기를 하려 하지 않았소. 밤새도록 자기들끼리 이상한 말로 지껄이기만 하더군. 나는 할 수 없이 문밖에 서서 휘어져 흐르는 넓은 강이며 아그라 거리의 불빛을 내려다보곤 했소. 북 치는 소리, 탐탐이 울리는 소리, 아편과 대마에 취한 반란군의 고함 소리가 끊이지 않았고, 그 때문에 강 건너에 있는 위험한 적에 대한 생각이 밤새도록 머리를 떠나지 않았소. 당직 사관이 두 시간마다 이상이 없는지 확인하기 위해 순찰을 돌았소.

사흘째 되던 날은 비바람이 몰아치는 칠흑 같은 밤이었소. 그런 날씨에 몇 시간씩 성문을 지키고 서 있는 건 정말 지루하기 짝이 없는 일이오. 시크교도 부하들에게 몇 번 말을 걸어 보았지만 도통 받아 줄 생각을 하지 않더군. 새벽 2시에 순찰이 와서 겨우 지루함을 달랠 수 있었소. 부하들이 계속 말 상대를 해 주지 않았기 때문에 난 파이프를 꺼내 성냥을 그으려고 잠시 총을 내려놓았소. 그런데 갑자기 그 두 사람이 나에게 달려들었소. 한 사람은 총을 빼앗아 내 머리를 겨누었고, 또 한 사람은 커다란 칼을 목에 들이대고 한 발만 움직여도 죽여 버리겠다며 나직이 으르렁거렸소.

맨 처음 머리에 떠오른 생각은 이 두 녀석이 폭도와 한패라는 거였소. 드디어 공격이 시작되는구나 싶었지. 이 문이 세포이의 손에 넘어가면 성은 함락된 거나 마찬가지고, 부녀자들은 칸포우 때와 같은 꼴을 당할 게 틀림없다고 생각했소. 당신들은 내가 그럴듯하게 이야기를 꾸며 댄다고 생각할지도 모르지만, 그때 나는 목에 칼이 들어온다 해도 경비본부에 위급을 알리는 신호를 보내야겠다, 그게 마지막 한마디가 된다 할지라도 어쩔 수 없다고 생각했소. 막 소리를 지르려는데, 나를 누르고 있던 녀석이 내 생각을 눈치챘는지 이렇게 속삭였소. '소리 내지 마라. 성은 안전하다. 강 이쪽에 폭도는 한 명도 없으니까.' 거짓말을 하는 것 같진 않았고, 소리를 지르면 그 순간 내 목이 달아난다는 것도 알고 있었소. 그의 갈색 눈이 그렇게 말하고 있었으니까. 그래서 난 입을 다물고 놈들이 나한테 원하는 게 뭔지 알아나 볼 생각으로 묵묵히 기다렸소.

'사힙, 잘 들어라.' 압둘라 칸이라는 키가 크고 험상궂게 생긴 녀석이 말을 꺼냈소. '우리와 함께 행동하든지 이대로 소리 한 번 못 지르고 죽든지 둘 중 하나를 택해라. 한시가 급한 일이라 우물쭈물할 시간이 없다. 너희 그리스도의 십자가에 걸고 맹세하겠느냐, 아니면 오늘 밤 시체가 되어 저 강물 속에 처박힐 테냐? 그렇다 해도 우린 강을 건너 반란군 형제들이 있는 곳으로 가면 그만이다. 자, 결정해라. 다른 길은 없다. 죽느냐, 사느냐, 어느 쪽이냐? 시간이 없다. 다시 순찰이 오기 전에 일을 끝마쳐야 한다. 3분을 주겠다.'

그래서 난 말했소. '대체 뭘 결정하라는 거냐? 너희는 나한테 원하는 게 뭔지 아무런 설명도 하지 않았다. 미리 말해 두지만, 성의 안전과 관계되는 일이라면 절대 듣지 않겠다. 차라리 그 칼에 찔리는 게 낫다.'

'성의 안전하고는 아무 상관도 없다.' 그가 말했소. '너희 나라 사람들이 여기 인도에서 찾는 것, 그것을 너에게 주려는 거다. 너를 부자로 만들어 주겠다. 오늘 밤 우리 편에 가담하면 너에게도 정당한 몫을 주겠다. 이 칼에 대고, 그리고 시크교도라면 절대 깨뜨릴 수 없는 삼중의 서약을 걸고 맹세하겠다. 보물의 4분의 1은 네 것이다. 더 이상 공평할 수는 없을 거다.'

'보물이라니?' 나는 물었소. '나 역시 너희들만큼이나 부자가 되고 싶은 사람이다. 어떻게 해야 하는지 말해 봐라.'

'그럼, 맹세해라. 네 아버지의 뼈와 어머니의 명예와 그리스도의 십자가를 걸고, 오늘부터 우리를 배반하는 말과 행동은 일체 하지 않겠다고.' 그가 말했소.

'좋아, 맹세한다.' 나는 대답했소. '단, 요새가 위험하지 않다는 조건으로.'

'우리도 맹세하겠다. 보물을 네 몫으로 공평하게 나누어 그중 한 몫을 너에게 주겠다고.'

'하지만 여기는 우리 세 사람밖에 없지 않나.' 내가 물었소.

'아니. 도스트 애크바에게도 그의 몫을 주어야 한다. 그들이 오는 걸 기다리면서 사정을 이야기해 주겠다. 마호멧 싱, 그 문을 지키고 있다가 그들이 오면 알려줘. 자, 이제 자초지종을 말해 주겠다. 너에게 이런 이야기를 하는 건 백인들 또한 맹세를 가볍게 여기지 않고 또 네가 믿을 만하다고 생각했기 때문이다. 만약 네가 힌두교도였다면 그 거짓 사원의 신을 모두 걸고 맹세한다 해도 지금쯤 이 칼이 피로 물들었을 거고, 시체는 아마 강물 속에 처박혔을 거다. 하지만 시크교도와 영국인은 서로를 잘 안다. 그러니 지금부터 내가 하는 말을 잘 들어라.

북부 지방에 영토는 좁지만 꽤 부유한 군주가 한 명 있다. 선대로부터 많은 재산을 물려받은 데다, 그 자신은 돈을 쓰기보다는 모아 두기만 하는 인색한 사람이라 재산이 상당하다고 들었다. 이번 난리가 터졌을 때, 그 군주는 사자와도 호랑이와도 손을 잡았다. 그러니까 반란군 편에도 동인도회사 편에도 가담했다는 얘기다. 그런데 얼마 안 가 그는 백인의 지배도 곧 끝날 거라고 생각했다. 나라 안 여기저기서 백인이 살해되고 대패했다는 소식이 끝도 없이 전해졌으니까. 하지만 워낙 조심성이 많은 사람이라, 상황이 어느 쪽으로 기울든 재산의 반은 지킬 수 있는 묘안을 짜냈다. 금과 은은 그의 금고에 남기되, 값비싼 보석이나 진주 등은 무쇠 상자에 담아 믿을 수 있는 하인을 상인으로 변장시켜 아그라의 요새로 옮기게 했다. 평화가 올 때까지 그곳에 숨겨 둘 생각으로. 그러면 폭도들이 승리했을 경우 금과 은이 남고, 회사가 평정하면 보석들이 안전할 거라는 속셈이었다. 그렇게 재산을 둘로 나누어 놓고 그 자신은 세포이 편에 가담했다. 그의 영지에서는 그쪽 세력이 훨씬 우세했으니까. 아무튼 이제부터가 본론이다. 그 군주의 보물은 이제 그것을 얻기 위해 애쓰는 자의 몫이다.

애크멧이라는 그 가짜 상인은 지금 아그라 시에 와서 어떻게든 성안으로 들어오려고 하고 있다. 길동무로 그와 함께 온 사람이 나와 한 젖을 먹고 자란 도스트 애크바인데, 그가 이 비밀을 나에게 털어놓았다. 그리고 오늘 밤, 성 뒷문으로 그를 데려오겠다고 약속했다. 그 뒷문이 바로 이 문이다. 이제 곧 그들이 올 것이다. 여긴 외진 장소이고, 또 그가 오는 것을 아는 사람은 아무도 없다. 상인 애크멧은 이제 얼마 후면 이 세상을 하직하게 될 것이다. 그럼 군주의 그 막대한 보물은 우리가 똑같이 나누어 갖게 된다. 어떤가, 사힙?'

내가 태어난 우스터셔에서는 사람 목숨이 소중하고 신성한 것으로 여겨졌소. 하지만 어디를 보아도 시체와 피바다뿐인 그곳에선 얘기가 달랐소. 일상적으로 보게 되니 죽음도 곧 익숙해집디다. 애크멧 한 사람이 살든 죽든 나로서는 아무 상관도 없는 일이었소. 보물 이야기를 듣고 내 마음이 움직였소. 보물을 갖고 영국에 돌아가 무엇을 할까? 사람 구실 못하던 내가 주머니에 금화를 가득 넣고 나타나면 마을 사람들이 어떤 얼굴을 할까? 그런 생각까지 했었소. 나는 이미 결심을 굳혔는데, 압둘라 칸은 내가 망설이는 걸로 알고 더 강하게 말합디다.

'사힙, 잘 생각해 봐라. 애크멧이 수비대에 잡히면 어차피 교수형이나 총살을 당할 거다. 보석은 고스란히 정부에 몰수될 테고, 누구든 한 푼의 이익도 얻을 수 없다. 왜 우리가 정부를 대신해 그 상인을 체포하면 안 되는가. 보석은 동인도회사 금고로 들어가는 대신 우리 손에 넘어오게 될 것이다. 그 보석은 우리 네 사람을 큰 부자로 만들어 줄 것이다. 여긴 우리뿐이니 아무도 이 사실을 모른다. 자, 어떻게 할 테냐? 어서 결정해라, 사힙. 우리 편에 서겠느냐, 아니면 우리를 적으로 돌릴 테냐.'

'너희와 행동을 같이하겠다.' 나는 그렇게 말했소.

'좋다.' 그는 내게 총을 돌려주었소. '우리와 마찬가지로 너도 약속을 지킬 것으로 믿는다. 이젠 내 형제 애크바가 상인 애크멧을 데리고 오는 것을 기다리는 일만 남았다.'

'그럼, 네 형제 애크바도 이 계획을 알고 있나?' 내가 물었소.

'그 친구의 계획이다. 그가 생각해 낸 거다. 이제 문으로 가서 마호멧 싱과 함께 보초를 서자.'

때마침 장마가 시작될 무렵이어서 비가 끊임없이 내리고 있었소. 두꺼운 비구름이 하늘을 덮고 있어서 바로 앞도 분간하기 힘들 정도였지. 우리가 지키는 문의 앞은 깊은 해자였는데, 군데군데 물이 말라 있어서 건너오기는 어렵지 않았소. 사나운 펀자브 사람 두 명과 함께 그런 곳에 서서, 죽으러 오는 사람을 기다리는 것은 묘한 기분이더군.

갑자기 해자 저쪽에서 갓을 씌운 램프 빛이 어른거렸소. 불빛은 흙더미 뒤로 잠시 사라졌다가 다시 우리 쪽으로 천천히 다가오기 시작했소.

'왔다!' 나는 소리를 질렀소.

'사힙, 보통 때처럼 네가 수하를 해라.' 압둘라가 작은 소리로 말했소. '겁을 먹게 해선 안 된다. 우리를 저 녀석과 함께 안으로 들어가게 해 주고 너는 여기를 지켜라. 뒤처리는 우리가 하겠다. 그리고 랜턴 커버를 언제든 벗길 수 있도록 준비해 놓아라. 그 녀석이 틀림없는지 확인해야 하니까.'

불빛이 멈추었다 움직였다 하면서 천천히 다가오더니, 마침내 해자 건너편에 두 개의 검은 그림자가 나타났소. 두 사람은 둑의 경사면을 미끄러져 내려와 진흙탕을 첨벙거리며 건너오더니 문 아래쪽 둑을 기어오르기 시작했소. 난 그들이 중간쯤 올라올 때까지 기다렸다가 수하를 했소.

'누구냐?' 작은 소리로 물었소. '친구들이오.' 대답이 들려왔소. 나는 랜턴 커버를 벗겨 두 사람을 비춰 보았소. 한 사람은 몸집이 큰 시크교도로, 검은 턱수염을 허리띠까지 드리우고 있었소. 내 평생 그렇게 큰 남자를 보는 건 처음이었소. 또 한 사람은 작고 통통한 남자였는데, 노란 터번을 머리에 두툼하게 감고 손에는 천으로 싼 짐을 들고 있었소. 두려움 때문에 온몸을 떨고 있는 듯했소. 말라리아에 걸린 환자처럼 두 손을 떨면서 좌우를 살피고, 마치 구멍에서 나오려는 쥐처럼 작은 눈을 연신 깜박거렸소. 이 남자를 죽여야 한다고 생각하니 온몸에 소름이 돋았지만, 보석 생각을 하니 내 마음은 부싯돌처럼 단단해졌소. 그는 내가 백인이라는 걸 알고 나 직이 환호성을 지르며 달려왔소.

'사힙, 도와주십시오.' 그는 숨을 헐떡이며 말했소. '가엾은 상인 애크멧을 도와주세요. 아그라 요새에 숨으려고 라즈푸타나 저쪽 에서 온 사람입니다. 회사 편이라 해서 가진 건 모두 빼앗기고 몰 매를 맞는 등 혼쭐이 났습니다요. 하지만 오늘 밤은 운이 좋군요. 얼마 안 남은 재산과 제가 이렇게 안전하게 도착했으니까요.'

'그 꾸러미는 뭐냐?' 내가 물었소.

'무쇠 상자입니다. 남들에게는 한 푼의 가치도 없지만, 저에게 는 소중한 것이지요. 집에서 쓰던 도구 두세 개가 들어 있습니다. 하지만 저는 가난뱅이는 아닙니다요. 여기에 피신해 있게만 해 주 신다면 사힙과 지휘관에게 충분히 사례를 하겠습니다.'

나는 그 남자와 더 이상 이야기를 나눌 자신이 없었소. 그의 겁 먹은 얼굴을 보면 볼수록 그를 죽이는 게 더 어려워질 것만 같았 소. 이야기를 빨리 끝마쳐야겠다고 생각했소. 그래서 나는 그를 본 부로 데리고 가라고 명령했소. 두 시크교도가 그의 양옆에 바싹 따 라붙었고, 큰 남자는 그 뒤를 따라 어두운 성문 안으로 들어갔소. 아마 그토록 빈틈없이 죽음의 신에 에워싸인 사람도 없을 거요. 난 랜턴을 들고 성문 밖에 남아 있었소.

잠시 동안 그들의 규칙적인 발소리가 긴 회랑에 울렸소. 그러다 갑자기 발소리가 그치더니 말소리와 엎치락뒤치락하는 소리, 그리고 어지러운 발소리가 들려왔소. 다음 순간, 헐떡거리며 누군가가 달려와서 나는 머리털이 쭈뼛 서는 느낌이었소. 길고 곧은 통로를 랜턴으로 비추니, 놀랍게도 뚱뚱한 남자가 피투성이 얼굴로 달려오고 있었소. 바로 뒤에서 검은 수염을 기른 키 큰 남자가 손에 칼을 쥔 채 호랑이처럼 쫓고 있었소. 그 작은 상인처럼 빠르게 달리는 사람을 나는 지금껏 본 적이 없소. 어쨌든 그 키 큰 시크교도가 따라잡지 못했으니까. 그래서 그가 내 앞을 지나 밖으로 나가면 살아날 가망이 있으리라는 걸 알았소. 나도 한순간 그 남자를 불쌍하게 생각했소. 하지만 보물을 생각하니 마음이 독해지더군. 그래서 내 앞을 지나갈 때 두 다리 사이에 총을 들이댔소. 그 남자는 총에 맞은 토끼처럼 두 번이나 뒹굴었고, 곧이어 시크교도가 달려들어 옆구리에 칼을 두 번 찔렀소. 남자는 신음 소리도 못 내고 몸도 한 번 꿈틀거리지 못한 채 쓰러진 자리에서 그대로 죽었소. 난 어쩌면 그 남자가 쓰러질 때 목뼈가 부러졌을지도 모른다고 혼자 생각했소. 아무튼 지금 난 당신들과 한 약속을 지키고 있는 거요. 나한테 이롭든 이롭지 않든 정직하게 있는 그대로를 말하고 있으니까."

스몰은 말을 끊고 홈즈가 옆에 놓아 준 위스키 잔에 수갑 찬 손을 뻗었다. 나는 솔직히 말해 이 남자가 가담했던 잔인무도한 살인 행각보다, 오히려 그 일을 너무도 아무렇지 않게 털어놓는 모습에 더 섬뜩함을 느꼈다. 이 남자가 앞으로 어떤 형벌을 받게 되든, 내게서는 터럭만큼도 동정을 얻지 못할 것이다. 홈즈와 존스는 손을 무릎에 놓고 열심히 듣고 있었다. 그러나 그 얼굴에도 나와 같은 혐오감이 나타나 있었다. 스몰도 그것을 알아차린 듯 다시 이야기를 이어 나갈 때는 목소리와 태도가 조금 도전적으로 바뀌었다.

"확실히 우리가 한 일은 나쁜 짓임에 틀림없소. 하지만 목숨을 내놓고 그런 일을 벌인 이상, 제 몫을 거절할 사람이 대체 몇이나 되겠소? 그리고 그 뚱뚱한 남자가 성안에 발을 들인 이상, 내 목숨이나 그의 목숨 가운데 하나는 없어져야 할 운명이었소. 그 자가 그때 달아났다면 아마 모든 일이 드러나 나는 군법회의에 회부되어 총살을 당했을 거요. 그 시절에는 누구나 그런 일에 관대하지 않았으니까."

"얘기를 계속하세요." 홈즈가 차갑게 말했다.

"그러고 나서 압둘라와 애크바, 그리고 나는 그 상인의 시체를 안으로 운반했소. 키가 작은데도 어찌나 무겁던지. 마호멧 싱은 그 자리에 남아 보초를 계속 섰소. 시크교도들은 시체를 숨길 장소를 미리 마련해 놓았었소. 문에서 꽤 떨어진 곳인데, 우린 그곳으로 시체를 끌고 갔지. 꾸불꾸불한 통로를 지나 텅 빈 넓은 홀로 들어서니 벽의 벽돌이 무너져 있습디다. 그 옆의 바닥이 움푹 패인 게 마치 자연이 만든 무덤 같았소. 우린 죽은 애크멧을 거기다 넣고 주위에 뒹굴고 있는 벽돌로 메웠소. 그런 다음 보물이 있는 곳으로 돌아왔고.

보물 상자는 애크멧이 처음 공격당했을 때 떨어뜨린 장소에 그대로 있었소. 그게 지금 뚜껑이 열린 채 테이블 위에 놓여 있는 바로 저 상자요. 열쇠는 상자 위의 조각된 손잡이에 비단 끈으로 묶여 있었소. 우린 상자를 열고 랜턴으로 안을 비춰 보았소. 퍼쇼어에서 살던 어린 시절 책에서 읽기도 하고 공상하기도 했던 보석들이 실제로 눈앞에서 빛을 발하더군. 눈이 부셔서 보고 있기도 힘들 지경이었소. 우린 그렇게 한참을 들여다본 뒤 보물을 모두 꺼내 목록을 만들었소. 최고급 다이아몬드가 143개 있었는데, 그중 하나가 '위대한 모굴'이었소. 세계에서 두 번째로 큰 다이아몬드라고 합디다. 그리고 질 좋은 에메랄드가 97개, 루비도 170개나 있었는데, 그중에는 좀 작은 것도 섞여 있었소. 석류석이 40개, 사파이어가 210개, 마노가 61개에다, 헤아릴 수 없이 많은 녹주석, 오닉스, 묘안석, 터키석 들이 들어 있었소. 물론 그때 당시에는 이름도 생소한 보석들이었지만. 질 좋은 진주도 300개 가까이 있었는데, 그중 열두 개는 염주에 박혀 있었소. 하지만 그 염주는 누군가가 그 사이 가져갔더군. 이번에 상자를 다시 찾았을 때 보니까 안에 없었소.

보석을 다 헤아린 다음 상자 속에 다시 넣고는 문까지 가져가 마호멧 싱에게 보여 주었소. 그리고 다시 한 번 서로 돕고 비밀을 지킬 것을 엄숙히 맹세했소. 보석은 안전한 장소에 숨겨 두었다가 소동이 가라앉으면 꺼내 나누어 갖기로 했고. 그 자리에서 나누어 가진들 어차피 쓸 수도 없을 테니까. 그런 값진 보석을 가지고 있다가 들키기라도 하면 의심을 받을 테고, 성안에선 개인 공간이 없기 때문에 보물을 숨길 곳도 마땅치 않았소. 그래서 우리는 시체를 묻은 넓은 홀로 상자를 가져가 비교적 상태가 양호한 벽을 골라 벽돌을 몇 장 뽑고 구멍을 만들어 그 안에 숨겼소. 그 장소를 자세히 메모했다가, 다음 날 내가 한 장씩 갖기 위해 지도를 네 장 만들고 그 아래 네 사람의 이름을 적었소. 앞으로는 늘 네 사람이 행동을 같이하고, 배신행위는 절대 하지 않겠다는 맹세를 그 기호로 대신한 거요. 이 맹세만은 지금껏 한 번도 깨뜨린 적이 없다고 나는 가슴에 손을 얹고 맹세할 수 있소.

이 자리에서 세포이 반란이 어떻게 됐는지 새삼 이야기할 필요는 없겠지만, 윌슨이 델리를 점령하고 콜린 경이 럭나우의 포위를 풀자 반란군은 힘을 잃었소. 영국군은 군대를 계속해서 보냈고, 나나 사힙은 간신히 국경을 넘어 달아났지. 그리고 그레이트헤드 대령이 이끄는 유격대가 아그라로 진입해서 반란군들을 말끔히 소탕했소. 나라가 다시 평화로워지는 듯싶어 우리 네 사람은 보석을 나누어 갖고 안전한 곳으로 떠날 날도 머지않았나 보다는 희망을 품기 시작했소. 그런데 우리가 애크멧 살해범으로 체포되면서 그 희망은 꺾이고 말았소.

왜 발각됐는지 말하자면 이렇소. 그 군주가 애크멧에게 보석을 맡긴 건 그가 믿을 만한 사람이라고 생각했기 때문이오. 하지만 동양 사람은 원래 의심이 많은 편이오. 군주는 더욱 신임하는 다른 하인을 불러 애크멧을 감시하도록 일렀소. 애크멧에게서 절대 눈을 떼지 말라는 명령을 받은 그 하인은 그를 그림자처럼 따라다녔지. 그날 밤도 뒤를 따라와 애크멧이 성문 안으로 들어가는 걸 봤던 거요. 물론 그 하인은 애크멧이 성안에서 피신처를 구했을 거라고 생각하고 다음 날 자신도 허가를 받아 안으로 들어왔소. 하지만 애크멧은 어디에도 보이지 않았지. 수상하게 여긴 그 하인은 경비대 중사에게 사실을 고했고, 중사는 다시 사령관에게 보고했소. 곧 철저한 수색이 시작되었고, 숨긴 시체가 발견됐소. 그렇게 해서 우리 네 명은 이젠 안전하겠지 하고 생각한 순간에 살인죄로 체포되어 재판에 회부된 거요. 세 사람은 그날 밤 성문을 지키고 있었기 때문에, 그리고 한 사람은 죽은 남자와 동행했다는 사실이 알려졌기 때문이오. 재판을 받는 동안 보물 이야기는 한 번도 나오지 않았소. 왜냐하면 군주가 퇴위되어 인도에서 추방당했기 때문에 그 보물에 대해 아무도 문제를 제기하지 않았던 거요. 하지만 살인이 있었던 건 사실이고, 우리가 범인이라는 증거도 뚜렷했소. 그래서 시크교도 세 명은 종신형을, 나는 사형을 선고받게 되었소. 뒤에 나도 그들과 똑같이 종신형으로 감형되었지만.

이래서 우리는 아주 묘한 처지에 놓이게 되었소. 네 사람 모두 다리에 족쇄를 차고 다시는 바깥세상을 구경할 희망이 없었지만, 나가기만 하면 궁궐 같은 집에서 왕 같은 생활을 누릴 수 있는 부자였으니 말이오. 밖에는 엄청난 재산이 기다리고 있는데, 쌀밥에 맹물로 배를 채우면서 하찮은 관리들에게 걷어차이거나 구타를 당하고 있자니 정말이지 괴로웠소. 이대로 미쳐 버리는 것이 아닌가 하는 생각도 들었지만, 나는 고집 하나는 알아주는 사람이오. 묵묵히 견디면서 기회가 오기만 기다렸소.

마침내 그때가 온 듯싶었소. 나는 아그라에서 마드라스로, 그리고 그곳에서 다시 안다만 제도의 블레어 섬으로 이송되었소. 그곳 식민지에는 백인 죄수가 적었고 또 처음부터 조신하게 처신했기 때문에, 나는 얼마 안 가 특별 대우를 받게 되었소. 호프 타운이라는 해리엇 산의 비탈에 있는 작은 부락에 막사를 하나 얻어서 꽤 자유롭게 지냈소. 덥고 열병이 기승을 부리는 끔찍한 곳으로, 우리가 개간한 얼마 안 되는 땅에서 한 발만 밖으로 나가도 아무 때고 독침을 쏘아대는 야만스러운 식인종이 들끓었소. 거기서 땅을 갈고 도랑을 파고 마를 재배했는데, 낮에는 무척 바빴지만 밤이 되면 조금은 자기 시간을 가질 수 있었소. 다른 일도 많이 했지만, 특히 군의관 조수로 일하면서 약 조제법을 익혀 의학 지식을 조금 쌓기도 했소. 그런 중에도 난 끊임없이 달아날 기회를 엿보고 있었소. 하지만 어느 섬과도 몇백 마일 이상 떨어져 있는 데다, 그 부근의 바다에는 거의 바람이 불지 않아서 달아난다는 건 거의 불가능에 가까웠소.

군의관 소머튼은 놀기 좋아하는 활달한 젊은이로, 밤이 되면 젊은 장교들을 모아 카드를 하곤 했소. 내가 약을 조제하는 방 옆이 소머튼의 거실인데, 그 사이에 작은 창문이 하나 있었소. 할 일이 없을 때, 나는 조제실 불을 끄고 창 옆에 서서 장교들의 이야기를 들으며 카드놀이를 구경하곤 했소. 나도 카드를 꽤 좋아하는 편인데, 구경하는 것도 직접 하는 것 못지않게 재미있습디다. 늘 모이는 사람은 주둔군을 지휘하는 숄토 소령, 모스턴 대위, 브롬리 브라운 중위와 집주인인 군의관, 그리고 안전한 판만 노려 절대 돈을 잃는 법이 없는 교도관 두세 명이었소. 그들은 늘 그렇게 단출하게 모여서 카드를 하곤 했소.

그런데 나는 곧 묘한 사실을 알게 됐소. 늘 잃는 건 군인이고, 따는 사람은 민간인들이더군. 그렇다고 속임수가 있었다는 게 아니라, 그저 결과가 그랬다는 거요. 교도관들은 안다만으로 온 이후 카드 외에는 할 일이 없었기 때문에 상대의 버릇까지 꿰뚫고 있었지만, 군인들은 단지 시간을 보내려고 하는 게임이라 그다지 신경을 쓰지 않은 탓이었소. 군인들은 밤이면 밤마다 잃기만 했는데, 그럴수록 더욱 열을 올립디다. 특히 숄토 소령이 많이 잃었지. 처음에는 지폐나 금화로 지불했는데, 나중에는 약속 어음, 그것도 점점 고액의 어음으로 변했소. 가끔씩 따는 일도 있어서 한숨을 돌렸지만, 그다음에는 어김없이 더 많은 돈을 잃곤 했소. 소령은 그즈음 하루 종일 찌푸린 얼굴로 서성거렸고, 몸에 해로울 정도로 술을 마시기 시작했소.

어느 날 밤, 소령은 평소보다 훨씬 많은 돈을 잃었소. 막사에 앉아 있는데, 그 앞을 숄토 소령과 모스턴 대위가 비틀거리며 지나갑디다. 이 두 사람은 막역한 친구 사이로 어딜 가나 늘 붙어 다녔소.

그때 소령이 절망적으로 신세 한탄을 늘어놓는 소리가 들렸소. '모스턴, 이제 끝장이야. 사표를 내야겠어. 난 파산했어. 파멸이야.'

모스턴 대위가 소령의 어깨를 토닥거리며 말하더군. '바보 같은 소리 말아. 나도 지금 곤경에 처해 있어. 하지만……'

내가 들은 건 거기까지였소. 하지만 그것으로 충분했고, 나는 가만히 생각에 잠겼소.

이틀 뒤, 숄토 소령이 혼자 바닷가를 산책하는 걸 보고 나는 좋은 기회다 싶어 접근했소. 그리고 조심스레 말을 건넸지. '소령님, 드릴 말씀이 있습니다.'

'무슨 말이냐, 스몰?' 시가를 입에서 떼며 소령이 물었소.

'조언을 듣고 싶습니다.' 내가 말했소. '숨겨 놓은 보물이 있는데, 그걸 어떻게 처리해야 할지 모르겠습니다. 50만 파운드에 달하는 보물이 있는 장소를 알고 있습니다만, 어차피 저는 그걸 쓸수 없는 처지입니다. 그래서 혹시 그걸 정부 당국에 넘기면 제 형량을 단축시켜 주지 않을까 하는 생각을 했습니다.'

'스몰, 50만 파운드라고?' 소령은 눈을 크게 뜨고 그 말이 사실인지 어떤지 떠보려는 듯 내 얼굴을 찬찬히 살펴보았소.

'그렇습니다, 소령님. 보석과 진주지요. 누가 가져도 상관없습니다. 기묘한 이야기지만, 그 보석의 원래 주인은 추방당해서 소유권을 주장할 수 없는 상황이니 먼저 발견하는 사람이 임자입니다.'

'정부에 넘겨야겠지. 정부에 넘긴다.' 소령이 더듬더듬 말했소. 하지만 나는 그 말에서 풍기는 뉘앙스를 통해, 그가 이미 내 그물에 걸려들었다는 것을 눈치챘소.

'그렇다면 소령님, 이 사실을 총독 각하께 보고해야 한다고 생각하십니까?' 내가 침착하게 물었소.

'아니, 성급하게 굴지 마라. 나중에 후회할지도 모르니까. 일단

그 보물에 대한 이야기를 해 봐라, 스몰. 아주 자세하게.'

나는 그에게 모든 것을 털어놓았소. 보물을 숨긴 장소를 알지 못하도록 부분적으로 거짓말을 섞긴 했지만. 이야기가 끝난 뒤에도 소령은 깊은 생각에 잠겨 그 자리에 서 있었소. 입술이 떨리는 것으로 보아 소령이 흔들리고 있음을 알 수 있었소.

'스몰, 이건 섣불리 판단할 일이 아니다.' 드디어 소령이 입을 열었소. '다른 사람에게는 절대 이야기하지 마라. 며칠 안으로 너를 다시 찾겠다.'

이틀 뒤, 밤이 으슥한 시간에 소령은 모스턴 대위와 함께 랜턴을 들고 내 막사로 찾아왔소.

'스몰, 모스턴 대위에게도 나한테 했던 이야기를 그대로 말씀드려라.' 소령이 말했소.

나는 같은 이야기를 되풀이했소.

'어때, 거짓말 같지는 않지? 해 볼 만한 가치는 있을 것 같아.' 소령이 말하자 모스턴 대위는 고개를 끄덕였소.

'스몰, 여기 있는 내 친구와 함께 이 일에 대해 여러 번 이야기를 나눠 봤다. 그리고 네가 말한 그 비밀이 정부와는 아무 관계도 없다는 결론을 내렸어. 그건 어디까지나 네 개인 재산이고, 물론 너한테는 그걸 네 마음대로 처분할 권리가 있다. 이제 문제는, 네가 그 대가로 무엇을 원하느냐 하는 점인데……. 조건만 맞는다면, 우리가 한번 해 보고 싶다. 적어도 알아볼 생각은 있어.'

소령은 되도록 침착하게, 아무 일도 아니라는 듯이 말하려 애썼지만, 두 눈은 흥분과 탐욕으로 번득이고 있었소.

'아, 그건 말입니다.' 나 또한 냉정하게 대답하려 애썼지만, 소령과 마찬가지로 마음은 흥분으로 떨리고 있었소. '저 같은 처지에 있는 사람이 내걸 수 있는 조건은 단 하나밖에 없지요. 제가 자유의 몸이 되도록 해 주십시오. 친구 세 명도 함께 말입니다. 그렇게 해 주시면 두 분에게도 공정한 몫을 나누어 드리겠습니다. 보물의 5분의 1을 드리겠다는 말씀입니다.'

'음, 두 사람 앞으로 5분의 1이라! 너무 적은데.' 소령이 말했소.

'두 분에게 각각 5만 파운드씩 돌아가는데요?' 내가 말했소.

'하지만 어떻게 너희를 자유의 몸으로 풀어 줄 수 있단 말이냐? 너도 불가능한 걸 요구하고 있다는 건 알고 있겠지?'

'그렇지 않습니다.' 내가 말했소. '자세한 부분까지 제가 다 생각해 놓았습니다. 저희가 탈출하는 데 있어 유일한 걸림돌은 바다를 건널 수 있는 배와 그동안 연명할 식량을 구할 수 없다는 것입니다. 캘커타나 마드라스로 가면 쓸 만한 요트나 범선이 얼마든지 있습니다. 그걸 한 척 구해 주시면 밤에 몰래 올라탈 테니 인도 해안 아무 데나 내려 주십시오. 그걸로 두 분은 계약을 이행한 셈이 됩니다.'

'한 사람이라면 어떻게 해 볼 수 있겠는데.' 소령이 말했소.

'친구들과 함께가 아니면 그만두겠습니다. 저희는 맹세를 했고, 네 사람이 언제나 행동을 같이하기로 했습니다.'

'이봐, 모스턴.' 숄토 소령이 말했소. '스몰은 신의를 아는 남자

네. 이런 상황에서도 친구들을 배반하지 않잖나. 믿어도 좋을 듯 싶네.'

'규율을 어기는 일인데.' 대위가 대답했소. '하지만 자네 말대로 커미션이 두둑하니까.'

'좋아, 스몰. 네 희망대로 되는지 어디 한번 해 보자. 물론 그 전에 네 말이 정말인지 아닌지 확인해 봐야겠지. 보물 상자를 어디다 숨겼는지 말해 봐라. 휴가를 얻어 이번 달 군수품 수송선을 타고 인도로 가서 조사해 볼 테니.'

상대가 흥분할수록 나는 오히려 냉정해져서 이렇게 말했소.

'너무 서두르지 마세요. 우선 제 친구들의 동의를 얻어야 합니다. 말씀드렸다시피 우린 무슨 일이든 함께합니다.'

'바보 같은 소리! 그 검둥이 셋하고 우리 약속이 무슨 관계가 있어?' 소령이 고함을 질렀소.

'검든 파랗든 그들은 제 친구입니다. 무슨 일을 하든 우린 네 사람이 같이 움직입니다.'

어쨌든 그 일은 다음에 만났을 때 결정되었소. 마호멧 싱과 압둘라 칸, 도스트 애크바도 다 모인 자리였소. 우리는 심사숙고한 끝에 마침내 결론을 내렸소. 우선 두 장교에게 아그라 성의 도면을 건네주고 거기에 보물이 숨겨진 벽의 위치를 표시해 주기로 했소. 숄토 소령이 그걸 갖고 인도로 가서 확인한 후, 보물 상자는 그대로 둔 채 식량을 실은 소형 범선을 러트랜드 섬에 숨겨 두기로 했소. 우린 어떻게 해서든 그 범선에 타고, 소령은 다시 태연하게 근무지로 돌아온다는 계획이었소. 그런 다음 모스턴 대위가 휴가를 얻어 아그라로 오고, 거기서 우리와 만나 보물을 분배하기로 했소. 그때 대위에게 소령 몫도 함께 주기로 하고 말이오. 우리는 그 누구도 생각조차 못하고 입에 담지도 못할, 그야말로 엄숙한 맹세를 하며 서로 굳게 약속했소. 그런 다음 나는 밤새도록 종이와 잉크를 상대로 씨름하며 같은 도면을 두 장 만들었고, 그 아래 우리 네 사람의 이름을 적어 넣었소. 압둘라, 애크바, 마호멧과 내 이름을 말이오.

내 이야기가 너무 길어서 지루할 거요. 여기 계신 존스 선생께서는 나를 한시라도 빨리 감방에 넣고 싶어 한다는 것도 잘 알고 있소. 되도록 빨리 끝내겠소. 악당 숄토는 인도로 가더니 두 번 다시 돌아오지 않았소. 얼마 후, 신문에 실린 우편선의 승객 명단에 숄토 소령의 이름이 있는 것을 모스턴 대위가 나에게 보여 주었소. 숙부가 세상을 떠나는 바람에 유산을 물려받아 군대를 떠났다는 이야기였소. 어쨌든 다섯 사람을 그런 식으로 배반하고도 아무렇지 않은 남자요. 모스턴이 나중에 아그라로 가 보았는데, 예상대로 보물은 없었소. 그 악당은 우리가 비밀을 알려 주는 대가로 요구한 조건은 하나도 지키지 않고 보물만 슬쩍해 달아났던 거요.

그날부터 나는 오로지 복수를 하기 위해 살아온 셈이오. 낮이나 밤이나 오직 그것만을 생각하며 살았소. 나는 이미 복수에 몸과 마음을 빼앗겼고, 잠들어 있을 때나 일어나 있을 때나 끊임없이 복수의 칼날을 갈았소. 법 같은 건 문제도 되지 않았소. 교수대도 두렵지 않았소. 그저 탈출해서 숄토를 찾아내 목을 조르는 생각밖에 없었소. 아그라의 보물도 숄토를 죽이는 일에 비하면 아무것도 아니었소.

나는 지금까지 여러 가지 것을 생각했지만 그중 해내지 못한 건 하나도 없소. 하지만 기회가 올 때까지 몇 년이고 기다려야 한다는 건 정말이지 진절머리가 나는 일이지. 내가 의학 지식이 조금 있다는 이야기는 아까 했을 거요. 어느 날 소머튼 군의관이 열병으로 앓아누워 있을 때, 죄수들이 숲에서 발견했다며 작은 안다만 원주민을 하나 데리고 왔소. 죽을병에 걸려 혼자 죽으려고 나왔다가 죄수들 눈에 띄었던 거요. 독사처럼 위험한 놈이었는데, 치료해 주었더니 두 달 뒤에는 걸어 다닐 수 있을 정도로 회복되었소. 하지만 그 녀석은 내가 좋은지 숲으로 돌아갈 생각은 않고 내 막사 주위를 어슬렁거렸소. 그러는 동안 난 녀석의 말을 몇 마디나마 알아듣게 되었고, 그러자 녀석은 나를 더욱 따랐소.

녀석 이름은 통가인데, 배를 잘 다룰 뿐만 아니라 크고 널찍한 카누도 한 척 가지고 있었소. 통가가 나를 위해서라면 무슨 짓이든 할 만큼 헌신적이라는 걸 알고 난 드디어 탈출의 기회가 왔다고 생각했소. 그래서 통가와 그 문제를 상의했고, 녀석은 보초가 지키지 않는 낡은 선창으로 밤에 몰래 카누를 끌어다 놓고 기다리겠다고 약속했소. 나는 호리병박 여섯 개에 물을 담고 마와 야자열매, 고구마 따위를 가능한 한 많이 가져오라고 통가에게 일러두었소.

작은 통가는 믿음직한 녀석이었소. 세상에 그렇게 충실한 벗은 찾아보기 힘들 거요. 약속한 날 밤, 통가는 카누를 타고 선창으로 왔소. 그런데 때마침 간수 한 명이 거기 와 있더군. 파탄이라는 역 겹기 짝이 없는 녀석이었는데, 걸핏하면 나를 모욕하고 못살게 굴었던 자요. 언젠가 반드시 복수를 하리라 벼르던 참이었는데, 마침 내 그 기회가 온 거요. 섬을 떠나기 전에 진 빚을 갚을 수 있도록 운명이 녀석을 나에게 보내 준 거라고 생각했소. 녀석은 등을 이쪽으로 돌린 채 카빈총을 어깨에 메고 바닷가에 서 있었소. 머리통을 작살낼 작정으로 돌멩이를 찾아 주위를 둘러보았으나 아쉽게도 눈에 띄지 않았소.

그런데 그때 기발한 생각이 머릿속에 떠올라, 적당한 무기가 있음을 일깨워 주었소. 나는 어둠 속에 쭈그리고 앉아 의족을 풀었소. 그러고는 한쪽 다리로 세 걸음을 뛰어가 녀석에게 덤벼들었소. 녀석이 어깨에 멘 카빈총을 겨누었지만, 나는 의족을 힘껏 내리쳐서 놈의 두개골 앞면을 완전히 부수어 버렸소. 이 의족의 금이 간 부분은 바로 그때 생긴 자국이오. 나는 몸의 중심을 잃고 녀석과 함께 뒹굴었소. 그러나 난 다시 일어난 반면 녀석은 그대로 조용히 누워 있었지. 나는 그곳에서 배를 탔고, 한 시간 뒤에는 해안에서 멀리 떨어진 바다로 나올 수 있었소. 통가는 자신이 가진 모든 것을 챙겨 왔고, 그중에는 무기와 신(神)들도 있었소. 긴 죽창과 안다만 야자나무로 짠 멍석은 나중에 돛을 만드는 데 사용했소. 열흘 동안 운에 맡긴 항해를 했고, 마침내 열하루 만에 말레이의 순례자들을 싣고 싱가포르에서 지다(회교의 성지 메카에 있는 항구)로 가던

상선에 구조되었소. 순례자들은 하나같이 이상한 사람들이었지만, 나도 통가도 그럭저럭 그들과 어우러질 수 있었소. 사실 그들에겐 한 가지 좋은 점이 있었소. 통가와 나를 둘만 있게 내버려 두고 아무것도 묻지 않는다는 거였소.

그 후 통가와 내가 겪은 모험을 모두 이야기하겠다고 하면 아마 별로 좋아하지 않을 거요. 밤새도록 이야기해도 모자랄 테니까 말이오. 세계를 돌아다니는 동안 늘 뭔가 안 좋은 일이 생겨서 한동안은 런던에 오지 못했소. 그러나 나는 그동안에도 내 목적만은 결코 잊지 않았소. 밤마다 숄토 꿈을 꾸었지. 꿈속에서 놈을 백 번도 더 죽였을 거요. 그러다 간신히 3, 4년 전에 잉글랜드에 발을 들여놓을 수 있었소.

숄토의 집은 쉽게 찾았고, 나는 그가 보석을 팔아 치웠는지 그대로 갖고 있는지 알아보기 시작했소. 그 일을 도와줄 만한 사람을 친구로 사귀었는데, 그 이름은 말하지 않겠소. 괜히 말려들게 하고 싶진 않으니까. 그러다 마침내 놈이 아직 보석을 갖고 있다는 걸 알았소. 그래서 놈에게 다가가려고 온갖 수단을 다 써 보았지. 하지만 도무지 빈틈이 없는 놈이어서 두 아들과 인도인 하인 외에도 권투 선수를 둘이나 고용해 늘 신변을 보호하고 있었소.

그런데 어느 날 놈이 거의 죽어 간다는 연락을 받았소. 그런 식으로 쉽게 내 손에서 빠져나간다는 생각을 하니 미칠 것만 같아서 그 길로 그의 집으로 달려가 창 너머로 들여다보았소. 두 아들을 침대 양옆에 세운 채 누워 있는 모습이 보이더군. 당장 달려 들어가 세 사람을 상대로 결판을 내려는 순간 놈의 고개가 축 늘어졌고, 난 이미 끝장났음을 알았소. 그래도 뭔가 우리 보물에 대한 단서를 찾을 수 있을까 싶어 그날 밤에 그 방으로 숨어들어 서류와 짐을 다 뒤져 보았소. 하지만 아무것도 발견하지 못했지. 결국 분노와 쓰라린 가슴을 안고 그 방에서 나올 수밖에 없었소. 방을 나오기 전에 문득, 만일 다시 한 번 시크교 친구들을 만날 수 있어서 내가 우리 적개심의 표시를 남기고 왔다는 말을 하면 그들이 기뻐할 거라는 생각이 떠올랐소. 그래서 도면에 적었던 것처럼 '네 사람의 서명'이라고 써서 놈의 가슴에 꽂아 놓았소. 놈에게 정당한 권리를 빼앗기고 감쪽같이 속아 넘어간 사람들의 어떠한 증표도 없이 놈을 무덤으로 보낼 수는 없다고 생각했던 거요.

그 무렵 나는 축제가 열리는 곳으로 통가를 데리고 다니며 식인종이라 소개하고 구경시켜 생계를 유지하고 있었소. 불쌍한 통가는 사람들 앞에서 날고기를 먹고, 싸움터로 나가는 용사의 춤을 추었소. 그런 식으로 하루 벌이를 하면 모자 가득 잔돈이 모였소. 여전히 폰디체리 저택을 주시하고 있었지만, 두 아들이 보물을 찾고 있다는 것 외엔 별다른 소식이 없었소.

그런데 마침내 기다리고 기다리던 소식이 전해졌소. 보물을 찾아낸 거요. 보물은 그 집의 맨 꼭대기, 바솔로뮤 숄토의 화학 실험실 천장 위에 숨겨져 있었소. 곧바로 그 집으로 달려가 그곳을 살펴보았지만, 이런 의족을 달고는 그 높은 곳에 올라갈 수 없다는 사실을 알고 막막했소. 하지만 난 지붕에 들창이 있다는 것과 숄토의 저녁 식사 시간이 언제인지 알아냈소. 통가의 도움을 받으면 못할 것도 없다는 생각이 들었소. 그래서 통가의 허리에 긴 밧줄을 감은 다음 데리고 갔소. 통가는 고양이처럼 날렵하게 지붕 위로 올라가 들창을 통해 집 안으로 들어갔소.

그런데 운이 나쁘려니 별수 없더군. 바솔로뮤 숄토는 그때까지 방 안에 있었고, 결국 희생당하고 말았소. 내가 밧줄을 타고 그 방에 들어갔을 때, 통가는 숄토를 죽인 게 무슨 칭찬받을 일이라고 생각했던지 공작새처럼 우쭐해 있었소. 내가 밧줄로 때리며 피에 굶주린 악마라고 야단치자 통가는 어쩔 줄 몰라 했소. 아무튼 난 먼저 보석 상자를 내리고 뒤이어서 방을 빠져나왔소. 물론 나오기 전에 테이블 위에 '네 사람의 서명'이라는 표시를 남겨, 보석이 드디어 원래 주인의 손에 돌아갔다는 걸 분명히 알렸소. 그런 다음 통가는 밧줄을 끌어올리고 창문을 닫은 뒤 들어갔던 천장 구멍을 통해 다시 밖으로 빠져나왔소.

이 이상 더 이야기할 건 없소이다. 아, 내가 스미스의 오로라 호를 선택한 건 그 배가 무척 빠르다는 어느 선원의 말을 들었기 때문이오. 탈출할 때 쓸 생각으로 스미스를 만나 배를 임대했소. 항구까지 무사히 데려다 주면 많은 돈을 주겠다고 약속했지. 아마 스미스는 조금 수상하다고 생각했을 거요. 하지만 자세한 내막은 모르니 상관없었소. 지금까지 내가 말한 내용은 모두 사실이오. 그리고 당신들 재미있으라고 이 긴 이야기를 털어놓은 건 아니오. 그래봐야 나한테 좋을 것도 없으니까. 다만 모든 사실을 숨김없이 이야기해서 숄토 소령이 어떤 나쁜 짓을 했는지, 그 아들의 죽음에 대해 내가 왜 무죄인지를 온 세상에 밝히는 것만이 나 자신을 방어하는 최상의 방법이라고 생각했기 때문이오."

"아주 인상적인 진술입니다." 홈즈가 말했다. "흥미로운 사건에 어울리는 결말이기도 하고. 마지막 부분에 밧줄을 당신이 직접 가지고 갔다는 설명을 제외하면, 사실 나한테는 전혀 새로울 것도 없는 내용이군요. 내가 모르는 건 그것뿐이었으니까요. 그나저나 통가가 지붕에서 내려올 때 떨어뜨린 독침이 그가 가진 전부이길 바랐는데, 배에서 우리한테 또 한 방을 날리더군요."

"그때 잃어버린 게 통가가 가진 것 전부 맞소. 대롱 속에 하나가 남아 있었을 뿐이오."

"아, 그랬군. 그 생각은 미처 못했어."

"더 알고 싶은 게 남았소?" 스몰이 부드럽게 물었다.

"아, 없어요." 홈즈가 대답했다.

"그럼, 홈즈 씨." 애설니 존스가 일어서며 말했다. "홈즈 씨가 이 사건 해결의 주역이고 범죄 연구의 전문가라는 건 잘 알고 있습니다. 하지만 일은 일이고, 이 정도면 당신이나 당신 친구의 부탁은 충분히 들어주었다고 생각합니다. 사실 이 정도도 나로선 크게 무리한 거죠. 이 이야기꾼을 어서 원래 있어야 할 곳으로 보내야 나도 한시름 놓을 듯싶군요. 마차가 대기 중이고 형사 둘이 아래서 기다리고 있습니다. 두 분 모두 도와주셔서 정말 고맙습니다. 물론 재판 때는 법정에 출두해 주셔야 할 겁니다. 그럼, 안녕히 계십시오."

"두 분 다 안녕히 계시오." 조너선 스몰이 말했다.

"네가 앞장서, 스몰." 문 앞에서 존스가 경계심을 드러내며 말했다. "네가 안다만에서 간수를 어떻게 처리했든 간에, 난 그 의족에 머리를 얻어맞지 않도록 각별히 주의해야겠지."

"이것으로 우리의 짧은 연극도 막을 내렸군." 홈즈와 함께 한동안 침묵 속에서 담배를 피우다가 내가 말했다.

"그런데 유감스럽지만, 내가 자네의 수사 방법을 연구할 수 있는 기회는 아무래도 이번 사건이 마지막일 듯싶어. 모스턴 양이 내 청혼을 받아 주었네."

그 말을 듣고 홈즈는 우울한 신음 소리를 냈다.

"그렇게 되는 게 아닌가 생각했지. 하지만 자네 결혼을 축하해 줄 순 없을 듯하네."

나는 조금 상처를 받았다.

"내 선택이 불만족스런 무슨 이유라도 있나?"

"그런 건 없네. 모스턴 양은 내가 만나 본 여자들 중 가장 매력적인 편에 속하고, 우리 같은 일을 하는 사람에게는 도움이 될 만한 여성이기도 해. 그 점에 대해선 분명히 천부적인 능력을 갖고 있네. 아버지의 서류들 중 아그라의 도면을 찾아 보관한 사실만 봐도 알 수 있거든. 하지만 연애라는 건 감정적인 것이고, 모든 감정적인 건 내가 무엇보다도 중요하게 생각하는 냉정한 이성과 상반되는 요소네. 판단력을 흐리고 싶지 않기 때문에 난 결혼 같은 것은 절대 하지 않을 생각이야."

"내 판단력은 그런 시련 속에서도 살아남을 수 있을 거야." 나는 웃으며 말했다. "그런데 자네 몹시 피곤해 보이는군."

"그래. 벌써 반작용이 시작되고 있네. 아마 앞으로 일주일 동안은 넝마처럼 축 늘어져서 지내게 될 거야."

"이상한 일이군. 게으름이라고 할 수밖에 없는 시기가 그처럼 폭발적인 활력의 시기와 맞물려서 찾아온다는 게 아무래도 이상해."

"그래. 내 안에는 지독한 게으름뱅이 기질과 매우 활달한 기질이 공존하는 것 같네. 가끔씩 괴테의 말을 생각하지. '자연이 그대를 위인도, 악한도 될 소지가 있는 인간으로 창조한 사실이 안타깝다.' 그런데 이 노우드 사건에서 말이야. 자네도 내가 추측한 대로 집 안에 끄나풀이 있었다는 건 알 거야. 틀림없이 집사 랜 라오일 거야. 애설니 존스는 커다란 그물을 쳐 놓고 물고기 한 마리를 잡은 것으로 모든 영예를 독차지하게 되겠지."

"그건 불공평하군. 이 사건은 모두 자네가 해결했어. 나는 아내를 얻었고 존스는 명예를 얻었지만, 자네에게 남은 건 뭐지?"

"나한테 남은 건." 홈즈는 말했다. "여기 코카인이 남았군."

그는 길고 하얀 손을 병 쪽으로 뻗었다.

**Sherlock
Holmes**

셜록 홈즈 관련 연표
및
《주홍색 연구》해설편

추리 소설 역사상 지금까지 수천 명의 탐정이 등장했다. 그중에서 가장 위대한 탐정을 단 한 명 뽑는다면 누가 뽑히게 될까? 아마 이 대답을 하는 데 망설이는 사람은 없을 것이다. 왜냐하면 전 세계 어느 곳에서든 셜록 홈즈가 뽑힐 것이기 때문이다. 셜록 홈즈는 이미 탐정의 대명사가 되었다. 심지어는 실존 인물로 알고 있는 사람도 있고, 그가 아직도 활동하고 있다고 생각하는 사람도 있다. 런던의 베이커 가 221B에는 아직도 홈즈 앞으로 우편물이 배달되고 있다. 또 직접 221B를 찾아오는 홈즈 팬도 적지 않다. 현재 베이커 가 221B에는 '애비 내셔널 빌딩 소사이어티'사의 거대한 건물이 들어서 있고 이 빌딩이 219번지에서 232번지까지 차지하고 있다. 홈즈 팬들이 그 주소로 편지를 보내면 이 회사는 "유감스럽게도 홈즈 씨는 이 주소에서 전출해서 현재 어디에 있는지 알 수 없습니다."라는 답장을 보내 준다고 한다.

그리고 '셜록 홈즈'라는 펍(pub) 2층에는 셜록 홈즈의 방이 그대로 재현되어 있는데 런던의 관광 명소로 자리잡아 사람들이 줄을 서서 관람하고 있다.

셜록 홈즈는 지금부터 120여 년 전인 1887년에 《주홍색 연구》로 세상에 첫인사를 했다. '주홍색 연구'라는 제목은 홈즈가 "인생이라는 무색(無色)의 실타래에는 살인이라는 주홍색 실이 섞여 있어. 우리가 할 일은 그 실을 풀어서 주홍색 실을 골라내 그것을 완전히 밝히는 것이다."라고 한 말에서 비롯된 것이다.

추리 소설 역사에서 기념비적인 작품으로 꼽히는 《주홍색 연구》는 처음부터 순조로웠던 것은 아니다. 1886년 4월에 완성되어 여러 출판사에 보내졌으나 전부 거절당했다. 다음 해 워드록 사의 〈비튼의 크리스마스 연간〉 특집호에 발표되어, 다음 해 단행본으로 출판되었다. 그러나 큰 반응을 얻지는 못했다. 1890년에 발표된 두 번째 장편 《네 사람의 서명》의 운명도 《주홍색 연구》와 다르지 않았다. 결국 홈즈 스토리가 성공한 것은 〈스트랜드 매거진〉 1891년 7월 호에 시드니 패짓의 삽화와 같이 게재된 첫 단편 《보헤미아의 스캔들》부터였다.

《주홍색 연구》는 총 2부로 구성되어 있다. 제1부는 홈즈가 연속적인 살인 사건을 해결하는 내용이고, 제2부는 범인이 범행 동기를 회상해서 말하는 내용이다.

제2부는 유타(주 승격은 1896년)를 주요 무대로 하여 전개된다. 1847년 제2대 교주 브리검 영(Brigham young, 1801~1877)이 1만 5000명의 신자와 함께 박해를 피해서 역마차 대를 편성하여 유타에 도착했을 때부터 유타의 역사가 시작된다. 미국에서는 유타 정착 기념우표를 발행했는데, 브리검 영이 "저기가 우리의 땅이다"라고 하며 유타의 황야를 가리키고 있는 모습이 담겨 있다.

모르몬교는 그리스도교의 한 유파로, 조셉 스미스(1805~1844)가 창시했다. 스미스는 천사 모로니의 안내로 금으로 만든 비문을 발견했다. 이집트어 계통의 문장을 해독한 스미스는 그것을 모르몬 경전으로 1830년에 출판하고, 뉴욕에서 신자 여섯 명과 함께 종교 활동을 시작했다. 모르몬교의 정식 명칭은 '말일 성도 예수 그리스도 교회(The Church of Jesus Christ of Latter-Day Saints)'다.

《셜록 홈즈 사전》(잭 트레이시)에서는 모르몬 경전과 그 종교에 대해서 이렇게 쓰고 있다.

"……그 가운데는 미국의 역사가 바벨탑에서 옮겨온 사람들에 의한 식민 시대부터 기원 5세기 초기까지라고 말하고 있다. 이 글은 4세기의 예언자 모르몬과 그 아들 모로니가 갖고 있던 여러 문서를 요약한 것으로, 신자들은 유태교와 기독교의 성서의 권위를 나란히 하고, 성서를 읽을 때 빼놓을 수 없는 보유(補遺) 역할을 했다.
이 신흥 종교는 발족 당시부터 박해를 받았다. 처음에는 오하이오 주의 커트랜드에, 다음에는 미주리 주에 기반을 두었으나 열렬한 개종자가 속출했기 때문에 이 땅에서도 쫓겨나 일리노이 주의 노부로 옮겼다. 그 후 얼마 동안은 잠잠했지만 점차 마찰이 일어나, 조셉 스미스와 그의 형 하이람은 1844년 6월 27일 폭도에 의해 사살되었다.”

모르몬교에는 신천지 미국에서 그리스도가 부활한다는 기본적인 교의가 있지만, 일부다처제를 시행했기 때문에(1890년 폐지) 당시는 멕시코 영(領)이었던 솔트레이크에 정착했다.

윌리엄 베어링 굴드의 《주석판 셜록 홈즈》에서는 브리검 영이 1847년 그레이트솔트레이크 계곡에 도착하기까지의 여행 기록에 “이 땅에 도착했을 때의 일행은 남자 143명, 여자 3명, 아이 2명이었다고 했다.”라는 라이스(Otis R. Rice) 목사의 〈성전 중의 성직자〉라는 글의 일부를 인용하고 있다.

홈즈 스토리 중에 역마차 행렬의 묘사는 틀린 부분이 상당히 많다. 모르몬 교도의 생활이나 활동이 정확하게 묘사된 것은 아니다. 그러나 브리검 영이 유타에 정착하기 1년 전에 해당하는 1846년에는 도나 고개의 비극이 일어났다. 동부에서 온 개척자의 역마차 행렬이 겨울의 시에라네바다 산속에 갇혀 몇 명을 제외하고 사람들이 굶어 죽은 사건이다. 살아남은 사람들은 죽은 사람을 먹고 겨우 목숨을 유지했다. 존 페리어의 일행이 겪은 비극도 충분히 일어날 수 있는 일이다.

제2부 첫 부분에 “거대한 북미 대륙 중앙에는 메마르고 혐오스

러운 사막이 있어 오랫동안 문명의 진출을 가로막는 장벽이 되어 왔다. 시에라네바다에서 네브레스카까지, 그리고 북쪽의 옐로스 톤 강에서 남쪽의 콜로라도에 이르는 황무지로, 황폐와 고요의 지 역이었다."라고 쓰여 있는데, 이것은 미국 중서부에 있는 유타를 묘사한 것이다. 동쪽의 로키 산맥, 서쪽의 시에라네바다 산맥 사이 에 있는 유타는 그레이트 베이슨이라고 불리는 분지이지만, 고도 는 1,400미터 정도 된다. 연간 강우량이 3~10밀리미터로 사막과 반사막 지대로 되어 있다. "겨울에는 하얗게 눈이 덮이고 여름이 면 소금기가 있는 알칼리성 먼지로 덮여 잿빛으로 보이는 거대한 평지도 있었다."라고 도일은 쓰고 있다. 그레이트솔트레이크는 현 재도 존재하는 호수로, 염분 농도가 높아 사람의 몸이 둥둥 뜨는 특징이 있다.

솔트레이크 시는 그레이트솔트레이크 옆에 위치해 있다. 페리 어 부녀와 제퍼슨 호프는 네바다 주 서쪽에 있는 카슨 시로 도망가 기 위해 그레이트솔트레이크 사막을 건너 워슈 산맥을 넘으려다 《주홍색 연구》 사건의 원인이 된 비극을 맞게 된 것이다.

이 연표에는 존 왓슨 박사의 탄생일(추정)에서 《주홍색연구》(1887) 출판 100주년 기념까지를 실었다. 홈즈, 왓슨, 아서 코난 도일의 생애에서 중요한 사건과 정전에 기록된 사건도 포함한다. 날짜는 주로 윌리엄S 베어링 굴드의 정보를 따랐다. 굴드는 홈즈의 업적과 인생의 추정 연보를 열심히 조사했다. 왓슨이 쓴 사건의 대부분은 발생한 날짜를 바꾸거나 밝히지 않아 정확한 날짜에 대해서는 오랫동안 논쟁이 계속되었다.

여기서는 베어링 굴드의 날짜를 사용한다. 다른 추정이 가능한 것은 당연하다.

1852년

8월 7일 존 H. 왓슨 탄생(추정).

1854년

1월 6일 셜록 홈즈 탄생(추정).

1858년

9월 7일 아이린 애들러 미국 뉴저지 주 트렌튼에서 탄생.

1859년

5월 22일 아서 코난 도일 스코틀랜드의 에든버러에서 탄생.

1861년

5월 4일 메리 모스턴(나중에 왓슨의 부인) 탄생.

1872년

여름 셜록 홈즈, 제임스 모리아티 교수를 가정교사로 맞았을 가
능성 있음

1872년

9월 왓슨, 런던 대학 의학부에 입학(추정).

10월 홈즈, 대학에 입학(추정―옥스퍼드의 크라이스트 처치 칼리지
이지만 케임브리지라는 설도 있다).

1874년

8~9월 홈즈 대학 재학 중, 글로리아 스콧 사건 해결(첫 사건).

1877년(or 1878년)

홈즈는 런던으로 옮기고, 탐정 컨설턴트를 개시. 대영 박물관에
서 가까운 몬태규 가에 사무실을 빌려 성공의 비결을 배우기 시

작함. 초기의 사건에는 '탈튼 살인' 사건, '와인 상인 뱀버리' 사건, '알루미늄 지팡이' 사건, '클럽 풋의 리콜레티와 그의 부인' 사건 등이 있음.

1878년

6월 왓슨은 런던 대학에서 의학박사 학위를 따고 군의관 코스를 밟기 위해 네틀리 육군병원으로 감.

11월 왓슨, 노섬버랜드 퓨질리어 연대에 외과조수로 부임. 인도에 출정. 그 후 아프가니스탄으로 감.

1879년

10월 02일 '머스그레브 가의 의식' 사건.

11월 23일 홈즈, 배우로서 미국에 간 듯함.

1880년

봄 왓슨, 버크서(제66연대)에 배속.

7월 27일 왓슨, 마이완드 전투에서 중상을 입으나 용감한 전령병 머레이가 구함.

8월 5일 홈즈, 미국에서 귀로에 오름.

1881년

1월 왓슨, 새 하숙을 찾음. 크라테리온 술집에서 만난 옛 친구 스탬포드로부터 홈즈를 소개받음. 다음 날 홈즈와 왓슨은 베이커 가 221B를 방문.

3월 '주홍색 연구' 사건, 홈즈와 왓슨이 처음으로 함께 조사.

1882년

6월 아서 코난 도일, 사우스 시의 부슈 빌라에서 개인병원 개업.

1883년

4월 '얼룩끈' 사건.

1885년

8월 아서 코난 도일, 루이즈 호킨스와 결혼(루이즈, 1906년 사망).

1886년

8월 왓슨, 미국에 가서 콘스탄스 아담스를 만남.

1886년

10월 '입원 환자' 사건, '독신 귀족' 사건, '제2의 얼룩' 사건.

11월 왓슨, 콘스탄스 아담스와 결혼 후 켄싱턴에서 개업.

1887년

4월 '라이게이트의 지주들' 사건.

5월 '보헤미아의 스캔들' 사건.

6월 '입술이 비뚤어진 남자' 사건.

9월 '다섯 개의 오렌지 씨' 사건.

10월 '신랑의 정체' 사건, '붉은 머리 연맹' 사건.

11월 '죽어 가는 탐정' 사건, 《주홍색 연구》가 〈비튼의 크리스마스 연감〉에 실림.

12월 왓슨 부인 콘스탄스 사망.

12월 27일 '블루 카번클' 사건.

1888년

1월 '공포의 계곡' 사건.

4월 '누런 얼굴' 사건.

9월 '그리스어 통역' 사건, '네 사람의 서명' 사건, '배스커빌 가의 개' 사건.

1889년

4월 '너도밤나무 숲' 사건.

5월 왓슨, 메리 모스턴과 재혼. 파쿠아 의사로부터 패딩턴 지구의 진료소를 인수.

6월 '보스콤 계곡 미스터리' 사건, '주식 중개인' 사건.

7월 '해군 조약' 사건.

8~9월 '종이 상자' 사건.

9월 '기사의 엄지손가락' 사건, '등이 굽은 남자' 사건.

1890년

2월 《네 사람의 서명》이 〈리핀코트〉에 실림.

3월 '위스테리아 롯지' 사건

9월 '실버 블레이즈' 사건

12월 '버릴 코로넷' 사건, 홈즈 스칸디나비아 왕실에 협력.

12월~1891년 3월 프랑스 정부와 관련된 '중대한 사건'을 해결.

1891년

1월~4월 범죄계의 나폴레옹 모리아티 교수의 악의 소굴에 도전.

4월 24일~5월 4일 '마지막' 사건. 홈즈는 대륙까지 쫓아온 모리아티 교수와 대결, 스위스의 라이헨바흐 폭포에서 사망했다고 알려짐.

5월 4일 '홈즈, 공백시대에 들어감(1894년 4월 5일까지).

7월 왓슨, 〈스트랜드〉에 셜록 홈즈의 모험 단편을 발표, 타이틀 은 〈보헤미아의 스캔들〉.

1891년~1892년

91년 말부터 1892년 초에 메리 왓슨 사망.

1892년

10월 ≪셜록 홈즈의 모험≫ 초판 출판. 조셉 벨 박사가 서문을 씀.

1893년

11월 첫 홈즈 연극 '시계 밑에서(Under the Clock)' 런던에서 상연.

12월 〈마지막 사건〉이 〈스트랜드〉에 발표. 독자의 강렬한 반발 을 사게 됨.

1894년

4월 5일 셜록 홈즈 귀환. '빈집' 사건에서 모리아티 교수의 유명 한 부하 체포.

5월 왓슨은 패딩턴의 진료소를 팔고 베이커 가의 하숙으로 옴.

11월 '금테 코안경' 사건. 2단 편집 ≪셜록 홈즈의 회상≫ 출판.

1895년

4월 '세 학생' 사건, '외로운 사이클리스트' 사건.

7월 '블랙 피터' 사건.

8월 '노우드의 건축업자' 사건.

11월 '부르스 파팅턴 설계도' 사건.

1896년

셜로키언들이 '공백의 해'로 부를 만큼 기록에 남은 사건이 적음.

10월 '수수께끼의 하숙인' 사건.

11월 '흡혈귀' 사건.

12월 '쓰리 쿼터의 실종' 사건.

1897년

1월 '아베이 농장' 사건.

3월 '악마의 발' 사건.

1898년

7월 '퇴직한 물감 장수' 사건.

8월 '춤추는 인형' 사건.

1899년

1월 '찰스 오거스터스 밀버튼' 사건.

11월 6일 윌리엄 질렛 주연의 연극 '셜록 홈즈' 뉴욕에서 상연.

1900년

6월 '여섯 개의 나폴레옹' 사건.

10월 '소어 다리' 사건.

1901년

5월 '프라이어리 스쿨' 사건.

8월 《배스커빌 가의 개》 〈스트랜드〉에 발표. 그러나 홈즈가 죽
기 이전의 사건이어서 부활을 원하는 독자의 꿈은 이루어

지지 않음.

1902년

5월 '쇼스콤 올드 플레이스' 사건.

6월 '세 명의 가리데브' 사건.

7월 '레이디 프랜시스 커팩스의 실종' 사건. 왓슨, 퀸 앤으로 이사.

8월 9일 코난 도일, 공적을 인정받아 버킹엄 궁에서 나이트 작
위를 받음.

9월 '유명한 의뢰인' 사건, '레드 서클' 사건.

10월 왓슨 3번째 결혼.

1903년

1월 '창백한 병사' 사건.

5월 '세 박공의 집' 사건.

여름 '마자린의 보석' 사건.

9월 '기어 다니는 사람' 사건.

10월 8일 아이린 애들러, 미국 뉴저지 주에서 사망. 셜록 홈즈
은퇴. 도일, 성요한 기사단의 그레이스 작위를 받음.
영화 〈셜록 홈즈 곤혹하다(Baffled)〉'를 미국 무토스코
프 사에서 제작. 1904년 크리스마스 미국의 게임회사
파커 브라더스 사에서 셜록 홈즈 카드 게임 발매.

1905년

단편집 《셜록 홈즈의 귀환》 출판.

1907년

8월 '사자의 갈기' 사건. 도일, 3명의 아이를 둔 레키(Jean Leckie)
와 재혼.

1910년

6월 4일 런던 아델파이 극장에서 〈얼룩끈〉 상연.

1912년

7월 로널드 녹스가 첫 홈즈 연구 〈홈즈 스토리에 대한 문학적
연구〉를 옥스퍼드의 학생지 〈블루북〉에 발표.

1912년~1913년

홈즈, 영국 정부의 의뢰로 대 독일 첩보활동을 함. 아일랜드계
미국인 앨타몬트가 되어 폰 보르크가 이끄는 독일 스파이 조직
에 들어감.

1914년

8월 '마지막 인사' 사건.

1914년~1918년

왓슨, 다시 육군에 들어가 군의관으로 근무.

1916년

윌리엄 질렛, 영화 〈셜록 홈즈〉의 주연 맡음.

1917년

《셜록 홈즈의 마지막 인사》 출판.

1920년

홈즈는 콘스탄티노플에서 활동(빈센트 스탈릿의 〈221B의 셜록 홈

즈 연구〉에 의함).

1921년

아서 코난 도일의 희곡 〈왕관의 다이아몬드〉, 잉글랜드에서 상연.

1923년

담배회사 터프에서 홈즈 스토리에 등장하는 인물의 시가렛 카드 나옴(알렉산더 보구라프스키의 칼라 그림).

1924년

아서 코난 도일의 자서전 《회상과 모험》 출판.

1927년

3월 스트랜드 가 셜록 홈즈 콘테스트를 개최.

3월 5일 마지막 단편 〈쇼스콤 올드 플레이스〉가 미국 〈리버티 매거진〉에 게재됨, 〈스트랜드〉에는 4월 발표. 단편집 《셜록 홈즈 사건》 출판.

1929년

7월 24일 왓슨 사망(추정).

1930년

7월 7일 아서 코난 도일 크로보로에서 사망. 《셜록 홈즈 전집》 더블데이에서 출판, 전 60편을 수록하고 크리스토퍼 몰리가 서문을 씀.

1933년

빈센트 스탈릿의 《셜록 홈즈의 사생활》 출판.

1934년

미국 첫 셜로키언 협회 '베이커 스트리트 일레규라스(BSI)'가 뉴욕에서 탄생, 발기인은 크리스토퍼 몰리.

1935년

6월 '런던 셜록 홈즈 협회(Sherlock Holmes Society of London)' 첫 모임, 뉴욕에 BSI 지부 탄생.

1939년

영화 〈배스커빌 가의 개〉(20세기 폭스) 제작 공개. 베이질 라스본과 나이젤 브루스가 홈즈와 왓슨역을 한 첫 영화.

1944년

엘러리 퀸이 편집한 《셜록 홈즈의 재난》 출판. 그 후 발매 금지.

1946년

11월 19일 마이크로프트 홈즈 사망(추정), 기관지 〈베이커 스트리트 저널〉 창간.

1948년

E. V. 녹스가 쓴 셜록 홈즈의 추모 기사 〈스트랜드〉에 실림.

1950년

〈스트랜드〉 폐간

1951년

영국 페스티벌에서 베이커 가의 하숙을 복원한 방이 전시됨. 뒤에 펍(public house) 셜록 홈즈 2층으로 옮김. '런던 셜록 홈즈 협회' 탄생.

1954년

애드리안 코난 도일과 존 딕슨 카의 파스티슈 단편집 《셜록 홈즈의 공적》 출판.

1957년

1월 6일 셜록 홈즈 사망(추정).

1967년

윌리엄 S 베어링 굴드의 《주석판 셜록 홈즈 전집》 출판.

1968년

런던 셜록 홈즈 협회가 스위스 라이헨바흐 폭포 투어를 주최, 세계의 이목을 끔.

여성 셜로키언 협회 '셜록 홈즈의 모험' 탄생.

1974년

니콜라스 메이어의 소설 《The Seven-Percent Solution》 출판. 뒤에 영화화되어 흥행 성공. 존 가드너의 《모리아티의 귀환》 출판.

1978년

1월 6일 폴 조반니의 희곡 《피의 십자가》, 뉴욕 버팔로에서 상연.

1987년

《주홍색 연구》 발표 100주년.

(1992년 1월 BSI의 연말회식에 처음으로 여성이 초대됨.)